FVA

Britta Boerdner

Am Tag, als Frank Z.

in den Grünen Baum kam

Roman

FRANKFURTER VERLAGSANSTALT

FSC
www.fsc.org
MIX
Papier aus verantwortungsvollen Quellen
FSC® C014496

Lektorat: © Frankfurter Verlagsanstalt GmbH
Herstellung und Umschlaggestaltung: Laura J Gerlach
Unter Verwendung eines Umschlagmotivs von © iStockphoto/Spod
Satz: psb, Berlin
Druck und Bindung: GGP Media GmbH, Pößneck
Printed in Germany
ISBN 978-3-627-00235-0

Going Up the Country

1.

Vom Taunus aus betrachtet ist die Wetterau ein stilles Land, weite Ebenen mit sanften Hügeln, im Vordergrund vielleicht ein ausgefahrener Feldweg, gesäumt von Apfelbäumen, Butterblumen, Kornblumen. Es sind die gegeneinander verkanteten Felder, erdfarben und grün, die Baumreihen und die Ortschaften, die den jungen Mann mit ihrer Sanftheit anziehen. Die Straße ist abschüssig, in unübersichtlichen Kurven führt sie auf ein Dorf zu. Im Schatten der Bäume lässt er den VW Käfer in die Mündung eines Feldwegs rollen, mit dem Anziehen der Handbremse bleibt auch die Landschaft stehen. Schottersteinchen, eben noch unter den Reifen, knirschen beim Aussteigen unter seinen Schuhen. Sein Körper ist noch betäubt vom Flug und der Fahrt. Kurz wird ihm schwindelig in der Nachmittagshitze.

Zu Hause hat er sich nur knapp verabschiedet, I need a breather, eine Verschnaufpause brauche er, hatte er denen gesagt, die es anging, und einen Flug nach Deutschland gebucht. Im Jahr zuvor war er bereits dort gewesen, eine Tournee zum Test, außer regennassen nächtlichen Straßen, Scheinwerfern und trüben Backstage-Bereichen hatte er nichts gesehen. Die nüchterne Atmosphäre seiner Hotelzimmer, er alleine, die anderen in einem separaten Hotel, darauf hatte er bestanden. Niemand konnte ihm etwas vormachen auf der Bühne, er hörte alles, erahnte die Fehler, noch bevor sie passierten. Es erschöpfte ihn, er brauchte die Trennung von den anderen, den Raum für sich nach einem Gig.

Viele Jahre zuvor hatte er in Darmstadt ein paar Wochen am Musikinstitut verbracht, auf der Suche nach neuen Tönen, einem Klang, der ihn etwas lehrte. Die deutschen Studenten führten mit bleichen Gesichtern erbitterte Diskussionen, die er nicht verstand. In der Innenstadt, am Tresen eines Schallplattengeschäfts, hatte er damals Gary kennengelernt, sie standen nebeneinander mit Kopfhörern am Ohr und sahen an den Plattencovern, dass sie beide zur gleichen Musik wippten. Gary war Soldat in der U. S. Army, zehn Jahre älter als er und der einzige Mensch, mit dem er über Musik reden konnte. Jeden Abend war er bei ihm zu Hause eingeladen, fast immer gab es Chicken Wings, die Garys Frau zubereitete, während sie auf der Stereoanlage Edwin Starr hörten. Gary hatte Musik studiert und spielte Klarinette im Corps-Orchester. Sie hielten sich fern von den amerikanischen Soldaten, die wie eine fremde Spezies waren und eine andere Sprache sprachen.
I need a breather, hatte er auch zu ihm gesagt, als er ihn drei Tage zuvor anrief. Es war nicht schwierig, Gary nach all den Jahren ausfindig zu machen, er hatte inzwischen einen Bürojob in der Army. Ich hab dein Konzert letztes Jahr in Frankfurt gesehen, gute Musik, sie haben mich nicht Backstage gelassen, komm rüber, sagte Gary, tauch ab, find your freedom. Er habe in den letzten Jahren eine lange Reise hinter sich gebracht, aus Deutschland zurück in die Staaten, nach der Scheidung von seiner Frau wieder back to good old Germany. Nicht schlecht hier, sagte Gary auch, und das gab den Ausschlag.
Spätabends hatte er seine Reisetasche gepackt, ein paar Sachen zum Anziehen, Musikkassetten, seinen tragbaren Rekorder, seine dunkelbraune Fransentasche zum Um-

hängen. Seit Jahren war er nicht mehr für sich gewesen, und sei es auch nur für einen Tag. Im Morgengrauen, der einzigen Stunde, in der Stille im Haus herrschte, war er hinunter ins Wohnzimmer gegangen. Vor der breiten Fensterfront dümpelten zwei Plastikluftmatratzen im Pool, rot und blau leuchteten sie über den Unterwasserstrahlern, man hätte sofort einen Song daraus machen können, der den frühen Morgen pries, der vom Springen ins Wasser und der amerikanischen Flagge in Form dieser beiden Luftmatratzen erzählte. Aus den Augenwinkeln sah er ein Paar, das auf der geschwungenen Sitzlandschaft schlief. Mehr als dreißig Leute hatten noch Stunden zuvor dort gesessen oder gelegen. Eine schmale Männerhand in den Haaren der Frau; Cocktailgläser, Stanniolpapier, Bierflaschen auf den Tischen. Über allem lag ein tiefer Summton und darüber ein Pfeifen, das in seiner Geradlinigkeit alles Ungeordnete der vergangenen Nacht noch verstärkte. Vorbei an Kleidungsstücken, die über Mikrofonständern hingen, ging er zum Kamin, schaltete zuerst die beiden Monitorboxen ab, die davorstanden, dann den Verstärker, schulterte seine Tasche und verließ das Haus. Unten wartete bereits der Fahrservice, der ihn zum Flughafen bringen sollte, eine schwarze Limousine, zwischen den Bäumen hindurch hatte er sie heranrollen sehen. Bougainvillea, feucht vom Tau, Wasserperlen auf seinem Jackenärmel. Die Luft war kühl. Auf dem Laurel Canyon Boulevard kroch der Nebel, der allmorgendlich vom Meer heraufzog, bis in die Wipfel der Eichen und Platanen. Der Fahrer nahm die engen Kurven langsam, es ging bergab, der Motor war kaum zu hören, niemand begegnete ihnen. In wenigen Minuten würden sie auf den La Cienega abbiegen, dann über den La Tijera und den Sepulveda Boulevard

zum Flughafen kommen. Er stellte sich vor, wie die dunklen Wellen des Pazifiks über den Grund sogen und gegen den Strand rollten, sofort hatte er das Unterwassergeräusch im Kopf, es verband sich mit der Farbe der Luftmatratzen, eine Nation im Brandungssog, daraus könnte tatsächlich ein neuer Song entstehen, die Mädchen aus dem Haus würden dazu tanzen, als Wellen oder Nixen verkleidet, die Show würde weitergehen, irgendwoher musste das Geld kommen. Eines der Häuser hinter dem Country Store an der Ecke zum Kirkwood Drive war hell erleuchtet, jedes Fenster war geöffnet, und mit dem künstlichen Licht, das durch den Morgennebel drang, hallte Musik über die kleine Kreuzung, *She's Leaving Home* von den Beatles, gerade so, als wäre etwas Unvorhersehbares geschehen in der Nacht.
Und tatsächlich geschah in jeder Nacht etwas Unvorhergesehenes, es war ein Sommer der Sessions, der Partys, der Drogen, die alle sanft und unbeherrscht zugleich werden ließen, ein Sommer, in dem man den Kindern morgens bunte Schuhe mit Fingerfarben an die nackten Füße malte, ein Sommer, in dem alles mit Musik zu tun hatte. Man hörte sie aus jedem Garten, von jeder Terrasse im Canyon; Wochen zuvor hatten sich alle Anwohner telefonisch verabredet, ihre Fenster zu öffnen und zur selben Sekunde die Nadel des Plattenspielers auf *Sympathy for the Devil* von den Stones zu setzen, und wer die kleine, enge Laurel Canyon Road entlangfuhr, fühlte sich wie in einem Traum, der sich wiederholte und doch zeitlich versetzt war, eine manchmal übersteuerte, lauter und leiser werdende Klangcollage, die aus der Natur selbst zu kommen schien. Eine neue Zeit war angebrochen und bereits am Verglühen, man konnte es spüren in jeder Nacht, in der sie improvi-

sierten bis in den Morgen. Ihre Musik, die Songs, die entstanden, wenn es kein Zeitgefühl mehr gab, trieb sie durch die dunklen Stunden in die Tage hinein. Sie lebten im Flow wie dieses ganze, sich die Küste entlangziehende Kalifornien, und an jedem verdammten Tag nach diesen Nächten fragte er sich, wie lange Love and Peace noch halten würden, überhaupt ernst zu nehmen sei. Er nahm Einfluss, er hielt sein Haus offen, er produzierte, er ging auf Tournee, er hatte es weit gebracht. Doch so viel Freiheit der Canyon auch gewährte, seit Wochen spürte er ein inneres Vibrieren, als würden sich die Straßen, würde sich ganz Kalifornien künstlich verengen.

Gary hatte ihm sein Auto geliehen, Go for a ride, hatte er gesagt. Über Land solle er fahren, an Frankfurt vorbei durch den Taunus. Sich treiben lassen. Mit den Unterarmen auf das Wagendach gelehnt, schaut er sich jetzt um, sein helles Gesicht scharf konturiert im Schatten der Apfelbäume. Kein anderes Auto ist zu sehen. Sein Blick, der diejenigen einschüchtert, die sich selbst nichts zutrauen, wird weicher vor der weiten Landschaft. In sanftem Schwung ziehen sich die Felder und Wiesen vor ihm hinab, weit unten stehen Scheunen nahe bei den Häusern, er ist anderes gewohnt, seine Vorstellung von Landschaft besteht aus den Weiten der Mojave-Wüste, dem Himmel über dem nächtlich glühenden Los Angeles, den Wäldern Connecticuts. Hinter ihm singt ein Vogel, hebt seine Strophe zum Ende hin an, als stellte er eine Frage. Der Käfermotor knackt beim Abkühlen, in der Motorhitze steigt Sommerstaub vom Feldweg auf. Zirruswolken stehen hoch am Himmel, ein seidiges Versprechen. Das hat immer etwas mit Sehnsucht zu tun, denkt er gerade, da scheint das Blau hinter den Wolken zu verblassen. Der

Vogel setzt erneut an, bricht ab. In der Ferne zuckt ein Lichtstrahl auf, etwas bewegt sich mit großer Geschwindigkeit auf ihn zu und schiebt dabei ein Rauschen vor sich her, das die ganze Landschaft niederdrückt. Er nimmt die Arme vom Wagendach, öffnet die Fahrertür und wartet, mit einem Fuß schon auf dem Trittbrett, bereit, sich auf den Sitz fallen zu lassen, da sieht er, was auf ihn zukommt. Ein Starfighter. Eine Lockheed, die er seit seiner Kindheit kennt, aber hier nicht erwartet hat. Wie ein Messer durchschneidet sie im Vorbeiziehen das Blau. Er ist aufs höchste angespannt. Und da kommt er auch schon, der Knall, mit dem sie die Schallmauer durchbricht. Sein Körper wird zusammengepresst wie die Luft selbst. Erst dann zieht auch der Ton hinterher, ein metallenes Pfeifen, das keine Gegenwehr zulässt, mit seinem Sog alle Gedanken außer Kraft setzt, die weite Landschaft hin zum Horizont schiebt und in eine Fläche verwandelt, aus der alle Farben weichen. Zu spät, sich die Ohren zuzuhalten, die Lockheed ist das einzig Lebendige in diesem Augenblick, und als er kurz an den Vogel denkt, ist sie schon ein weit entfernter silbriger Punkt. Ein Dröhnen in seinen Ohren ist alles, was sie zurücklässt, die hohen Wolken bleiben unberührt. Eine Biene fliegt vorbei, schwer beladen. Er drückt die Fahrertür bis zum Anschlag auf, löst sich vom Wagen, bückt sich nach einem Stein, und schleudert ihn, so fest er kann, hoch über die Straße hinweg zu den gegenüberliegenden Feldern, sieht ihm hinterher, wie er dem Himmel entgegenfliegt, im Flug rotiert und auf seinem Zenit stehen zu bleiben scheint. In der Ferne ist die Sichel des Mondes zu sehen, auf den in etwas mehr als einer Woche ein Mensch seinen Fuß setzen wird, der Stein davor wie ein Artefakt, eine Vorstufe der Raumkapsel. Zum ers-

ten Mal seit seinem Abflug aus Los Angeles atmet er tief durch.
Nur ein paar Schritte sind es zurück zum Auto, er drückt die Kassette ins Fach des Rekorders, der auf dem Beifahrersitz liegt, dreht am Lautstärkeknopf. Der Sound zieht über ihn hinweg in die Kronen der Apfelbäume, dehnt sich in beide Richtungen an den Butterblumen vorbei über die Landstraße. Jetzt ein Stück den Feldweg bergan, die Beine steif, seine Schritte auf dem trockenen Weg ein Pendant zum Takt der Musik, die hinter ihm zurückbleibt. Ein Schwarm winziger Mücken begleitet ihn, und als er den Schatten der Baumreihe hinter sich lässt, spürt er in der Sonne die Schweißperlen auf seiner Oberlippe. Er wendet sich um, richtet sich wieder nach der Musik aus, die immer noch aus dem VW fließt und sich für ihn nun mit dem Bild des Dorfes vermischt, das inmitten der Felder weit unten als helles Würfelspiel vor ihm liegt. Als Miniaturausgabe einer Siedlung, so stellt er es sich vor, bei der man den Fehler begangen hat, zu kleinteilig zu bauen, zu viele Häuser und Unterstände in geringem Abstand nebeneinanderzusetzen, mit Familien aus kleinen Menschen, die zum Leben nicht viel brauchen. Vielleicht sind auch die Lücken zwischen den Häuschen von einem kunterbunten Durcheinander einzelner Kühe, Hühner und Hasen durchzogen. Eventuell gibt es sogar Zwerge dort, winzige Menschen malt er sich aus, die eine Kakophonie flacher Stimmen über und zwischen dem Würfelspiel produzieren, begleitet vom dumpfen Gepolter aus den Ställen. Er lächelt. Kaum etwas stimmt ihn so vergnügt wie die gedankliche Verwandlung dessen, was er sieht in Musik.
Er wirft dem Stein einen zweiten hinterher, schaut dabei nicht mehr in den Himmel, sondern auf die Dächer in der

Talsenke. Versucht, sie zu treffen, verstärkt den Schwung zu einer Drehung seines ganzen Körpers um die eigene Achse. Zurück am Auto, zieht er seine Wildlederjacke aus, in der Armbeuge ist ein dunkler Fleck, er lässt sich auf den Fahrersitz fallen, blickt in den Rückspiegel, fährt sich mit den Fingern durch die langen Haare, zieht die Wagentür zu und löst die Handbremse. Der Käfer rollt auf den Asphalt. Morgen Abend will er mit Gary nach Frankfurt, im Jazzkeller spielt Mangelsdorff, welcher von beiden hat er vergessen, Posaune oder Saxophon, ihm ist alles recht gegen die Mittelmäßigkeit. Wie hatte Gary gesagt? Jazz is not dead.

Sein Kopf ist frei, das kommt selten vor. Ein Traktor hat Erde auf der Straße hinterlassen, die Brocken sind hart wie Stein, werden zur Seite oder gegen den Wagenboden gesprengt. Für einen Moment sieht es so aus, als würde der Käfer keine Fahrt aufnehmen, doch dann wechselt die Spur des Traktors schlingernd auf die andere Straßenseite und verliert sich in einer Fortsetzung des Feldwegs. Seit er gelernt hat, Wagen mit Schaltgetriebe zu fahren, übt er sich im Schalten ohne Kupplung, schon immer mochte er es, alles anders zu machen, er konzentriert sich jetzt auf den Moment, in dem er Zwischengas geben muss, schiebt den dritten Gang ein. Untertourig rollt der Käfer zwischen den Baumreihen über den unregelmäßigen Straßenbelag, die Sonne brennt durch das Seitenfenster auf seinen Arm, auf seine Beine, sie wirkt hier größer als zu Hause, wo sie als weißer Nadelkopf über dem Los-Angeles-Becken steht. Am Ende der nächsten Kurve weist ein Straßenschild in Richtung Randstetten. Zu den schwarzen Buchstaben auf gelbem Grund hat er einen Sound im Kopf, der dem Nachgeben der Erdklumpen unter seinen Reifen gleicht. Er hat es nicht eilig, vielleicht fährt er erst nachts zurück, mit heruntergekurbelten Fenstern, wie schon den ganzen Tag, der Sommer riecht gut, schon lange war er nicht mehr so allein, so weit draußen. Die Welt ist ein Haufen, ein Konglomerat aus parallelen und asynchronen Geschehnissen, sie ist undurchschaubarer, als alle denken, das zumindest weiß er, und das ist es auch, was ihm an dieser Welt so gefällt.

Drei Tage zuvor war ein Unbekannter in seinem Haus aufgetaucht, hatte ihm eine mit Blut gefüllte Plastiktüte in die Hand gedrückt und einen Revolver vor die Brust gehalten. Er konnte den Mann überreden, mit ihm zum Teich hinter dem Haus zu gehen, wer gerade in der Nähe war, lief lachend mit, als wäre es ein neuer Spaß, der frühe Auftakt zur abendlichen Session, und es gelang ihm, tatsächlich eine Art Spiel daraus zu drehen, bei dem die Kindsköpfe mitmachten; er zog sein Hemd aus und warf es ins Wasser, sie warfen ihre T-Shirts hinterher, Stöcke, Schuhe, auch der Typ zog sich aus, doch als es darum ging, ihn zu überzeugen, seine Waffe in den Teich zu werfen, wurde es den anderen zu anstrengend, und sie verschwanden im Haus. Schließlich war er allein mit dem Verrückten und seiner Knarre, die der auch dann noch erschreckend silbern in der Hand hielt, als sie sich ohne Hemden auf dem Boden gegenübersaßen und ihnen die Sonne auf die Schultern brannte. Es gab ein Wortgefecht, wirres politisches Zeug in jedem Satz, den der Fremde von sich gab, von der Nachmittagshitze sofort erstickt. Sie stach herunter wie verrückt, diese weiße Sonne, und der Typ, ein großer, weicher Junge mit runden Schultern, Vollbart und so langen Haaren wie er selbst, fing an, mit der

Waffe herumzufuchteln. Versuchte, auf ihn zu zielen. Es war einfach, ihm den Arm zur Seite zu drücken, bevor sein letzter Satz zu Ende war. Hier hätte er eigentlich aufhören können. Es war überflüssig, zuzuschlagen, das sagte er sich immer wieder, doch er hatte sich geärgert und wollte es zeigen.

Der Fremde war so zugedröhnt, dass er seine Bewegungen nicht mehr koordinieren konnte, sein erschrockener Blick und die Langsamkeit, mit der er sich die Hand vor sein Gesicht hielt, um sie anzuschauen, und dann über Nase und Mund legte, zeigte ihn als einen, der erstarrt war, Bedeutung und Größenverhältnisse nicht mehr zuordnen konnte, weggelaufen aus einem Elternhaus im Mittleren Westen oder sonst woher, wie so viele, denen man begegnete. *Anders* sollte das Leben sein, erzählten sie jedem, der es hören wollte oder auch nicht, frei von Zwängen, aktivistisch und voller brüderlicher und schwesterlicher Liebe, und so war er den Verheißungen dieses anderen Lebens bis nach San Francisco gefolgt, die Küste hinuntergetrampt über Big Sur, hatte Nächte unter dem Himmel von Esalen verbracht, die *magisch* waren (Believe me, man, ich konnte spüren, wie der Kosmos aus mir entsprungen ist), bis er schließlich in L. A. gestrandet war, wo er sich durchschlief und durchbettelte. So oder so ähnlich konnte man es sich vorstellen, eine Geschichte wie Tausende.

Die Waffe und der Blutbeutel fielen zu Boden, und der Junge blickte erschrocken auf, als er ihm Let the sunshine in zuflüsterte, ihm dabei tief in die Augen sah und beides, Beutel und Waffe, in den Teich warf. Ohne Widerstand ließ sich der Junge hochziehen und durch das Gestrüpp zu einer Tür im Holzzaun und von dort auf den Weg stoßen, der am Grundstück vorbeiführte.

Mit einer Waffe bedroht zu werden und jemandem ins Gesicht zu schlagen, zwei Geschehnisse in Zeitlupe und im Nachhinein in Zeitraffer, alle Handlungen folgerichtig in ihrer Verrücktheit, doch am unwirklichsten und doch gültigsten war das Blut, das dem Jungen aus der Nase über den Mund gelaufen war. Als er ins Haus zurückkam, hatten die anderen die Szene am Teich bereits vergessen. Alles dauert immer nur einen Augenblick, das ganze Leben.

Nur dreißig oder ein paar mehr Stunden zuvor, er war des Stundenzählens müde, bekam die Verschiebung sowieso nicht berechnet, die Lücke nicht geschlossen, als hätte der Flug seinen Körper und seine Denkfähigkeit fragmentiert, nur dreißig oder mehr Stunden zuvor also hatte er diesen verwirrten Jungen auf die Straße gesetzt. Saß anschließend auf der Terrasse des Laurel Canyon Country Store vor einer Tasse Kaffee und sprach mit jemandem, den er vom Sehen kannte. Über die Veränderungen im Canyon, darüber, dass sich das Geld hier langsam einkaufte, die Häuser ummodelte und Swimming Pools in die Grundstücke grub. They paved paradise to put up a parking lot, wie Joni es ein paar Abende zuvor auf ihrer Terrasse gesungen hatte, einer, vor der es keinen Swimming Pool gab.

Im Laurel Canyon waren die Straßenkreuzung und der kleine Platz vor dem Country Store ein Flickwerk an Straßenasphaltierung, dahinter zogen sich die Mauern aus groben, übereinandergeschichteten Steinen vor den schroff ansteigenden Grundstücken nach oben. Gehwege gab es nicht, weil es keine Fußgänger gab, und wenn, musste man sich seinen Weg erkämpfen, um an sein Ziel oder zumindest an sein Auto zu kommen. Die efeuumrankten

Bäume dicht an der Straße, hinter jeder Kurve ein kurzer Blick auf die steil ansteigenden Erdaufwürfe der Santa Monica Mountains mit ihren zerklüfteten Canyons. Raues, uraltes Land, übereinandergeschobene Krusten, die an ihren Oberflächen in den trockenen Sommern zu pulverisierter Erde wurden, entstanden aus den tektonischen Verschiebungen der pazifischen und der nordamerikanischen Platte, am Mount Lee kurzfristig bezwungen durch das Hollywood Sign; und zur anderen Seite, vorbei an Santa Clarita und Agua Dulce in das weite Land der Mojave-Wüste hinein, die hinter allem liegt, in der ein Wunsch nichts gilt. Durch diese Landschaften werden seine Gedanken geformt, und zwischen den Bergen und der Wüste, der Rauheit und dem Streben nach Auflösung, verbringt er seine Tage und Nächte. Der Laurel Canyon ist sein liebster Ort auf dieser Welt.

Mit ruhigem Blick drosselt er das Tempo seines Käfers, vorbei an den ersten Häusern. Schon von weitem sieht er den Knick im Straßenverlauf, er sieht auch die Ursache dafür, ein Fachwerkhaus, das sich mit einer Ecke spitz in die Fahrbahn schiebt. Er stellt sich vor, wie es wäre, direkt auf den Kaugummiautomaten zuzuhalten, der an der Hauswand hängt, und erst im letzten Moment auszuweichen, nimmt sich sogar noch die Zeit, kurz in den Rückspiegel zu schauen, eine Fingerkuppe, die einen Tabakkrümel aus einem schwarzen Oberlippenbart entfernt, Haare, wild, wie sie keine Wetterauerin zu tragen gewagt hätte, vom Mittelscheitel geteilt, in schwarzen Locken auf Stirn und Schultern liegend; und ein schwarzes Auge, das sich jetzt schon wieder auf die Straße richtet, um noch einen Blick auf die Radfahrerin zu riskieren, die an ihm vorbeisaust, ein blondes Babe mit langen Beinen. Er zieht gerade an seiner Zigarette, da fängt der Käfermotor an zu stottern. Manchmal sind es nur wenige Sekunden, die Wohlbefinden von drohender Gefahr trennen, und so sitzt er jetzt auch ganz aufrecht, sogar leicht nach vorn gebeugt. Drei Fehlzündungen lassen einen Hund aus einem der Höfe auf den Bürgersteig rennen und ihm bellend hinterherschauen. Was gerade noch so sanft vor sich hin glitt, ist außer Kontrolle, er kann sich auch nicht mehr daran erinnern, wie der Ort heißt, in dem ihm vielleicht das Auto verreckt, kann sich die deutschen Ortsnamen sowieso nicht merken. Der Rauch seiner Zigarette beißt ihm in den Augen, dafür ist jetzt keine Zeit, er kneift die Lider zusammen und lässt die Kupplung schleifen, pumpt mit dem Fuß, das wirkt, der Käfer nimmt Vollgas an. Er sieht die Hausecke auf sich zukommen, den Kaugummiautomaten, sogar einen Riss im Bordstein sieht er, aus dem ein Grasbüschel sprießt. In einer Art vorweggenommenen Unfallgefühls hört er das Geräusch, mit dem der Gummi vom Vorderrad abgeschliffen und die Radkappe weggesprengt würde, wenn er nicht sofort ausweicht. Er reißt das Steuer in die andere Richtung, der Käfer schießt über die Mitte der Straße hinaus, aber er schafft es nicht, die Anspannung der Hände vom Fuß zu trennen, sondern klammert und gibt dabei noch mehr Gas, das Klammern unüblich für ihn, er ist ein Freigeist, das Gasgeben entspricht ihm eher, doch diesmal in der falschen Situation. Der Bürgersteig zu seiner Linken kommt näher, er weiß, wenn er jetzt das Gas nicht wegnimmt, wird er ihn anschneiden. An einer Hauswand leuchtet die Sonne durch einen schwarz beschrifteten Milchglaskasten; *Zum Grünen Baum*, die Punkte über dem Ü kann er selbst jetzt gut lei-

den, two funny dots at the back of my head, zwei lustige Punkte in seinem Hinterkopf. Genau darunter prallt auch schon der Reifen auf den hohen Bordstein; Metall auf Kante, es kracht erbärmlich, schleift. Er bremst heftig. Vergisst die Kupplung, der Motor springt ein letztes Mal. Und ist dann still. Jetzt endlich rollt auch die Radkappe vorbei, kreiselt, bleibt liegen und reflektiert die Sonne.
Er öffnet die Tür und wirft die Zigarette hinaus, zieht sich am Rahmen aus dem kleinen Wagen und steht nun aufrecht in Randstetten. Die Stiefelspitze genügt, mit einer Drehung ist der Stummel ausgemerzt, er schlägt mit der Faust aufs Dach, einmal, zweimal und ein drittes Mal, und sagt im Takt mit lauter Stimme: Fuck. Ein Wort, das Randstetten noch nie zuvor gehört hat.

2.

Sie heißt Evelyn. Evi in der Schule, das Evschen im Dorf, Ev nennt sie sich selbst. Mit fünfzehn hatte sie sich ihren Namen gegeben, während einer Erdkundestunde, der letzten Schulstunde des Tages und einer der letzten ihrer Schulzeit. Im Klassenzimmer roch es nach feuchter Erde und Haarspray, vorne an der Tafel wurde die Flurbereinigung erklärt. Einige gähnten, sie waren bereits in Lehrstellen untergebracht, andere gaben sich den Anschein von Aufmerksamkeit, um zu zeigen, sie wüssten nun, worum es im Leben ging. Ein kleiner Rest, vielleicht drei oder vier, blieb auf dem elterlichen Hof und würde bald morgens noch ein wenig früher aufstehen, zwei davon hatten alle Träume begraben und jetzt schon ihre Köpfe auf den Oberarm gelegt, träge blickten sie auf die eingeritzten Herzen und Schimpfworte vor sich auf dem hölzernen Schultisch. Die Zeiten des Zettelchenschreibens unter den Bänken waren vorbei.

Den Kopf in die Hand gestützt, schrieb sie ihren Vornamen hintereinanderweg. Seit der vierten Klasse neigte sich ihre Schrift nach links, das E war ein Pummelchen und alles, was danach folgte, seine halbwüchsigen Geschwister, vom Umfallen nur abgehalten durch das Ypsilon, das mit seinem Arm die Zeile unterhakte. Immer mehr Evelyns reihten sich aneinander und verschwammen nach der dritten Reihe vor ihren zusammengekniffenen Augen zu einer Spitzenbordüre, die ihrem Namen nicht mehr ähnelte, sooft sie auch blinzelte. In der fünften Zeile begann sie, die Evelyn aufrechter zu stellen. Die Buchstaben besaßen ihre eigene Trägheit und ließen sich nur beugen, wenn sie das nach rechts geneigte Heft beim Schreiben langsam drehte, so lange, bis es waagerecht vor ihr lag. Da standen sie gerade, wackelig zwar noch, aber sie hielten sich. Die Sache war ernst, auch sie selbst saß jetzt ganz aufrecht. Runde Buchstaben, die nach links kippten, ließen auf ein kindliches Gemüt schließen, hatte sie irgendwo gelesen, wahrscheinlich in einem Reader's Digest ihrer Mutter. Ihr Handgelenk schmerzte. An der Tafel ging es um Raumordnung und Landschaftsbild, mit steifem Rücken sorgte sie nun dafür, dass sich ihr Name nach rechts neigte. Immer flüssiger schrieb sie ihre Evelyn, und als sie am Ende der Seite müde wurde, verschrieb sie sich, die Buchstaben rutschten ihr nach oben weg, das kleine e ging verloren, aus dem Rest war zuletzt sogar eine Milchzahnreihe geworden. Was blieb, war Ev. Ein Name, der klang wie die Namen im Fernsehen, spätabends im Dritten Programm. So war sie an einem Julimittwoch im Jahr 1967, kurz bevor die sechste Stunde zu Ende ging, ihren fünfzehn Jahren entwachsen.

Zwei Jahre später, mit siebzehn, macht sie täglich ihre Gänge, hat ihre Wege, mit dem Fahrrad durch den Ort, eine Besorgung für die Oma hier, einen Abstecher in den Feldweg dort, um allein zu sein, nur kurz, und sich im Sommer barfuß auf die trockene Erde zu stellen. Täglich fährt sie mit Bus und Zug nach Friedberg, von dort nach Hanau und wieder zurück. Fremdspracheninstitut Dr. Erna Hecker – staatlich anerkannt –, mit Sprachlabor, dafür hat die Oma gesorgt, sie bezahlt die Sprachschule. Und wenn ich von trocken Brot lebe, das Kind macht seinen Abschluss. In Hanau tippt Ev ihre Sätze, übt englische Korrespondenz nach Stichwort, Dear Sir or Madam, Yours faithfully, Evelyn Böhm. Sie spricht Business-Englisch nach Band, Wiederholung/Stopp, Wiederholung/Stopp, und holt sich mittags ein Mohnbrötchen mit Butter im Café Weiermann am Marktplatz. Hin und wieder schaut sie schnell noch nach den Schnäppchen auf einem Wühltisch. Jeden Samstag war sie mit ihrer Mutter in die Stadt gefahren, die Brötchen mit Butter spendiert hat und für Ev manchmal einen Haarreif oder eine Sommerbluse. Einmal kaufte sie Strumpfhosen, ein Paar für sich, eines für Ev. Für Ev waren es die ersten Nylons, für ihre Mutter besiegelte das eingearbeitete Höschen das Ende ihrer Strumpfhalter. Mutter und Tochter mit zwei Größen Unterschied, zum Abschluss gönnten sie sich noch zwei Stück Schwarzwälder Kirsch. Es war ihre letzte gemeinsame Stadtfahrt, seit einem Jahr kauft Ev sich ihre Feinstrumpfhosen selbst, seit sie auf der Sprachschule ist, darf sie ihre Trinkgelder aus dem Grünen Baum behalten. Vor Hertie, wenn sie nach Schulschluss auf den Bus zum Bahnhof wartet, tufft sie mit einem Blick in das Schaufenster noch etwas ihre Haare am Hinterkopf auf, kurz sieht sie ihr Leben Wirklichkeit werden gegen den hellen Platz in ihrem Rücken, dann fährt der Bus ein, verschluckt ihre Spiegelung im Fenster, das Cromargan von WMF auf der Tischdecke mit den aufgedruckten Tomaten rückt wieder in den Vordergrund. Zischend gleiten die Bustüren auf. Drei Monate hat sie noch. Sechs Stunden am Tag ist sie eine Frau in der Stadt, das ist ihre Mutter nicht. Nachmittags um fünf ist sie wieder zu Hause im Grünen Baum.

3.

Sie schließt die Vordertür auf und teilt den Vorhang im Windfang mit beiden Händen, dunkelbrauner Filz, kunstledergesäumt. Sieht aus wie Hund, ihr immer gleicher Gedanke, der Vorhang riecht auch so, und trotzdem bleibt sie stehen, bis er sich hinter ihr schließt und ihre Haare berührt. Und schon umgibt sie der Kneipengeruch wie eine Altersschwäche, eine Mischung aus abgestandenem Nikotin und Bier, das in den Ausguss gespült wurde. Aus Küchenfett, das sich, gleich nach dem Mittagstisch während des Lüftens mit beidem verbunden hat, als gelte es, die Welt anzuhalten. Riecht nach zu Hause, hat Rudi einmal gesagt, da war er noch gesprächiger, ihr Onkel, der große schwache Bruder ihrer Mutter, der Angst hat vor Veränderungen. Der Geruch ist nur durch eine angezündete Zigarette, frisch gezapfte Biere, durch Stimmen und Stühlerücken zu vertreiben. Die Kneipe muss wieder warmgetrunken werden, sagt die Oma fast jeden Nachmittag.

Es ist still im Raum, wie immer um diese Zeit. Die Oma und die Mutter sind in ihren Zimmern im zweiten Stock, was Rudi treibt, weiß niemand genau, wahrscheinlich hält auch er noch seinen Mittagsschlaf. Die Julisonne hat sich auf den Fensterbänken breitgemacht und sticht mit aller Kraft durch die Ritzen der halb heruntergelassenen Rollläden, bringt die Riffelglaseinsätze in den Oberschränken in einem hellen Braun zum Leuchten, Ev weiß nie, ob sie bernsteinfarben oder nikotinbeschlagen sind. An den

Wänden hängen die alten Schwarz-Weiß-Fotografien, Jahrzehnte verschiedener Stammtischbesetzungen gerahmt über dem Stammtisch, sie kennt sie alle in- und auswendig. Über der Durchreiche zur Küche ist die Theke zu sehen, aufgenommen noch vor dem Krieg, der dunkelbraune Sockel auf dem Foto schwarz. Auch der Hof ist abgebildet, bis die Oma ihn übernahm, wurde er noch bewirtschaftet, auf dem Kopfsteinpflaster, eng beieinander, Frauen mit schweren Beinen unter wadenlangen Röcken. Die Männer – Tagelöhner vielleicht, auf jeden Fall fremd – stehen in eigenen Gruppen mit verschränkten Armen und Bauernmützen über ratlosen Augen. Auf einem Bild ist sie selbst als Baby im Arm ihrer Mutter zu sehen, auf der obersten Treppenstufe vom Grünen Baum, die Mutter in einem dünnen Kleid, ohne ein Lächeln. Rudi hatte es geschossen, die Agfa-Synchro-Box wurde angeschafft, als etwas Geld im Hause war. Mittlerweile hat er eine Kodak und knipst wie wild. Ein anderes Bild zeigt Bobby, ein echter Deutsch-Drahthaar, wie Rudi immer betont; schokofarben steht er vor dem Misthaufen, seine Zunge hängt heraus, zutraulich schaut er aus seinen hellbraunen Augen in die Kamera. Niemand kann sich daran erinnern, wer dieses Bild aufgenommen hat, es muss jemand gewesen sein, der Hunde liebte und einen guten Blick hatte. Immer schon stach es heraus aus der Galerie verschlossener Menschen, Bilder, die von der Oma hängen gelassen wurden, weil die Dorfgemeinschaft darin ihre verwinkelten Stammbäume ablas, der Hund war größer als jeder Mensch auf den anderen Fotos und das einzige Lebewesen, das zu lächeln schien. Bobby wurde mit dem Grünen Baum übernommen, er starb, als Ev vier Jahre alt war, ihm war ein weiterer Bobby gefolgt, auch er schon tot.

Sie stellt ihre Tasche auf die Sitzbank in der Stammtischecke und legt den Haustürschlüssel auf den Tisch, sorgsam auf das Webdeckchen, der Schlüsselanhänger darf keinen Lärm machen, niemand soll vor der Zeit von oben herunterkommen. Mit der Hand fährt sie am Rand des Deckchens entlang und nimmt die Fussel auf, ihre Haut fein gegen das Gewebe. Ein halbleeres Glas, vergessen auf der Fensterbank, nah am Usambaraveilchen, das Bier darin von einem unsauberen Gelb, schon lange ohne Schaum. Der Scherz eines Mittagsgasts. Sie nimmt es mit zur Theke und zapft sich dort eine Cola. Die Bild-Zeitung auf dem Tresen ist ganz zerlesen von Oma und Mutter, beide lecken sich immer über den Zeigefinger vorm Seitenumschlagen, sie wird nur die oberen Ecken anfassen.

Es ist die Zeit am Tag, in der sich alles ausdehnt. Für eine halbe Stunde gehört der Raum ihr allein. Gegen halb sechs wird die Oma die Küche für den Abend richten. Ev hilft in der Kneipe, sooft es geht. Sie säubert die Fremdenzimmer, wenn es passt, das ist sie der Oma schuldig. Heute ist nichts zu tun, keines der Zimmer ist belegt. Später wird es voll werden, wie immer freitagabends, nur wer Tiere im Stall hat, muss noch arbeiten. Appetit holt man sich draußen, gegessen wird zu Hause, so heißt es im Ort in vielerlei Hinsicht, trotzdem wird bald Jupp auftauchen, Kleinerts Jupp, den sie auch Eier-Jupp nennen, weil er sich schon früh mehr Hühner zulegte, als das Dorf gebrauchen konnte, gutes Geld verdiente damit als fahrender Eiermann bis runter nach Hanau und Offenbach, wo er mit Ständen voller Gemüse, braunen und weißen Eiern – Frisch aus der Wetterau auf Ihren Tisch! – auf den Wochenmärkten zu einer festen Größe wurde. Jupp wird also als einer der Ersten auftauchen und seinen Teller leer-

putzen, ab freitags zeigt er seiner Schwiegertochter das ganze Wochenende hindurch, was er von ihrer Kocherei hält. Am Stock wird er auf seinem Aussiedlerhof die Treppe vom Obergeschoss herunterkommen, die Krakeelerei hinter sich lassen, die er während der Woche durch Schweigen anstachelt, bis sie sich am Freitagabend schließlich erschöpft hat. Grimmig wischt seine Schwiegertochter den Flur feucht durch, während Wilhelm, sein Sohn, im Hof den neuen Wagen mit dem Gartenschlauch absprengt. Nicht ohne zuvor Rex oder Hasso noch ruppig hinter dem Ohr zu kraulen, so, dass eine Wolke Hundehaare durch den feuchten Hausflur weht. Dann wird er wortlos die Haustür hinter sich zufallen lassen und sich mit seinem Fahrrad auf den Weg in die Wirtschaft machen. Ev kennt alles, schon als sie als kleines Mädchen an der Hand der Mutter den Gartenzaungesprächen zuhörte, waren es die gleichen Klagen.
Um kurz nach sieben werden die Skatbrüder mit ihrem Stühlerücken am Stammtisch beginnen. Und, Rosi, wie?, werden sie ihrer Mutter mit roten Gesichtern zurufen, und einer wird gegen die kleine Kuhglocke über dem Stammtischaschenbecher schlagen, ein Zeichen für die erste Runde, von Evs Mutter schon so gut wie gezapft. Wenn der Tisch freigeräumt ist und die Karten gemischt werden, hat auch die freiwillige Feuerwehr ihre Übung beendet und die Tür wird sich erneut öffnen. Aufgekratzt und mit Tränensäcken unter den Augen werden die Männer ihre Bestellung schon in Richtung Theke rufen, bevor sie sich setzen, die Stimmen noch laut von den Zurufen beim Auf- und Abrollen der Löschschläuche. Ein Schnäpschen in Ehren.
Gegen halb neun gibt es nichts mehr zu sagen am Bus-

häuschen, dann poltern die Dorfjungs durch die Tür und verziehen sich in ihre Ecke, der Tisch vor dem Kegelautomaten ist ihrer, weit entfernt vom Stammtisch. Der Kegelautomat ist vorsintflutlich, werden sie wie immer sagen, eine Minikegelbahn auf einem Tisch, statt der Kugel Holzscheiben, die Kegel selbst aus Vollholz an Schnüren, das ist was für alte Leute oder kleine Kinder. Warum nicht gleich einen Flipper hinstellen, da wäre endlich mal was los, und man käme nicht um vor Langeweile, in der Ecke gibt es sogar eine Steckdose.
In der Kneipe haben sie eine große Klappe, haben mit ihren Eltern nichts zu tun, hier gelten andere Regeln als zu Hause, manch einer stützt später den Vater auf dem Weg die Hauptstraße entlang. Mit hochgezogenen Schultern hocken sie da und bestellen sich jeder ein kleines Bier, sogar einen Asbach können sie sich erlauben, wenn das Lehrgeld reicht, manchmal auch ein kleines Gematschel, Pommes in Jägersoße in einem Suppentopf, von der Oma für sie erfunden, eine Mark fuffzig. Vom Ortsausgang her werden ein paar Langhaarige aus dem Sunnyside auf ein Bier kommen, weil es im Grünen Baum billiger ist als in der Dorfdisko, weil sie hin- und herziehen müssen am Freitag und am Samstag, böse Blicke ernten und den Dorfdeppen zeigen, wie kleinkariert sie sind, und weil auch das Sunnyside nicht die Welt ist. Gelangweilt werden sie im Weg herumstehen, ein paar Witze machen, abschätzig beobachtet von der Stammmannschaft, die sich darüber beschwert, wenn die Straße mit Nauheimer und Friedberger Autos zugeparkt ist. Und überhaupt, die Kreischmusik, die man bis auf die Straße hört, die Autotüren, der Krach in der Nacht. Volk und Studentengesocks, Gammler, man weiß auch gar nicht, woher die

das Geld haben für den Schuppen, man ahnt es aber, sie liegen ihren Eltern auf der Tasche, und wenn nicht ihnen jetzt, dann später dem Steuerzahler. Ev rollt mit den Augen, wenn sie das Geschimpfe anhören muss, es ist ihr peinlich, wie die Leute keifen im Selbstverständnis, Randstetten sei der Nabel der Welt, weil sie ein paarmal in ihrem Leben im Urlaub waren und im Sommer mit dem Verein nach Rüdesheim zum Saufen fahren. Manchmal regt sie sich sogar abends im Bett noch über alles auf, jeden Klang, jede Stimme, selbst auf den farbbekleckstеn Griff ihres Fensters, den sie im Dunkeln ahnt, wird sie dann wütend.

Manni wird da sein, zwischen Bushäuschen und Beatschuppen wird er im Grünen Baum seinen Stuhl herumdrehen und breitbeinig wie ein Cowboy darauf sitzen, die Lehne vor der Brust, in der Kneipe ist man mehr Mannsbild als auf der Kreidler Florett. In der letzten Woche hat er sich spitze Stiefel gekauft, Ev mag seine enge Lederjacke und wie er darauf besteht, von ihr sein Bier gebracht zu bekommen, der liebt dich, werden die anderen feixen, und sie weiß, alle außer Manni schauen verstohlen hinter ihr her, wenn sie zur Theke geht. Es tut ihr leid, wenn die Jungs sich über den Kegelautomaten lustig machen, es tut ihr weh für die Oma, die ihn vor Jahren angeschafft hat im Glauben, etwas Gutes zu tun, ihre Oma, deren Oberarme immer kalt sind und die auch im heißesten Sommer keine Wärme abstrahlt. Manchmal denkt sie, die ganze Welt ist unzufrieden. Und doch, die lauten Stimmen, die Musik, das honigweiße Licht über den Tischen, spät am Abend nimmt sie alles mit hinauf in ihr Bett. Schon als Kind ist sie immer gut eingeschlafen.

Sie holt die Bravo aus ihrer Tasche und die Petra. Sie ist zu alt für die Bravo, kauft sie hin und wieder aber doch, blättert sie kurz durch, Kinderkram, wird sie später Rudi zustecken, damit er nicht spürt, wie sie sich verändert. Irgendwann vielleicht nicht mehr da ist. Vielleicht muss sie gar nicht mehr so tun, als gehörte die Bravo zu ihrem Leben, vielleicht kann sie Rudi einfach jeden Donnerstag eine kaufen und mitbringen?

Barry Ryan am Bravo-Telefon, ernst blickt er in die Kamera. Uschi Glas, mit dem Kopf auf den Unterarmen. Ev schaut ihr in die Augen, dann legt auch sie ihre Schläfe auf ihre Unterarme, ihr Handgelenk auf das von Uschi.

Wie ruhig die Stühle dastehen, vornüber gegen die Tischkanten gelehnt. Die geraden Rückenstreben, das Henningerbraun, an den Lehnen schon ganz abgegriffen, sie mag es, wenn die Dinge so aussehen, wie sie sind. Niemand, der jetzt vielleicht durch die Hoftür von hinten in den Schankraum tritt, würde wagen, sich auf einen dieser Stühle zu setzen. Hinter der Theke hängt die Dreiliter-Asbachflasche verkehrt herum, doch der Aufkleber mit der Schrift ist richtig, da wurde endlich einmal mitgedacht, sagen die Männer manchmal, wenn noch nichts los ist und ihnen nichts Besseres einfällt. Mitgedacht, mitgelacht, sagen sie auch in der Sprachschule immer, wenn einer einen Fehler macht. Ein Asbach-Uralt-Witz. Ihr fallen die Augen zu, sie kann nichts dagegen tun. Sie riecht die Bravo, jede Woche der gleiche aufregende Geruch nach den Dingen, die niemand versteht, der nicht mehr zur Schule geht. Ihre Arme kleben am Papier. Die Hintertür zum Hof wird geöffnet und fällt zu. Gleich nachher wird sie mit der Mutter darüber reden, was alles rausmuss aus der Musikbox. Sie kommen beide nicht an der Oma vorbei, die will keine Urwaldmusik in ihrer Gaststätte. Abends

singt die Mutter, die den alten Kram ebenfalls nicht leiden kann, trotzdem leise mit beim Gläserspülen, aber nicht bei Heintje und nur während der Woche, dann sind die Fernfahrer da. Die essen manchmal zwei Schnitzel hintereinander, damit alle lachen, und werfen die Markstücke reihenweise in den Schlitz, *Das Mädchen Carina*, *Es wird Nacht*, *Señorita*, *Sind Sie der Graf von Luxemburg. Eloise*, die Beatles und noch ein paar andere, dafür hat Ev gesorgt. Ihre Mutter kennt auch die Fernfahrer auswendig, und wen sie nicht kennt, der lernt sie kennen. Sie flirtet zu viel, redet zu viel nach rechts und links, Ev möchte sie so nicht sehen. Wenn sie für jeden da ist. Dabei ist sie doch sonst nicht so. Aber man muss die Oberhand behalten, das hat ihr die Mutter erklärt, weil es vom Scherz, bei dem man nicht das letzte Wort hat, zum Spott ein kurzer Weg ist im Gastraum. Verarscht werden, das kennt Ev auch, dabei denkt sie an Rudi. Nein, das will man nicht.
Wenn sie jetzt aufhört zu denken und es schafft, ihre Augen hinter den Lidern ganz ruhig zu halten, sich auf ihn zu konzentrieren und doch auch nicht, taucht der Vater wieder auf. Er kommt nur zu dieser Stunde, eine schwarz-weiße Figur wie von einem der Fotos, doch schlank und jung und in einer Bewegung, die sich aus der Ferne nähert; das Gesicht aber nie zu erkennen. Sie weiß nur, wie er nicht sein soll. Nicht so wie die Männer im Dorf, die beim Skat so laut werden, dass die Oma den Kopf in die Küchendurchreiche hält und Na! Also! Geht's noch? ruft. Männer mit breiten Hüften, über denen während der Woche die blauen Arbeitshosen festgezurrt sind, und beigefarbenen Garbardinehosen, die sie bei einem Krankenhausbesuch tragen oder wenn sie mit der Familie nach Frankfurt in den Zoo fahren, wo sie schon nach wenigen

Minuten die Hände ihrer Kinder loslassen, um abseits eine Zigarette zu rauchen. Sie versucht, vom Körper der Mutter und von ihrem eigenen auf den Körper des Vaters zu schließen. Im Unterschied muss der Vater erkennbar sein, doch sie hat die Merkmale noch nicht gefunden, bestimmt wäre es einfacher, wenn sie ein Junge wäre.
Die Hände der Mutter sind fest, mit breitem Handrücken, ihre Handgelenke kräftiger als die eigenen, aber sie steht auch täglich hinter dem Tresen und spült die Gläser, immer eines in jeder Hand, das sie rasch über die Spülbürsten stülpt. Nimmt ein Tablett mit fünf Pils vom Tresen und hat schon zwei große Schnitzelteller auf dem anderen Arm. Zapft den Asbach mit *einer* geübten Drehbewegung. Ev schafft von all dem nur die Hälfte, sie hat andere Hände und Arme als die Mutter und ist auch weicher in der Bewegung, das hat die Oma ihr einmal gesagt, als sie allein mit ihr war, aber mehr auch nicht.
War der Vater ein Schaffer, wie man diejenigen hier nennt, die sich auf dem Hof oder im Betrieb nichts schenken lassen und die deshalb auch ein bisschen lauter sein dürfen als die anderen und ein bisschen mehr saufen; oder war er ein Bürohengst, ein Sesselpupser, vielleicht sogar einer dieser Vertretertypen, wie sie im Grünen Baum oft absteigen, Gebiet Frankfurt bis Fulda? Vielleicht ein Künstler. Und ein Künstler, ein sensibler Künstler, hat dunkle Haare; dunkelbraun. So sehen die Schriftsteller im Reader's Digest aus. So sehen die Musiker in der Bravo aus, die das mit den Gitarren machen, was keiner leiden kann. Die Beach Boys sind fast alle blond, die Schauspieler auch, die anderen sind dunkel. Bis Ev in der Mittelschule die Mendel'schen Gesetze auswendig lernen musste, hatte sie ihre Zweifel an der dunklen Haarfarbe des Vaters, denn

sie selbst ist blond. Das Haarteil der Mutter ist auch blond, von einem künstlichen Goldblond, so färbt sie sich auch die richtigen Haare, Tel-Aviv-Blond, wie es einer der Fernfahrer einmal nannte, aber auch gleich noch hinterherrief, Du bist eine rassige Frau, Rosi, so oder so, ob dunkel oder blond. Denn die Mutter ist ja von Natur aus dunkel, noch auf Evs Kommunionfoto war sie es, und genau das ist der Haken. Aber seit Mendel und seit sie die Großmutter nach deren früherer Haarfarbe fragte, weiß sie, dass es gehen könnte: die Mutter dunkel, der Vater dunkel, das Kind blond. Er kann sogar Locken gehabt haben, obwohl Ev selbst so stracke Haare hat wie ein Pony. Aber aus der Mutter etwas rauszukriegen ist so unmöglich wie Mäusemelken, denn die Mutter spricht nicht von dem, was sie weiß. Sie spricht lieber von Dingen, von denen sie keine Ahnung hat.

Nur einen Moment noch, bis Rudi die Treppe herunterkommt, zögernd, die Stufen werden weniger knarren als bei der Mutter oder bei ihr selbst. Dann muss sie wieder zu sich kommen. Rudi sieht schwerer aus, als er ist, mit seinen hängenden Schultern und dem runden Gesicht. Mit seiner rechten Hand, ganz rot marmoriert, wird er das Treppengeländer abwärtstasten, Ev sieht es vor sich, wie sich seine grauen Nägel weiß verfärben, weil er sich zu sehr festhält. Er hat so große Angst zu fallen. Im letzten Jahr war er gestürzt, spätabends am Hinterausgang zum Hof lag er, die Kneipe war schon geschlossen und alles dunkel. Die Mutter und die Oma hatten ihn ins Bett gehievt und geflüstert dabei. Bestimmt eingeschlafen auf dem Klo. Und dann hingeknallt im Suff. Am nächsten Nachmittag waren seine Zeige- und Mittelfinger vom Nikotin noch brauner als sonst. Seitdem nennt Ev ihn nicht mehr Onkel

und auch nicht Rudi und auch sonst nichts, aber sie zieht ihm Zigaretten aus dem Automaten neben der Kellertreppe, wenn er es nicht mehr schafft.
Kurz vor der Oma wird er in die Küche kommen, sich auf die Küchenbank setzen und warten, bis die einen Kaffee vor ihm auf den Tisch stellt. Schon siebenunddreißig und immer noch der Oma ihr Kind. Auf der Flucht immer langsamer geworden, nicht nur in den Bewegungen, auch im Kopf. Wie ein König auf seinem Schatz wird er auf der kurzen Seite der Eckbank thronen und den Kopf langsam zur Durchreiche wenden, wenn die ersten Gäste da sind. Die ganze Eckbank war ja nur für ihn angeschafft worden, damit er nicht vorne im Kneipenraum rumhockt, damit es überhaupt einen Platz für ihn gibt. Im langen Teil sind seine Asterixhefte und Evs Bravos unter der Sitzbank vergraben, im kurzen Teil seine Landserhefte, sein großer Stolz, doch nur heimlich hervorgeholt. Als Kind durfte Ev sie nicht sehen, die Oma hatte verboten, dass die Hefte jemals auf den Küchentisch gelegt wurden. Die Stahlhelme, die jungen Männer, die in die Knie sanken auf den Titelblättern und den Kopf in den Nacken warfen, alles Lüge, sagte sie, dieses Mensch hat uns alle um den Verstand gebracht.
In der Küche rumort es, eine Pfanne wird auf dem Herd hin- und hergeschoben, vielleicht hört Ev auch den Starfighter über das Dorf hinwegrollen. Was sie jedoch nicht hört, ist seine Auflösung durch die Schallmauer hindurch, stattdessen lässt die Oma ihre Pfanne auf einen der gusseisernen Herdringe knallen. Uschi Glas bleibt vor Schreck mit dem halben Gesicht an Evs Unterarm hängen, dann reißt die ganze Seite. Ein wenig Uschimund hat ihren Unterarm bedruckt, Ev sieht es, als sie den Streifen von ihrer

Haut abzieht, dann sieht sie auch Rudi durch die Durchreiche, der sie aus wässrigen Augen beobachtet und keine Miene verzieht. Sie hat ihn nicht die Treppe herunterkommen gehört. Jetzt schnell die Zeitschriften vom Tisch, umziehen, und nichts wie raus, es ist ihr täglicher Ehrgeiz: Die Hoftür muss sich hinter ihr schließen, noch bevor die Oma den Fleischklopfer auf das erste rote Schnitzel fallen lässt.

Die Kirchturmuhr zeigt zwanzig vor sechs, als sie ihr Fahrrad aus dem Hof schiebt und aufsteigt, auf der Hauptstraße ist es so still, wie es um diese Zeit im Juli in der Wetterau nur sein kann. In den Höfen liegt das warme Kopfsteinpflaster noch zur Hälfte in der Sonne, Hofhunde dösen im Schatten, manche sind vor der flirrenden Hitze in einen Hausflur geflüchtet, mit dem Blick zur Küchentür warten sie, ob sie gerufen werden. Beim Metzger sind die Jalousien heruntergelassen, nur ein rosa Gipsschwein neben der Eingangstür zeigt, man könnte noch ein Viertel Hack holen. Der Bäcker hat kaum mehr etwas in den Regalen, der Bienenstich, schon leicht hinüber, wird morgen an die Schweine in der Nachbarschaft verfüttert, auch die Oma gibt die Reste weg. Schweineschnitzel an Schweine, Ev muss bei jedem Schnitzel vor sich auf dem Teller an die Matrjoschkas denken, die Wilhelm im Edeka-Laden in der Schreibwarenecke stehen hat, direkt neben den Brokatdeckchen. Ein Kinderfahrrad lehnt im Fahrradständer vor dem Schaufenster, die Stützräder hochgeklappt. Das Hoftor daneben wird von innen zugezogen.

4.

Im Fünfliterboiler über dem Spülbecken brodelt es, ihre drei Eisenpfannen, mit Zeitungspapier ausgewischt, stehen schon auf dem Herd. In der Drehung sieht sie ihre Enkelin an der Küchentür vorüberlaufen, die Hintertür wird aufgestoßen, das Hoftor quietscht in den Angeln. Man hört sie nur und sieht sie kaum um diese Tageszeit, sie vermeidet, mit ihr und Rudi allein in der Küche zu sein, sie hat einen Sprung gemacht im letzten Jahr. Ist älter geworden, und auch eigen.

Rudi sitzt schon hinter ihr auf seiner Eckbank, die Hände auf dem Arbeitstisch, sitzt da mit seinem runden Gesicht und betrachtet die glänzende Haut seiner Finger. Sie weiß es, ohne hinzuschauen. Manchmal wäre ihr lieber, er würde ihr wie früher Fragen stellen, doch er spricht schon seit langem nur noch das Nötigste. Um diese Uhrzeit wartet er auf seinen Kaffee. Der Wasserkessel pfeift, der rote Knopf des Boilers springt heraus, nur die immer gleichen Handgriffe halten eine Küche in Takt. Sie schneidet ihm ein Stück Streuselkuchen frisch vom Blech, brüht den Kaffee im Filter auf und lässt das Wasser aus dem Boiler in das tiefe Spülbecken mit seinen Wänden voller Haarrisse laufen. Auch wenn es auf seinem Grund schon ganz rau ist, sie wird bei ihrem Spülbecken bleiben. Es hat die Farbe von Milch.

Na, Mutter, sagt Rudi, als sie den Kaffee vor seine Hände stellt, schwarz, wie er ihn um diese Uhrzeit braucht, und den Streuselkuchen dazu. Es ist dieses Aufmüpfige in seiner Stimme, die Verbindung zwischen Tonfall und Wortwahl, die manchmal ihren Widerstand hervorruft, die imitierte Manneskraft, die er in diese zwei täglich wiederkehrenden Worte legt. Er ist der einzige Mann in der Familie, darauf besteht er. Aber er schaut ihr nicht in die Augen, wenn er mit ihr spricht, seit seinem Sturz im letzten Jahr, nachdem sie ihm die Unterwäsche wechselte wie einem kleinen Kind, erwidert er ihren Blick nicht mehr. Er spricht seine zwei Worte hin zum schwarzen Kaffee, als wäre sie gar nicht da, und da tut er ihr auch schon wieder leid. Man steckt nicht drin in ihm. Man möchte es auch gar nicht.

Sie lässt Kaltes zu ihrem Spülwasser laufen, spritzt Pril rein und schaut hoch in den Spiegel, der über der Spüle hängt, vom Lauf der Jahre scheint er fast unmerklich nach oben gerückt zu sein. Ihre Ohrringe zittern, es sind immer noch die Ohrringe, die sie kurz vor ihrer Hochzeit kaufte, winzige achteckige Steine, in Gelbgold gefasst. Sie wippen bei jeder ihrer Bewegungen in ihren ausgeweiteten Ohrlöchern, gehören zu ihr wie ihr Ohr selbst. Mit kleinen Augen und schmalem Mund prüft sie ihr graues Haar, das im Nacken kurzgeschnitten ist, die Dauerwelle, die sie sich manchmal legen lässt, wenn Rosi sie dazu drängt, ist über die Stirn nach hinten ausgekämmt.

Rudi stellt die leere Kaffeetasse auf den leeren Kuchenteller, er isst unregelmäßig, doch mit der Gleichgültigkeit eines Menschen, der die Mengen nicht abschätzen kann, es ist Viertel vor sechs, im Zweiten fängt die *Drehscheibe* an. Kommst du mit, wird er sagen, eine völlig vergebliche Frage, nein, wird sie antworten, ich mach erst mal euren Dreck weg. Die *Drehscheibe* läuft schon, sagt er dann auch, da ist er schon hinter der Theke, durch die Durchreiche sieht sie nur seinen Rücken. Er tut schon wieder so, als suche er etwas in einer der Schubladen, vielleicht einen Gummi, vielleicht einen Stift. Sie antwortet nicht, wischt nur kurz die Hände an ihrer Kittelschürze ab, räumt den Teller und die Tasse vom Tisch und lässt sie im Spülwasser versinken. Gleich wird er sein sinnloses Herumkramen, seine Heuchelei, die niemand mehr erträgt, für einen Moment unterbrechen und sich zur Asbachflasche umdrehen, seinen Flachmann hat er immer in der Hosentasche. Rasch zieht sie die Besteckschublade heraus und schlägt sie wieder zu, sie will nicht hören, wie es still wird, weil Rudi sich den Schnaps aus der Flasche zieht, bei nichts sonst ist er so konzentriert wie bei dieser heimlichen Geste.

Ihre Haut ist fast so hell wie die Wand neben dem Spiegel, den der Wasserdampf von unten beschlägt, doch ihr Kinn ist immer noch entschlossen. Sie kennt sich zur Genüge, deshalb beugt sie sich nach vorne und taucht die Hände in ihr Spülwasser. Zu heiß ist es, so, wie sie es mag, sie hält ganz still. An ihren Unterarmen türmt sich der Seifenschaum, hundertfach zerplatzen die Bläschen mit einem Knistern, das auf der Haut kitzelt. Sie wartet einen Moment, bis es ihr durch den Körper zieht, egal, wie heiß es in der Küche ist, für ihre Knochen kann es nicht genug Wärme geben. Rosi ist spät dran, sie müsste schon unten sein und die Theke vorbereiten. Wahrscheinlich wieder eingeschlafen. Gleich rufen, wenn der Abwasch fertig ist.

Die alte Frau Böhm wird sie genannt, nur außerhalb ihrer Hörweite, aber sie weiß es doch. Frau Böhm, wenn man sie anredet oder den Kopf auf die Höhe der Durchreiche beugt und in die Küche ruft, es habe gut geschmeckt, wie immer! Die alte Frau Böhm ist sie, und so fühlt sie sich auch. Schon zweiundsechzig und kein Ende abzusehen, wer sonst soll alles auf Trab halten. Mit fünfundvierzig hatte sie den Grünen Baum übernommen und ihr Eingliederungsdarlehen reingebuttert, das im Dorf immer nur Flüchtlingszuschuss genannt wurde. Es war die Zeit des Ärmelhochkrempelns und Freddys *Heimweh* aus der nagelneuen Musikbox, von Henninger geliefert, zusammen mit dem neuen Pachtvertrag über zwanzig Jahre für Theke, Zapfanlage, Tische und Stühle. Damals konnte sie die Schlager nicht ertragen, alles geheuchelt, sagte sie dann, wenn einer vor der Theke zum Bier noch Schnaps wollte und zum Klang der Musik nicht wusste, ob er lachen oder weinen sollte. Inzwischen hält sie an den alten Platten fest. Man sah sie von Anfang an so gut wie nie im Gastraum, sie betrat ihn selten, wenn Gäste da waren, wollte nichts mit den Würfelspielern und Skatkloppern, dem Zigaretten- und Bierdunst zu tun haben, und dabei ist sie geblieben. Ihre Grenze ist die Küchentür und die Durchreiche hinter der Theke. Es ist diese Durchreiche, ihre Welt ein Schaukasten, im Winter ein Küchenaquarium, ausgeleuchtet vom weißen Licht der nackten kreisrunden Lampe über dem Tisch und der Neonröhre über Spüle und Herd, ein Blick in die Hölle im Sommer, wenn das Schnitzelbraten die reinste Qual ist.

Schnitzel waren von Anfang an das Hauptgericht im Grünen Baum, Schnitzel mit Bratkartoffeln, dazu grüner Salat, an den sie stets etwas Zucker gibt, niemand weiß besser als sie, wie wertvoll Zucker ist. Wer es schnell und einfach braucht, bestellt Schnitzel mit Kartoffelsalat, den sie an jedem zweiten Tag frisch zubereitet. Und auch Pommfritz gibt es, hauptsächlich für die Dorfjungs und die Kinder, und manchmal auch einen Strammen Max.

An der Wand über der Arbeitsplatte und ihren beiden Herden, dem alten, der befeuert wird, und dem Elektroherd, zieht sich die Zackenlinie von großen und kleinen Küchenutensilien entlang, vom ersten Tag an, an dem sie ihre Küche eingerichtet hat – Emaillekochtöpfe, ihre Eisenpfannen mit den dunklen Holzgriffen, Schüsseln in allen Größen, dazu Hobel, Fleischklopfer, Schneidebretter, die beweglichen Teile der Einrichtung, ihre Soldatenschaft, die täglich anzutreten hat, um gefüllt und ausgekratzt, eingeweicht und neu aufgereiht zu werden. Die Resopaloberfläche ihres großen Küchentisches ist das verbindende Element in diesem Universum, Arbeitsplatte und Essplatz gleichermaßen. Ev breitete früher hier ihre Schulhefte aus, rechteckig und glänzend, wird der Tisch mindestens dreimal am Tag leergeräumt und blankgewischt, nur damit eine neue Aufstellung, eine neue Küchenrunde beginnen kann. Einzig zwei braune Küchenbüffets bilden die farbliche Ausnahme, sind mit den täglich zu schälenden Kartoffeln der erdige Teil ihrer Welt, etwas, das beruhigend unverrückbar ist und auch so etwas wie eine Erinnerung. Schweineschmalz ist die Grundlage für ihre Schnitzel und Bratkartoffeln, zartes, weißes Schweineschmalz, wie sie es von zu Hause kennt, aufbewahrt in einem hellgrauen Steintopf und mit dem Holzlöffel entnommen. Täglich lässt sie so viel Schweineschmalz in ihren Pfannen schwimmen, dass die gesamte Küche im Lauf des Abends im Bratendunst unterzugehen droht. Sooft sie auch den Terrazzoboden schrubbt und die eingetrockneten Fleischfasern mit Stahlwolle von Herd und Kacheln kratzt, spät an jedem Abend, wenn auch Rosi draußen im Schankraum den Kehraus einläutet, ihre Küche glänzt wie ein Speckstein.

Ihre Haut jedoch ist anders. Trotz ihres verschlossenen Gesichtsausdrucks ist sie fein, beinahe pudrig, und ihre schmalen Lippen zeigen bei genauem Hinsehen eine Spur von Rosé, etwas, wofür Evs Mutter Rosi einen Lippenstift braucht. Nur den Kindern fiel diese Zartheit auf, den Freundinnen, die Ev früher oft nach der Schule mit in die Küche brachte, wo sie aßen und gemeinsam Hausaufgaben machten. Ev war immer im Vorteil, Schnitzel, Musikbox, Cola und eine Mutter mit Hochfrisur, die Mädchen kamen gerne. Ev erledigt schon lange keine Schularbeiten mehr in ihrer Küche, doch aus der Nachbarschaft kommen immer noch von Zeit zu Zeit ein paar Kinder vorbei, Mädchen hauptsächlich, um einen Wurf junger Katzen unter dem Küchenbüffet zu betrachten oder am Küchentisch ein Glas Fanta zu trinken.
Immer hält sie das Küchenmesser weit vorne, kurz, wie sie sagt, damit man mehr Druck hat. Schwarze Schnitte sind an ihren Zeigefingern und Daumen zu sehen, seit sie denken kann, zugezogen beim Kartoffelschälen, beim Zwiebelschälen, beim Fleischschneiden, das Schwarze in den Rillen sei kein Schmutz, sagte sie schon immer, es sei Arbeit. Wenn das die Arbeit war, wenn Arbeit sich so in den Körper einschneidet, dachten die Mädchen, die Ev nach der Schule mitbrachte, wenn so das Leben sein wird, dann wollten sie immer klein bleiben und zur Schule gehen. Doch es waren nicht die Rillen, die abschreckend auf sie wirkten, es war der Geruch, den ihre Hände ausströmten, wenn sie ihnen eine Erdbeere oder eine junge Katze vor die Nase hielt. Sie rochen so, wie die Schnitte aussahen: nach Zwiebeln, nach Fett, nach Kraut. Nach Arbeit halt, sagte sie und holte ihnen ein Langnese-Eis am Stiel aus der Kühltruhe. Vanille, im Verkauf für zwanzig Pfennig.

Sie wissen, was auch ihre Mütter wissen, da ist sie sicher. Alle im Ort wissen es, allzu oft fällt immer noch der Satz bei Familienfeiern, die Männer sagen nichts dazu, sondern wechseln das Thema, doch wenn die Frauen beim Abspülen in der Küche unter sich sind und über die Abwesenden sprechen, kann es passieren, dass eines der Mädchen fragt, warum Evs Oma nie aus ihrer Küche herauskommt und ob sie traurig ist, wo es doch immer so lustig ist im Grünen Baum. Dann fällt der Satz. Vier russische Offiziere, mit Bedauern und Ehrfurcht ausgesprochen, das dürfen die Mädchen hören, die beim Abtrocknen helfen, und auch wenn ihnen noch nicht klar ist, was er bedeutet, dieser Satz ist so sehr die dunkle Entsprechung zu der kleinen Frau mit den zarten Lippen in der Küche des Grünen Baums, dass sie ahnen, ein solches Geschehnis verändert ein gesamtes Leben. Der Satz kam stets vor in dem Wenigen, das sie damals, als sie in Randstetten ankam, zu ihrer Geschichte erzählte, dazu noch die Minusgrade auf der Flucht. Allein mit zwei halbwüchsigen Kindern und dieser Satz, das reichte, damit die Frauen gleich von Anbeginn nichts auf sie kommen ließen und die Männer ihre Ruppigkeit niemals kommentierten, ja überhaupt nichts zu ihrer Person sagten, sondern sich alles gefallen ließen und sich, wenn sie mit ihr sprachen, so schnell wegdrehten, als wären sie ertappt worden. Der Satz genügte, um mit den Frauen warm zu werden und als Erklärung dafür, dass sie mit niemandem viel zu tun haben möchte.
Rosi fällt ihr wieder ein. Muss jetzt endlich aufstehen, hilft ja nichts. Sie wischt sich im Hinausgehen aus der Küche wieder die Hände an ihrer Schürze ab, öffnet die Hintertür zum Hof, durch die Evi eben noch hinausgelaufen ist, geht über den Flur nach vorne zur Gaststube, öff-

net auch die Eingangstür vom Grünen Baum, Durchzug muss sein, bleibt auf dem Rückweg am Fuß der Treppe zum Obergeschoss stehen und ruft laut den Namen ihrer Tochter. Dass es immer so schwer sein muss, bis alle auf Zack sind.

Gangster of Love

1.

Die Liebe kommt, die Liebe geht, ist ein seltsames Spiel in Rosis Körper, hat Schwung genommen im Halbschlaf mit dem Lüftchen aus dem kleinen Ventilator auf ihrem Nachtschrank, das die Gardine aufwehen lässt. Der Rollladen ist fast ganz heruntergelassen, sie zieht ihn nur frühmorgens für eine halbe Stunde hoch, um Luft hereinzulassen. Nur ein schmaler Streif über der Fensterbank ist jetzt offen, genau so will es Rosi haben. Die hellen Hausfassaden gegenüber reflektieren das Licht, bringen den Raum zu einem inneren Leuchten. Ihr Zimmer soll von einer Leichtigkeit sein, der die Hitze nichts anhaben kann.

Im Dämmerschlaf ruht sie, ein Stockwerk über dem Gastraum, in dem ihre Tochter mit dem Arm auf der Bravo eingeschlafen ist. In BH und Schlüpfer liegt sie, die Haare nicht geöffnet, damit sie sie nur noch nachstecken muss, wenn sie wieder aufsteht und Rock und Bluse vom Stuhl nimmt. Dann hört sie die Mutter nach ihr rufen, lässt die Augen geschlossen, bleibt, solange es geht, dort, wo das Vollkommene greifbar ist, ein Gesicht, eine Hand, in die sie ihre gelegt hat. Diese Augenblicke kommen im Sommer. Im Winter, da kommen die kalten Füße, als würde der Schlaf zu einem langen Marsch, zu einer endlosen Wanderung, die ihre Erschöpfung vertieft. Im Juli aber ist die Welt reif, eine Wetterauer Kirsche vor der blauen Kulisse der Taunuswälder, und dahinter das Leben. Der Lautstärkeknopf ihres Transistorradios steht knapp über eins, nicht zu laut und nicht zu leise, so klingt es, als käme die Musik aus ihr selbst. Es ist Country-Musik, die sie auf AFN hört, jeden Nachmittag zwischen zwei und fünf, sie hatte beim Thekeputzen schon das Küchenradio angestellt. Loretta Lynn, so sehr mit dem Geruch nach Pril verbunden wie die Höfe mit dem Geruch nach Moder. Irgendwie auch Heimat, nur sauberer.

Sie hält das Zimmer, als wäre es ein Apartment, ein Raum, zu dem noch ein anderer Raum gehören könnte, vielleicht noch ein dritter, als lebte sie allein für sich. Darauf legt sie Wert, Bettbezüge ohne Muster, eine Stehlampe mit eierschalfarbenem Schirm, ein Begriff aus den Modezeitschriften, den sie gerne im Gespräch benutzt. Den hölzernen Nachttisch und den Kleiderschrank hat Rudi weiß gestrichen. Wenn sie die Augen öffnet, sieht sie im ovalen Spiegel der Schranktür die Falten der Sommerdecke, die sie zur Seite geschoben hat. Selbst die Bettlaken und Überzüge sind von dem cremigen Weiß des Sonnenlichts. Im Winter bezieht sie das Bett mit Biberbettwäsche, im Sommer mit Damast, ein Luxus, den sie sich von ihren Trinkgeldern genehmigt. Wenn die Tage so heiß sind, dass man keine Katze vor die Tür jagt, ruht sie nachmittags in Träumen von der Farbe des Raumes.

Die Fernfahrer, die Vertreter. Sie könnte alle lieben oder keinen. Schaut sich die Unterarme der Männer an, ihre Hände, wenn sie eine Zigarette halten, ihr das Geld für das Bier hinlegen, für das Schnitzel, und beurteilt, mit wem sie könnte. Die Muttermale und Leberflecken auf diesen fremden Armen und Händen, die einen Menschen zart erscheinen lassen, weil sie mitgegeben sind von einem Vater, einer Mutter, sind anziehend oder abstoßend, ihr Urteil fällt sich von selbst, dagegen ist sie machtlos. Diese

Male lassen manchen Träger liebenswert erscheinen für die Sekunde, in der ihr Blick auf ihnen ruht, gleichgültig ob der Mann eine raue Stimme hat oder einen eindringlichen Blick. Bei anderen Männern wünscht sie sich, sie hätte ihre Muttermale nicht gesehen, etwa wenn sie sich allzu dunkel von einem hellen Halsansatz abheben und ihr Träger Rosi anstarrt, als hätte er sich schon auf sie gelegt. Dann wird sie förmlich, nimmt das Geld vom Tisch und lässt es in ihr schwarzes Kellnerinnen-Portemonnaie fallen, dass es nur so klingelt. Und doch ist sie mit ihren vierunddreißig Jahren immer noch nicht dahintergekommen, was es mit dem Verlieben auf sich hat, sie weiß, die Anziehung beruht auf viel mehr als Muttermalen, unbekannte Kräfte scheinen im Spiel zu sein, gegen die man keine Abwehr hat.

Im Winter waren zwei Fernfahrer im Grünen Baum gestrandet, abends war ihr LKW am Ortseingang auf vereister Straße ins Schleudern geraten, hatte mit der Hinterachse die Ecke der Sandsteinmauer der Grundschule mitgenommen, war umgekippt und in ganzer Breite in den Schulhof gerutscht. Einen der beiden hatte es hart erwischt, er hatte sich die Schulter geprellt und den Arm gebrochen. Dr. Hildebrand legte ihm einen Gips an, und der Mann blieb zwei Tage mit Kopfschmerzen in einem Zimmer im Grünen Baum, während sein Kollege am nächsten Morgen per Anhalter zurück zur Firma fuhr. Sie besorgte Spalt-Tabletten und brachte Essen. Er erinnerte sie an diesen singenden Cowboy, sie hatte ihn in einem alten Film gesehen, *Don't Fence Me In* hieß ein Song darin, der Cowboy hart, aber ewiger Junge. Der Fernfahrer hatte die gleichen schmalen Augen, die hohen Wangenknochen und eine Stimme, die ihr das Gefühl gab, ihn schon lange zu kennen. Er griff nach ihrer Hand, als sie ein Tablett auf den Nachttisch stellte, es war wie im Film, sie setzte sich auf den Bettrand.

Auf dem Bett lagen sie anschließend und rauchten zwei Nachmittage lang, sie im Unterkleid, er mit freiem Oberkörper, aber in Hose, auch das wie im Film. Am dritten Morgen holte ihn sein Kollege wieder ab, in einem neuen Laster machten sie sich auf den Weg nach Norden, es gab eine Verlobte in Paderborn. Der ramponierte LKW stand noch wochenlang auf der Brache neben dem Schulgebäude, doch auch er war eines Vormittags verschwunden. Don't fence me in.

Manchmal ist alles perfekt, wenn sie abends hinter ihrem Tresen steht und mit den Gästen scherzt. Das Lachen, die Thekenbeleuchtung, unter der sich der Zigarettenrauch verdichtet, die Musik. Wenn ihre Lieblingslieder mit den Blicken der richtigen Männer zusammentreffen und sie einen Spruch gut pariert, dann hat sie ihr Leben im Griff. Es hält oft noch an am nächsten Morgen, überdauert das Bodenwischen im Gastraum, das Gläserpolieren mit einem sauberen Geschirrhandtuch, dauert auch an bis zum Nachmittag, dieses Gefühl, ihr gefällt einer, das Nachspüren, was es ist, das sie anziehend findet an ihm, das sie ausweiten kann auf die ganze Person oder auch auf eine andere. Oft beschäftigt es sie bis in den Nachmittagsschlaf hinein und vermischt sich mit dem, was in ihr ist, ihre allgegenwärtige Bereitschaft, sich zu verlieben. Doch mit dem Aufwachen verwandelt es sich allzu oft bereits in eine allgemeine Unruhe, angetrieben von den Küchengeräuschen, die vom Erdgeschoss zu ihr hochdringen, und beim Frischmachen, beim Nachziehen des Lidstrichs stellt sich schon der erste Gedanke daran ein, ob derjenige,

von dem sie geträumt hat, am Abend wieder da wäre in dem Raum, aus dem sie nicht wegkann, in dem sie immer stehen wird im Zigarettendunst. Zu oft sind es Eintagsfliegen, Fahrer auf der Durchreise, neue Vertreter, die vielleicht nur einmal kommen. Zu oft sind sie auch nicht mehr diejenigen, die sie noch Abende oder Wochen zuvor waren, dann nämlich nicht, wenn auch sie einen Spruch von der Sorte machen, der Rosi zu weit geht. Dann muss sie sich eingestehen, wie sehr sie sich verschätzt, sich in ein Wunschdenken vertieft hat, das ihr den Blick trübt. An diesem Punkt bekommt jede Beschwingtheit rasch den Beigeschmack von Unsicherheit darüber, ob ihr die Liebe jemals gelingen würde; die Zweifel vermischen sich mit ihrer üblichen Traurigkeit, die sie einen halben Tag lang noch als vornehm empfindet, von der sie jedoch in schneller Folge erst wortkarg und dann müde wird. Dieser Schlappheit kann sie nur entkommen, wenn sie alles so nüchtern wie möglich betrachtet und sich auf ihre Hausarbeit konzentriert. Wenn sie an einem dieser Tage nach dem Nachmittagsschlaf wieder die Treppe hinuntergeht, sind die letzten Reste ihres Traumes oft bereits so schal wie der Geruch nach kalter Küche, der ihr von unten entgegenschlägt.
Sie hatte Nabokov gelesen in ihrem ersten Reader's Digest und nichts davon verstanden, im Zwischenlager war es, sie, Rudi und die Mutter eingepfercht mit zwei anderen Frauen in einer Nissenhütte, nur ein kleiner Ausschnitt aus *Lolita* war abgedruckt, um zu zeigen, wie verwerflich diese Literatur war, und doch dachte sie nachmittags oft an diese ersten Zeilen, träumte, jemand würde ihren eigenen Namen mit seinen zwei Silben auch einmal so drängend und nur auf sie konzentriert aussprechen. Evi

und sie lesen gemeinsam die Petra, den Stern, sie gibt ihr das Geld dafür und kauft sich auch selbst am Donnerstag manchmal die Brigitte, die neue Frisuren zeigt, gegen die sie sich alt vorkommt mit ihrem Haarteil. Sie verschlingt die Modefotos, die Kleider mit den grafischen Drucken, die Mädchen am Meer oder in der Stadt, Frauen, die jünger sind als sie selbst und mit halb geöffnetem Mund in die Kamera schauen. Irgendwo auch ein Foto dieser Uschi Obermaier, alles an ihr beunruhigend, Körper, Mittelscheitel, Blick. Wenn sie an Uschi denkt, muss sie etwas dagegensetzen, schnell stellt sie sich dann vor, wie sie selbst sein könnte, wie sie werden wollte, doch manchmal kommt der Gedanke, es bliebe alles auf immer, wie es ist, und ihr Leben vergeht im immer gleichen Nachmittag.
Sie fühlt sich nicht gut an diesem Tag auf dem Bett, ihr BH zwickt, sie ist verschwitzt, im Zimmer steht die Luft. Das Lüftchen vom Ventilator ist zu schwach, wenn sie ihn höherdreht, ist es zu stark. Sie weiß nicht, wohin mit sich. Bei der Sache mit dem Fernfahrer war ihr die Mutter egal, ihr Blick durch die Durchreiche mit verschlossenem Mund, als sie zu spät vom Nachmittagsschlaf kam, der gar keiner war, traf sie nicht. Und auch Ev schaute weg und sagte nichts, auch das egal, das Leben geht immer weiter, dachte Rosi noch zum Trost, nachdem Paderborn ihr einen Strich durch die Rechnung gemacht hatte. Doch mittlerweile sind viele Monate vergangen, und ihre Mutter kommt ihr regsamer vor als sie selbst, so bestimmend wie zu ganz frühen Zeiten.
Raus aus der Nissenhütte, hieß es damals, und rein in die beiden Mansardenzimmer bei Dr. Schneider, der seine Goldschmiede und Schmuckhandlung wieder aufbaute

und für sein Haus eine Haushälterin brauchte. Ihre Mutter putzte und kratzte und briet ihre ersten Nachkriegsschnitzel im Haus Schneider, in einer Küche mit einer kühlen, begehbaren Speisekammer. Schon damals legte sie sich krumm wie nur was, jeder hatte seinen Wiederaufbau, im Großen wie im Kleinen, die Stadt Hanau, die Schneiders, die Mutter. Und während der alte Schneider schon morgens um sieben die Goldpreise in der Frankfurter Allgemeinen studierte, die Mutter seine Hemden bügelte, die Terrasse fegte, ohne einen Blick in den parkähnlichen Garten zu werfen, Eier, Gemüse und Kartoffeln vom vorbeifahrenden Händler kaufte, lernte Rosi Bäckereifachverkäuferin im Café am Marktplatz und bekam allabendlich eingeschärft, man müsse nach vorne gucken, nicht fleißig, sondern doppelt fleißig sein. Die Mutter brachte ihr und Rudi nachträglich die Tischsitten bei, die sie von den Schneiders abschaute, sitz gerade, die Hand geht zum Mund und nicht umgekehrt, lass immer noch ein klein wenig übrig auf deinem Teller. Anpassen war die Devise, nur wenn man nicht auffällt, kommt man weiter, und manch grobem Klotz im Grünen Baum möchte Rosi diese Benimmregeln beibringen.
Sie sah zu, dass sie für sich weiterkam und nach vorne schaute, weit über den Tresen des Cafés am Marktplatz hinaus, und so ging sie abends in die Clubs in Hanau, kam nachts um zwölf nach Hause, fiel ins Bett und stand morgens wieder auf. Die GIs waren jung und frei, so mancher würde studieren, wenn er wieder back in the USA wäre, auf den Sold kamen Vergütungen für die Manöver, die Schichtdienste, die Freiheit, in Deutschland zu sein, und der Dollar stand vier zu eins. Zu dritt und zu viert saßen die Mädchen an den kleinen Tischen und lächelten.

Selbst genähte Petticoats aus Gardinenstoffen von Dachstuben, darunter Strümpfe mit Naht und drei Sternchen über jedem Knöchel. Die Strümpfe bekam man von den GIs mitgebracht, das glaubten die Alten nie, dass ein Lächeln genügte, denn die Jungs waren unerfahrener als die Mädels, man konnte sie leicht vertrösten, immer rochen sie nach Old Spice und einem süßen Land namens Texas oder Oklahoma, in dem die Sonne abends groß und rot über allem stand. Sie zeigten Farbfotos, auf denen sie in T-Shirts und Khakihosen an einen mintfarbenen Chevy gelehnt standen, im Hintergrund die weiße Veranda eines Hauses. Man musste nur tanzen und lachen und seine Zähne pflegen, mit übereinandergeschlagenen Beinen am Tisch sitzen, vor sich eine Cola, die Handgelenke zart erscheinen lassen mithilfe eines schmalen Uhrenarmbands, und fürs Moderne half auch eine Zigarette zwischen Zeige- und Mittelfinger. Mein erster Mann muss ein Amerikaner sein, auf jeden Fall, sagten die Mädchen zueinander. Die Deutschen sind zu abgerissen.
Und die Jungs tranken Bier und saßen an den Nachbartischen, bald kannte man die Gesichter, die im Kneipendunst lachten, und nahm teil daran, wenn die ewig Gleichen schon nach dem fünften Bier schlappmachten und aus der Bar gebracht werden mussten. Sie schieden aus, und die anderen behaupteten sich, die Kriterien waren gleich, Charme, Höflichkeit und manchmal eine Hand auf einem Knie, den Rest sah man nicht, die Küsse auf Kellertreppen, die Umarmungen in geliehenen Autos, in Seitenstraßen, den Schaltknüppel als Barriere, dann zum ersten Mal etwas, das ihre Mütter niemals billigen würden, auf dem Beifahrersitz mit hochgeschlagenem Rock, der am Morgen heimlich wieder aufgebügelt wurde. Die Mütter

zählten jede Falte in den Blusen und Röcken und machten sich ihren Reim darauf.
Das Leben lief ab wie am Schnürchen, sich morgens am Küchenspülbecken frischmachen, tagsüber das ständige Darf's noch etwas sein? mit Mädchenstimme im Café, abends umziehen, und draußen der samtige Sternenhimmel über der Stadt und der Pioneer-Kaserne, in die die Wunschkandidaten um Mitternacht zurückkehren mussten. Anschließend ein Schlaf, in dem es Autokinos gab und Hamburger so groß wie zwei Handteller, mit Gurken-Relish und kleingehackten Zwiebeln belegt, mit Salatblättern, Senf und Ketchup, der sich mit der dunklen Kruste des Fleisches vermischte, das noch brutzelnd vom Grill kam. Träume von der Farbe eines Tequila Sunrise im NCO Club, Träume von einem Flugzeug nach Denver oder San Antonio.
Ein Jahr hielten die Träume an, dann veränderte sich alles, denn Rosi hatte einen halben Sommer lang die Abende auf einer Wolldecke am Main verbracht, unterhalb des Schlosses Philippsruhe, da war sie siebzehn und fertig mit ihrer Lehre im Café am Marktplatz. Aber der Mann aus San Antonio war auch fertig mit seinem Dienst, er müsse zurück in die Staaten, sagte er, und würde sich melden bei ihr, doch zwei Wochen später merkte ihre Mutter ihr an, dass nicht nur der Mann aus Texas ausgeblieben war. Mit einem Rumms kam alles zum Stehen, die Aufbügelei am Abend und am Morgen, die Treffen mit den Freundinnen. Und den nächsten Rumms ließ die Mutter wenig später los. Wenn sich Rosi abends in einer Kneipe herumtreiben wollte, so hieß es in Rudis Beisein, und im Café doch auch so gut das Bedienen und das Abkassieren gelernt hatte, dann würde sie künftig in einer eigenen Gaststätte zei-

gen können, wie fleißig sie war. Ein einmaliges Angebot, der Eierverkäufer hatte der Mutter davon erzählt, seine Gastwirtschaft auf dem Dorf, die er abgeben wollte, weil er lieber seinen Handel erweiterte mit Marktständen in Offenbach und Hanau. Sein Sohn ein Trottel, dem er das Gasthaus nicht anvertrauen könne. Eigentlich wie ein Toto-Gewinn, sagte die Mutter, denn eine Kneipe auf dem Land läuft immer gut. Dagegen konnte sie kaum etwas sagen, war froh, dass man ihr nicht die Hölle heißmachte. Die Stärke der Mutter gegen ihre Schwäche, je dicker ihr Bauch, desto kleinlauter wurde sie. Mit der Mutter und Rudi ging es dann also in die Pampa, in die Wetterau, da war Evi gerade auf der Welt, und keine Nachricht aus Texas, die Briefe, die sie mit der Bitte um Weiterleitung an die Verwaltungsstelle der Kaserne geschickt hatte, kamen ungeöffnet zurück. Return to sender, stand auf ihnen, address unknown, fast so wie in diesem Elvis-Lied, nur fühlte es sich nicht so flott an. Wenn sie sich weder die Social Security Number noch die Armeenummer des Empfängers gemerkt habe, könne man nichts für sie tun, wurde ihr in einem Telefonat gesagt, bei dem sie weinte. Und so waren sie in Randstetten angekommen, eine Mutter mit ihrer Mutter und ihrem Bruder. Die Böhms haben es ganz allein aus dem Osten geschafft, hieß es, sie liegen niemandem auf der Tasche, und die Mutter krempelt die Ärmel hoch, die hat die Kinder allein durchgebracht, hieß es weiter, doch schon bei den nächsten Sätzen zügelte man sich erheblich in der Lautstärke oder gab sie auch nur an Vertrauensmenschen weiter, diese Geschichte von den vier Offizieren, die zum guten Schluss immer erwähnt werden musste.

Ich muss mir das alles vom Hals halten. Immer noch im Halbschlaf, der ein einziges Gleiten durch Helligkeit ist, redet Rosi sich selbst zu mit einer Entschlossenheit, die tagsüber kaum ihrer Stimme anzuhören ist, weil sie dann zu laut wäre und es zum Streit mit der Mutter käme. Ich muss das alles fern von mir halten, träumt Rosi also, und: Vielleicht kommt das Kind ja mit. Ganz sicher kommt das Kind mit, vielleicht kann ich ja abends als Kellnerin arbeiten, das Kind ist groß genug. Im Hintergrund begleitet die abendliche Stadt ihre Worte, erleuchtet, und ein Schaufensterbummel auf der Zeil mit all ihren Geschäften, den Parkuhren, den Wagen, die abgestellt werden, weil die Menschen ins Kino gehen oder in eine Bar. Zu einem Schaufensterbummel gehören zwei, dann ist es am schönsten, sich auszumalen, was man alles kaufen könnte, träumt Rosi, und schon ist da ein wohltuender Schatten an ihrer Seite. Der helle Schein aus dem Kaufhaus M. Schneider fällt über ihr Sommerkleid, ihre Füße in den schönen Schuhen, nein, ihre Füße sind schöner als die Schuhe, sie betrachtet beides im Schaufensterlicht, dreht und wendet ihren Fuß in Zeitlupe, wiederholt die ganze Sequenz, etwas, das nur im Traum möglich ist und ihr ein wohliges Gefühl gibt in ihrem cremefarbenen Zimmer. Oder ins Kino gehen zu zweit, ins Gloria auf der Kaiserstraße, danach im Elegance Schuhsalon die Auslagen betrachten (sie wiederholt das Bild von ihren Füßen in schönen Schuhen in der Schaufensterbeleuchtung), dann bei Behle die Spielsachen anschauen und süß finden, dem Schatten neben ihr ist es peinlich, das Wort *süß*, sie beide lachen und schauen sich herzlich an. Der ganze Traumbürgersteig liegt hell vor dem Schaufenster, die Luft ist mild und zart wie das Gefühl für den Mann an ihrer Seite.

Schon taucht auch der Henninger-Turm in ihrem Traum auf, dort könnte man arbeiten als Kellnerin, hoch oben im Restaurant, das sich dreht, und man sieht die ganze Stadt, das Kind ist schon groß, ginge ja dann auch schon arbeiten, mit dem Englisch, das sie lernt, und der Büroorganisation könnte das Kind vielleicht in einem großen Hotel anfangen, im Frankfurter Hof, im Park-Hotel.
Rosi im Henninger-Turm, leise Gespräche, sie bringt höflich die Speisen an die Tische, Geschäftsleute so spät am Abend, keine Familien mehr, ihr schönes Aussehen fällt auf, Darf es noch etwas sein? Nein, danke, ganz reizend, und vielen Dank auch für Ihre Weinempfehlung, und mit dem Geld würde ihr eine Visitenkarte zugeschoben, sie hätte die Wahl. Ganz Städterin würde sie sein, eine Frau, der man ansieht, sie ist auch in einem anderen Leben zu Hause.
Und sie denkt im Traum nicht daran, was es hieße, die Mutter und Rudi zurückzulassen, sie dreht sich nur ein wenig, wendet den Kopf zur Seite, breitet die Arme aus, so dass sie den Körper nicht mehr berühren. Wendet ihre Hüfte, damit ihr Körper sich in der Taille dreht, ihre leicht angewinkelten Beine übereinanderliegen und sie aussehen könnte wie die Monroe auf einem weißen Bett, mit lichten Schleiern auf ihrem offensichtlich nackten Körper, ein ideales Bild, nach dem sie selbst im Schlaf ihren Körper ausrichtet. Gerade als sie undeutlich denkt, sie könne dieses perfekte Gefühl noch ein wenig ausdehnen, das süße Gedankenspiel von der großen Stadt auch bei Tag, im Sommer, im Park, am Brunnen im Park in einem hellen Sommerkleid aufleben lassen – gerade als sie das also träumt, hört sie wieder ihre Mutter rufen und dabei ein Auto in ihre Lichtspiele einfahren, mit stotterndem Motor,

als käme der Wagen direkt in ihr Zimmer, begleitet durch ein hässliches Geräusch von Metall auf Stein, mit dem alles zum Stillstand kommt. Sie schreckt hoch, fährt sich mit der Hand über das Gesicht, spürt den Kopfschmerz, den ein Sommernachmittag auf dem Bett mit sich bringen kann, hört eine Stimme, fühlt sich angeschrien, schon wieder hat die Mutter gerufen. Irgendjemand hat irgendetwas falsch gemacht. Nun ist sie auch schon wach mit dem Gedanken, ob das eben Schüsse waren, ob sie in Gefahr ist.

Sie horcht nach. Es ist nichts mehr. Mit dem Augenöffnen ist es endgültig still auf der Straße. Nur noch eine einzige Bewegung direkt unter ihrem Fenster, bei der sie ihre Hand hebt und matt auf den Bauch fallen lässt – etwas Metallenes rollt und bleibt mit einem Kreiselgeräusch liegen. Jemand flucht, die Stimme ist ihr fremd, den Fluch selbst, ein einziges Wort, hat sie lange nicht mehr gehört. Mit dem zweiten und dem dritten Grollen von unten ist sie aus dem Bett und am Fenster. Schon immer mochte sie diese amerikanischen Männerstimmen, die tiefer als deutsche sind und eine Ahnung von der Weite einer Landschaft aufkommen lassen, in der Ferne Mesas, Tafelberge, die sie auf Fotos von Amerika gesehen hat, eine einsame Straße dazwischen, rechts des Straßenrands ein falbes Pony mit gespitzten Ohren. So jedenfalls empfindet Rosi es, die Zigarettenwerbung ein paar Sekunden länger als andere betrachtet. Nur mit Schlüpfer und BH bekleidet, bückt sie sich, um zwischen Rollladen und Fensterbank hinunter auf die Straße zu sehen. Musik von dort. Auch etwas, das sie lange nicht gehört hat, diesen Song. Ein Sonnenstrahl fällt über ihre Nasenspitze. Der Rollladen ist weit genug heruntergelassen, man kann sie nicht sehen.

Die Geduld in einem Dorf ist eine knappe Angelegenheit, und ihr guter Ruf als Allesschafferin, die ihre Kneipe im Griff hat, kann durch eine einzige falsche Bewegung verloren gehen.
Wenn jemand dich so sieht, hat sie erst am Abend zuvor beim Wäscheaufhängen zu Evi gesagt, die mit dem zweiten Wäschekorb vorneweg in abgeschnittenen Hosen und Bikinioberteil durch den Hof ging, am Hühnerstall vorbei durch das Hintertürchen auf die Apfelwiese, wo sie den Wäschekorb fallen ließ, sich auf einen alten Hackklotz setzte und sich eine Zigarette anzündete.
Was ist, wenn mich jemand so sieht?
Deine kurzen Hosen. Noch ein bisschen mehr, und dein halber Po liegt frei. Sei froh, dass gerade keine Pensionsgäste da sind, du weißt genau, was ich meine.
Das Gespräch war so unergiebig wie jedes Gespräch mit ihrer Tochter in der letzten Zeit, besonders dann, wenn es um das Dorf ging, und doch beginnt fast an jedem Tag ein neuer Streit. Es sei ihr egal, ob abgeschnittene Hosen modern seien, sagte Rosi und zog einen feuchten Lappen, den sie mitgebracht hatte, über die Wäscheleinen. Evi habe so nicht herumzulaufen, schon gar nicht vor den Gästen. Du weißt doch, wie die Männer sind. Die Sätze mit kräftiger Stimme ausgesprochen, begleitet von einem so entschlossenen Feststecken der Wäsche auf der Leine, als wollte sie den Laken und Handtüchern Schmerz zufügen.
Und Evi, die von den Sehnsüchten ihrer Mutter nichts weiß, aber deren Hinterkopf betrachtete, wie er sich neigte beim Wäscheaufhängen und gen Himmel zeigte beim Bücken zum Wäschekorb, hakte sich sofort ein in die Vorwurfsreihe: Nein, sie wüsste nicht, wie die Männer seien. Dafür wahrscheinlich ihre Mutter umso besser. Dabei zog

sie an ihrer Zigarette, legte den Kopf in den Nacken und stieß den Rauch in Schüben durch ihren Mund aus, den sie zu einem O geformt hatte.
Evi, die eine andere Evi ist nach jeder Zugfahrt zurück nach Randstetten, mit einer Körperhaltung, die nichts mit Yours faithfully, Evelyn Böhm zu tun hat. Evi, das Kind, das manchmal noch Bravo liest. Evi, die Aufmüpfige, die neuerdings am Wochenende tagsüber öfter ohne BH im Grünen Baum herumläuft. Vielleicht hatte sie recht, wahrscheinlich sogar. Rosi weiß, wie die Männer sind. Sie solle aufhören, so frech zu sein, war ihre Antwort, Evi wisse genau, was gemeint wäre. Das Wort *nuttig* schwebte für einen Moment über der Wäscheleine, schon tat es ihr leid, es ausgesprochen zu haben, und so griff sie rasch in den Klammerbeutel und stopfte das Wort mit vier Wäscheklammern am nächsten Bettbezug fest. Zog an den Ecken des Bezugs und wunderte sich darüber, wie rasch die Farben aus der Vergangenheit weichen, die Erinnerungen an Geschehnisse, Gespräche, und wie überraschend sich doch alles wiederholt. All diese Sätze wurden schon einmal ausgesprochen, ja, die ganze Szene schon einmal gelebt, alles schon zu bedenken gegeben, angedroht, man brauche sich nicht wundern über allerlei Schwierigkeiten, wenn man sie geradezu herausforderte.
Sie kam sich alt vor mit ihrer Litanei und noch mehr damit, wie sie in ihrem beigefarbenen Faltenrock und den bequemen Holzkleppern auf der Wiese stand und diese Sätze, ohne nachzudenken, aussprach. Jede Bewegung fühlte sich brackig an, die Bluse klebte ihr am Rücken, die Hitze ließ selbst am Abend nicht nach, erwärmte das Haarspray auf ihrem Kopf, bei jedem Auf und Ab roch sie sich selbst, verschwitzt und blond gefärbt. Fast war sie in

Versuchung, sich auch eine Zigarette anzuzünden, sich neben Evi ins Gras zu setzen, ihr zu sagen, sie meine es ja nur gut, noch im Aufstehen, jetzt in ihrem Zimmer nach dem Nachmittagsschlaf, tut sie sich schwer bei dem Gedanken an die Szene mit Evi auf der Wäschewiese, weil sie die richtigen Worte nicht gefunden hatte.
Verlogen und spießig hatte Evi alles mit klarer Stimme genannt und mit weiterhin durchhängendem Rücken, in der linken Hand immer noch die Zigarette, beide Wörter, das Verlogen und das Spießig, mit kurzen Schlägen in die Luft bekräftigt. Zum Schluss der Vorwurf, Rosi selbst käme ja offensichtlich ganz gut mit der Langeweile und den grässlichen Typen zurecht.
Sie konnte Evi nicht mehr vorhalten, sie maule wie ein Kind, auch das eine neue Wendung in der Mutter-Tochter-Stimmlage, denn Evi maulte nicht, im Gegenteil, ihre Sätze hatten etwas Ironisches, das spitz auf Rosi zielte, als wäre sie erkannt, ertappt in ihrer Kraftlosigkeit. In ständiger Auf- und Abwärtsbewegung, mit dem Rücken zum Kind beim Wäscheaufhängen, hatte Rosi dagegengehalten, und sogar jetzt, bei den wenigen Schritten vom Bett zum Fenster, weil unten auf der Straße etwas passiert ist, zählt sie noch einmal alles auf, das wichtig war, weil es zum heutigen Tag führte. Sie mache es ja auch für Evi, Evi wüsste doch, wie es damals gewesen war, froh seien sie gewesen, erst mal irgendwo unterzukommen, und dann ihre, Rosis, Lehrstelle im Café. Klein angefangen, immer gearbeitet, bloß nicht auffallen, über die Runden kommen, den Grünen Baum der Oma zu verdanken. Beim zweiten Wäschekorb angekommen, hatte sie sich Evi gegenüber nicht verkneifen können zu sagen, sie könne sich auch etwas anderes vorstellen in ihrem Leben.

Und, warum hast du dann nichts anderes gemacht?, hatte Evi gesagt und sich ihre Zigarette neu angezündet.
Sie hält, während sie durch den Rollladenspalt auf die Straße schaut, beide Hände vor ihre Brust im BH, auch das vielleicht wie eine Marilyn Monroe oder, moderner, wie eine junge, verwuschelte Hippiefrau, die gerade aufgestanden ist, eine Frau, der sie ähnlich sähe, wären ihre Haare wieder dunkel und die Hochfrisur gelöst.
Es sind immer die Gardinen, die sich als Erstes bewegen, wenn in einem kleinen Ort etwas geschieht, zuerst kommt der Argwohn, dann folgt das Gerücht, das weiß schon jedes Kind, und so ist dieses Zurückweichen auch das Erste, was sie durch das Fenster hindurch im Fenster gegenüber sieht. Das Zweite ist Edeka-Wilhelm, der auf der anderen Straßenseite auf den Grünen Baum zugeht und dann auf Höhe des Eingangs stehen bleibt. Kurz nach sechs Uhr, und der späte Freitagnachmittag lässt alles, ihren Traum, die Schüsse, die laute Männerstimme, zu einem einzigen Geräusch zusammenschnurren, dem eines Mopedmotors nämlich, mit dem Manni, es muss Manni sein, niemand sonst hat seine Schüssel so aufgebohrt, die Hauptstraße entlangfährt, in der Entfernung langsamer wird, wendet und wieder zurückknattert, dass es fast die Gardine wehen lässt. Seine Bremsen quietschen, er rollt auf den Gehsteig und würgt den Motor ab. Edeka-Wilhelm überquert die Straße und verschwindet ebenfalls unter ihrem Fenstersims. Unten auf der Straße wird gesprochen, könnte Jupp sein, auch Manni, sie kann es nicht zuordnen, das gleißende Sonnenlicht und die Hitze, die vom Asphalt aufsteigt, lassen die Stimmen flach erscheinen. Nur Wilhelm erkennt sie an seiner unsicheren Wilhelmstimme, wie er mit wahrscheinlich in die Hüften gestützten Hän-

den und einem Blick auf die Umstehenden sagt, da habe ja wohl einer mal wieder die Kurve nicht gekriegt. Die Stimme, die sie als erste hörte, ist nicht dabei, muss aber da sein.

Rasch zieht sie sich an, jetzt schon verjüngt, obwohl sie ja erst vierunddreißig ist, und kein Gedanke mehr an den Ärger mit Evi. Sie hofft nur, ihrer Mutter jetzt nicht zu begegnen.

2.

Ungefähr zur gleichen Zeit, als Rosi von der amerikanischen Wüste träumt, steht er noch auf dem Feldweg unter derselben Sonne, die Rosis Zimmer indirekt erleuchtet, doch davon können beide natürlich nichts wissen. Vielleicht fliegt der Stein, den er dem Starfighter hinterher auf die Dorfwelt wirft, sogar in einer Art Raum- und Zeitverschiebung ungesehen in Rosis Tagtraum hinein, liegt während ihrer Erinnerung an den Wortwechsel mit Ev bereits auf der Wäschewiese, und nur sein winziger geträumter Luftzug oder sein Aufprall bringen sie davon ab, die Dinge später mit Ev geradezurücken. Vielleicht spürt Rosi den Knall des Starfighters in der Ferne und gleitet dadurch träumend noch weiter in die Vergangenheit, während Ev zwei Stockwerke unter ihr vom Pfannengeklappere der Oma geweckt wird und ihren Kopf vom Unterarm hebt. Wahrscheinlich aber erleben alle drei, der junge Mann, Rosi und Ev, zur gleichen Zeit eine innere Schrecksekunde, den Abbruch eines Gedankens, die Vervollständigung eines inneren Bildes. Doch niemand kann davon wissen, und ab diesem höchsten Punkt driftet alles vorerst wieder auseinander in Evs Geschichte.
Während sie noch ihren Feldweg entlangradelt und die Gräser gegen ihre Beine schlagen, während Rosi von seinem Fluchen wach wird, aufsteht und zum Fenster geht, steht der junge Mann bereits darunter und schaut sich um. Die gewundene Dorfstraße eine Mischung aus Ordnung und toten Winkeln, kein Auto ist abgestellt, in den

Höfen regt sich nichts. Graues Fachwerk, dessen wetterzerfressene Balken in der Hitze aufzuspringen scheinen, Verputz, der an manchen Stellen abgebröckelt ist und Lehm freilegt. Braune Hoftore, fast alle geschlossen, vereinzelte Blumenkästen an den Fenstern. Die Fahrbahn leer bis auf große, ineinander übergehende Asphaltflecken. In einiger Entfernung bleibt ein alter Mann in blauem Arbeitsanzug stehen, gestützt auf sein Fahrrad sieht er zu ihm hin, auch auf den Abstand hin sind unter seiner Bauernkappe die nach unten hängenden Mundwinkel zu erkennen. Auf der gegenüberliegenden Straßenseite ragt ein Abwasserrohr, einzementiert unter dem Asphalt des Gehsteigs, aus einer Lücke zwischen zwei Häusern bis zum Rinnstein. Der Spalt zwischen den beiden Häusern so eng, dass in ihm alles dunkel ist, ein Mann hätte nicht einmal seine Arme ganz ausstrecken müssen, um rechts und links die Hausmauern zu berühren. Ein Zaun aus fünf verwitterten Holzlatten schützt den Spalt vor Eindringlingen, zwischen den Latten hindurch schiebt eine Brennnessel ihre welken Blätter, wahrscheinlich gibt es auf dem schmalen Erdstreifen nur Unkraut und Katzendreck, vielleicht fühlt sich niemand zuständig, offensichtlich ist es den Bewohnern der angrenzenden Häuser zu viel, sich darum zu kümmern, weil man sich schon um genug andere Dinge kümmern muss. Er kennt es aus Kalifornien, dort ist es am Meer und auch in den Bergen ähnlich. Die Ordnung umfasst nur das Sichtbare, der Rest kann verkommen, es ist eine kleine Rache am Leben, man tötet das Wilde durch Ausgrenzung, da kann tausendmal Kumbaya gesungen werden.

Aus dem Kassettenrekorder im Käfer setzt nach dem Varese-Stück, das auf dem Feldweg begonnen und die Höl-

lenfahrt entlang der Dorfstraße untermalt hat, mit vier heftigen Bluesakkorden ein neuer Song ein, Johnny Guitar Watson, *Gangster of Love*, eine alte Nummer von 57, doch für ihn immer noch gültig mit ihrem rotzigen Sprechgesang und den harten Gitarrenriffs, die über die Klagen des Blues hinausweisen auf etwas Zukünftiges, das Humor hat und nicht mehr nach Antwort verlangt. Jesse James and Frank James, Billy Kid, all the rest, supposed to be some bad cats, out in the West, Johnnys schmutziges Grinsen beim Singen zieht sich gerade von Häuserzeile zu Häuserzeile die Straße entlang, da fällt ein Lichtstreif über den Käfer, reflektiert von einem Fenster, das geschlossen wird. Zu seiner Rechten, aus der Kurve, die den Käfer zum Straucheln gebracht hat, nähert sich langsam ein Mann in weißem Kittel und bleibt stehen.
Im gleichen Moment hört er den Zweitaktmotor eines Mopeds, das von links die Hauptstraße heraufkommt und sehr dicht am alten Mann vorbeifährt, der sich, wie aufgezogen durch das Knattern, sein Fahrrad schiebend wieder in Bewegung setzt. Das Moped nun auch an ihm selbst und dem Käfer vorüber, auf ihm ein junger, kräftiger Typ mit dunklem, halblangem Haar, das ihm vom Fahrtwind quer über die Stirn gedrückt wird, als er sich im Vorbeifahren umdreht. Das Moped verschwindet hinter der scharfen Kaugummiautomatenkurve, wird leiser, der Fahrer gibt im Leerlauf mehrfach Gas, dann kommt er zurück, bringt damit auch den Mann im weißen Kittel wieder in die Gänge, fährt im Slalom auf ihn selbst zu, der jetzt seinen Käfer von vorne betrachtet. Will auf den Gehweg fahren, strauchelt am Bordstein, streift sogar fast den Kotflügel des Käfers, muss sich mit einem Fuß abstützen, zieht viel zu heftig die Vorderradbremse, sein Moped geht

in die Stoßdämpfer und ist mit einem Satz abgewürgt. Der Typ kippt nur deshalb nicht gegen den Wagen, weil er ihn am Arm festhält. Ein Idiot wie viele in seinem Alter, da gibt es weltweit kaum Unterschiede, und schon daran, wie sich der junge Kerl sortiert, seine Tolle zurückstreicht, die Zigaretten hervorholt, kann man sehen, mit ihm wird es schwierig. Einer, der sich beweisen will.
So steht er nun also in gleißender Helligkeit auf einer Dorfstraße, in der es nach Zweitaktgemisch riecht, vor einem Auto, das den Geist aufgegeben hat. Er beugt sich in den Wagen, schaltet den Kassettenrekorder ab. Von dem, was der junge Typ vor ihm sagt, versteht er nur ein Wort, zu dem nickt er: *kaput*. Ja, der Käfer ist kaputt, das ist nicht zu übersehen. Auch die anderen beiden, mutig geworden, sind näher gekommen, stehen nun vor dem Auto. Für einen Moment denkt er, sie reden darüber, eine Bulldogge auf ihn zu hetzen, aber wahrscheinlich hat ihre Sprache in jedem Gemütszustand diesen Tonfall, mit dem sich die Sätze tief aus der Kehle durch den Rachen schieben, um hinter den Zähnen zu kollabieren. Ein Dialekt, der bedrohlich klingt, nach zurückgehaltenen Schmerzen, für die ein Schuldiger gesucht wird. So, wie alle drei an ihm vorbeischauen, ist klar, er ist nicht willkommen. Klar ist auch, dass er an diesem Abend diesem Kaff nicht entkommen wird.

3.

Auf dem Land beginnt ein Tumult manchmal nur mit drei Personen, die ihre Arme vor der Brust verschränken. Es ist auch zunächst immer ein innerer Aufruhr, nach außen wird es selten lärmend. Abwarten, abwägen. Die Dinge aus sicherer Entfernung betrachten. *Das geht mich nichts an* ist eine der meistgehörten Äußerungen, wenn es darum geht, einen Missstand zu beseitigen oder Partei zu ergreifen. *Da misch ich mich nicht ein* ist daher allgemeines Gedankengut und eine ganze Lebenshaltung, die sagt, man will keine Zeugenschaft leisten und die Konsequenzen tragen, sondern lieber das Gesehene, Gehörte verwerten in halblaut ausgesprochenem Missmut, verbunden mit wegwerfenden Handbewegungen, alles zu dem Zweck, nicht selbst in Frage gestellt zu werden, nicht hinauszufallen aus dem Rahmen und in Streit zu geraten, nur um dann selbst bestritten zu werden. Guten Tag und guten Weg, man hält sich raus, Regel Nummer eins. Regel Nummer zwei: Man weiß es besser, sagt aber nichts außerhalb der eigenen vier Wände, dazu gehören auch halblaute Erörterungen im kleinen Kreis vorm Edeka, im Grünen Baum oder auf dem Bürgersteig vor einem Hoftor, an dörflichen Knotenpunkten also, die auf ihre Art wiederum vier Wände sind. Die Aufregung geschieht im Inneren der Anwesenden, sie ähnelt sich in diesen Personen, und ohne laut über die Dinge zu sprechen, ist man einer gemeinsamen, abschließenden Meinung. Diese vereint gefühlte Meinung ist für die anderen durch Wechseln der Straßenseite, eine feine, aber doch spitze Schwingung in der Stimme oder durch einen musternden Blick erkenntlich. Sie wird bei nächster Gelegenheit am Küchentisch oder in der Kneipe wiederholt und verfestigt, und bald hat auch der letzte Eingeweihte verstanden, auf welche Seite er sich zu schlagen hat. Nie wird das Dorfbewusstsein an Ort und Stelle des tatsächlichen Ereignisses entwickelt, sondern stets in sicherer zeitlicher Entfernung dazu, doch immer noch nahe genug, um die Informationen und Spekulationen nicht abkühlen zu lassen.

An diesem Freitag im Juli geht seit dem Morgen zunächst alles seinen geregelten Gang. Der Tag steht still unter seiner heißen Sommerlast, seit zwei Wochen hat es nicht mehr geregnet. Frühmorgens schweben die Bussarde über den Feldern, die Sonne wirft ihre Schatten hart gegen den Waldrand. Die Traktorspuren auf den Feldwegen liegen ausgetrocknet, die Grasbüschel staubig. Nur selten kreuzen Mäuse die Furchen. In den Höfen stockt die Luft wie erwärmtes Eiweiß, Mückenschwärme hängen reglos in Kopfhöhe. Die Kinder haben Sommerferien, die Mütter beeilen sich, ihre Einkäufe zu erledigen, bevor die Sonne den Mittag erreicht, Ich renn mal schnell über die Straße zum Edeka-Wilhelm, Wir haben keinen Zucker mehr, Stell nichts an, heißt es.

Zur selben Zeit, als Ev ihr Fahrrad aus dem Hof schiebt, sitzt Wilhelm in seinem Laden und fühlt sich nicht wohl. Schon seit dem Morgen geht es ihm nicht gut hinter seiner Kasse. Sein Bein tut weh. So steif es auch ist, in der Sommerhitze scheint es geradezu weich zu werden und jegliche Kontur zu verlieren. Die Schmerzen erinnern ihn an seine dunkelste Stunde bei Dunlop, in der er seinen

Gabelstapler nicht ordnungsgemäß arretiert hatte, dieser in spitzem Winkel auf die Begrenzungsmauer des Werksgeländes geprallt und noch ein paar Meter an ihr entlanggeschrappt war. Gleich am nächsten Tag war er kein Gabelstaplerführer mehr. Er wurde für Halle 3 eingeteilt, und die Scham über die Sache mit dem Gabelstapler ließ ihn so vorsichtig werden, dass in der Folge alles schieflief. Er wollte seine Sache gut und den Unfall mit dem Gabelstapler wettmachen, und so passierte binnen einer Woche der zweite Unfall, diesmal aufgrund seines Übereifers an der Galvanisierstraße. Es folgten ein langer Krankenhausaufenthalt, ein steifes Bein, eine winzige Betriebsrente und die Übernahme des Edeka-Ladens, den bis dahin seine Schwiegereltern betrieben hatten. Seit mehr als zehn Jahren sitzt er nun im vielbeschäftigten Randstetten, in dem so gut wie jeder etwas zu tun hat, das mit täglichen Autofahrten in beide Richtungen der Hauptstraße verbunden ist, als Schmerzpol, als unbeweglicher runder Punkt in seinem Edeka-Laden und fühlt sich schwächer und schwächer.

Wie stets in seinen stillen Edeka-Stunden sucht er auch an diesem Nachmittag sein Leben nach Fehlern ab, die er auf der unsichtbaren Landkarte in seinem Inneren zu entdecken hofft. Die meisten Dinge, die eine Veränderung herbeirufen, geschehen dann, wenn er allein ist und seinen Gedanken nachhängt. Das Abstecken der inneren Fähnchen kann einen Tag kolossal zum Guten wenden, dann, wenn er Ursachen und Wirkungen zuordnen kann, seine schlechten schulischen Leistungen als Kind etwa, die er mit der Zucht und Ordnung in seinem Elternhaus in Verbindung bringt. Wenn ihm einfällt, wie wenig seine Mutter gesprochen hat. Nicht dass sie nicht sprechen

konnte, aber er erinnerte sich an nichts, was sie jemals zu ihm gesagt hatte, außer, er solle essen oder schlafen oder nicht so laut sein. In ihrer Schweigsamkeit war die Mutter wie ein Möbelstück, ein kleiner Schrank, hinter dem er sich verstecken konnte, wenn sein Vater hart durchgriff. Doch das Verstecken gelang nie, der Stoff ihrer Schürze war rutschig, und die Mutter schlug seine Hände weg, wenn er sie von hinten umfasste und sich an den Taschen festhielt, trat einen Schritt zur Seite und gab ihn preis. Es schmerzt ihn, wenn er daran denkt, doch es tut ihm gut, für eine Weile wütend zu sein und sich vorzustellen, wie er sich gewehrt hätte damals, durch Weglaufen etwa oder durch heimliches, langsames Zersägen der dunklen Einrichtung im kalten, nie benutzten Wohnzimmer mit seiner klitzekleinen Kindersäge, und niemals wäre herausgekommen, dass er es gewesen war. Besser geht es ihm auch, wenn er die müden, schleppenden Gespräche mit seiner Frau, die nur durch ihre Tränen aufgelöst werden, in direkten Zusammenhang mit seiner eigenen Schweigsamkeit bringen und eine Entschuldigung für den Abend formulieren kann.
Ein paarmal ist ihm jedoch bei der Betrachtung seiner inneren Karte aufgefallen, dass viele seiner Missgeschicke gerade dann passieren, wenn er *zu lange* allein ist. Mit dem stundenlangen Nachsinnen stellt sich oft eine bestimmte Empfindlichkeit ein, die er sogar auf seiner Haut spürt. Er wird dann entweder übervorsichtig in allem, oder er nimmt seine Umgebung nur noch durch einen Schleier wahr. Beides birgt Gefahren, das hatte er bei Dunlop erfahren. Der Grund allen jetzigen Übels aber ist seiner Ansicht nach der Laden. Seit seine Frau sich mit einem dunklen Frauenleiden plagt, sie hat es mit den Nerven, heißt es,

und so gut wie nicht mehr das Haus verlässt, führt er ihn allein.
Täglich schließt er früh um sieben Uhr dreißig auf, macht von dreizehn bis vierzehn Uhr dreißig seine Mittagspause, zählt abends gegen sechs das Geld in der Kasse und geht noch auf ein Bier in den Grünen Baum oder, seltener, sofort zu seiner Frau nach Hause auf den Aussiedlerhof, auf dem sie gemeinsam mit seinem Vater Jupp, seinen drei Schwestern und Manni, seinem Sohn, leben. In seiner Mittagspause reicht ihm ein Leberwurstbrot allein zu Hause am Küchentisch.
Der Laden jedoch ist die wirkliche Last, die er zu tragen hat, zu diesem Ergebnis kommt er immer wieder. Er kann nicht genau erklären, was mit ihm und dem Edeka nicht stimmt, er kommt nicht dahinter, warum ihn das Herumsitzen mürrisch macht, und die Kinderhorden, die in den Freistunden oder nach der Schule das Glöckchen über der Eingangstür nicht zur Ruhe kommen lassen, ihre hervorgekramten Zehnpfennigstücke und die Lautstärke, mit der sie sich um Comichefte streiten, ihn beinahe wütend machen. Da ist etwas, das sich ihm entzieht, immer wieder zurückweicht, wenn er in die Nähe kommt. Selbst jetzt, in den Ferien, ohne die Kinder und ihre nach Maggi riechenden Köpfe. Es lohnt sich kaum, am Nachmittag überhaupt aufzumachen. Es gibt ja eigentlich nichts zu klagen, aber er fühlt sich den größten Teil des Tages unbeweglich, nicht nur im Edeka. Manchmal vermutet er, hormonelle Zustände könnten ansteckend sein, und stellt sich seine Frau vor, wie sie blass und mit verlegenen Haaren auf dem Sofa liegt. Er kann niemandem etwas vorwerfen, und doch ist da täglich das Gefühl, das Leben gibt ihm nicht so viel wie den anderen, die öfter unterwegs sind als er,

nach Friedberg, nach Hanau. Bestenfalls kann er seine Wut auf nicht verkaufte Zeitschriften beziehen.
An diesem Tag war das Maß eigentlich schon vor seiner Mittagspause voll. Über zu viele Dinge hat er sich ärgern müssen. Darüber, dass ihm beim Aufschlagen der Fünfpfennig-Wechselgeldrolle die Münzen neben die Kasse und auf den hölzernen Boden seines Kassenführerschiffchens fielen, sogar aus dem Kassenstand hinaus- und darunterrollten, darüber, dass er sich beim Herausgeben zweimal verrechnet hatte. Über Rudis Unsicherheit, der gegen halb fünf mit rotfleckigem Gesicht die Ladentür öffnete und sich sofort unter dem Eingangsglöckchen wegduckte. Wie immer grüßten sie sich nur knapp, wie immer machten ihn Rudis Schritte zwischen den hinteren Regalreihen nervös, besonders, wenn er sie länger nicht hörte. Vor der Schaufensterfront an der Kasse angekommen, war Rudi schließlich am Drehständer mit den Groschenromanen und Fix und Foxi stehen geblieben und hatte geklagt, die Hitze bringe ihn um.
Wilhelm war gerade dabei, Remittenden zu machen und einen Stapel der Wetterauer Zeitung vom Vorvortag durchzuzählen. Er ahnte, es würde zu einem jener Gespräche zwischen Rudi und ihm kommen, bei dem er selbst ins Hintertreffen geriet, nicht gefragt wurde, wie es ihm ging.
Bringt *dich* um oder *mich* um, fragte er und hielt mit dem Zeitschriftenzählen inne, ohne jedoch Rudi anzuschauen. Sein Ton war schärfer als beabsichtigt, doch als Rudi als Antwort den Ständer mit den Schulheften in Bewegung setzte, der neben dem Zeitschriftenregal stand, so dass er sich gleich mehrmals drehte und ein DIN-A5-Heft herausfiel und über den Kachelboden schlidderte, bedauerte er es nicht, ihn angefahren zu haben. Rudi bückte

sich und hielt sich dabei an der Südfrüchte-Rampe fest. Eine der beiden Fliegenfallen, bräunliche Papierstreifen unter der Decke, zwirbelte über den Ananas um die eigene Achse. Es war sein Versäumnis, sie nicht schon längst ausgetauscht zu haben, und so gerne er Rudi auch hatte, die Unordnung, die dieser Kerl mit sich brachte, machte ihn wahnsinnig.

Bringt mich um, Wilhelm, ich kriege keine Luft mehr, ich kann nicht mehr denken, sagte Rudi und griff zweimal daneben, als er das Heft aufheben wollte.

Hör auf zu flennen, sagte Wilhelm, der nicht zulassen wollte, dass sich Rudis Hilflosigkeit mit seiner eigenen Schwäche vermischte, und klopfte den Stapel Zeitungen vor sich auf Stoß. Nicht die Hitze bringt dich um, mein Lieber. Der Alk, das ist das, was dich fertigmacht. Wenn's dir schlecht geht, hör endlich auf zu saufen. Die Festigkeit in seiner Stimme gefiel ihm, und er begann, den Stapel von vorne durchzuzählen.

Rudi schob das Heft zurück in den Ständer, zog ein zerknülltes Stofftaschentuch aus seiner Hosentasche, wischte sich damit über Stirn und Nacken, faltete es zu einem Quadrat zusammen, steckte es wieder ein, blätterte eine Hörzu durch und bezahlte schließlich, ohne Wilhelm anzuschauen, einen Zeichenblock, eine Tube Uhu und ein Päckchen Einwegrasierer. Hack nicht auf mir herum, sagte er. Rudi, dessen Augen ihn sonst immer anschauten, als ob sie um etwas bitten würden, doch dessen Mund darunter ein Mund war, der zu allem nein sagte und irgendwann gar nichts mehr, Rudi sagte jetzt tatsächlich nichts mehr und wandte sich zur Tür. Als sie hinter ihm zuschlug, nahmen die Eingangsglocke und das metallene Geräusch, mit dem Rahmen auf Rahmen traf, Wilhelm kurz alle Kraft. Er schob die Zeitungen beiseite, legte seine Hände rechts und links neben die Kasse. Fragte sich, was Rudi mit den vielen Zeichenblöcken, den Pappen, dem Uhu anfing, das er kaufte. Es tat ihm leid, dass er ihm gesagt hatte, er solle mit dem Saufen aufhören, es tat ihm unendlich leid, dass Rudi ein Mann war wie er selbst, der sich rasiert, aber ganz offensichtlich keinen Rasierapparat besaß. Er konnte sich gegen die Rührung nicht wehren, die in ihm aufstieg, als er an die gelben Einwegrasierer dachte, die Rudi gekauft hatte. Offensichtlich gab es niemanden, der Rudi jemals einen Rasierer geschenkt hatte. Er stellte sich vor, wie Rudi zu Hause das Deckblatt des Zeichenblocks anhob, es nach hinten umschlug und auf das weiße Blatt blickte. Er erinnerte sich noch gut daran, wie ehrfürchtig er selbst als Kind jedes milchig weiße Blatt Papier angeschaut, wie eifrig er jedes neue Heft angefangen hatte, dessen Unbeflecktheit eine makellose Leistung im Malen, im Schreiben und Rechnen herausforderte, geradezu auf die Spitze treiben musste; was aber letztlich niemals geschehen war. Keine einzige gute Note stand unter dem Strich, die Buntstifte brachen ab, Buchstaben und Wörter sprangen sich gegenseitig an, Zahlen blieben ohne Zusammenhang. Ihm fehlte die sechste Klasse. Als er in eine Notklasse der Fünft- und Sechstklässler gepresst wurde, war das der Anfang vom Ende, doch das interessierte seine Lehrer irgendwann nicht mehr. Jedes jungfräuliche Blatt Papier war ein Desaster, nachdem er es bearbeitet hatte, so dass er die Volksschule ein Jahr vor dem Abschluss verlassen musste. Insbesondere seine Leistungen im Rechnen ließen zu wünschen übrig, und dann auch nicht mehr, dann war irgendwann Hopfen und Malz verloren, wie er vom Rektor persönlich bescheinigt bekam.

Er sieht sich im Laden um, nicht sicher, ob er nicht vielleicht laut mit sich gesprochen hat. Sein Blick fällt wieder auf den Drehständer mit den Schulheften. Zwei der Hefte haben sich verkantet. Während alles andere im Eingangsbereich in Ordnung scheint, hängen diese beiden Hefte mit einer Ecke schief durch ihren Metallhalter nach unten durch. Doch sosehr er sich darüber ärgert, er kann sich nicht zum Aufstehen aufraffen, um sie wieder gerade auszurichten. Es ist, als klebe er in seinem Drehstuhl hinter der Kasse, zum Nachdenken über die Hefte verdammt. Je ernsthafter er sich einen Ruck geben will, die niedrige Holztür neben seinem Stuhl aufzustoßen und die wenigen Schritte hin zum Drehständer zu gehen – je mehr er also daran denkt, das Ganze jetzt! sofort! zu erledigen, desto schwerer durchläuft der wohlige Schauer seine Blutbahn, den die Trägheit in jedem von uns manchmal verursacht. Ein bleierner Kapitän in seinem Kassenschiffchen, so sieht auch Ev ihn im Vorüberfahren. Überragt von den Persil- und Miracoli-Wellenbergen um sich herum, kann er nichts anderes, als die Flaute in ihm und um ihn durchzustehen. Doch je länger er die beiden schief hängenden Schulhefte anschaut, desto heftiger wird er von Rührung um sie ergriffen. Fast scheint es, als drängen sie sich in der Edeka-Stille durch minimale Bewegungen, die nur er allein wahrnehmen konnte, in sein Bewusstsein. Er fixiert sie mit seinem Blick und bildet sich ein, er kann sie kraft seines Willens verrücken. Dann wieder bringen sie ihn zu seinen Gedanken an seine verpatzte Schulzeit zurück, und er stellt sich vor, wie die Kerben in ihrem unteren Rand tiefer werden, je länger die Hefte in ihrer Position bleiben. Er kann im eigenen Körper die Belastung spüren, der ihre unbenutzten Blätter ausgesetzt sind, fühlt, wie sich die Fadenbindung verschiebt, weil die einzelnen Blattränder zehntelmillimeterweise eng aneinandergepresst dem Druck ihres Eigengewichts nachgeben müssen. Er versucht, sich mit einem Blick aus dem Schaufenster auf die Straße abzulenken. Sieht Ev vorüberfahren auf ihrem Fahrrad. Bemüht sich, nicht zu blinzeln und seine Augen so lange auf die helle Hauswand gegenüber zu richten, bis er geblendet ist. Das Ladeninnere wird unsichtbar, purpurfarbene Kreise kommen auf ihn zu. Als er wieder sehen kann, zählt er Fliegen. Schließlich kippt sein Kopf sacht nach vorne, die Augen fallen ihm zu, ein Sekundenschlaf wie Sekundenkleber, aus dem er wieder hochschreckt, als er den stotternden Käfer vorbeifahren und kurz darauf das hässliche Aufsetzen seines Chassis hört.

Jupp hingegen, der sich mit seinem Fahrrad dem Grünen Baum von der unteren Hauptstraße her nähert, hört zunächst nur Fehlzündungen und Hundegebell, bevor der Käfer um die Kurve schlingert, die Fahrbahn wechselt, aufsetzt und abgewürgt wird. Aus der Entfernung – er ist sofort stehen geblieben und abgestiegen, weil er in nichts hineingezogen werden will – kommt ihm die ganze Hauptstraße schrecklich verrutscht vor. Verrutscht, weil die Zuckerschlieren des einen oder anderen Brombeerschnäpschens, das er getrunken hat, durch sein plötzliches Anhalten einen unangenehmen Zustand des Schwebens und Kippens in ihm hervorrufen. Verrutscht, weil der Käfer vor dem Hoftor des Grünen Baums schief auf der falschen Straßenseite, aber in Fahrtrichtung steht. Das linke Vorderrad ist zur Seite geknickt, ein Bild, das Jupp an den eigenen Oberschenkelhals erinnert, den er sich vor zwei Jahren angebrochen hat, und der in demselben

Moment, als er stehen bleibt, das altbekannte Stechen ausstrahlt. Der linke Blinker sendet sein schwaches orangefarbenes Sechs-Volt-Licht vom Kotflügel, als hätte er sich in letzter Sekunde eigenständig dazu entschieden, etwas zu retten, zumindest ordentlich anzuzeigen, wohin die Fahrt geht, ein lächerlicher Gegensatz zu dem erfolgten Schaden. Wie ein hilfloses Tier ruht der Wagen auf seiner Stelle. Augenblicklich fühlt Jupp sich mit ihm verbunden durch den Schmerz und die Ohnmacht, und doch auch gewarnt vor drohender Gefahr, denn das Autodach, das wie geschmolzenes Blei unter der Sonne liegt, verströmt einen beinahe außerirdischen Schein. Die Tageshitze, die sich in der Hauptstraße staut, der heiße Asphalt, die das Sonnenlicht reflektierende Frontscheibe des Käfers, die weiße Hauswand des Grünen Baums, all das verursacht ein Flimmern vor Jupps Augen, das der Luft gleicht, die sich über einer Ebene dehnt, nur um die Wirklichkeit zusammenzuziehen, alle Schichten übereinanderzulegen und miteinander zu verschmelzen. Eine Fata Morgana, vermutet er. Musik geht von dem Wagen aus, Negermusik, die entlang der Hauptstraße zieht. Seine Scheinwerfer sind seltsamerweise erleuchtet. Viel zu schwach, um gegen das Sonnenlicht etwas auszurichten, flackern sie vor sich hin, als hätte der Wagen ein Eigenleben. Wäre nicht diese ihn allseits umgebende Blendung und er nicht beschwipst und noch gedämpft vom Mittagsschlaf, würde Jupp das, was er sieht, beinahe als leibhaftig nachgestellte Szene vom HB-Männchen deuten. Doch die Person, die aus dem Auto springt, geht nicht etwa in die Luft, nachdem sie mit schnellen Schritten um den Käfer herumgelaufen ist, sondern schlägt auf der Fahrerseite dreimal mit der Faust auf das Wagendach, schreit etwas auf Englisch dabei und packte sich dann mit beiden Händen in den Jackenkragen, um ihr Haar nach hinten zu wirbeln. Und jetzt erkennt Jupp, was ihm an der ganzen Szene am wenigsten gefällt: Diese Person ist ein Mann, doch er hat die langen Haare einer Frau.

An diesem Freitag im Juli, kurz nach sechs Uhr abends, sind es also drei Männer, die unter Rosis Fenster als Erste in einen Tumult geraten: Jupp, der im Grünen Baum sein Schnitzel essen will, sein Sohn Wilhelm, der gerade erschöpft die Tür vom Edeka von außen abgeschlossen hat, und sein Enkel Manni, der mit seinem Moped die Bushäuschen-Hauptstraße-Bushäuschen-Runde dreht und darauf wartet, dass Ev von ihrer allabendlichen Fahrradfahrt zurückkommt, bei der er nicht dabei sein darf. Alle drei hören die Fehlzündungen des VW Käfers, noch bevor sie ihn sehen. Nur zwei von ihnen hören das hässliche Geräusch, mit dem das VW-Chassis auf dem Bordstein aufsetzt, ein Schleifen von Metall auf Stein, das Jupp an den Krieg und Wilhelm an seinen Unfall bei Dunlop erinnert. Manni, der am Ortsausgang kurz hinter dem Bushäuschen zum dritten Mal wendet, hört Unreinheiten im Vergaser seiner Kreidler.
Es ist Manni, der in diesem Moment die Sache in die Hand nimmt. Manni mit seiner dunklen Tolle über der Stirn, über den Winter hat er sich die Haare länger und Koteletten wachsen lassen. Manni, der Platzhirsch, Manni, der seinesgleichen immer eine Nasenlänge voraus ist, wenn auch oft nichts Gutes bei den Saufereien am Grillplatz herauskommt, ein Zuspätkommen bei der Arbeit am nächsten Tag ist noch das Geringste, sich mit dem Moped irgendwo im Feld flachlegen das Peinlichste.

Kaputt?, fragt er ins Blaue, seine Stimme fordernd und ein wenig zu hell, um gegen das ablehnende Gesicht seines Großvaters anzukommen und zu überspielen, wie er beim Versuch, auf den Bürgersteig zu fahren, die Kreidler abgewürgt hat. Wieder einmal den Bordstein schräg angeschnitten und mit dem Vorderrad weggerutscht. Hätte es besser wissen sollen und verflucht sich. Ist froh, dass Ev noch nicht zurück ist und es nicht mitbekommen hat. Schlimm genug, dass dieser kaputte Typ mit den langen Haaren, der Fahrer des Käfers, ihn festgehalten hat, sonst wäre er umgekippt. Immer will er alles besonders gut machen, besonders vor seinem Großvater, immer die gleiche Falle, und jetzt ausgerechnet auch noch vor diesem Fremden, der bestimmt schon einfach deswegen, weil er aussieht wie irgendein Musikstar und sich für etwas Besseres hält, über ihn insgeheim lacht.
Der Typ deutet schulterzuckend mit nach oben gekehrten Handflächen auf das schief stehende Vorderrad und sagt irgendetwas, bückt sich dann in den Wagen und stellt den Kassettenrekorder aus. Ein Ami, das hört Manni sofort. Aber natürlich kein GI, sondern einer mit langen Haaren, ein Gammler wie aus dem Bilderbuch, einer, wie er noch nie hier war. Sein Vater, der vergessen hat, seine Edeka-Schürze auszuziehen, und sein Großvater, wie immer um diese Uhrzeit hochrot im Gesicht, sind näher gekommen, der Großvater klopft mit seinem Stock gegen den Reifen, ohne den Fremden zu beachten. Manni rollt seine Kreidler ein Stück weiter vor das Hoftor des Grünen Baums, stellt sie auf den Ständer. Der Langhaarige scheint seine Frage verstanden zu haben. Er nickt, *kaput*, ja, und Manni sieht in die Runde, rollt sein Päckchen Zigaretten aus dem T-Shirt-Ärmel, bietet dem Typ eine an, steckt sich selbst

auch eine an. Rauchend stehen sie auf dem Gehweg vor dem Wagen.
Sieht aus, als wäre die Achse gebrochen, setzt er nach, während er zusieht, wie der Langhaarige sich die Zigarette in den Mundwinkel klemmt, in die Hocke geht und mit beiden Händen am schräg stehenden Vorderreifen rüttelt. Jupp geht langsam humpelnd um das Auto herum zu Wilhelm, seinem Sohn, der mit vor der Brust verschränkten Armen auf der Straße steht und den Käfer betrachtet. Der Langhaarige kommt wieder hoch, wischt sich die Hände an seiner Hose ab und sagt etwas mit zusammengekniffenen Augen, von dem Manni nur *garage* und *repair* versteht. Er spuckt auf die Straße. Here no repair!, sagt er zu dem Hippie, als müsste er ein Maschinengeräusch übertönen. We need a bulldog!
Ami, oder? Wilhelm deutet mit dem Kinn auf den Fremden. Frag mich, wo sie den rausgelassen haben. Also, bei der Army war der nie. Mit einem Seitenblick auf seinen Vater sucht er nach einem Begriff, der die Untauglichkeit eines solchen Wesens vermitteln kann, die Zumutung, die sein Anblick darstellt. Bei ihm muss man vorsichtig sein, er kennt alles und jeden und nimmt jede Position ein, die ihm ermöglicht, sein Gegenüber ins Unrecht zu setzen. Sieht aus wie einer aus dem Zirkus, setzt er nach und hofft, den richtigen Ton getroffen zu haben, doch Jupp sagt nichts, lässt ihn stattdessen mit einer wegwerfenden Handbewegung stehen, geht wieder um den Käfer herum, klopft erneut mit seinem Stock auf das schräg stehende Vorderrad und verkündet, die Vorderachse sei gebrochen. Dabei sieht er weder den Langhaarigen noch seinen Enkel an. Manni klemmt sich ebenfalls die Zigarette in den Mundwinkel, geht vor dem Käfer in die Knie, stützt sich

auf beide Handballen, schaut mit schräg gelegtem Kopf unter den Rahmen und schlägt vor, den Bulldog, den alten Lanz, zu holen. Wenn wir den mit dem Heuaufsatz hochnehmen, schaffen wir es die paar Meter, sagt er im Aufstehen. Ev muss jeden Augenblick zurückkommen, er hofft, sein Großvater wird ihn selbst den Traktor ansetzen und den VW im Rückwärtsgang zum Sunnyside abschleppen lassen. In der alten Scheune dort kann man ihn abstellen. Die Alten sind starrköpfig, sie haben es während ihres ganzen Lebens geübt. Sein Großvater hält nichts von ihm, und er hofft umso mehr, ein einziges Mal möge alles zum richtigen Zeitpunkt geschehen, nur dieses eine Mal soll Jupp erkennen, dass in Manni ein richtiger Mann steckt, und ihm den Glücksfall gönnen, sich auch vor Ev beweisen zu können, sich als echter Kerl zeigen zu können, der weiß, worauf es ankommt, der diesem hilflosen Hippie den Käfer unter dem Arsch wegschleppt, nur um ihn nach allen Regeln der Kunst zu reparieren, seine vorweggenommene Meisterprüfung also, Meister aller Klassen, auch in Evs Augen. Manni, der Held. Manni, der wie eine jüngere Ausgabe von Elvis oder seinetwegen auch von Ringo Starr neben diesem halben Hemd mit den langen Haaren steht. Hauptsache Star, Hauptsache Ev. Manni, dem jetzt der Rauch seiner Zigarette doch noch ins Auge steigt und der nicht einmal blinzelt. Sie muss nur rechtzeitig da sein und ihn sehen wie niemals zuvor.

4.

Ev auf dem Fahrrad entlang der Sandsteinmauer des ehemaligen Hofguts, die Sonne immer noch ein Mörderinstrument. Vorher schnell noch umgezogen, die neue, sehr kurze Hose an, dann an der Küche vorbei in den Hof zum Fahrrad. Selbst genäht, Stoff vom Kaufhof, Oberteil von der Mutter aus dem Quelle-Katalog bestellt, leichtes Sommerblüschen, wie sie sagte, kann man schnell mit der Hand auswaschen. Ev ist sich nicht sicher, ob es nicht ein Mädchenblüschen ist. Blüschen, Kleidchen, Haarspängchen, sie hören nicht auf damit, sie wie ein Kind zu behandeln.
Kurz zuvor, am Kneipentisch, war es wieder so weit gewesen, dieses altbackene Gefühl, zwischen Stammtischdeckchen und Eindösen über Uschi Glas stieg es in ihr auf. Die Bravo hat sie müde gemacht, diese Uschiglasfrisur, das ist nicht mehr das Richtige. Dagegen hilft nur das Fahrradfahren, wie jeden Abend. Kurve, Steigung, Vorsicht, Auto von vorne, ein silbergrauer Käfer, der die erste Kurve in den Ort hinein etwas zu schnell genommen hat und dann auch schon an ihr vorbei ist. Die Bushaltestelle, davor rechts rein, Schotter, Feldweg. Jesuslatschen an, in Frankfurt gekauft, vom Trinkgeld abgespart. Du wirst dir die Zehen aufreiben, sagte die Oma, und: Das Leder stinkt. Später zu Hause schnell überschlagen, was noch an Trinkgeld kommen kann.
Das Vorderrad holpert in den Lehmfurchen, eine Jesuslatsche klappt um. Gräser schlagen ihr gegen die Knöchel,

im Heimatkundeunterricht gelernt, was es sein müsste, alles vergessen. Hühnerhirse? Schnelle Schläge wie von winzigen Peitschen. Langsam fahren. Die Sonne sticht, vorne der Apfelbaum, schnell hin wie der Wind, der nicht weht, Fahrrad einfach umfallen lassen. Sie legt sich in den Schatten. Auf der anderen Seite des Feldes das Wäldchen mit dem Grillplatz und der Hütte, gebaut von der freiwilligen Feuerwehr, die der Dorfjugend erlaubt, sich dort zu treffen.

Fast immer werden die Lagerfeuerabende angeführt von Manni, der manchmal zu dick aufträgt. Sie schämt sich oft für seine Großkotzigkeit, die anderen hören auch nur so lange zu, wenn es um Fachsimpelei geht, Manni mit seiner Lehre als Automechaniker, was keiner von ihnen geschafft hat. Sein Gelaber von Motoren, die Kreidler und die Lederjacke lassen ihn in den Augen der anderen fast zu einem Rocker werden, so verhält er sich auch, haut selbst in der Werkstatt große Sprüche raus. Hat gegen den Willen seines Meisters Poster von den Beatles *und* den Rolling Stones aufgehängt, weil er beide toll findet, auch darin ist er echt eine Ausnahme, sagt er, und auch, dass er sich mit jedem anlegt, der einen dummen Spruch darüber macht. Gerät leicht in Wut, besonders über sich selbst, wenn er sich in Rage redet, ein gedoppelter Manni also, der nicht nachgeben kann und alles an den anderen auslässt. Wie sein Opa Jupp, aber das darf man ihm nicht sagen, weil er sonst schmollt.

Aber mit ihr alleine ist er ein anderer, sagt er. Ein elendes Kaff nennt er Randstetten. Sobald ich die Kohle zusammenhabe, kauf ich mir 'nen Riesen-Bock, und dann können mich alle mal. Kannst dann mitfahren.

Am Samstagabend zuvor war sie mit ihm drüben gewesen

am Grillplatz, mit der Kreidler sind sie zum Waldrand gefahren, als im Grünen Baum nichts mehr los war. Decke raus, seine Fluppen und einen Piccolo MM-Sekt, Extra für dich, sagte er zu ihr, ohne sie anzuschauen, während er die Decke ausbreitete. Alles auf die Kreidler geschnürt, Für dich geb ich mir Mühe. Sie blieb sitzen, er legte sich neben sie auf die Decke, den Kopf in die Hand gestützt, seine Hüften schmal unter seinem breiten Gürtel, eigentlich ein bisschen zu schmal, findet Ev, von hinten gut, von vorne irgendwie verklemmt. Aber die Bluejeans, auch die eng, beim Gedanken daran verdreht sie manchmal die Augen, wenn sie allein ist. Schon auch sexy. Schräg von unten schaute er in ihr Gesicht, *Sag mir quando, sag mir wann*, sang er leise, wann lässt du mich endlich ...?, zog mit dem Zeigefinger seiner Linken eine Linie an ihrem Schienbein hinauf, über ihr angewinkeltes Knie bis zum Rand ihrer Hose und von dort zur Rückseite des Oberschenkels. Vergrub seinen Finger in ihrer Leiste. Sie winkelte die Beine fester an, schlang die Arme darum, legte ihren Kopf auf die Knie, weil sie alles so entsetzlich kitschig fand und sich dafür schämte, mitzumachen, wie es sich gehörte. Sagte, Hör jetzt auf, lass endlich deine Finger weg. Einer ihrer meistgesagten Sätze. Lachte wie immer dabei, als wäre alles nicht so ernst, und drückte seinen Arm zur Seite. Er drehte sich auf den Rücken, zog sie über sich, stützte sie an ihren beiden Schultern nach oben, und sie ließ sich hängen, ihr Oberkörper schwer, nur von ihm gehalten, ihr Gesicht über seinem, aus dem Kofferradio kam Musik wie aus einem leeren Raum, *Little Green Apples* mit rauchiger Männerstimme, die Vokale sanft hineingedehnt in diesen Abend, an dem die Welt so klein wie eine Schachtel war. Anfangs dachte sie in ähnlichen Situationen, dass ihr Gesicht vielleicht zu rund, zu kindlich aussah und er sie nicht anziehend finden würde, doch mittlerweile war es ihr egal, vielleicht auch, weil er ständig sagte, ich find alles an dir toll. Jetzt hör schon auf, sagte sie noch einmal mit bösem Blick, aber er lachte nur, deutete an, sie fallen zu lassen, und hielt sie doch fest, zeigte, er war auf jeden Fall der Stärkere, ihre Haare über seinem Gesicht. Sie schrie kurz auf, ebenso gespielt wie ihr Blick, künstlich aufgestachelt wie überhaupt das ganze Gerangel, weil es Manni so gefiel. Kind, sei doch ein bisschen diplomatischer, sagt die Oma immer, wenn Ev sich über irgendetwas mit ihrer Mutter streitet, und was Manni betrifft, hat sie recht, Ev muss so gut wie immer diplomatisch sein, um jeder Situation die Schärfe zu nehmen.

Kaum saß sie wieder neben ihm, steckte er sich einen Grashalm in den Mund und brachte sich in Seitenlage, wirkte idiotisch damit, merkte es zum Glück gleich und spuckte den Halm wieder aus. Sah sie wieder von unten an, machte dabei einen auf Hundeblick, wickelte eine ihrer Haarsträhnen um seinen Finger. Sie kam sich jedes Mal ein bisschen mehr vor wie eines dieser Bravo Girls der Woche (Tipp des Monats für zwei, die zusammengehören: Partnerlook!), und in den Geruch nach Haut und Haaren mischte sich wie immer das Gefühl, dieser Sache auf der Stelle entkommen zu wollen. Sie rückte zur Seite, suchte im Radio nach AFN, irgendwo direkt neben 900 Kilohertz. Sie will nicht mitfahren auf dem großen Bock, den er sich kauft. *Oh Well*, Fleetwood Mac, leicht verrauscht, dann näher, klarer. Die Sonne war untergegangen, das Radio kippte um im trockenen Gras. Sie zog die Beine wieder an, hielt sie umschlungen, ihre Lagerfeuerhaltung, bei der Manni irgendwann aufgibt und seine Klappe hält. Die

Stimme des Sängers war nur für sie bestimmt, zog sie mit sich in den graublauen Wald, in dem schon die Nacht stand, trieb sie hin zu einem unbekannten Ziel, die Gitarre so fordernd, dass sie Manni gegenüber, diesem Manni, der nicht wusste, worum es ging, und von allem so weit entfernt war wie die Erde von der Sonne, fast schon versöhnlich gestimmt wurde, während sie mitsummte. I can't help about the shape I'm in, I can't sing, I ain't pretty and my legs are thin. But don't ask me what I think of you, I might not give the answer that you want me to. Man könnte hier sein, aber auch ganz woanders. Ein ähnliches Gefühl wie bei ihren Bahnfahrten, ihren Busfahrten. Hier und doch an einem anderen Ort. Sie weiß nicht, ob es möglich ist, vielleicht nur, wenn man es sich ganz stark wünscht und auf einen Punkt am Horizont schaut, bis einem die Augen tränen. Es ging auf zehn zu, die Erde war ein klein wenig kühler geworden. Nur noch ein bisschen sitzen, sagte sie zu Manni, der nach zwei Minuten das Stillsein wieder satthatte und begann, sie an den Füßen zu kitzeln.

Komm mir bloß nicht mit einem Kind nach Hause, sagt die Oma neuerdings, die nichts vom Grillplatz und AFN und Fleetwood Mac weiß, aber Mannis Blicke abends in der Kneipe sieht. Ev erschöpfen diese Sätze, wie sie sich auch müde fühlt von den schlaflosen Nächten der Oma, die immer davon erzählt, wie oft sie wach liegt. Ev hört sie auf dem Flur im zweiten Stock, wenn sie zur Toilette geht, der Gang einer Frau, die nicht zur Ruhe kommt, ihr alles bestimmender Gang, der sich nachts nicht vom Tag unterscheidet.

In diesem Sommer träumte sie nach der Sprachschule während jeder Fahrt von Hanau zurück nach Hause da-

von, einfach über Randstetten hinauszufahren, am besten in großem Bogen wieder zurück nach Hanau oder gleich nach Frankfurt, wohin sie mit Lilli jeden zweiten Samstag einen Ausflug machte. Ganz früh brach sie jedes Mal auf, in Hanau stieg Lilli zu. Vom Frankfurter Hauptbahnhof liefen sie bis zur Hauptwache, entlang der Kaiserstraße schauten sie nicht nach rechts und links, erst wenn sie den Kaufhof sahen, gingen sie langsamer. Um halb zehn Frühstück auf der Terrasse vom Café Hauptwache, eine Tasse Kaffee, ein Brötchen, Butter und Marmelade, bitte, danke, sie fühlten sich erwachsen. Dann die Zeil entlang Richtung Konstabler, aber gleich rechts runter und links in den Holzgraben hinein. Dort gibt es zwei kleine Läden direkt nebeneinander, der eine führt beinahe durchsichtige Indienblusen, deren Halsausschnitte mit Spiegelpailletten gesäumt sind, Ketten aus winzigen bunten Perlen, wadenlange Batikkleider, Räucherstäbchen und Rohrflöten, der andere heißt *Pudding-Explosion*, ein Name, der Ev wie die Verarschung von Wilhelms Edeka vorkommt. Der Pudding besteht aus Mao-Bibeln, bunten Brillen, Black-Power-Plakaten, die im Blacklight ganz hinten im Laden fluoreszieren. Zwischen allem stapelweise bunte Comics. Underground halt, sagte Lilli, meine Mutter findet das ja super. Lilli hatte die Idee gehabt, dorthin zu gehen, ihre Mutter hatte ihr einmal eine Kette von dort mitgebracht, die sie nie anlegte.
Sie mussten sich den Weg gut merken, während sie durch den Strom von Menschen auf der Zeil gingen, hielten sie jedes Mal den Atem an, fragten sich, ob sie die Läden auch wiederfinden würden, versicherten sich, richtig zu laufen. Der kurze Weg war ein Abenteuer, belohnt durch die immer wiederkehrende Überraschung, plötzlich direkt vor

den Schaufenstern zu stehen. Aufregend war es, sie zu betreten und mit einem Hi! gegrüßt zu werden. Die Enge zwischen den Kleiderständern, die Poster an den Wänden, großzügige Farbpaletten, Gesichter, deren Farben ins Negative gedreht und verzerrt sind, bis alles zu explodieren drohte, die Schriften mit den aneinandergepressten und verschlungenen Buchstaben, der winzige Triumph in ihr, wenn sie die Wörter lesen konnte. Die Oma hätte niemals erkannt, was abgebildet ist, es wäre ihr auch nicht zu erklären gewesen. Der Duft der Räucherstäbchen nahm ihnen beim Betreten der Läden den Atem. Hinter den Leuten, die sie hier sah, verbarg sich etwas, von dem sie keine Ahnung hatte. Man hörte es ihren Stimmen an, die ironisch klangen, aufregend und kalt zugleich wirkten. Niemand beachtete sie, umso mehr beobachtete sie jede Bewegung im Laden, bemühte sich, jeden Gesprächsfetzen zu hören. Diese Leute kannten sich offensichtlich prima aus mit der Welt, ständig schienen sie dramatische Dinge zu erleben, über die sie sich lustig machten oder sich in spöttischem Ton verständigten. Besonders, wenn es um Politik ging bei dem, was sie aufschnappte, fühlte Ev sich verloren, ein nervöses Gefühl, bei dem ihre Handinnenflächen feucht wurden und ihr bewusst wurde, dass diese schönen, wilden Menschen sich in einer anderen Sprache unterhielten. Sachen mussten ausdiskutiert werden, Aktionen wurden geplant, Namen wurden genannt, über die Bullen wurde gelacht, und über allem so laute Musik, dass man kaum etwas verstand. Einmal hatte der Typ mit dem Vollbart, dem offensichtlich einer der beiden Läden gehört, Ev angesprochen, na Kleines, sagte er, was für den Kopf tun? Wir haben hinten Schillums und Bongs, der Rest geht auch klar, sag einfach Bescheid. Ev

verneinte kopfschüttelnd und fühlte sich in ihrer Ahnungslosigkeit ertappt, weil die beiden Frauen, die gerade mit dem Vollbärtigen gesprochen hatten, sie kurz mit hochgezogenen Augenbrauen ansahen und dann lachten, bevor sie lächelnd weiter miteinander sprachen. Sie kam sich bloßgestellt vor, ein jämmerliches Gefühl, niemals dazuzugehören, das sich erst wieder löste, als der Typ eine neue Platte auflegte und Lilli und sie zu *Happiness Is a Warm Gun* hinaus auf die Straße ins Sonnenlicht traten.
Sie kennt nicht viel von der Musik, die in den beiden Läden gespielt wird, die nennt man progressiv, sagte Lilli, weiß ich von meinem Vater. Sie könnte Ruth fragen, die in Friedberg im Radiofachgeschäft für die Schallplatten zuständig ist, ob sie die beiden Läden auch kennt und die Musik, die dort läuft. Ev fährt sowieso als Ersatz, wenn sie es nicht mit Lilli nach Frankfurt schafft, zu Ruth in den Laden, hört dort Platten, solange Ruth mitmacht und sie ihr auflegt. Die Les Humphries Singers, die findet ihre Mutter gut. Aber Ruth, die etwas ähnlich Abwesendes und Kühles wie die Frauen im Holzgraben hat, Mittelscheitel und lange Haare, Indienbluse, schwarzen Lidschatten und massenweise dünne, klimpernde Armreife, spielt Ev andere Sachen vor. Jimi Hendrix hat sie, Eric Burdon, Cream, aber auch Simon und Garfunkel und Joan Baez, die aussieht wie Ruth oder umgekehrt. Bob Dylan nervt, aber vielleicht sagt er etwas Wichtiges, doch dazu reicht Evs Sprachschulenglisch nicht aus. Sie hat auch manchmal Angst, die Joan Baez von Friedberg zu nerven, das ist immer so eine Sache, wie sie gelaunt ist, denn eigentlich, und das muss Ruth gar nicht sagen, Ev ist es völlig klar, eigentlich ist Friedberg für Ruth auch der grundverkehrte Ort. Manchmal ist Ruth-Joan deswegen

richtig unhöflich, doch dann wieder, wenn nichts los ist, zeigt sie Ev eine Platte nach der anderen. Das Klimpern ihrer Armreife, wenn sie anfängt, mit geübten Fingern die Langspielplatten durchzublättern, ist fast schon eine Auszeichnung für Ev, ein Zeichen dafür, dass sie durch Ruths Musikauswahl gleich Zugang zu einem anderen, verborgenen Leben erhält, in dem sich Dinge verdichten, die wirklich wichtig sind. Wenn Ruth-Joan über die Bands und Platten spricht, hört es sich an, als wäre sie persönlich mit den Musikern befreundet, als kehrte sie abends nach ihrem Frondienst im Radioladen mit ihren klirrenden Armbändern in eine Welt zurück, die sich über der normalen Welt befindet, eine Welt, in der Menschen wie Ruth und die Musiker vielleicht sogar über Menschen wie Ev lachen. Aber trotzdem, Ruth ist meistens freundlich zu ihr, vielleicht erkennt sie den geheimen Funken Andersartigkeit in ihr, das ist Evs Hoffnung. Ich steh ja mehr so auf schwarze Musik, sagt Joan-Ruth dann manchmal, Sly and the Family Stone sind groovy, darf ich aber nicht einkaufen, nur immer Mahalia Jackson oder die Les Humphries Singers.
Weiter als bis zur Zeil und zum Holzgraben gingen sie nicht in Frankfurt, Ev und Lilli, eine eingeschworene Route, die restlichen Straßen kannten sie nicht. Hauptsache, in der Stadt, dann zurück zum Hauptbahnhof, gegen zwei waren sie wieder zu Hause, und Ev fragte sich während der Zugfahrt, ob *Hi* mit oder ohne *gh* am Ende geschrieben wird.
Um sich nicht anmerken zu lassen, dass sie andere Menschen waren, vom Ort, wie man so sagte, sprachen Lilli und sie so gut wie gar nicht miteinander, wenn sie in den beiden Hippieläden waren, dafür aber umso angeregter

beim Marmeladenbrötchen im Café Hauptwache. Die Beine übereinandergeschlagen, die Unterarme auf dem Tisch, als gehörten sie dazu, spielten sie Erwachsenenunterhaltung, schauten dabei jedoch über die Schulter der anderen, damit ihnen nichts entging. In den Gesprächspausen betrachteten sie den Strom der Menschen, die in die B-Ebene zu den U-Bahnen und S-Bahnen gingen oder aus der Erde herauskamen, die jungen Frauen mit Bob-Haarschnitt und kurzen Röcken, die älteren Frauen mit verschlossenen Gesichtern, manche sogar, wenn es windig war, mit Kopftüchern wie auf dem Dorf. Sie versuchten herauszufinden, was wichtig war. Die Miniröcke, von denen jede von ihnen auch einen trug – wie kurz mussten sie sein, von welcher Form die Schuhe. Die Pullover und Blusen, die Farben, die Formen, Make-up, und vor allen Dingen der Gesichtsausdruck. Er hatte desinteressiert und abweisend zu sein. Anders abweisend als bei den Frauen im Dorf, in deren Gesichtern stets auch ein leiser Vorwurf zu sehen war, weil ihnen alles zu viel war.

Vor der Hauptwache bremsten die Straßenbahnen schleifend in ihren Gleisen, Polizisten regelten zusätzlich den Samstagsverkehr, alles ging und fuhr oder wartete auf etwas. Niemand in Frankfurt wusste von ihr, niemand kannte sie, sie war ein unbeschriebenes Blatt, und das Gefühl, in die Bedeutungslosigkeit zurückzufahren, wurde bei jeder Heimfahrt stärker, je schneller der Zug wurde. Es begann neuerdings sogar schon auf der Hinfahrt nach Frankfurt, wenn sie sich mit Lilli die Leute anschaute und überlegte, wer wohl von ihnen in der Stadt lebte oder nur dorthin zu Besuch fuhr wie sie selbst, und wenn sie dort wohnten, wo? Die Frauen aus dem Pudding-Explosion und der Typ mit dem Vollbart wohnten bestimmt in Wohngemeinschaften. Dort waren ständig alle möglichen Leute, die miteinander auf dem Boden saßen und Joints rauchten, und im Flur hingen Poster, die im Dunkeln leuchteten. Und wo waren die Beat-Clubs, in die sie gingen? Oft sah man die Gammler an der Hauptwache, sie standen in Gruppen oder saßen auf dem Boden und redeten miteinander, manche waren barfuß, fast alle trugen Jeanshosen. Ev schaute nicht hin und schaute doch hin. Immer war einer dabei, der ein Instrument spielte, Mundharmonika etwa, oder auf seinen Oberschenkeln trommelte. Lilli ließ darüber nicht mit sich reden, Lilli wollte schick sein, Lilli rollte mit den Augen, Lilli war genervt, Jesses, die Typen würden meiner Mutter gefallen, sagt Lilli im Café Hauptwache und betrachtet ihre Fingernägel. Über den Besuch des Indienladens hinaus war mit Lilli nichts anzufangen, und wenn Ev Lillis und ihren eigenen Minirock mit den ausgefransten Bluejeans der Hippie Girls vergleicht, weiß sie nicht, was besser ist, doch eines weiß sie: Wenn sie frei wäre und niemand sie kennt, könnte sie wählen, könnte machen, was sie wollte, vielleicht wie Uschi Obermaier in einer WG unterkommen und noch nachmittags auf einer Matratze sitzend fotografiert werden, nur in Blond. Zu Hause erzählt sie niemandem davon, was sie in Frankfurt unternehmen, die ersten Fahrten hatte sie sogar aus der Angst heraus verschwiegen, sie bekäme den Ausflug in die Stadt verboten. Sie kennt die Dorfmeinung, Sodom und Gomorra, nur Verbrecher, das Bahnhofsviertel ein Abgrund, der Rest undurchsichtiges Pack, alle in einen Sack, und druff, und du triffst immer den Richtigen. Hatte also nur gesagt, sie besuche Lilli in Hanau. Dann irgendwann, ihre Mutter fragte sie an einem der Samstagnachmittage, woher die Kette mit den winzigen bunten Indienperlen stammte, sagte sie, aus Frankfurt. Lilli und ich waren in Frankfurt, das machen wir jetzt öfter. Ihrer Stimme gab sie einen abgeklärten Ton, der sie gleichermaßen vernünftig und unangreifbar erscheinen lassen sollte. Dennoch gelang es ihrer Mutter, ihr mit der Bemerkung, Ach, da wäre ich auch gerne öfter, Einzelheiten aus der Nase zu ziehen. Pass bloß auf dich auf, versprichst du mir das, war die abschließende Bemerkung, die in den letzten Monaten an den Frankfurt-Samstagen von einem Ihr habt es wirklich gut, ihr wisst gar nicht, wie gut! abgelöst worden war, dessen vorwurfsvoller Unterton noch nachwirkte, bis Lilli in Hanau zustieg. Solange du anständig bleibst und deine Schule nicht vernachlässigst, habe ich nichts dagegen, war alles, was die Oma dazu sagte, ganz zu Evs Verwunderung, die von der Oma ein striktes Verbot erwartet hatte. Doch auch hier war der Riegel gesetzt durch das Wort *anständig* und den Begriff *deine Schule*, beides so nachdrücklich ausgesprochen, während sie sich die vom Spülen roten Hände abtrocknete, dass es in Ev manchmal sogar ein schlechtes Gewissen hervorrief, wenn Lilli und sie zu sehr lachten auf ihren Fahrten.

Lilli und sie waren von Anfang an Freundinnen, seit der vierten Klasse, als Lilli plötzlich aufgetaucht war. Sie, ihre Eltern und ihr kleiner Bruder waren in das Sandsteinhaus am Ortsausgang gezogen, das zum ehemaligen Hofgut gehörte, sie hatten es gemietet und renoviert, lebten hinter Dahlien und Hortensien und dem Eisenzaun zur Straße hin. Lillis Vater war im Ort niemals zu sehen, Er macht Filme in München und ist immer unterwegs, sagte Lilli, manchmal kommt er nur ein- oder zweimal im Monat.

Jeder konnte sehen, wenn er da war, denn Lillis Vater parkte seinen grauen Porsche stets auf der Straße, immer lief er mit nur lose über die Schultern gehängtem Jackett im Eilschritt zum Hauseingang. So ein Aufschneider, sagten abends die Männer im Grünen Baum. Lillis Mutter pflegte einen großen Garten hinter dem Haus, Gemüse, Kräuter, Blumen, auch vor schwerem Gerät schreckte sie nicht zurück, an den Rand des Gartens baute sie aus Holz eine Art Ponton, darüber spannte sie helle Stoffe über Pfosten und Pfähle, man konnte darunter sitzen und liegen und sich vorstellen, auf einem Floß den Fluss hinabzutreiben.
Evs Mutter und auch manche der anderen Mütter ließen sich von Lillis Mutter einladen in den Garten und bewunderten ihn, doch sobald sie auf dem Nachhauseweg waren, änderte sich ihre Meinung. Möcht' wissen, woher die so viel Zeit hat, sagten sie zu Rosi, da kann doch etwas nicht stimmen, ich meine, ich hab jetzt nicht gesehen, wie es in ihrer Küche aussieht, und ehrlich gesagt, möchte ich da auch nicht reingucken müssen. Lillis Mutter hatte genauso lange Haare wie Lilli, beiden reichten sie fast bis zur Hüfte. Im Haus grenzte eine geräumige Speisekammer als separater Raum an die Küche, der Küchenboden mit weißen Fliesen ausgelegt, jede einzelne mit einem kleinen blauen Karo in der Mitte. Ev und Lilli hatten ab der fünften Klasse nicht mehr denselben Schulweg, sahen sich morgens jedoch an der Bushaltestelle, jede auf der anderen Straßenseite, der eine Bus brachte Ev nach Nidda zur Mittelschule, mit dem anderen Bus fuhr Lilli nach Büdingen zum Wolfgang-Ernst-Gymnasium, doch nachmittags trafen sie sich, wann immer sie Zeit hatten. Einmal, es war knapp zwei Jahre her, da waren sie fünfzehn und wussten schon Bescheid, zeigte Lilli Ev das Schlaf-

zimmer ihrer Eltern. Der Raum war leer, nur eine Matratze lag in einer Ecke auf dem Boden, darauf ein gelber Bettbezug, ein großes weißes Rad mit ausgewaschenen Rändern, darin zwei kleinere, die Sonne schien darauf, noch nie war Ev zu solch einem direkten Blick in ein Schlafzimmer aufgefordert worden.

Es ist gebatikt, sagte Lilli, meine Mutter batikt alles, und Ev versuchte, sich das Wort zu merken, von dem sie annahm, es sei eine besondere Fertigkeit, die von weither kam und etwas mit Gewürzen zu tun hatte, die man dafür verwendete, alle Dinge schöner zu machen, etwas, das in Randstetten nicht gebraucht wurde und von dem sie nicht erzählen durfte, damit die Oma oder die Mutter nicht sagte, da gehst du mir nicht mehr hin, die nehmen bestimmt Drogen. Die wenigen Schlafzimmer, in die sie bisher in den Wohnungen ihrer Schulfreundinnen geblickt hatte, sei es, um heimlich Kleider der Mütter anzuprobieren oder vorgekochtes Essen zu holen, das im Kochtopf unter der Bettdecke aufbewahrt wurde, waren nach dem immer gleichen Muster vollgestopfte Räume, im Winter eiskalt, im Sommer stumpf hinter stets fest verschlossenen Fenstern.

Und da schlafen deine Eltern?

Ja, sagte Lilli, komm, lass uns wieder in den Garten gehen, doch Ev gab nicht auf. Beide?, fragte sie und kam sich im selben Moment dumm vor, aber sie konnte sich nicht vorstellen, warum zwei Menschen freiwillig auf einer Matratze schliefen, die nur für einen Menschen gemacht war. Sie wusste nicht, worüber sie mehr verblüfft war, über die schmale Matratze oder darüber, dass sie auf dem Boden lag. Eine Zeit lang fiel es ihr nicht leicht, Lillis Mutter in die Augen zu schauen, denn sie konnte nicht anders,

als sich Lillis Eltern eng umschlungen und nackt auf dieser Matratze vorzustellen.
Denkst du, es tut weh, sagte zu dieser Zeit auch manchmal eine zur anderen. Kurz darauf hatte Lilli einen Freund, sie war sechzehn, er achtzehn, auf Lillis Schule und kurz vor dem Abitur. Lilli erzählte ihr vom Küssen und wie wunderbar es war, doch nach einiger Zeit sprach sie nicht mehr über ihre Beziehung zu diesem Jungen. Sie bemühte sich, erfahren zu wirken, und wenn Ev etwas erzählte, kam es ihr vor, als betrachtete Lilli sie skeptisch und überlegte sich ihre Antwort gut, ein kaum sichtbarer Riss in ihrer Freundschaft, der am meisten spürbar war, wenn sie telefonierten und Lilli winzige Schweigemomente einlegte. Sie sahen sich eine Weile kaum noch, doch dann war Schluss mit Lillis Freund. Es gibt auch Knatsch zu Hause, hatte Lilli ihr dann erzählt, ich glaub, meine Eltern trennen sich. Erst reden sie dauernd darüber, dass sie eine Wohngemeinschaft aufmachen, so, wie es Wolf in Dänemark gesehen hat, dann streiten sie. Wolf, sie nannte ihren Vater beim Vornamen, er fühlt sich wohler damit, hatte sie Ev erzählt. Sogar im Fernsehen hätten sie so was gezeigt, mit anderen Leuten und Kindern zusammenwohnen sollte es werden, weil sie nicht isoliert als Einzelpaar leben wollten, bis sie sterben, hätte Wolf gesagt. Da musste Ev an zu Hause denken. Alle sollen dann abwechselnd für alles zuständig sein, sagte Lilli, auch die Männer, und die Frauen könnten halbtags arbeiten gehen, wenn sie nicht mehr nur die Dienstmädchen für die Familie wären. Eine Kommune? Aber da ist es doch dreckig, sagte Ev. Nein, das heißt Großfamilie, sagt mein Vater, antwortete Lilli, jetzt schon ein wenig spitz. Aber wie soll denn das gehen, sagte Ev, dass alle abwechselnd die Küche

sauber machen, dein Vater ist doch nie zu Hause, und die anderen Männer, die dann einziehen, die haben doch bestimmt keine Lust dazu. Lilli verdrehte die Augen, ich weiß auch nicht, wie sie sich das vorstellen, sagte sie und zuckte mit den Schultern, und dann rollte auch Ev aus Sympathie ein wenig mit den Augen. Lilli wollte mit zum heimlichen Zigarettenrauchen abends am Waldrand, doch da gab es Manni schon, und er hatte etwas gegen sie. Von der lernst du nichts Gutes, sagte er, die macht nur rum, und Ev vermutete, er sagte das, um sie ganz für sich zu haben.

Lillis Vater zog aus, die Frauen sprachen beim Einkaufen hinter vorgehaltener Hand darüber, Sie hat die Scheidung eingereicht, den Rest kannst du dir denken. Eine solch unerhörte Wendung dieses unüberschaubaren Lebens hatte zu diesem Zeitpunkt jede herbeigesehnt. Beim Abendessen berichteten sie ihren Männern davon, bei Tag vorm Edeka gaben sie die Meinung der Männer wieder, dass nämlich keiner eine Frau will, die so verrückt ist. Selbst dran schuld, wenn einer fremdgeht. Wochenlang wärmten sie es auf und sagten Siehste, ich hab's doch gleich gesagt, nur Förz im Kopf. Lilli ging vom Gymnasium ab und ein paar Monate nicht mehr raus, nur noch abends ins Sunnyside, obwohl sie noch zu jung dafür war. Schließlich wechselte sie zu Ev in die Sprachschule. Iiiiv, sagte Lillis Mutter immer zu Ev, und ihr gefiel es, und auch, dass Lillis Mutter darauf bestand, selbst geduzt zu werden. Sag einfach Ulrike zu mir, hieß es schon beim ersten Besuch, eine Aufforderung, die Ev triumphierend ihrer eigenen Mutter mitteilte, mehrfach bei ihren Schilderungen benutzte sie das Wort modern. Es gab Streit, nicht nur zwischen ihrer Mutter und ihr. In dem alten Sandsteinhaus hielt die

schlechte Stimmung ebenfalls an, und nach dem Auszug des Vaters zog Lilli mit ihrer Mutter und dem kleinen Bruder nach Hanau, und wenn die Sprachschule zu Ende wäre, wollte ihre Mutter ganz weg.
Und heute war es wie jeden Nachmittag gewesen, bereits in Hanau beim Einsteigen in den Zug nach Friedberg kam es ihr so vor, als bewegte sie sich in die falsche Richtung, als ließe sie ihr Leben hinter sich, bevor sie es kannte, das Leben in der Stadt mit dem dort beginnenden Abend. Dabei kommt ihr Hanau selbst nicht richtig vor, doch es ist eine *Arbeiterstadt*, wie Sattler, ihr Geschichtslehrer, einmal gesagt hatte, und dieser Begriff beschäftigte sie, auch wenn ihr ansonsten jedes Wort aus Sattlers Mund zuwider war. Dunlop, Degussa, Heraeus waren bereits frühmorgens am Bahnhof von den müden Gesichtern der Gastarbeiter abzulesen, die auf den Bus warteten, und Ev fand vom ersten Tag an die Hanauer Schmuddelecken aufregender als das Kopfsteinpflaster Randstettens. Auf der Heimfahrt setzte sie sich, wann immer möglich, mit dem Rücken zur Fahrtrichtung, um auf der Fahrt noch ein wenig die Verbindung zur Stadt zu halten. Doch natürlich half es nichts, Kilometer um Kilometer bewegte sie sich jeden Nachmittag weg von den Dingen, die aufregend waren. Entlang der Strecke wurde sie immer ungeduldiger mit der Landschaft, deren weit hügelan- und -abwärts gezogene Wiesen und Felder in ihren Augen von Farbe zu Schwarz-Weiß übergingen. Sie vermutete, dass nachts ganz ungewöhnliche Dinge geschahen in der Stadt. Hanau war nur eine Vorstufe, doch immerhin eine Etappe vor Frankfurt, und die erste Stadt, in der sie sich allein und unbeobachtet fühlt. Aus den Erzählungen der Mutter wusste sie ein wenig von der Zeit in Hanau, obwohl die

Oma das Geschichtenerzählen immer dann unterbrach, wenn der Mutter mehr und mehr einfiel und dabei eine gewisse Würze in die Schilderungen kam. Die Jugend, der Abend, die Nacht schienen zu etwas Verbotenem zu gehören bei Leuten wie der Oma, etwas, das man hinter sich zu lassen hatte, weil es nichts Gutes brachte.

Wenn sie noch ein paar Minuten Zeit hatte, bevor am Freiheitsplatz der Bus zum Bahnhof einfuhr, schaute sie sich im Central-Kino die Filmplakate an, *Bullitt* mit Steve McQueen, der ihr zu alt war und sein Körper im schwarzen Rollkragenpulli zu drahtig, *Asphalt-Cowboy*, das zwar nur ein gemaltes Plakat war, aber ihren Blick auf seine Großstadtlichter im Hintergrund zog. Sie hatte sich den Film mit Manni in einer Acht-Uhr-Vorstellung angesehen, hatte ihn dazu überredet, nach Hanau zu fahren statt nach Friedberg, doch er sah den Unterschied nicht, für ihn war es nur ein weiter Weg, den er ihr zuliebe machte. Nach der Vorstellung, als sie ihm vorm Kino dabei zuschaute, wie er die Kreidler ankickte, Manni mit seiner Tolle in der Stirn, irgendetwas zwischen Elvis und den Beatles, tat er ihr leid, weil er nichts von ihrer Sehnsucht spürte und sich solche Mühe gab, ihr zu gefallen. Ausnahmsweise war sie an diesem Abend gerne in die falsche Richtung gefahren, weil die Fahrt zurück nach Randstetten mit dem Moped über eine Stunde dauerte, während der sie sich vorstellte, allein zu sein. Sie fuhren unter einem kreideblauen Himmel, in dem schon der Mond hing, das Knattern der Florett das einzige Geräusch, nur manchmal überholte sie ein Auto oder eines kam ihnen entgegen, dann hieß es aufgepasst, es konnte eng werden, am Wochenende war die Wetterau betrunken. Zur Linken tauchte die Sonne die Landschaft in ihr Abendrot, die

Vorschau auf den nächsten schönen Tag. In der Ferne ließ sich die Dämmerung erahnen, die Bäume, dunkle Anordnungen in den Wiesen, waren der Nacht schon nahe. Sie hatte ein Kleid an, nicht an die Strecke gedacht bei der Abfahrt, jetzt prallten die Mücken wie winzige Nadelstiche gegen ihre Knie. Ihr rechter Knöchel kam dem Auspuff zu nahe, wenn sie den Fuß bewegte, sie versuchte, die Hitze so lange wie möglich auszuhalten, ohne sich zu verbrennen. Der Asphalt hielt noch die Tageswärme, sie vermischte sich mit der Hitze des Auspuffs, es roch nach Erde, Wiesen und Zweitaktgemisch, wenn Manni schaltete. Die Luft war samtig auf freier Strecke, an Erbenheim vorbei dann kühl und harzig im Waldstück Richtung Florstadt, in dem es sie fröstelte. Links ab in Richtung Staden, das Titellied des Films ging ihr nicht aus dem Kopf, während sie sich an Manni lehnte auf der schnurgeraden Straße, er gab Vollgas, sie schloss die Augen, und die klare Stimme des Sängers, der Cowboy in der Großstadt eine Sehnsuchtsfigur, die nicht schön war, aber so kraftvoll, wie sie es von niemandem kannte, begleitete sie. Everybody's talking at me.

Ihre Tagträume hielten an, wenn ihr Zug aus dem Hanauer Bahnhof auslief und eine Kaufhof-Tüte mit einem Haarshampoo oder einem Päckchen o. b. noch das Städtische bewahrte, doch wenn sich ihr Kopf im Zugfenster spiegelte, sie durch ihre eigenen Augen hindurch hinaussah auf die Wiesen, die Kühe, die im Stillstand wiederkäuend ebenfalls durch sie hindurchsahen, bis eine nach der anderen vorüber war, abgelöst von neuen Kühen auf anderen Weiden, die Schwänze an den runden Hinterteilen in Bewegung, da resignierte sie, und das Evschen schob sich wieder über ihr Gesicht. Rasch zog sie dann ihr Vokabelheft aus der Tasche und lernte. Über die Felder und Dörfer würde sich auch an diesem Tag eine Nacht legen, die nichts mit den beleuchteten Nächten in den Städten zu tun hatte. Sie würde der Mutter helfen und im Fernsehraum des Grünen Baums ein wenig *Aktenzeichen XY* oder am Samstag *Einer wird gewinnen* schauen. An diesen Abenden konnte sie es kaum erwarten, an einem der nächsten Samstage wieder mit offenem Gesicht auf der Terrasse vom Café Hauptwache zu sitzen, bereit, das Lächeln eines der jungen Männer mit den stramm gezogenen Seitenscheiteln zu erwidern, die akkurat ihre schmalen Krawatten über einem weißen Hemd trugen und so sorgfältig die Zeitung lasen, als wären sie Anwärter auf einen freien Posten in einer Anwaltskanzlei, nicht ohne jedoch immer wieder aufzusehen und die Frauen zu beobachten. Während sie selbst abends in Randstetten still im Nebenraum vor dem Fernseher saß, lief alles in der Stadt immer weiter, eine Lichterwelt in der Ferne, in ständiger ernsthafter Vorwärtsbewegung. Dort waren Menschen miteinander verabredet, gingen ins Kino, saßen in Restaurants, später in Bars oder Musikschuppen, die von einem ganz besonderen hellroten Licht ausgeleuchtet wurden, das den Eyeliner der Frauen besonders betonte, während ihre Lippen nur durch ihre Form hervortraten, auch das hatte sie in einem Film gesehen.

Mit dem gleichen Bedauern, mit dem sie an das dachte, was sie zurückließ, fielen ihr auf der Zugfahrt zurück nach Randstetten auch Mutter und Großmutter ein, je näher sie ihnen kam. Die Mutter, die sich verändert hatte, seit Ev selbst begann, die Unterschiede ihrer beider Körper festzustellen. Ihre Kommandos und Schmeicheleien, auf die jeder an der Theke und im Schankraum nur zu gerne hörte. Ihr Lächeln, das die Männer anzog, ihre Zahnlücke, ganz weit hinten, die man nur dann sah, wenn sie sehr laut lachte, wie etwas Krankes und etwas Schönes zugleich. Sie erinnerte sich daran, sich als Kind an die Mutter geschmiegt zu haben, an das Abtasten ihrer weichen Arme und das Festhalten daran, an den Geruch, die Wärme der Haut, die immer gleichbleibend und doch stets ausgleichend wärmer oder kühler war als ihre eigene Kinderhaut. Mit schlechtem Gewissen nahm sie jetzt abends mit einem Seitenblick zwischen den Sommersprossen auf den Armen ihrer Mutter immer auch jenen Leberfleck wahr, der die Mutter so viel älter erscheinen ließ. Das Stadtleben war verloren, sobald sie in Friedberg den Bus nach Randstetten bestieg, Dieselschwaden und das Zischen der Bremsen eine letzte Erinnerung an die Busse, die an den Hanauer Schaufenstern vorbeischwebten, die Frankfurter Straßenbahnen schon ganz für sich hinter dem Horizont. Der Überlandbus, ein Überbleibsel aus den fünfziger Jahren, ähnelte bereits einem Traktor, und unter dem Himmel, der vorüberzog, schob Randstetten sich ihr unausweichlich entgegen.

Oft dachte sie an jene Nacht vor zwei Jahren, als die Mutter eines Nachbarn gestorben war. Das Dorf erfuhr es erst am nächsten Tag, doch Ev hatte es in der Minute nach ihrem Tod erfahren, oder zumindest gleich nachdem diese Mutter die Augen zugemacht hatte, wie man das Sterben hier nannte. Ev lag wach in dieser Nacht, es war ein paar Tage nach Rudis Hofsturz. Und so hörte sie das Rufen, genauer gesagt, ein einziges Wort, das hinter den Häusern vorbei über die Felder in Richtung Taunus hallte. Mutter!, rief eine Männerstimme, so, wie Ev noch niemals einen Mann hatte rufen hören, aus voller Brust, aus vollem Herzen nur dieses einzige Wort hinein in die Nacht, so laut dieser Mann konnte. Sie wusste nicht, ob sie diesen Ruf nicht vielleicht geträumt hatte, denn nur im Traum geschehen solch seltsame Dinge, im Leben, bei Tag, waren laute Stimmen auf wenige bekannte Situationen beschränkt, das Schreien eines zornigen, halb weinenden Kindes und eine Mutter, die entnervt zurückschreit; die Stimmen der Männer im Festzelt, kurze Sätze, wenn Kerb war und auch sonst. Die einsilbigen Laute der Jungs, wenn sie mit ihren Mopeds aneinander vorbeifuhren, blitzender Tank, zur Seite gedrehter Kopf, Haare, die der Fahrtwind über die Stirn drückt, offener Mund. Doch der Mann rief es ein zweites Mal, und Ev fragte sich, wer außer ihr noch diese Ungeheuerlichkeit hörte. Der Schrei eines Mannes, der nachts in einem Dorf die Zeit anhalten wollte und doch nur die Stille aufbrach.

Der Himmel ist blass vor Hitze, im Apfelbaum über ihr bewegt sich kein Blatt. Auf ihrem Rücken trocknet der Schweiß mit kleinen Stichen, vor ihr stehen reglos die Zuckerrüben auf dem Acker, starr trotzen ihre Blätter der Sonne. Alles hat etwas Verlorenes, so sieht Ev das manchmal, auch wenn sie nicht darüber nachdenken will. Sie hat seit langem schon das Gefühl, unter der verlassenen Seite des Himmels zu wohnen. Die Wetterau ist immer auf der Rückseite, egal, wohin man schaut.

5.

Seine Kiste kann nicht auf die Schnelle repariert werden, wahrscheinlich ist es das, worüber die drei auf dem Rückweg zum Grünen Baum miteinander gesprochen haben. Den Käfer haben sie nach seinem Unfall auf der Hinterachse bis in die Scheune des letzten Hauses am Ortsausgang geschleppt. Ihr Verhandeln vor dem Grünen Baum darüber, was mit dem Wagen geschehen soll, gewann so rasch an Eigenleben, dass ihm sofort klar war, den drei Männern, die sich mit dem Abschleppen beschäftigen, dient der kaputte Wagen dazu, ihre Kräfte zu messen. Ihm, der sonst tonangebend ist, wurde der Unfall aus der Hand genommen, einerseits eine gefährliche Sache, wenn Stärke im Kleinsten, noch dazu auf einer Dorfstraße, demonstriert werden muss, andererseits war es ein solcher Klamauk, dass er den Dingen ihren Lauf ließ. In Windeseile war der junge Typ auf seinem Moped weggefahren, wie auf Kommando wendeten sich der Alte im Blaumann und der mittelalte Typ im weißen Kittel von ihm ab, mit vor der Brust verschränkten Armen standen sie neben dem Käfer wie zwei Gutachter, die sich mit wenigen Worten unterhielten, die ihm kaum wie ganze Sätze erschienen, während er auf die andere Straßenseite ging und eine nächste Zigarette rauchte. Kaum eine Viertelstunde dauerte es, bis der junge Typ mit einem alten Traktor wieder vor dem Grünen Baum vorfuhr. Den laufenden Motor übertönend, sprachen die Männer darüber, wer den Traktor fahren sollte, ihn überhaupt rückwärts fahren konnte

mit dieser Last. Sie stritten sich auf eine Weise, mit der sie bestens vertraut waren, er musste kein Deutsch können, um das zu verstehen, er sah es an ihren Bewegungen, daran, wie sie in eine andere Richtung schauten, wenn sie sich ihre kurzen Sätze entgegenbellten. Über ihnen erschien eine blonde Frau in einem Fenster im zweiten Stock, kurz darauf tauchte im Türrahmen des Eingangs eine ältere Frau auf. Mit den Füßen blieb sie hinter der Türschwelle stehen, beugte nur ihren Oberkörper leicht nach vorne, ganz offensichtlich wollte sie mit der Szene nichts zu tun haben. Das war der Augenblick, in dem der Junge aus dem Führerhäuschen steigen musste und der Alte im Blaumann das Steuer übernahm, nachdem ihm die anderen beiden auf den Bock geholfen hatten. Mit dem Gabelaufsatz des Traktors hob er den VW unter der gebrochenen Vorderachse an und zog den Wagen auf seinen Hinterrädern rückwärts die Dorfstraße entlang. Mittlerweile hatte sich auch der Mann mit dem Mondgesicht – Rudi, wie er jetzt weiß – eingefunden und machte Bilder. Von den anderen ärgerlich weggewinkt während des Streits, hatte er sich nicht beirren lassen, war sogar neben dem Traktor her die Dorfstraße bis zum Ortsausgang entlanggelaufen und hatte fotografiert.
Es war Zentimeterarbeit, den Käfer in den Hof und in die Scheune zu manövrieren. Der im weißen Kittel stand vor einem offenen Scheunentor an der Kopfseite des Hofes und winkte den Trecker mit seiner Ladung in die Scheune, viel zu früh, denn der VW war noch gar nicht durch die Hofeinfahrt geschoben. Der junge Typ stand neben der Einfahrt, machte Kurbelbewegungen und Handzeichen für die Entfernung zur Mauer, rief dem Alten Kommandos zu. Er mischte sich nicht ein, als sich schließlich alle

drei anschrien, aus der Choreographie ihrer Bewegungen war es einfach, die Beflissenheit abzulesen, mit der sie nicht nur gefällig sein, sondern dem Alten gefallen wollten, eine Hierarchie des Andienens, in der der Weißkittel die Rolle des Klügeren, Vorausschauenden annahm, während der junge Typ den mit dem besonderen Augenmaß gab. An der Ähnlichkeit ihrer Profile und daran, wie sie auf die gleiche verbissene Weise ihr Kinn reckten, erkannte er, es musste sich um Großvater, Vater und Sohn handeln.

Der Alte beachtete die beiden anderen nicht. Sein Körper auf dem Sprungfedersitz des Treckers vibrierte vom Lauf des Dieselmotors, er umklammerte das Lenkrad so grimmig, als ginge es in einen Krieg. *German Engineering* fiel ihm ein, während er den dreien zuschaute, er stellte sich vor, es in seiner ursprünglichsten Form vor Augen zu haben, Verbissenheit und Eifer als Grundlage. Durch die Vibrationen des Traktors rutschte dem Alten die Bauernkappe in die Stirn, unwirsch zog er sie ab und warf sie auf das Gestell des Beifahrersitzes, von dem sie bei jedem Vor- und Zurückstoßen ein wenig weiter heruntterglitt. Unter wütenden Rufen und mit wegwischenden Handbewegungen in die Richtungen seiner Helfer gab ihnen der Alte zu verstehen, sie sollten ihn in Ruhe lassen. Während die Kappe sachte über das Kotflügelblech zu Boden ging und vom Hinterrad des Traktors überrollt wurde, stolperte der im weißen Kittel immer noch winkend beim Rückwärtsgehen über eine Unebenheit im Hofpflaster und fiel beinahe hin. Aufgebracht zog er seinen Kittel aus und herrschte den jungen Typen an. Das Abschleppen gipfelte in dem Moment, als der Alte beim Hineinmanövrieren des Käfers in die Scheune mit dem Dach des Traktors an einem offensichtlich neu eingezogenen, hellen Schrägbalken hängen blieb. Die hinteren Holme des Schutzdaches über dem Fahrersitz knickten ein wie die Streben eines Kinderwagendachs. Dem Alten war anzusehen, wie sehr er sich ärgerte, die anderen beiden taten so, als wäre nichts geschehen, geflissentlich übersahen sie seine Fehleinschätzung. Jetzt haben sie ihn zurück zu der Pension geführt, vor der er den Käfer auf den Bordstein gesetzt hat.

Im Gastraum riecht es nach abgestandenem Zigarettenrauch, die Männer lassen ihn stehen, dann taucht die Frau auf, die ihn zuvor aus dem Fenster im zweiten Stock beobachtet hat, und deutet zu einem Tisch, an den er sich setzen soll. Unter dem Nikotindunst liegt noch ein Unterton, es muss das graue Aroma von Zigarren sein, und beim nächsten Schritt kommt der Geruch nach kaltem Bratfett dazu. Where are you from, fragt sie ihn in gutem Englisch und wischt den Tisch vor ihm ab, und dann, What are you doing here. Er sei aus Kalifornien und auf Urlaub hier. Um ehrlich zu sein, to be honest, er brauche ein wenig Ruhe von zu Hause. Der Blick, mit dem sie ihn ansieht, zeigt nichts von dem, was er aus Amerika gewohnt ist, wo das magische Wort *California* das Gesicht seines Gegenübers entweder erhellt oder verdunkelt. Irgendwann rennt ihr alle weg, some day you all run away, sagt sie mit solch fester Stimme, als sei damit das letzte Wort gefallen. Er sieht ihrem verschlossenen Gesicht an, dass hinter ihrer Aussage eine Geschichte steht, die ausschließlich etwas mit ihr zu tun hat, er weiß, jeder hat eine Geschichte, die er unbedingt erzählen will. An die meisten rührt man besser nicht, sie sind ermüdend. Wie sein Name ist, fragt sie, und er fragt sich, ob sie bei jedem

Gast sofort auf diese Weise nach vorne prescht, und natürlich ist klar – das hört er ihrer Stimme an, dem Tonfall einer Frau, die nichts zu verlieren hat –, natürlich ist ihm sofort klar, sie fragt das nicht jeden Gast, und er fürchtet noch mehr, dass sie ihm etwas von sich erzählen wird. Frank, sagt er, und sie nimmt seinen Namen hin, ohne ihren eigenen zu nennen, doch er spürt, wie sie seine Stimme erfasst, fühlt sogar selbst seinen Namen im Raum schweben, als sei etwas Neues eingetreten. Sie schaut flüchtig über ihre Schulter, und erst da sieht er den quadratischen Durchbruch in der Wand hinter der Theke und den Raum dahinter, in dem sich die alte Frau gerade von ihnen abwendet. Als er die Blonde wieder anschaut, lächelt sie ihn an, ein hübsches, kein gewohnheitsmäßiges Lächeln, sondern eines, das aus sich selbst heraus entstanden ist, als hätte sie ihre Meinung geändert. My name is Rosi, sagt sie. Die Frau in der Küche sei ihre Mutter und er bekäme jetzt erst einmal etwas zu essen. Der Mann hinter dem Tresen, der das Abschleppen des VWs fotografiert hat, sei ihr Bruder Rudi. So nice to have you here, sagt sie, Übernachtung kein Problem, sie wird ihm ein Zimmer herrichten.

6.

Es geht schon auf sieben zu, als Ev ihr Fahrrad wieder durch das Hoftor schiebt, sie hat vergessen, die Wäsche abzuhängen, es wird Ärger geben. Im Vorbeifahren hat sie gesehen, die Eingangstür zum Grünen Baum ist geschlossen, ungewöhnlich bei diesem Wetter, denn noch vor einer halben Stunde stand die Tür offen, nach dem Mittagsschlaf öffnet die Oma immer Vordereingang und Hintertür zum Hof, Durchzug muss sein. Etwas hat sich verändert, sie weiß nicht, war sie eingeschlafen unter dem Baum, oder hat sie nur geträumt zu schlafen. Sie ist so aus der Welt gewesen. Im Gras hat sie gelegen und mit den Augen geblinzelt in den warmen Sommerhimmel hinein. Dann Unterarm über die Augen, Ameisen, am Fuß, am Arm, das Abstreifen als letzte Bewegung. Das, was eigentlich endlich hätte passieren sollen, eine Regenwolke, die sich vor die Sonne schiebt, vielleicht sogar etwas Abkühlung durch einen Guss bringt, ist nicht in der Wirklichkeit geschehen, sondern im Traum in ihr aufgezogen. Ist immer noch da, nicht zu ignorieren, und sie fühlt, eben noch unter dem Apfelbaum, jetzt schon im Hof, etwas hat sich in ihr verschoben. Sieht Manni vor sich mit seinen dunklen Fransen auf der Stirn, seine Küsse, die Nähe seines Gesichts, vor dem sie die Augen verschließt. Aus bestimmten Blickwinkeln sieht er gut aus, und seine Lederjacke riecht wunderbar dunkel. Und doch stimmt etwas nicht. Zu oft fragt sie sich, ob sie zusammenpassen. Wichtig ist Verlass, sagt die Oma, der Rest findet sich, doch sogar die Oma betrachtet Manni oft genug mit einem kühlen Blick, wenn er wieder seine großen Töne spuckt. Wer sagt überhaupt, dass sie mit ihm zusammen ist? Woanders machen Leute noch ganz andere Dinge. Es gibt auch Uschi Obermaier, erst letztens hat sie ein Foto gesehen, Uschi auf einem Webteppich im Schneidersitz, mit nichts außer diesen langen Haaren über ihren Schultern und einem Mund, der unerreichbar ist für jeden. Sie fühlt sich auf gepackten Koffern, sobald sie an dieses Bild denkt, obwohl sie überhaupt keinen Koffer hat.

Auch in der Hauptstraße hat sich etwas verändert, sie kann nicht sagen, was es ist, aber es liegt in der Luft, liegt vielmehr auf dem Boden in Form mehrerer ausgetretener Zigarettenkippen auf dem Trottoir und der Straße vor dem Grünen Baum. Kein Auto fährt vorbei, diejenigen, die auswärts in einem Büro arbeiten, haben freitags ein wenig früher Schluss und sind schon zu Hause, auch der Neckermann, der die Arbeiter morgens mit Bussen abholt und abends wieder aus Frankfurt nach Hause karrt, wird bald kommen und alle ausspucken. Die anderen, die zur Spätschicht zum Buderus nach Hirzenhain müssen, sind schon mit offenen Fenstern Richtung Ortsausgang gefahren. Ev lässt das Holztor hinter sich zufallen, der kalkige Geruch des Hofs lässt sie die Luft anhalten. Kaputte Regentonnen stehen vor der ehemaligen Scheune, die den Hof zur einen Seite abgrenzt; vor dem Scheunentor liegt ein Schubkarren auf einem zweiten, im Rost vereint und nicht mehr auseinanderzubringen. Sie schiebt ihr Fahrrad am Kadett ihrer Mutter vorbei, eigentlich ist es das Familienauto, in einer Mischung aus zement- und sandfarben lackiert, steht es direkt hinter dem Holztor zur Straße, damit die Hühner noch Platz haben. Sie findet keinen guten

Stand für den Seitenständer, das ewig gleiche Spiel, immer rutscht er in eine Spalte zwischen zwei Kopfsteinen, und lehnt ihr Fahrrad schließlich wie immer an die Wand des Nachbarhauses, das den Hof zur anderen Seite begrenzt. Ausgebleichte Dachlatten sind vor der Sandsteinwand aufgestapelt, verzogen durch Regen und Sonne vieler Jahre. Seit sie denken kann, hat sich hier nichts verändert. Aufeinandergelegte Backsteine, moosbesetzt, verrosteter Draht. Vier Wäscheleinen sind vor der hinteren Mauer über Eck gespannt, sie sind für die Bettwäsche und die Handtücher der Gästezimmer bestimmt. Schnell geht sie auf der Schattenseite bis zur Mauer mit dem Türchen ganz hinten, das auf die Apfelwiese führt, hier wird die Familienwäsche aufgehängt. In Freiheit und Frische, sagt die Oma. Das beste Persil, das es je gab, darauf schwört sie. Die Hühner, denen die Oma altes Brot in eine Ecke geworfen hat, schauen Ev so vorwurfsvoll an, als wäre sie ein Geist, den man mit diesem Blick abwehren muss, wahrscheinlich ist sie eine Art Erscheinung für diese Hühner, die jeden Tag einen Schwarm neuer Geister zu verkraften haben, weil sie sich schon Sekunden später an nichts mehr erinnern können.

Die Wäsche auf der Wiese ist bereits abgehängt, wahrscheinlich von der Oma. Hat sich das Neue bei den Manni-Überlegungen erst unter dem Apfelbaum entwickelt, oder war es schon länger da? Aus der offenen Toilettentür neben dem Hintereingang zum Gastraum riecht es alt und nach Kanalisation. Immerhin. Die wurde im Dorf erst vor ein paar Jahren durch die Gassen gegraben, da war Ev schon fast in der dritten Klasse. In der Kneipe gibt es keine Toilette, da kann man sich auf den Kopf stellen, die Oma würde kein Stück von ihrer Küche abzwacken, um ein ordentliches *water closet* einbauen zu lassen. Alle Gäste müssen zur Hintertür zwei Schritte auf den Hof hinaus und gleich wieder zur Linken in den kleinen Raum neben der Scheune hinein, auch im Winter. Es ist kein Plumpsklo wie noch in manch anderen Höfen, immerhin gibt es eine Toilettenschüssel und ein Handwaschbecken, sogar kacheln hat sie es lassen. Trotzdem würde Ev sich schämen, kämen einmal Freundinnen von der Sprachschule zu Besuch.

Sie drückt die Klotür zu, etwas, woran nur die Oma und sie regelmäßig denken. Geht durch die Hintertür in den Flur. Aus der Gaststube dringt Blasmusik, eine Frau ruft nach dem Inspektor, der polternd antwortet, *Die seltsamen Methoden des Franz Josef Wanninger*. Seit geraumer Zeit entwickelt Rudi ein Interesse an marionettenhaften Fernsehsendungen, auch die biederste von allen, eine Serie namens *Königlich Bayerisches Amtsgericht* gehört dazu. Die Beschäftigung mit der guten alten Zeit ist für Rudi offensichtlich eine Beruhigung, Ev aber wird davon übel. Vorbei an der Kellertreppe zur Linken, vorbei am Zigarettenautomaten, nach rechts ein Blick durch die offene Küchentür, auf dem Herd die Pfannen in Bereitschaft, die Oma am Tisch, Zeitung lesend durch die Brille, als gehörte sie nicht dazu, als wäre sie Gast in der eigenen Küche, doch Ev lässt sich nicht täuschen, spürt den Vorwurf, der im Zeitunglesen liegt, weiß, sie hätte die Wäsche abhängen sollen. Wenn ich nicht an alles denken würde, und, ich bin schneller als ihr alle, sagt die Haltung, sagt die Oma mit der Brille auf der Nase, ohne ein Wort zu sprechen, ohne aufzuschauen, dabei hat sie Ev garantiert kommen gehört. Vorüber an der Treppe zum ersten Stock und hinein in die Gaststube. Unter der Zapfanlage: drei angezapfte Biere, nicht mehr ganz frisch. Ihre Mutter nicht zu sehen. Dafür Rudi, ganz gegen seine Art an der Theke und nicht etwa im Nebenraum vor dem Fernseher, der oben in der Zimmerecke hängt, nicht wie sonst dort fingernägelkauend mit dem Kopfhörerknopf im Ohr, dessen dünnes Kabel quer über den Tisch nach oben reicht und direkt in den Fernseher eingestöpselt ist. Der Nebenraum ebenfalls abgedunkelt bis auf das flackernde Licht aus dem Bildschirm. Jupp, freitags immer einer der Ersten, nicht an seinem Stammplatz am Stammtisch, sondern am Tresen sitzend über einen Teller Strammer Max gebeugt. Sattler, Geschichte und Rechnen in der vierten Klasse, sein gezwungenes Lächeln, seine über den Kopf nach hinten gekämmten Haare, und immer die Hand auf ihr Pult gestützt, während er sich über ihr Heft beugte, Dr. Sattler sitzt einen Platz von Jupp entfernt, halb vom Tresen abgewandt, mit einem Bein auf dem Boden, in den Händen lässt er ungeduldig die Frankfurter Rundschau wippen, als wäre er rein zufällig hier und verärgert darüber. Die beiden Fenstertische links des Eingangs frei. Der Stammtisch ebenfalls leer, obwohl um diese Uhrzeit doch Jupp dort sitzen müsste, Ev schaut hin und her zwischen diesem Jupp, der nun überraschenderweise an der Theke sitzt, und Jupps freiem Platz drüben am Stammtisch, kommt sich selbst wie ein Huhn dabei vor. Eine Nervosität liegt im Raum, als warteten alle auf etwas, das Ganze eine Szene wie aus *High Chaparral*, schweigende Gestalten an unüblichen Plätzen, was bedeutet, etwas ist nicht in Ordnung, der Sheriff kommt zu spät, die Banditos sind schon am Einreiten in die Main Street. In der Hoffnung auf eine winzige Brise, ein klein wenig Durchzug, geht sie zum Eingang und öffnet die Tür. Luft, dem ganzen Laden fehlt einfach Luft!

Rudi drängt sich an ihr vorbei, als sie wieder hinter dem Tresen steht und sich eine Cola zapft, Eiswürfel hineingibt und die Cola so durstig trinkt wie ein kleines Mädchen. Eine Hand in die Hüfte gestürzt, den Bauch vorgestreckt, weil sie vor lauter Durst nicht auf ihre Haltung achten kann. Er geht in den Nebenraum und stellt den Fernseher leiser, jetzt hört sie die Stimme ihrer Mutter, und als sie ihr leeres Colaglas in das Spülbecken stellt und ein Stück weiter an der Theke vorrückt, um sich der drei Biere anzunehmen, damit sie doch noch eine gute Krone entwickeln, sieht sie auch ihren Rücken. Die Mutter spricht mit jemandem, den sie mit ihrem Körper verdeckt. Ev versucht, ihn zu erkennen, doch da kommt Rudi zurück, setzt sich direkt vor sie an die Theke, und im selben Moment öffnet sich die Eingangstür, Wilhelm bringt mit dem Öffnen seinen Schlagschatten mit, den die Abendsonne in den Raum wirft, bleibt stehen, als wäre er vor sich selbst erschrocken, und setzt sich, ohne sich umzublicken, ans kurze Ende des Tresens, weit weg von Sattler und von Jupp, seinem Vater. Blickt kurz zu ihm hin, schaut dann gemeinsam mit Jupp auf Jupps Teller. Fragt ihn, wie es mit dem VW weitergehe. Jupp zieht mit der Zunge Speichel durch die Schneidezähne und setzt mit dem Nagel des kleinen Fingers nach, kaut einen nächsten Bissen, wirft aus den Augenwinkeln einen Blick auf Wilhelm, wischt seinen Teller mit einem Stück Brot ab. Früher durften die Kinder ihn nicht ansprechen, wenn er beim Essen war. Früher hieß es, lass den Papa mal in Ruhe, der hat genug geschafft, der kann euch grad net brauchen.
Ihm tut das Zahnfleisch weh, Ev sieht es an der Art, wie er die Brotkruste auf den Teller wirft. Wilhelm wendet seinen Kopf zur Eingangstür, als warte er nicht auf Ant-

wort, bekommt aber nach Sekunden, in denen alles auf der Kippe zu stehen scheint, doch eine. Der Käfer bleibt in Randstetten, sagt Jupp, der Manni will ihn reparieren, will in Friedberg eine neue Achse besorgen oder die alte schweißen, bin gespannt, ob er das schafft, der hat doch noch nie etwas zu Ende gebracht, übrigens ähnlich wie du selbst. Damit schiebt Jupp seinen Teller zur Seite und verschränkt die Unterarme auf dem Tresen, und Ev, die sich wundert, um welchen VW Käfer es geht und was um Himmels willen Manni damit zu tun hat, aber nicht fragt, weil man sich nicht ungefragt in solche Gespräche einmischt, sowieso keine Antwort bekäme, erst recht nicht als Siebzehnjährige, die hinter dem Tresen steht, aber mit ihrer Sprachschule hoch hinauswill. Ev, die sich deshalb nach ihrer Mutter umschaut, um von ihr eine Antwort auf die ungestellte Frage zu bekommen, doch von ihrer Mutter ist immer noch nur der Rücken zu sehen.

Und der Ami? Wilhelm lässt sich die Demütigung nicht anmerken, nimmt auch seinen Sohn Manni nicht in Schutz, denn insgeheim stimmt er da mit seinem Vater überein, der Manni hat noch einen langen Weg vor sich. Verschränkt stattdessen selbst die Unterarme wie sein Vater, schaut kurz zu ihm hin und dann auf die Schnapsgläser, die auf einem Küchenhandtuch neben dem Spülbecken aufgereiht stehen.

Jupp setzt sich aufrecht und macht eine Bewegung mit dem Kopf über die Schulter, ein Hindeuten, das den ganzen Raum meinen kann, die Straße, die Häuser und Äcker dahinter, so ungenau war es. So nebensächlich eine solche Kopfbewegung auch schien, sie war abfälliger als jede Handbewegung, jeder, auch Ev, weiß, was gemeint ist, wenn sie zum Einsatz kommt, der dort drüben, die dort drüben,

egal wo, auf jeden Fall woanders, nicht dem Zeigenden zugehörig, sondern das Gegenteil davon. Trifft nie den Falschen, darüber war man sich einig, wenn der direkte Blick schon nicht mehr eingesetzt, der Name nicht genannt wurde, weil er noch eine Kenntnisnahme bedeutet hätte und das Deuten mit dem Kopf der größtmögliche nächste Abstand war, den es geben konnte. Der anner hier oder der anner da, wurde manchmal auch dazu gesagt, war aber nicht notwendig. Nicht zugehörig, bedeutete das Zeigen mit dem Kopf, jeder verstand es. Gemeint ist der, der in der Ecke sitzt, versteht Ev, die ihn immer noch nicht sehen kann, denn Rudi beugt sich ihr entgegen, versucht, einen der Bierdeckel zu fassen, die unter dem Tresen aufgeschichtet sind, stemmt sich schließlich mit den Beinen auf der Fußraste seines Thekenhockers ein wenig in die Höhe und hat endlich einen der Deckel erwischt. Nutzt den guten Stand, den er mit eingeknickten Knien für einen Moment hat, greift nach einem der drei Biere und schlürft Schaum ab, bevor er wieder sitzt. Öffentliches Trinken im Gastraum, das hat er schon lange nicht mehr gewagt. Zeigt sein Profil dabei, als wäre er ein Gast auf der Durchreise. Im Licht, das durch die Ritzen der halb heruntergelassenen Rollläden dringt, glänzt der Bierschaum auf seiner feuchten Oberlippe.
Wilhelm möchte ein Bier, Aber ein frisches, Evschen, sagt er dabei zu ihr wie alle hier, schaut sie aber nicht an, sondern schickt seine Bestellung Jupps Kopfbewegung hinterher in den Raum hinein, als stünde Ev nicht hinter der Theke, sondern an drei verschiedenen Stellen davor, als wäre die Bestellung in den Raum hinein eine gute Gelegenheit, genau hinzuschauen und doch auch wieder nicht, damit niemand auf die Idee käme, es würde ge-

tratscht und man hätte etwas damit zu tun. Und während Ev sein Bier anzapft, kommt Rosi hinter die Theke. Rosi, die ein Lächeln verschluckt. Rosi, in Gedanken versunken. Rosi neben Ev, die eine Hand am Glas, eine Hand am Hahn hat, Rosi, die nicht mehr weiß, wofür die zwei restlichen Biere auf dem Abtropfrost stehen. Die Veränderung im Raum, Ev kann sie spüren. Sattler, seine Anwesenheit ungewöhnlich an einem Freitagabend im Grünen Baum, Wilhelm, der eigentlich erst später kommen müsste, Jupp, der sich sonst nie an die Theke setzt, sie alle kommen ihr vor wie in einem Theaterstück, das gleich beginnen wird. Noch immer sieht sie denjenigen nicht, mit dem ihre Mutter gesprochen hat.

Rosi, ein großes Lob, ich wusste nicht, dass Sie Englisch sprechen, sagt Sattler und legt seine Zeitung auf den Tresen. Könnte ich bitte etwas zu essen bekommen?

Ev, die auch nicht weiß, dass ihre Mutter so gut Englisch spricht, und das sogar mit amerikanischer Aussprache, Ev, die sich umwendet und in die Küche ruft, Oma, Schnitzel!, Ev, die nicht abwarten kann, in die Ecke zu schauen, den Kneipenraum neu zu vermessen, fragt in Richtung ihrer Mutter, ob irgendwas passiert ist, doch die räumt gerade in einem Unterschrank herum und ist nicht ansprechbar. Stattdessen steht Rudi auf, geht hinter der Tresenmannschaft entlang mit dem Bier in der Hand zur Musikbox, stellt sein Glas darauf ab, steckt den Stecker ein, kramt in seiner Hosentasche, lässt zwanzig Pfennig in den Schlitz auf der rechten Seite fallen und drückt, sein Gesicht jetzt gelb über der Titelbeleuchtung, bedächtig eine Buchstabentaste und eine Zahlentaste, als wäre er immer noch Gast und nicht Evs versoffener Onkel, als käme er von irgendwoher und könnte sich alles erlauben.

Sofort setzt sich der Mechanismus in Gang, die Schallplatte wird vom Plattenarm herausgezogen und aufgelegt. Rudi schaut zu, lehnt sich auf die Musikbox, trommelt mit den Zeigefingern rechts und links aufs Glas, bis die Melodie einsetzt, nimmt dann sein Bier und geht zu seiner Mutter in die Küche, eine weitere unerhörte Geste, mit der er die ersten Trompetenstöße von *Eloise* hinter sich lässt und Barry Ryan hinter seinem Rücken anfängt zu singen.

Every night I'm there,
I'm always there, she knows I'm there,
And heaven knows, I hope she goes.

Es hat einen Unfall gegeben, antwortet nun Rosi. Sie hat die zwei Biere unter den Zapfhähnen wieder im Griff, auch sie deutet mit einem Gesicht, das rot ist vom Herumkramen im Unterschrank oder von Rudis Aufmüpfigkeit, zum Tisch neben dem Windfang. Dem da drüben ist das Auto verreckt, steht vorne in Jupps alter Scheune vom Sunnyside, er muss hier übernachten. Sie beugt sich zur Durchreiche, ruft Oma! Schnitzel!, und stellt mit einem etwas zu lauten Schnitzel kommt gleich eines der Biere vor Sattler auf den Tresen, noch bevor Ev sagen kann, sie hat doch gerade eben dieses Schnitzel bei der Oma bestellt, und ist schon hinter dem Tresen weg, an der Musikbox vorüber zur Treppe, ruft, sie will schnell hoch und nachschauen, ob das vordere Gästezimmer in Ordnung ist, ihre Stimme mit etwas zu hartem Klang noch als Widerhall in Evs Ohr, in der Tonlage von Barry Ryan, als sie schon die Treppenstufen hinaufläuft und dann nur noch ihre Waden, nur noch ihre Füße zu sehen, nur noch ihre Schritte zu ahnen sind.

Die Kneipe nun still bis auf die Musik, die nach etwas verlangt, das niemand versteht. Barry Ryan, man hört, wie weit sein Mund beim Singen geöffnet war. Es hätte ein goldener Abendauftakt sein können, aus der Küche der Geruch nach Bratenfett, und gleich geht der Betrieb los, doch Jupp sitzt da, als stemmte er seinen Nacken, seinen krummen Rücken, gegen die Musik an. Ev fühlt sich von seiner Reglosigkeit überfordert, von der Art, wie er an ihr vorbeisieht, durch den Durchlass in die Küche blickt, seine blauen Augen wässrig, die Lider gerötet unter der Bauernkappe. Sattler liest ungerührt in der Rundschau. Ev weiß, er spitzt die Ohren und kann um die Ecke gucken, so hat er auch früher immer bei den Klassenarbeiten an seinem Pult gesessen.

Sie beginnt, die Theke abzuwischen, arbeitet sich dabei nach rechts vor, weiß selbst nicht, warum sie so vorsichtig ist, als fürchte sie beinahe zu sehen, wer dort sitzt. Kann endlich in den toten Winkel neben dem Windfang schauen. Dort sitzt einer im Gegenlicht vor dem halb herabgelassenen Rollladen. Hat lange schwarze Haare, ein orangefarbenes T-Shirt mit weißer Schrift drauf, kritzelt in ein kleines Buch, vor sich Papiere auf dem Tisch, als wäre er hier zu Hause. Das Bierglas neben ihm halb leer, daneben ein Kassettenrekorder. Zwischen den Lippen unter einem schwarzen Oberlippenbart eine Zigarette, schaut er hoch, sieht Ev an, blickt durch sie hindurch. Schmales Gesicht, eine Art Ziegenbart unter der Unterlippe, dunkle Augen, buschige Augenbrauen. Alles in allem wild und klug und sanft zugleich. Schreibt weiter in sein Büchlein neben seinem halb leergegessenen Teller. Cowboy und Hippie in einer Person. Ein Jesus in Leder. Das Echte, an das niemand herankommt. Eine Aufregung überkommt sie wie sonst nur samstags in Frankfurt, schon wünscht sie sich alles andere von der Bildfläche, und es rückt auch alles in den Hintergrund vor dem Rauschen in ihren Ohren. Sie überlegt, was es bedeutet, dass der jetzt hierbleibt, schaut ihn an, damit er sie anschaut, sieht aber gleich wieder weg und denkt oh Gott. Denkt nach, was Darf ich Ihnen noch ein Bier bringen auf Englisch heißt, und die Mutter spricht Englisch, was niemand weiß, und hat schon mit ihm gesprochen, da geht die Tür auf, und die Skatbrüder kommen herein. Einzeln, hintereinander, mit roten Lippen und verschwitzten Augen. Stutzen, weil Jupp an der Theke und nicht am Stammtisch sitzt, der Erste klopft mit den Fingerknöcheln dreimal auf die Theke, dann ihm auf die Schulter, die anderen grüßen Sattler mit einem 'n Abend allerseits, nicken in Wilhelms Richtung und nehmen ihre Plätze am Stammtisch ein, die Wangen bläulich so nah am Fenster. Ev weiß, sie bestellen für den Anfang Fanta oder Cola, als gelte es für eine halbe Stunde noch, Stimme und Gesundheit zu schonen. Mit ihr schaut auch Wilhelm zum Stammtisch, sie sieht ihm an, er wäre gerne weiter weg von seinem Vater, würde am liebsten hinübergehen, doch er gehört nicht zur Skatrunde. Jupp dreht sich nicht um, als ihm einer der Skatbrüder vom Stammtisch aus zuruft, was los sei mit ihm, Warum kommsten net her, biste bös mit uns, winkt nur ab und sagt, Ich bleib net lang.

Insgesamt alles der Auftakt zu einer Kaskade verstohlener Blicke an diesem Abend, denn nun schaut auch sie selbst wieder schräg hin zu dem Fremden, der sein Bierglas in einem Zug leert. Säße einer der anderen dort oder ein Vertreter, sie würde ungefragt ein zweites Bier zum Tisch bringen. Jetzt muss sie sich einen Ruck geben. Bereits als sie hinter dem Tresen hervortritt, bedauert sie, die Musikbox noch nicht aufgestockt zu haben, schämt sich für den hölzernen Kegeltisch im Nebenraum, den er hoffentlich noch nicht gesehen hat, schämt sich auch für die drei Männer, die an der Theke hocken und nicht sprechen, Jupp, der immer noch vor sich hin stiert, Sattler, der mit einer Miene die Zeitung liest, als könne er jeden Artikel besser schreiben, Wilhelm, der an einem Streichholz kaut. Schämt sich nicht nur dafür, wie sie da sitzen, sondern weil sie so grau und rot aussehen, so unfreundlich und auch so, als würden sie ungelüftet riechen oder nach Schweiß, was auch manchmal vorkommt. Sogar die Skatbrüder, die wie die Wellensittiche rings um den Stammtisch hocken, miteinander scherzen und auf ihren Apfelwein warten, sind ihr peinlich. Mit trockenem Mund geht sie hin zu dieser fremden Erscheinung, die erst aufblickt, als sie direkt vor ihr steht und fragt, ob es noch ein Bier sein darf, auf Deutsch, ein Versuch, ahnungslos zu wirken. Er sieht sie an, als wüsste er nicht, wo er ist, doch das genügt, und Ev fühlt sich nicht auf dem Prüfstand, sondern für zwei Sekunden lang als sie selbst, als ein neues Selbst, das mit langen blonden Haaren dasteht, in einer engen Bluse und in kurzen Jeans, eigentlich von der Oma beim Bedienen nicht zugelassen. Aus der Nähe wirkt der Fremde geradezu zart, seine dunklen Augen haben sie immer noch nicht erfasst. Sie stellt das runde braune Plastiktablett hochkant vor sich auf den Tisch, da hört die Musik auf, und der Fremde, der sie jetzt endlich richtig ansieht, sagt in die Stille hinein, Hey, what's your name. I'm Frank. Und als sie ihn nur anschaut, weil seine Stimme so tief ist und man sich in hessischen Gaststätten nicht namentlich vorstellt, wenn man eine Bestellung aufnimmt, lächelt er noch mehr und fragt, Can I make a phone call?

Ev, sagt sie und ärgert sich wieder, weil sich ihr Name ein bisschen wie das Klagen eines Kätzchens anhört, so verzagt, wie sie ihn ausgesprochen hat, und sagt es deshalb gleich noch einmal, nur anders: Iiiiv. Geht eilig zurück hinter die Theke, da fällt ihr ein, sie hat ihm noch nicht richtig geantwortet, und so schaut sie zu ihm hin, nickt eifrig an Jupps missmutigem Blick vorbei und deutet auf das kurze Ende der Theke, dorthin, wo das Telefon steht. Jupp hält nichts von all dem, was hinter seinem Rücken abläuft. Es gehört nicht hier her, das Fremde, das merkt Ev ihm an. Er ist gefürchtet für seinen scharfen Blick, seine Bissigkeit, sein Scheißegalgefühl, wenn es um andere geht. Eine Verlagerung der Umstände weg von einem, der meint, zu kurz zu kommen, hin zu einem, der die anderen dafür büßen lässt. Als er vierzehn war, hatte ihr die Oma erzählt, nannte man ihn noch Josef, da hat er den elterlichen Hof übernehmen müssen, war verantwortlich für fünf Schweine, seine Mutter, zwei Schwestern und unüberschaubare Obstwiesen. Durch die frühe Pflicht entging er dem ersten großen Krieg, aus dem ihm sein einziger und bester Freund ein Foto mitbrachte, Mazedonien, der Freund lachend in weißem Hemd auf einem Esel reitend, selbst auf der Schwarz-Weiß-Fotografie im Grünen Baum sah man, wie sonnenverbrannt er war. Bald darauf starb er an Malaria, und Jupp heiratete die Verlobte dieses Freundes, ein Mädchen aus Randstetten, nun auch schon zwei Jahre tot, sang- und klanglos weggestorben in Vilbel im Krankenhaus, man bringt bis heute keine ordentliche Geschichte dazu zusammen. Hat sich tot geschafft, sagt man im Dorf. Hat es hinter sich. Auch sie ist als junges Mädchen auf einem der alten Fotos im Grünen Baum zu sehen, Jupp erkennt kaum noch ihr Gesicht darauf, sagt er manchmal. Ev hat als Kind Angst vor ihm gehabt, Kinder beobachten ihn auch jetzt noch argwöhnisch. Wilhelm weinte, als er zum ersten Mal mit zum Schweinefüttern musste, hatte Angst vor dem glitschigen Boden und der Dunkelheit im Stall, fürchtete, in die Jauche zu fallen, musste daraufhin jeden Abend mitgehen, jetzt erst recht, das hatte Manni ihr erzählt. Auch der weinte, als er einmal sah, wie sein Opa die frischgeborenen Kätzchen hinter dem Haus gegen die Wand des Schweinestalls warf, weinte bis lange nach dem Abendessen. Ob er nicht hätte aufpassen können, sagte Mannis Mutter zum Opa, der ist doch noch zu klein dazu. Doch dem Jupp war das egal. Besser früher als später. Worum es im Leben ging. Hilft ja nix. Abhärten. Jungejunge, wie hart der Alte ist, sagt Manni. Bald machten auch Mannis Schulfreunde einen Bogen um Jupp, wenn sie manchmal am Nachmittag mit ihren Fahrrädern zum Spielen kamen. Sie wurden leise, wenn sie über den Hof gingen und er in der Nähe war, ihm im Weg waren, wie er sagte, immer muss ich erst einen Schrei loslassen, damit ihr mir nicht mehr zwischen den Füßen rumlauft. Später machte er sich einen Spaß daraus, die ganze Bagage zu erschrecken, indem er reglos mitten im Hof stand, auf seine Mistgabel aufgestützt wie ein Standbild, und sie, wenn sie auf ihre Roller stiegen oder Ball spielten, mit unbewegtem Gesicht aus den Augenwinkeln beobachtete. Einmal, da war er schon schief auf seiner kaputten Hüfte, stand er auf dem Gehweg vor seiner Hofeinfahrt und schaute die Straße entlang, die zum Dorf führte, hörte die Kinder hinter sich lachen und drehte abrupt den Kopf, und wir alle sind, so schnell wir konnten, davongerannt, sagte Manni. Die Schmerzen in seiner Hüfte, in seinen Gelenken, seinem Arm taten das Übrige, dass er die Welt gegen sich gerichtet sah. Das Leben schenkte einem nichts, also musste man auch nichts zurückgeben, war sein Wahlspruch. Mann, Mann, Mann, sagt Manni oft. Was 'n Typ. Wer den zum Opa hat, braucht keine Feinde mehr.

Jupp hatte die Oma nicht von Anfang an gemocht, wie sie ihm in Hanau auf der Straße entgegenkam aus dem Haus der Schneiders, er damals der fahrende Eiermann, sie die Haushälterin bei feinen Leuten, das hat sie ihm gleich angesehen an diesem verstockten Gesicht, das ja eigentlich alle im Dorf haben, erzählt die Oma immer noch gerne. Das änderte sich bei der dritten Begegnung. Wie denn die Geschäfte liefen, fragte sie ihn, eine Frage, die er von zu Hause nicht gewohnt war, und so kamen sie jedes Mal ein bisschen mehr ins Gespräch. Geschäft. Weiterkommen. Den Kopf über Wasser halten und sehen, wo man bleibt. Nach und nach erzählte er mehr, zunächst noch mit einem prüfenden Blick nach jedem Satz. Davon, dass er sich immer daran erinnern würde, wie alle Höfe nach Kriegsende durchsucht wurden und der Raum konfisziert, den sie abgeben mussten an die Flüchtlinge. Zweimal zwei Familien wurden ihnen zugewiesen, hatte er erzählt, und wenn sie auch nicht störten, brachte die Zwangsbelegung der beiden Dachkammern, die seit langem leer standen und nun mit zwei Holzöfen ausgestattet werden mussten, nichts Gutes auf den Hof. Nicht mehr Herr im eigenen Haus war man, Essen musste man abgeben. Wurde nicht gefragt, und es kam einem so vor, als wäre man eigentlich in seinem ganzen Leben nie gefragt worden. Musste es verkraften. Unter dem eigenen Dach, in den eigenen vier Wänden. Mit angezogenen Knien in den ersten Wochen abends im Bett. Tagsüber auf dem Hof patrouillieren. Die Fremden wuschen Wäsche, kochten, man konnte es riechen. Die Sorge darum, wenn nichts mehr bliebe. Wenn alle noch weniger bekämen. Wenn nichts mehr da wäre. Wie sie einen einholten im Schlaf, die Heimatlosen, die man nicht wollte, die Schwäche, die einem den Magen umdreht. Nachts im Bett, jedes Geräusch. Das Essen teilen, die Sorgen nicht.

Als Antwort hatte ihm die Oma damals ein Ei vor die Füße geworfen, dass es nur so spritzte, und ihn einen eigensüchtigen Waschlappen genannt; Rudi lachte jedes Mal über das ganze Gesicht, wenn er die Geschichte erzählte und weil die Oma die einzige Frau war, die sich vor nichts fürchtete. Das mit dem Ei zeigte Wirkung, sie und Jupp sprachen fortan über andere Dinge, er in kurzen Sätzen, bei denen er darauf lauerte, sie von ihr abgenickt zu bekommen. Erzählte von dem Aussiedlerhof, den er wollte, davon, dass er jetzt schon seine Hühner auf dreihundert aufgestockt und keinen Platz mehr hatte, dazu die Gaststätte, die einzige im Ort. Die gut lief. Stattdessen lieber Marktstände. Aber trotzdem. Der Sohn nicht geeignet, und jemand aus dem Dorf? Da war ein Zögern in Jupp zu spüren. Er traute keinem und gönnte es niemandem. Von Gewinnspannen sprachen sie, ein Wort, das die Oma aus dem Hause Schneider mit auf die Straße brachte. An einem dieser Tage musste ihm die Idee gekommen sein. Wie es wäre. Gaststätte mit Pensionszimmern. Flüchtlingszuschuss und eigener Herr sein. Und so kam sie damals an mit ihren beiden beinahe erwachsenen Kindern und ihrer winzigen Enkelin, übernahm den Grünen Baum, war fleißig, passte sich an, wusste nichts besser, erzählte nicht von einem fremden Landstrich, in dem alles größer und schöner war, ließ die alten Fotos im Gastraum hängen. Die ersten beiden Jahre waren nicht einfach, doch bald verjüngte sich die Feuerwehr, und mit ihr kamen auch die Vereine wieder. Niemand machte Bratkartoffeln und Zigeunerschnitzel wie die alte Frau Böhm hinten in ihrer Küche, das sprach sich herum. Und der Stramme Max erst!, sagt Jupp hin und wieder, wogegen auch niemand Einspruch erhebt. Doch Ev hat immer das Gefühl, er kann sie nicht leiden.

Im Raum werden Stühle gerückt, der Gesangverein ist gekommen, manche in Jupps Alter, einige jünger, sie klopfen ihm auf die Schulter, denken nicht daran, dass jede Berührung den Schmerz in seinem Körper verstärkt. An einem normalen Freitagabend hätte er bereits am Stammtisch gesessen, bevor sie kamen, sein Bierchen getrunken und schon eine Runde Skat gespielt. Doch der Tag ist ihm sauer geworden, das sieht Ev ihm an. Sie weiß noch nicht, was beim Abschleppen des Käfers passiert ist und dass Jupp gar nicht daran denken darf, wie er sich im Sunnyside beim Rangieren des kaputten VWs in der Höhe seines Traktors, seines alten Lanz, verschätzt hat. Mit dem Führerhaus am Dach des Scheuneneingangs hängen blieb, ein Fehler, der ihm noch wenige Jahre zuvor nicht passiert wäre. Niemand hatte ein Wort darüber verloren, doch jeder weiß, es kann Dinge geben, die haften einem an, die wird man so schnell nicht wieder los.

Am schlimmsten jedoch ist das Auftauchen dieses amerikanischen Gammlers für ihn, Ev kann praktisch spüren, wie sich Jupps Rücken verspannt. Die Stimmlagen der Männer am Stammtisch tun ihr Übriges, schon gehen Neugier und Wichtigtuerei ein Bündnis ein. Für seinen Geschmack läuft alles in die falsche Richtung, weil es allen viel zu gut geht. Farbfernseher, Fertighäuser, in den

Urlaub fahren. Es interessiert ihn auch nicht, ob ihm jemand zuhört oder nicht. Er ist Widerstand gewohnt, es war schon früher so, immer, wenn er Wilhelm und später Manni in die Mangel nahm wegen schwacher Schulleistungen und ihnen einzutrichtern versuchte, wenigstens gut rechnen zu lernen, erreichte er nur das Gegenteil. Einmal, er hatte, vom Selbstgebrannten auf das Sofa gefesselt, mit Manni *Ein Platz für Tiere* anschauen müssen, dann aber mit Begeisterung einige Vorführungen von Grzimek zum räumlichen Vorstellungsvermögen von Schimpansen gesehen, ging er mit Manni sogar unter erheblichen Knieschmerzen zwei kerzengerade Apfelbaumreihen in Richtung Taunus und dann gegen den Spessart hinab, um ihm das Multiplizieren beizubringen. Die Kinderaugen wurden trübe, zuerst sah es nach Heuschnupfen aus, der das Rechnen erschwerte, dann wurde geweint, und das große Einmaleins blieb für immer unerreichbar.

Ev weiß, Wilhelm, der jetzt still vor seinem halbleeren Bierglas sitzt, wartet darauf, dass Jupp etwas sagt. Das Warten ist nichts Neues in seiner Familie, solange man denken kann, sind alle Blicke ständig auf Jupp gerichtet. Alle kuschen vor ihm. Wenn er die Augen schließt, selbst hier an der Theke, während hinter ihm die Eingangstür aufgestoßen wird – die Oma hatte sie wieder geschlossen, euren Lärm hört die ganze Nachbarschaft, das sagt sie jeden Abend – und jetzt auch die ersten frisch Geduschten der freiwilligen Feuerwehr hereinkommen, merkt man ihm an, wie er die Welt auseinanderfallen, das Fallobst verfaulen, die Straßen sich wölben sieht unter einem blauen Himmel, durch den kein Vogel fliegt. Das Sitzen auf dem Barhocker ist Gift für ihn, zu Hause zu sein ist noch schlimmer.

Wie sie den Abend aushalten soll, fragt sich Ev hinter der Theke, wo sie doch mehr von dem Fremden sehen will. Der Lärm nimmt zu, Stühle werden gerückt. Die freiwillige Feuerwehr hat die Eingangstür offen gelassen, am Haus gegenüber lösen sich Farbblätter von den braunen Holzfensterläden. Der Himmel wird bald von der Farbe des Asphalts sein. An anderen Tagen geht es schnell, der Abend rauscht herein, und dann ist er auch schon vorüber, immer das Gleiche, es ist sogar gut, wenn es etwas zu lachen gibt. Heute aber sind die Stimmen lauter als sonst, mittlerweile ist es fast schon ein Gedränge im Grünen Baum, jetzt sind alle da, und jedes Mal stutzt einer, wenn er den Fremden sieht, hält im Satz kurz inne und weiß nicht, wohin er schauen soll vor lauter Neugier. Ev ist klar, es hat sich herumgesprochen, was passiert ist. Die gedämpften Stimmen bei der Begrüßung, die gleich danach auf unechte Art überschwänglich werden, es ist eine Großtuerei, die nichts Gutes verheißt. Sie merkt ihnen an, wie sich etwas Abschätzendes in ihnen aufbaut, hört es ihren Stimmen an, als müssten sie den Raum in Besitz nehmen mit ihrer Lautstärke. Sie sind Darsteller und Publikum zugleich, Aufschneider vor dem Fremden und seine Beobachter, denn ihnen gehört das Dorf. Sprüche über schräge Vögel fallen, auf die Pauke hauen sie, die Feuerwehr lacht, die Skatbrüder dreschen lauter als gewöhnlich, auch der Gesangverein genehmigt sich jetzt Schnäpse.
Ev hofft, der Fremde – Frank! – weiß, sie gehört nicht zu dieser allgemeinen Grobheit. Sie wäre ihm lieber woanders begegnet, in Frankfurt natürlich, sie allein, er kommt ihr entgegen. Dabei steht er doch da, jetzt an der kurzen Seite der Theke, wo das Telefon ist, direkt neben Wilhelm. Man bräuchte nur hingehen und ein Gespräch anfangen. Aber

so etwas hat sie noch nie gemacht, und hier, vor aller Augen, ist es noch schwieriger.
Sie hat ihm das Telefon auf den Tresen gehoben, sieht ihn wählen und warten, sprechen und wieder warten, während er verbunden wird und wieder etwas sagt. Jupp saugt an seinem Stumpen mit listigem Seitenblick, und auch Ev versteht nicht, was Frank in den Hörer spricht. Er hält sich ein Ohr zu, redet gegen die Wand. Don't worry, hört Ev nur, und dass er spätestens am Montag wieder wegfährt, doch dann ein lautes What?, und nachgeschoben, Is everybody OK?, da kommt ihre Mutter von oben, die nach dem Rechten schauen und das Pensionszimmer für den Gast zurechtmachen wollte. In ihrem Zimmer ist sie gewesen, nachfrisiert hat sie sich, und ihren leichten rosafarbenen Lippenstift hat sie aufgelegt, den sie nur für Fahrten in die Stadt benutzt, ja, eigentlich nur für Frankfurt, denkt Ev und trägt ein Tablett mit Bier von der Theke weg. Meiner Mutter ihr Frankfurt-Lippenstift. Das fällt auch Rudi auf, der wieder zurück in der Gaststube ist, mit leerem Bierglas hinter der Theke im Weg herumsteht und Rosi fragt, ob sie noch ausgehen will heute Abend. Ev sieht, wie es ihrer Mutter peinlich ist, doch sie kann die Schadenfreude nicht unterdrücken, es ist offensichtlich, wie angespannt sie ist, und das soll sie auch sein, oder vielmehr nicht, sie soll bleiben, wo sie ist, wie die Oma auch, in der Küche, an der Theke, sonst kommt Evs Leben nicht voran.
Laut ist es mittlerweile in der Kneipe, Ev muss weitermachen, ob sie will oder nicht, hat das Gefühl, es wird gar nicht so viel gegessen, wie die Oma Teller aus der Küche reicht, wo doch alle gleichzeitig auch trinken und ihre Sprüche machen müssen. Es wird beinahe mehr geredet

und getrunken als an Fasching, wenn auch ihre Frauen dabei sind, sich vor lauter Lachen über schmutzige Witze in den Stühlen so sehr nach hinten werfen, dass die Röcke nach oben rutschen. Wenn die Luftschlangen tief hängen und man sich ducken muss, um die Gesichter vor der Theke zu sehen. Jetzt verwirbelt nur ein Nikotinschleier unter der Thekenbeleuchtung. Ein leeres Bierglas nach dem anderen wird auf die Theke gestellt, der Schaum läuft noch an den Innenseiten herunter, bei der Feuerwehr trinkt man auf ex, und die Oma hinter ihr stellt Teller nach Teller in die Durchreiche, Schnitzel, Strammer Max, Frikadellen mit Senf und Kartoffelsalat, und haut auf die Klingel, als gäb's kein Morgen, als wollte sie durch ihren Fleiß einen Punkt setzen.
Der Fremde hat den Hörer aufgelegt, sich auf den Hocker neben Wilhelm gesetzt. Ev traut sich, Resopal abwischend, bis zum kurzen Ende der Theke vor. Mehrfach wird sie von der Feuerwehr aufgefordert, nicht so ein Gesicht zu machen, dabei werfen sie Frank Seitenblicke zu. Die Oma beobachtet von hinten durch die Durchreiche jede Bewegung. Ev weiß nicht, welches Gesicht sie gerade macht. Jaja, schon gut, sagt sie und fragt sich, was schon wieder falsch an ihr ist und warum sie immer irgendwie anders sein soll, als sie gerade ist. Man sieht ihr immer an, was sie fühlt. Dabei hat sie keine schlechte Laune, im Gegenteil, sie ist wie ausgetauscht. Kann sein, sie verzieht gerade deswegen keine Miene. Reckt sich stattdessen mit nach oben, weil sie fünf Kurze aus der Schnapsflasche zieht, die neben dem Asbach Uralt hängt, direkt vor Frank, wie er da sitzt in seiner Ecke neben dem *telephone*. Aber vielleicht sieht sie mit ihrem neutralen Gesicht sogar abschreckend aus, das sagt ihr die Mutter immer, Zieh nicht so ein Gesicht, das

macht dich hässlich. Also lächelt sie ein wenig, und als die Schnäpse zum Abholen auf einem Tablett bereitstehen, es nichts mehr zu wischen gibt und sie nach dem grauen Apparat greift, um ihn wieder auf ihre Seite unter den Tresen zu stellen, fragt er sie, Wie alt bist du. Ist hier immer so viel los, das fragt er auch, was sie zuerst wieder nicht versteht, sondern auf sich bezieht, denkt, er will wissen, ob sie immer so sei, und ist erschrocken darüber, wie sie auf andere wirkt. Sicherheitshalber lächelt sie noch mehr und sagt, mit ihr sei alles in Ordnung. I am fine. Erst dann reimt sie sich seine Worte zusammen und schüttelt den Kopf, sagt, nein, es sei nicht immer so voll, das sei nur heute so, weil sie alle neugierig sind. Curious, das Wort fällt ihr zum Ende des Satzes gerade noch ein, sie hat es in der Sprachschule gelernt in einem Kapitel über Stadtführungen (*you might be curious?*). Sie wird rot wegen des Missverständnisses, doch er hat es gar nicht gemerkt. Oder er will sie verunsichern. Auch das kennt sie von den Männern, wenn sie einen angucken und einfach nur blöd lachen. Andererseits lacht er nicht blöd, sondern er lächelt sie an, als könnte er ihre Gedanken lesen. Warum alle neugierig sind, scheint ihn gar nicht zu interessieren, überhaupt fällt ihm offenbar nicht auf, wie anders er ist als der Rest hier, mit einem Notizblock an einem Freitagabend im Grünen Baum, das gab es noch nie. Wie unter einer Glasglocke sitzt er mit seinen langen Haaren und dem orangefarbenen T-Shirt, doch gleichgültig scheint ihm die Umgebung nicht zu sein, Ev sieht an seinen aufmerksamen Blicken, er registriert alles. Sie möchte ihm Fragen stellen, dabei weiß sie noch nicht einmal, was sie fragen könnte, sie will nur nicht, dass er allzu früh wieder weg ist. Woher er kommt und was er in Randstetten macht und wie es für ihn ist, jetzt hier so, damit könnte man anfangen, doch sie hat keine Ahnung, wie es am besten zu formulieren ist, damit er sie nicht für naiv hält. Sie versucht es still für sich, ihr fehlen die Worte. Und gerade als sie wieder zum Zapfhahn muss, sagt er Do you work here every night, hält seinen Kopf dabei etwas schräg, lässt ein kaum merkliches Nicken folgen, das seine Frage unterstreicht. Fast ein wenig affektiert kommt es ihr vor, affig, würde Manni sagen, dessen Gesten immer kraftvoll ausholend, fast steif sind, sei es beim Heben eines Bierglases oder wenn er den Arm um sie legt. So eindringlich, wie er sie dabei ansieht, hat sie für einen kurzen Moment das Gefühl, er könnte seiner Frage noch etwas anschließen, etwas Persönliches. Du gehörst nicht hierher, könnte er sagen, du vertust deine Zeit, diese Umgebung ist nichts für dich, du musst hier weg.

Of course, sagt sie, ich arbeite fast jeden Abend hier. Wir sind eine Familie.

Er nickt, und zum ersten Mal wagt sie, ihn genauer anzusehen. Das gelbe Licht des Henninger-Leuchtkastens über der Theke hüllt ihn ein, fällt auf sein Gesicht, über seine scharf geschnittene Nase, den Nasenrücken mit einem leichten Bogen im Profil. Die eng stehenden Augen, die dunklen Haare, die ihm in die Stirn und bis auf die Schultern fallen, und vor allem sein Bart, der sein Gesicht verdunkelt und gleichzeitig erhellt, auf die feine Haut hinweist, die man beinahe zart nennen könnte. Alles an ihm ist sanft und streng zugleich, er wirkt, als verstecke er sich, und doch ist seine Mimik so ausdrucksvoll, wie sie es nie zuvor bei jemandem gesehen hat. Kurz und knapp sind seine Blicke, begleitet von einem Heben der Nasenflügel, einem Grinsen, das sofort wieder ernst wird. Am liebsten würde sie ihn immerzu anschauen. Er nimmt sich eine Zigarette aus seiner Packung, die neben dem Telefon liegt, steckt sie an und verscheucht nach dem ersten Zug in einer einzigen knappen Bewegung mit der glimmenden Winston in der Hand eine Stubenfliege. Überhaupt, seine Hände, biegsam und kräftig zugleich, ständig in Bewegung. Seine abgezirkelten Gesten, sein schmales Gesicht, das enge T-Shirt, das er trägt, sie schaut nicht lange genug hin, um die Aufschrift entziffern zu können. Alles an ihm passt zueinander. Fehlerlos kommt er ihr vor, auf eine andere, dem Dorf entgegengesetzte Art.

Bist du Musiker? Sie weiß nicht, wie sie auf diese Frage kommt, und weiß es doch, es ist ein Wunsch, er ähnelt dem Wunsch, den sie eben noch hatte, dass er sie erkennen möge als einen Menschen, der nichts mit dem Grünen Baum zu tun hat. Yes, sagt er. Ohne Ev anzuschauen, zieht er an seiner Zigarette, und dann sieht er ihr direkt in die Augen. Manche halten mich für einen Idioten, manche für eine politische Gefahr. Ich bin ein Komponist. Aber ich lasse die Leute glauben, was sie wollen. I don't care.

Worte, die wie eingeübt klingen, sie hat das Gefühl, er sagt sie nicht zum ersten Mal. Ein wenig arrogant findet sie ihn damit, als wollte er mit Absicht eine Kerbe zwischen sich und die anderen - vielleicht sogar auch sie - im Grünen Baum schlagen, denn ganz bestimmt hat noch niemand an diesem Freitagabend in Randstetten solch bedeutungsvolle Sätze ausgesprochen, und das auch noch hintereinanderweg. Sie kann sogar die Stimmung im Grünen Baum nachvollziehen, so wie er wirkt, ein Bürgerschreck im wahrsten Sinn des Wortes, hineingefahren in ein Dorf, das Grenzen zieht auf den Feldern und in den Familien.

Isn't it strange, the phantasies people have, sagt er und blickt sich in der Kneipe um, sie fühlt sich einbezogen als seine Vertraute in diesem Moment und dennoch ertappt. Und weil sie nicht weiß, was sie darauf antworten soll, und nichts anderes fertigbringt, als zu lächeln und zu nicken, während sie eine weitere Ladung Schnäpse in die Gläser füllt, die ihr Rudi auf einem Tablett hingestellt hat, tastet sie sich wieder in seine Stimme hinein, seine wunderbare Art, die Worte zu formen. Es hat auch niemand sein seltsam schlaues Zeug gehört, und wenn, dann wahrscheinlich nicht verstanden. Er spricht nur zu ihr, als sei sie als Einzige dafür geeignet. Wie großartig er ist, denkt sie, als sie wieder weg von ihm zu den Zapfhähnen muss, und merkt beim Bierzapfen nicht, wie ihr der Schaum über den Daumen läuft. Denn da waren auch wieder seine Augen mit diesem weichen Blinzeln, ein Lächeln darin, das seine Sätze begleitet, als wüsste er, was die Welt denkt, und wäre ihr immer eine Nasenlänge voraus. Wie eine Erscheinung sitzt er da, findet sie, zumindest sieht er von der Zapfanlage so aus, von Henninger beleuchtet mit diesem heimeligen Licht, das ihn heraushebt aus seiner Umgebung. Jetzt kann sie auch lesen, was auf seinem T-Shirt steht. *Open your head.* Von weitem sieht er tatsächlich aus wie einer von den Postern im Pudding-Explosion oder wie einer von der Rückseite einer Langspielplattenhülle. Nur nicht aus der Nähe, so schmal sein Gesicht auch ist, als sie wieder vor ihm an der kurzen Seite der Theke steht, wird es zu einer Landschaft, die sie kennenlernen möchte. Und jetzt traut sie sich auch, die Fragen zu stellen, die ihr im Kopf herumgegangen sind, woher er kommt, was er in Deutschland macht. Von seinem Unfall lässt sie sich berichten, vom Kaugummiautomaten an der Hausecke,

auf den er zugerast ist. Sie weiß nicht, woher dieser Drang in ihr kommt, das Gespräch nicht abreißen zu lassen, es liegt an seinem Blick, denkt sie, der alles im Raum wahrzunehmen scheint, in ständiger Bewegung – wie auch seine Hände – ist, und doch, wenn er sie anschaut, dann ist es der ruhigste Ausdruck in den dunkelsten Augen der Welt. Überzeugen will er mit diesem Blick, das kann sie fühlen, diesem sanften Blick, der seine Sätze begleitet, als brauchte von nun an niemand mehr nach der Wahrheit zu suchen. Nach jedem Satz schwingt der Nachhall seiner Stimme in ihr, die Fragezeichen an den Satzenden, wo doch gar keine Fragen sind, aber ein winziges Glucksen in seiner Stimme, eine Schwingung, die sie als Resonanz in ihrem Körper zulässt. Dazu das wohltuend Sanfte und zugleich Zwingende seines klaren Gesichts, das so ungewöhnlich im Grünen Baum ist, dass es ihr wie ein Wunder vorkommt. Seine Stimme ist tief, er muss sich nicht anstrengen, um die Lautstärke zu übertönen. Es ist kein Tonfall, den sie von den GIs kennt, noch nie hat sie jemanden so melodiös und gleichzeitig nüchtern sprechen gehört, als wäre diese Person selbst ein Instrument, ein Klangkasten, aus dem die harmonischsten Dinge strömen. Er benimmt sich, als wäre er an nichts gebunden, als interessierte es ihn nicht, welch ein Fremdkörper er im Grünen Baum ist. Selbst mit den drei Langhaarigen, die an der Ecke zum Hinterzimmer stehen und ihn die ganze Zeit sehnsüchtig anschauen, hat er nichts gemein. Im Vergleich zu ihm wirken sie blass. I don't care, hat er gesagt.
Jemand drückt Elvis in der Musikbox, und Frank lacht laut auf bei den ersten Takten, zum ersten Mal sieht sie seine Zähne blitzen unter seinem Bart. Sie lacht mit, weil sie sich für das Lied schämt, und auch, weil sie glück-

lich ist, hier mit ihm zu sein. Oh man, that's Elvis, sagt er. So yesterday, I can't believe it. Was singt er da, ist das Deutsch?
Sie versucht, ihm zu erklären, dass Elvis nicht nur deutsch singt, sondern in einem deutschen Dialekt, und was *Städtele* bedeutet, ein lieber Ausdruck für eine kleine Stadt nämlich, sagt sie, aber größer als Randstetten, etwas wie Heimat, aber doch auch wieder kleiner und auf einen Ort begrenzt. Und dass Elvis zur kleinen Heimatstadt hinausmuss und der Schatz – darling? baby? – zurückbleibt. Er lacht noch lauter, schüttelt den Kopf, You're smart, sagt er und auch, dass jeder für Geld alles macht. Das Lied wird tatsächlich von einer Art Blasmusik begleitet, noch nie ist ihr das aufgefallen, und als der Gesangverein anfängt zu schunkeln, fragt sie ihn schnell durch die Lautstärke hindurch, welches Instrument er spielt, beinahe schreien muss sie, um ihn abzulenken vom Grünen Baum, denn jetzt singt der Gesangverein den deutschen Refrain mit.
I play the guitar, but also bass, drums and keyboard, antwortet er mit feinem Lächeln, auch er muss jetzt lauter sprechen, wie ein Gitarrenriff gegen das, was um sie herum geschieht, wirkt diese Aufzählung auf sie. Und in dem letzten Wort, der letzten Silbe darin, bricht seine Stimme unmerklich wie die eines Jungen, eine kaum hörbare Dissonanz, die nichts mit dem Wort selbst, sondern mit diesem Menschen vor ihr zu tun hat, ihn verletzlich zeigt für den Bruchteil einer Sekunde und so überwältigend rasch und ohne jeglichen Widerstand in ihren Körper übergeht, zu einem winzigen Teil ihrer selbst wird, dass es nicht mehr rückgängig zu machen ist. Wie eine Saite, die in ihr reißt, fühlt es sich an, eine innere Stille, die plötzlich da ist, ein Gegensatz zu dem Aufruhr in der

Kneipe. Ganz allein ihr gehört dieses Gefühl. In einer Art plastischer Direktheit, völlig herausgelöst aus der Umgebung, nimmt sie ihn jetzt auf der anderen Seite des Tresens wahr, überlebensecht und zum Festhalten schön, während die Tremoli der Altmännergesangsstimmen die Gesprächsfetzen rings um die Theke in die Ferne rücken. Real ist nur noch er, Frank, und er sieht sie so nachdrücklich und gleichzeitig belustigt an, dass sie nicht sagen könnte, ob seine Augen groß sind oder klein, und es ihr auch egal ist, ob sie die Größe seiner Augen richtig beurteilen kann. Wichtig ist nur, es ist etwas geschehen mit ihr, ein Glücksgefühl ist eingetreten, wie sie es zuvor noch nicht erlebt hat.

Die Oma kann ihr kurzes Gespräch nicht gesehen haben, dazu ist der Winkel zu spitz, sie hätte den Kopf durch ihre Durchreiche in der Wand schieben müssen, um etwas mitzubekommen. Doch wer weiß. Wer weiß, was das wieder nach sich zieht. Rudi, der jetzt hinter der Theke mitmischt, grinst vor sich hin, seine großporige Nase glänzt unter dem Henninger-Leuchtkasten, und von ihrer Mutter, die einen Arm voller leergegessener Teller und ein Tablett leerer Gläser abliefert, bekommt sie einen Blick zugeworfen, der ganz kühl ist. Manni lässt sie nicht aus den Augen, er steht jetzt mit seinen Kumpels am Durchgang zum Nebenraum, in dem immer noch der Fernseher läuft, jetzt aber nicht mehr zu hören, um diese Uhrzeit wahrscheinlich das Ende von *Aktenzeichen XY*, wenn alle Fälle zusammengefasst werden, in ruhigen Zeiten im Grünen Baum Gesprächsstoff genug. Manni erzählt irgendetwas, wie immer, wie immer mit einem Seitenblick auf sie, heute aber schärfer. Irgendjemand hat die Musikbox nachgeladen, Evs zweiter Hit spielt jetzt, *Ob-la-di, ob-la-da* singen die Beatles, es ist ihr Gute-Laune-Lied, abgestimmt mit der Mutter, doch jetzt ist sie sich nicht mehr sicher, ob es wirklich modern ist.

Sie schnappt Gesprächsfetzen auf von dem Unfall, von dem Käfer, und jetzt wieder: Was ist das überhaupt für ein Kerl, und was macht der hier. Bald haben alle eine Meinung, und jeder weiß alles, das geht dem Dorf so, wenn es aufgeregt ist. Mit Karacho die Hauptstraße runter. Dreimal kurz gelacht wird über so viel Blödheit. Gammler und Ami, heißt es dann, wird erst noch vorsichtig ausgesprochen, am End versteht er einen, steigert sich aber schnell zu langhaariger Dackel, ein Begriff, der Ev immer schon seltsam schwach, aber gerade in seiner Verniedlichung umso beleidigender erscheint. Die Ablehnung hinter diesem Ausdruck ist eine ganz andere, sie kennt sie nur zu gut, feindselig ist sie, von einer inneren Gewalttätigkeit, die das genaue Gegenteil zu jenem Wort *Dackel* bedeutet. Wenn, heißt es schärfer weiter, wenn er nicht auf dem Bordstein gelandet wäre, hätte er auch ein Kind überfahren können. Und dann, ganz schnell, wird es ausgesprochen. Ein Arschloch sei dieser Typ. Hinterhergeschoben von einem, den Ev nicht sieht. Doch dann ahnt ein anderer die Gefahr und wiegelt sie ab, stellt euch vor, den Wilhelm hätt's erwischt, ruft es, und die Stammtischglocke klingelt. Sie sind leicht abzulenken, Ev weiß es, beeilt sich mit dem Nachschenken, solange alle am Lachen sind. Wilhelm, jetzt Zentrum des Tumults im Mittelgang, wird rot im Gesicht, bekommt auf die Schulter geklopft. Der ganze Edeka hätt Bruch und Dalles sein können, ruft es von hinten, dort bleckt die Feuerwehr die Zähne, kennt sich aus mit Schäden aller Art, die Augen der Männer bleiben auch nach dem Lachen klein, sie gehen von Anfang an mit Schnäpsen zum Bier ins Rennen. Dem Wilhelmsche seine ganzen Heftchen wären über die Gasse geflogen, wenn der Ami ihm in die Schaufensterscheibe gefahren wäre, ruft ein anderer. Auch die von unter der Ladentheke! Der ganze Grüne Baum lacht, zum Trost wird Wilhelm herumgedreht, und einer mit feuchten Lippen legt ihm den Arm um den Hals, zieht Wilhelms Stirn zu seiner, zwischen Wilhelms und der eigenen Brust sein Bierglas in arger Schräglage.

Die Lautstärke, diese ewige Lautstärke und Rechthaberei. Wie die Paviane auf dem Felsen im Frankfurter Zoo, in dem Ev war, als die Oma und die Mutter das erste Auto, einen weißen DKW, gekauft hatten. DK Wuppdich, sagte Rudi, der mit ihr auf der Hinterbank saß, bei jedem Schlagloch, während vorne der Oma übel wurde, und Ev kicherte darüber, als sie über die Hanauer Landstraße fuhren, bis sie mit offenem Mund die unglaubliche Größe des Henninger-Turms auf sich zukommen sah. Wie diese Paviane führten sie sich auf, jeder wollte über dem anderen auf dem Felsen sitzen, immer ein bisschen höher, sie pinkelten, sie zeigten sich, fletschten die Zähne und schrien. Ev kann an einem solchen Kneipenabend keinen Unterschied zum Zoo entdecken, und sie fragt sich, wieso es in den Ansprachen der Mutter immer heißt, sie habe sich vor so vielem in Acht zu nehmen, die ständige Schreierei dieser Affen im Grünen Baum aber offensichtlich ganz in Ordnung ist. Der Koeffizient der Widerlichkeit wächst ins Unermessliche, das ist das, was gerade passiert, im Fernsehen hat sie diese Aussage letztens gehört und fühlt sich wieder als jemand, der nicht dazugehört, und sieht den Fremden – Frank! – immer noch an der kur-

zen Seite der Theke sitzen, vor sich sein Bier, er kritzelt wieder etwas in sein Notizbuch. Daneben nun auch sein Kassettenrekorder, er muss an den Tisch gegangen sein, um seine Sachen zu holen, sie hat es nicht mitbekommen. Vielleicht hat er das *Arschloch* sogar gehört. Während sie wieder den Tresen vor ihm abwischt, ihm jetzt einfach ein neues Bier hinstellt, sieht sie auch, die Play- und die Record-Taste seines Rekorders sind gedrückt. Zwischen seinen Notizen schaut er sie wieder an in all dem Lärm. In seinem Gesicht ist etwas Nachdenkliches, das sie beunruhigt, doch sie hält seinem Blick stand, er muss einfach wissen, sie gehört nicht zu den anderen.
Auf Wilhelm hacken sie immer noch herum. Sein Vater hätte es ja vorhin alles in Ordnung gebracht, der alte Haudegen, alles wieder gerichtet wie immer, und Wilhelm soll bloß aufpassen, dass der nichts von seinen Heftchen erfährt. Jetzt grölen auch der Gesangverein und die Dorfjugend, die einen kennen sich aus mit den Heftchen, bei den anderen überschlägt sich die Stimme. Ev weiß immer noch nicht, worum es geht, Jupp klopft dreimal auf die Theke, ruft, Deckel!, um ihr und der Mutter zu sagen, er lässt anschreiben, und gleitet mit versteinertem Gesicht von seinem Tresenhocker.
Das Wilhelmchen befreit sich aus der Umarmung des Feuerwehrmannes, öffnet den Mund und schließt ihn wieder, hat vergessen oder weiß nicht oder will es nicht wissen, sein Vater ist noch hier, steht im Mittelgang hinter dem Stuhl, auf dem er an der Theke gesessen hat, steht direkt hinter ihm. Der Feuerwehrmann zieht ihn wieder zu sich heran, legt die Finger an die Lippen, schwankt und redet auf ihn ein, jetzt schwappt auch sein Bier über Wilhelms Hemd, doch Wilhelm merkt es nicht, windet sich

aus dem Griff, den Mund entschlossen geöffnet, Alle keine Ahnung, mehr kann Ev nicht verstehen. Wilhelm wird wieder herangezogen, der schwankende Feuerwehrmann streicht ihm über den Kopf, Wilhelm wehrt sich, während jetzt auch andere versuchen, ihn zu beschwichtigen. Besserwisser und Großkotz, hört Ev Wilhelm sagen, es muss um Jupp gehen, jetzt möchte auch sie Wilhelm sagen, Pass auf, dein Vater steht hinter dir, doch Wilhelm macht weiter. Kommandiert die Leute herum, als wären alle Dreck, hört Ev ihn sagen, Seniler Depp und Säufer, schiebt er noch hinterher. Rudi hinter der Theke macht große Augen, und mit Ev erkennt auch Wilhelm jetzt die Gefahr, sieht sie in den besoffenen Augen des Feuerwehrmanns, der wieder seinen Arm um ihn legen will, wusste schon während seiner letzten Sätze, er redet sich um Kopf und Kragen, und doch konnte er nicht anders, musste es herausbringen, auch noch den allerletzten Satz, und dreht sich dabei um in der Gewissheit, hinter ihm hat sich etwas aufgebaut, wie in den Gruselkrimis, die er an langweiligen Nachmittagen hinter der Edeka-Kasse liest, wie als Kind, wenn der Vater wortlos durch die Küche gelaufen ist. Weiß noch im letzten Satz, im Wort *Säufer*, er hat ihn vergessen, den grimmigen Mann, der mit seiner Bauernkappe bewegungslos an der Theke saß die ganze Zeit. Dreht sich um mit verschwitztem Gesicht und schaut direkt in das Gesicht dieses Vaters, der seit ein paar Jahren schon kleiner ist als er selbst, geschrumpft, doch selbst mit schmerzender Hüfte noch kräftig genug. Der Vater, der Josef hieß, dann Eier-Jupp und jetzt nur noch Jupp genannt wird, mit dem Alter wird's knapper, doch es ist ein Jupp, das als oberster Name über dem Dorf schwebt.
Die Seiten werden im Dorf so schnell gewechselt, wie es

gerade günstig ist, der Klügere gibt nach, der Stärkere gewinnt, das Dorf will nicht wissen, was hinter verschlossenen Türen vor sich geht, schaut aber jetzt gespannt in Jupps Gesicht, um zu sehen, wie wütend er ist auf diese Lachnummer von Sohn, der nichts weiter zustande bringt, als im Edeka in der Nase zu bohren, in schmutzigen Heftchen zu blättern, und hier von allen verarscht wird. Alle warten darauf, ob Jupp es Wilhelm vor allen Leuten sagen wird, dass er nichtsnutzig ist, so wie früher immer, wie auch ihre eigenen Väter es mit ihnen gemacht haben. Ev spürt, wie sich die Schmerzen in seinen Knochen in Wut verkehren, wie stets, solange alle denken können, in eine fürchterliche Wut. Wie er im Raum steht, am liebsten einen Stuhl nehmen und ihnen allen über den Schädel hauen, vor allen Dingen dem Sohn diese ganze Wut in den Leib prügeln möchte. Und Wilhelm steht dem Vater gegenüber, der ihn anschaut mit seiner Verachtung und nun ausholt mit diesem schmerzenden, altbekannten Arm und ihm ins Gesicht schlägt, so wie er ihn als Kind geschlagen, ihn noch als Jugendlichen in die Ecke gedroschen hat.
Für einen Moment ist nichts im Raum als die Musik und die Taubheit, die vom Schlag herrührt. Die Beatles nähern sich ihren letzten Zeilen, yeah, ob-la-di, ob-la-da, life goes on, brah, la-la how the life goes on, eine ständige Wiederholung, wie im Irrenhaus, sagt die Oma normalerweise an dieser Stelle, und auch Ev empfindet die Musik jetzt als Zumutung, da fällt auch schon die Tür hinter Jupp zu. Rosi spült mit beiden Händen, kann nicht aufhören, zieht zwei Biergläser immer wieder über die Spülbürsten, Ev wartet darauf, ob eines gleich zerbricht. Der Feuerwehrmann, der Wilhelm eben noch festhalten wollte, drängt zur Theke, die Wangen jetzt wächsern vom Alkohol, und

weil er Szenen wie diese kennt, weil alle das kennen, was gerade passiert ist. Aber noch lange kein Grund, sich einzumischen. Nur schnell ein nächstes Bier, einen Schnaps, Ev beeilt sich. Die Musik endet mit einem Schlussakkord, und wo Stille herrschen sollte, geht es schon wieder weiter an den Tischen. Wilhelm drückt die Hand des Feuerwehrmanns zur Seite, der ihm einen Asbach entgegenhält, schiebt sich durch die Menge zur Hintertür in Richtung Hof zur Toilette. Am Stammtisch und im Nebenraum lacht kurz hintereinander jemand auf. Ein anderer ruft laut nach Musik, mit Betonung auf der ersten Silbe und dem U tief in der Kehle, noch jemand wiederholt es noch lauter, weil niemand weiß, was man jetzt sagen soll. Musik! Ev hat kurz den Fremden – Frank! – vergessen, wünscht sich auch wieder Musik, am besten so laut wie an Fasching, ein Tschingderrassabum, das alles zudeckt, egal, auch wenn es deutsche Musik ist.

Es geht eine Träne auf Reisen, hört sie von ganz hinten durch den Zigarettendunst hindurch eine Stimme leise singen, als die Hoftür hinter Wilhelm zufällt. Die Dorfjungs lachen, und sie weiß nicht, ob es vielleicht sogar Manni war, der das gesungen hat.

7.

Der Bruder, die Mutter, die Großmutter, Eve. Er kann jetzt alle auseinanderhalten. Aus dem braunen Kasten, der halb verdeckt neben dem Telefon an der Theke hängt, nimmt Rosi den Zimmerschlüssel, Number one, sagt sie, er soll die Treppe zum ersten Stock hinaufgehen, und dann wäre es die zweite Tür auf der rechten Seite. Die Tür davor Toilette und Dusche, morgen Frühstück zwischen sieben und neun. Sie spricht ein Amerikanisch, das sie vom Hören gelernt hat, verschleppte Grammatik und doch geschmeidig. Als er den Schlüssel aus ihrer Hand nimmt, überlegt sie es sich anders, I'll show you, sagt sie, geht an ihm vorüber in den engen Flur, der zum Hinterausgang, der offen steht, zur Toilette auf dem Hof und zur Treppe in die oberen Stockwerke führt. Die Stimmen aus der Kneipe bleiben hinter ihnen, von den unteren Stufen sieht er noch eine Ecke der hell beleuchteten Theke, ein rosiges Ohr, eine Hand an einem Bierglas. Der Nikotindunst, der im Flur steht, erinnert ihn an die Sessionnächte zu Hause im Laurel Canyon, doch hier fehlen die Luftschichten, die sich abends vom Pazifik hoch über den Sunset Boulevard zwischen die Hügel schieben, es fehlt der Eukalyptusduft, sobald man eine Tür öffnet. Auf dem ausgetretenen Läufer, von Messingstangen in den Winkeln der Stufen gehalten, machen ihrer beider Schritte kein Geräusch. Er ist so müde, er zählt die Stufen. Rosis Beine hell vor ihm, beschwingt, die Waden muskulös. Ihr Rock ist kurz, wenn er wippt, sind die Schenkel einer Mittdreißigerin zu sehen, die manchmal traurig ist, so, wie Stunden zuvor bei ihrer ersten Begegnung.

Nachdem sie die Tür hinter sich geschlossen hat und er allein in seinem Pensionszimmer ist, findet er den Kippschalter der Nachttischlampe, geht zurück zur Tür und knipst das Deckenlicht aus, seine Routine in jedem Hotelzimmer. Die Lampe auf dem kleinen Nachttisch, eben noch übertönt vom Deckenlicht, ist nun trübe, scheint sich selbst zu leuchten und blendet ihn doch in den Augen. Die Ecken des Zimmers im Halbdunkel, durch das Fenster ist der Nachthimmel mit seinen hohen Sternen zu sehen. Er zieht die Gardine zur Seite, sie bleibt an seiner Schulter hängen, er schiebt sie weg, sie schwingt zurück, berührt seinen Hinterkopf. So weit es geht, zieht der den Stoff zur Wand. Er öffnet das Fenster. Eine Straßenlampe beleuchtet den Gehweg gegenüber, der Blick in den Himmel schafft Luft, auf der anderen Straßenseite sind alle Fenster dunkel. Das Zugband des Rollladens hebt sich bräunlich von der Wand ab, er beschließt, es nicht anzufassen. Es ist sowieso viel zu warm, die Luft vieler Tage steht in dem kleinen Raum. Die Kraft, mit der ihn noch vor kaum mehr als drei Stunden die Landschaft dazu verleitet hat, immer weiter über ihre Landstraßen zu fahren, ist zu einem Unterdruck geworden, der ihn in diese Dorfkneipe mit Pension gesogen hat. Zu Hause würde es jetzt erst richtig losgehen, Freunde aus den Clubs oder von downtown würden kommen, die Ladies aus dem Canyon, die Session würde beginnen, würde andauern bis zum Morgengrauen. Der Geruch der Nacht zuvor, damit würde der neue Tag beginnen. Es war immer die Anstrengung des vergangenen Tages, die einen weiterbrachte in dem Glauben, die ultimative Konstellation zu finden, einen neuen Song zu schaffen aus dem Nichts, aus dem Augenblick, in dem wirre Phrasen durch die Verstärker jagten und sich langsam fassen, sich kombinieren ließen zu einer neuen übergeordneten Persiflage des Reaktionären. Blut, Schweiß, Ironie und Revolte gegen alles, was klebrig war und die Menschen einengte. Neue Menschen, die Mut haben wie er selbst, sind wichtig für ihn, die nichts erzählen von Esalen und Baden im Mondschein. Hendrix ist gut, der noch zwei Jahre zuvor als schüchterner junger Mann das Whisky a Go Go auf dem Sunset Boulevard betreten hatte und mit brennenden Gitarren-Licks alle gegen die Wand spielte, ohne viel zu reden.

Es gibt das Wir, und es gibt Die anderen, die Linie wird im Namen der Liebe gezogen, die sich allumfassend nennt, und er steht nur zu gern jenseits dieser Linie. Nicht dass er die Liebe nicht schätzt, aber er verachtet aufgezwungene Nähe und den Kleister von Love, Peace and Happiness. Die anderen sind unreife Erwachsene, ganz Amerika ist voll davon, hatte ihm eines Nachts jemand an der Theke des Whisky a Go Go erzählt, die bis auf ihre Holzfläche nichts mit dem Tresen in der Kneipe, in der er heute gestrandet war, zu tun hatte. Derjenige, der ihm die Sache mit den Erwachsenen und den Kindern erklären wollte, trug ein weißes Frotteehemd, das vom Kragen bis zur Mitte der Brust aufgeknöpft war, um ihn herum standen ähnlich gekleidete Männer, die Haare kinnlang, die Hosen so eng wie möglich. Und wir sind reife Kinder, hatte ihm der Typ ins Ohr geschrien, ihn bei der Schulter gepackt und angestarrt, die anderen sind unreife Erwachsene und wir reife Kinder, hatte er wiederholt, als sei dadurch eine allumfassende Wahrheit ausgesprochen, wobei sich seine Stimme überschlug. Er konnte das Drogengeschwätz im

Dauerloop nicht ertragen und wendete sich ab. Über ihnen tanzten Go-go-Girls in Käfigen zu Buffalo Springfields *For What It's Worth*, im Hintergrund wiegten einige Mädel ihre Oberkörper auf der kleinen Tanzfläche, mit hängenden Armen bewegten sie sich zum Tempo der Musik, deren Lautstärke jedes Gespräch unmöglich machte, so sollte es auch sein, geredet wurde tagsüber, zumindest in Halbsätzen, monatlich wurden neue Redewendungen kreiert, wer sie verstand, war ein reifes Kind, wer sie nicht verstand, ein reaktionäres Arschloch.

Alles ist jäh zum Stillstand gekommen in diesem Zimmer, L. A. International Airport und sein Flug über den Wolken von Kontinent zu Kontinent scheint hier so unmöglich, als wäre er nie geschehen, wird überdeckt durch die Dinge um ihn herum, die ihm zu nah sind. Übergardinen aus schwerem Stoff, neben dem Waschbecken zwei dünne Handtücher auf ihren Stangen, blütenweiße Bettbezüge, das Kopfkissen faltenfrei untergeschlagen und mit einem Knick in der Mitte aufgestellt, ein abgetretener Läufer auf dem Holzboden, gerade eben noch erkennbar. Die Tür des Kleiderschranks, der kaum höher ist als er selbst, klemmt, beim Öffnen rasseln die metallenen Kleiderbügel aneinander, rühren modrigen Geruch auf. Er schiebt seine Jacke über einen der Bügel, schließt die Schranktür, die sich mit fragendem Quietschen wieder einen Spalt öffnet, und hängt den Bügel mit seiner Jacke an den Türschlüssel. Die Nachttischlampe hinter ihm, sein Körper als dunkles Bild im Spiegel, der in die linke Schranktür eingelassen ist, schmal die Schultern, die langen Haare, sein Gesicht verdunkelt. Er ist so müde, dass ihn sein Umriss erschreckt, erst eine Sekunde später kann er ihn zuordnen als zu sich selbst gehörig. Selbst das Bier löst hier eine andere

Betrunkenheit aus. Am Rand des Waschbeckens liegt ein kleines weißes Stück Seife, er zieht sich aus, wäscht T-Shirt und Slip unter kaltem Wasser, hängt beides auf einen Kleiderbügel an den Fenstergriff. Der Schatten einer Stechmücke tanzt gegen die Zimmerdecke. Er löscht die Nachttischlampe, legt sich auf das Bett, und nach ein paar Sekunden, in denen sich seine Augen an die Dunkelheit gewöhnt haben, rückt der Himmel ein Stück in den Raum hinein.

Wie kann es sein, dass dieser Ort nicht mehr als sechzig Kilometer von Frankfurt entfernt liegt? Er könnte jetzt dort sein und zusammen mit Gary ein erstes Bier trinken. Der Jazzkeller und Mangelsdorff scheinen so weit entfernt wie der Mars. Wie ein Rückgriff in eine Vergangenheit, die er von Bildern kennt, kommen ihm die Szenen unten in der Kneipe vor, beinahe so wie die Schwarz-Weiß-Bilder, die dort an den Wänden hängen, die Kleidung hat sich verändert, die Gesichter, das Misstrauen sind geblieben. Sie alle kennen sich hier, das ist auch so in amerikanischen Kneipen, im Hinterland, wo man sich einzuschätzen weiß und ein Fremder den angeborenen Argwohn erregt, weil Fremdes aus alter Erfahrung nichts Gutes mit sich bringt. Viele der Männer unten in der Kneipe sahen sich ähnlich, kurzgeschorener Nacken noch aus alter Zeit bei den älteren, die Haare ein wenig länger bei den jüngeren. Ihre Gesichter glänzten vor Schweiß in der abgestandenen Luft, unter den Achselhöhlen hatten sich Flecken gebildet, doch die Hemden waren frisch, ein jedes Kurzarm mit Bügelfalte, die Männer hatten geduscht und sich rasiert, Rasierwasser aufgetragen. Bei den älteren war der Scheitel so gerade wie eine Ackerfurche gezogen, viele benutzen Pomade, die ihrem Gesicht das Aufgeräumte, Entschlossene früherer Jahre verleiht. Die einzigen weiblichen Gegenpole zu ihren erhitzten Gesichtern waren die drei Frauen der Familie. Das Mädchen.

Die Männer redeten über ihn, das war klar. Es war nichts Gutes, er merkte es daran, wie sich ihr Lachen veränderte, wenn sie verstohlen in seine Richtung schauten. Er wundert sich nicht darüber. Drüben in den hochverehrten, demokratischen, korrupten US of A, wie er sein Land gerne nennt, gilt er als Provokateur, als Troublemaker allein aufgrund seines Äußeren. Zu Hause hätte er sich in keiner Bar irgendwo im Hinterland blicken lassen dürfen. Hier hingegen scheint sich eine Art Feigheit unter die Besserwisserei zu mischen. Er hatte es getestet, als er zurück zum Tisch ging, um seine Umhängetasche, das Notizbuch und den Kassettenrekorder zu holen. Do you have a light, hatte er einen der jüngeren Männer gefragt, die in zweiter Reihe vor der Theke gestanden hatten, und seine Zigarette hochgehalten. Ein kaum merkliches Zucken der Lider, ein Blinzeln für eine Zehntelsekunde hatten ihm gezeigt, der Mann hatte ihn verstanden. Doch er hatte kein Feuer von ihm bekommen, nicht einmal einen Blick, stattdessen hatte der Typ sein Gesicht zu einem plötzlichen Grinsen verzogen, über seine Schulter in den Raum hineingeblickt, einen Neuankömmling so lautstark begrüßt, als hätte er ihn monatelang nicht gesehen, und sich durch die Menge geschoben, bis sein verschwitztes Gesicht zwischen ähnlich erhitzten Gesichtern verschwunden war. Keines der Gespräche unten in der Kneipe schien auf irgendeine Weise hinaus auf die Welt zuzugreifen, so viel hatte er verstehen können, auch wenn er die Sprache nicht spricht.

Allem entziehen wollte er sich, auf der Unterseite der Welt

ist er gelandet, Lichtjahre von zu Hause entfernt. Ein geschrumpfter Abend in einem Dorf jenseits der sieben Hügel, ein Zimmer hinter einem Wald. Hatten die Deutschen nicht solche Märchen geschrieben? Die Kakophonie der kleinen Landschaft, die er sich noch vor zwei Stunden scherzhaft vorgestellt hatte, war tatsächlich als Geräuschkulisse in dieser Kneipe zu hören gewesen. Er hatte seinen Rekorder eingeschaltet, für ein paar Minuten den Sound der Kneipe aufgenommen, er liebt Geräuschelemente in seinen Songs, Tempo- und Rhythmuswechsel. Er macht sich Sorgen um die Angelegenheit in Los Angeles mit dem verwirrten Typen, der den Blutbeutel mitgebracht hatte. Am Morgen habe ein Zettel mit wüsten Drohungen am Tor gehangen, hieß es am Telefon. Irgendetwas stimmt nicht, hier wie dort, das Gewalttätige sucht sich unterschiedliche Masken, aber im Kern bleibt es ähnlich, irrational und unfassbar. So war es auch unten in der Kneipe, der Vater schlug den Sohn, der Rest schwieg, zu allem schrien die Beatles ihren selten dämlichen quadratischen Song aus dem verzerrenden Lautsprecher der Music Box, und wenn auch durch all die Lautstärke nichts von der Musik zu verstehen gewesen war, für ihn waren die Beatles in diesem Augenblick das einzige Zeichen dafür gewesen, dass außerhalb dieses Ortes etwas existiert, das die Welt in Schwung hält.
Unter ihm öffnet und schließt sich die Eingangstür zum Grünen Baum, Männerstimmen, erst murmelnd, dann lauter, wieder in dieser Sprache, die ihm nicht dazu geschaffen scheint, sich zu unterhalten, jetzt endgültig verwaschen in den Hohlräumen der dazugehörenden Körper, wie auch zuvor schon im Gastraum. Fading in, fading out, jedes Wort hingeworfen in einem Ton, der keinen Wider-

spruch duldet. Winzige Momente grenzen die Wörter voneinander ab, hacken die Sätze auseinander, selbst das Lachen. Vokale wie in Fleischbrühe eingelegt, Fettaugen auf der Oberfläche; einzelne Klanggebilde, die aus den Kehlen dringen und doch nicht nach vorne kommen in einem seltsam dunklen Bellen, als wären alte Geschichten noch nicht zu Ende erzählt, als blieben die Worte stets hinter dem Blick zurück. Ein Lächeln, ein echtes Lächeln, das etwas jenseits von Argwohn oder Häme ausdrückt, hatte er in den letzten Stunden nur in den Gesichtern der beiden Frauen, Mutter und Tochter, sehen können. Diese Leute, was soll er nur mit diesen Leuten anfangen, denkt er wieder und ärgert sich darüber, wie er sich über die Sprache aufregt.

Mit geschlossenen Augen tastet er nach dem Kassettenrekorder, den er neben sich auf das Bett gelegt hat. Play und Rewind, Fast Forward, selbst die Play- und Record-Tasten, die für die Aufnahme gleichzeitig zu drücken sind, würde er im Schlaf finden. Er spult die Kassette zurück zum Anfang, hört noch einmal in die Kneipengeräusche hinein, jetzt ein Mäusekino, eine Wand aus Stimmen, nicht größer als der Rekorder selbst. Er drückt auf Stop, er kann nur Weniges davon benutzen, will aber am Morgen noch einmal hineinhören. Vielleicht wird er dann anders darüber denken, am nächsten Tag empfindet er immer anders.

Alles ist flüchtig, verschwindet, zieht in eine unbekannte Zukunft. Dann wieder bleibt die Zeit stehen, und er weiß nicht, was es bedeutet. Dieser Junge am Pool, sein Schlag gegen seine Schläfe. Das Aufklatschen der Pistole auf der Wasseroberfläche, ihr Verschwinden im gekräuselten Wasser. Die Spiegelung von Palmkronen gegen weißblauen

Himmel. Er hat sich gemeldet und droht uns, hatte Mandy am Telefon gesagt, was sollen wir tun. Gar nichts, hatte er ihr geantwortet, der Junge ist komplett drauf, er wird es übermorgen vergessen haben, oder er wird einen Hund töten auf der Ranch, auf der er untergekrochen ist, oder eine Frau haben dürfen, kommt ganz drauf an, wie die Freaks ticken, in deren Hinterhof er im Staub sitzt.

Jeder will etwas. Es spielt keine Rolle, ob er hier ist oder in Los Angeles. Wenigstens Gary, den er vorhin ebenfalls angerufen hatte, war heiter gewesen. Kein Problem, das mit dem Käfer. Jetzt bist du wirklich in Deutschland, sagte Gary, kaum ein Unterschied zu den Rednecks bei uns, oder? Don't worry, es wird ein großer Spaß werden, solange es gutes Bier gibt, lass dich doch einfach treiben, erzähl mir später, wie es war. Wusstest du, dass Elvis vor zehn Jahren in der Ecke gewohnt hat, als er in der Army war? Die deutschen Mädels standen garantiert reihenweise an, ich glaube, so abweisend sie auch manchmal aussehen, jede von ihnen wäre auf der Stelle mit ihm ins Bett gegangen.

Er versucht, sich vorzustellen, welchen Eindruck Elvis hier hinterlassen hat, dieser Typ, der den Schwarzen die Musik geklaut hat und auf den in seiner eigenen High-School-Zeit nur kleine Jungs und Mädchen standen. Vielleicht war er auch manchmal mit seinem Auto durch die Gegend gefahren. Seltsam, Elvis ist heute so weit entfernt wie der Mond. Und damit schließt er die Augen, mit einer seltsamen Zeitverschiebung hinter den Lidern, in der er sich hinter Elvis im Sonnenuntergang über die Hauptstraße gehen sieht, nein, weiter draußen, eine der schnurgeraden Landstraßen entlang, über die er aus Richtung Taunus gekommen ist, Elvis in einem schwarzen Lederanzug, läuft,

läuft, kommt nicht voran, während er selbst in seiner Fransenlederjacke, seinen Jeans und den braunen Boots Elvis einholt, durch ihn hindurchgeht; der Himmel öffnet sich, und aus dem Gesicht von Big Mama Thornton, aus ihrem Mund mit dem goldenen Schneidezahn, kommt die einzig wahre Version von *Hound Dog*. Mit so viel Druck wie ein Herbststurm legt sich ihre selbstbewusste Stimme über die Wetterau, drückt die Hühner in den Höfen gegen die Wand, bringt die Autos an den Kreuzungen zum Halten, öffnet die schmalen Fenster, damit die Hausfrauen aufhorchen und ihre Rührlöffel fallen lassen. Es gibt nur den einzig richtigen Rhythm and Blues denkt er, dann schläft er ein.

Später schreckt er hoch, die Treppe ächzt, das Fenster ein dunkles Viereck, die Straßenlampen ausgeschaltet, aus unerklärlichem Grund ist die Gardine wieder halb zugezogen, ein leichter Nachtwind hebt und senkt sie. Es schien Schluss zu sein im Grünen Baum. Im Zimmer über ihm geht jemand auf und ab, etwas wird über den Boden gezogen, dann ist es still. Von Ferne das Schlagen von Autotüren, Abfahrt.

Kurz darauf wacht er abermals auf, die Welt ist ein Honigtopf unter Palmen, so schien es ihm gerade. Er ist benommen, die Augen schon offen, ist er sich nicht sicher, ob er das Geräusch von oben eben erst oder vor dem letzten Traum gehört hat. Vielleicht kam es auch vom Flur. Dieses alte Haus ist so eng. Er kennt diese seltsamen Empfindungen nach Langstreckenflügen, Pan Am bringt ein Merkheftchen für den Umgang mit Jetlag heraus, doch er hat vergessen, was zu tun ist, er will lieber aufstehen, einen Blick in den Gang werfen, um bei Nacht zu sehen, dass alles ruhig ist. Sich vergewissern, er ist tatsächlich hier.

Als er die paar Schritte hin zur Tür geht, klopft es leise. Er öffnet, vor seiner Tür steht Rosi, sie hat Wäsche in der Hand, er brauche doch morgen bestimmt etwas Frisches zum Anziehen, flüstert sie in ihrem geschmeidigen Straßenamerikanisch. Ein Hemd und Unterwäsche hat sie dabei, Ist von Rudi, sagt sie entschuldigend, Seife, auch Socken, einen Einwegrasierer und ein Stück Rasierseife, Zahnbürste, Zahnpasta, alles in ein Extrahandtuch eingerollt. Einen Waschlappen, doch dafür findet sie das Wort nicht. Erst jetzt kann er ihr Gesicht einigermaßen erkennen. Zwei kleine beleuchtete Kästen, hoch unter der Decke angebracht und beschriftet mit einem dieser deutschen Worte, die an die Unebenheiten von Straßen erinnern, sind die einzigen Lichtquellen im Flur. Rosi hat ihr Haarteil bereits entfernt, ihre Haare sind locker im Nacken gebunden, grünlich matt schimmert das Licht auf ihrem Scheitel. Thanks, sagt er, und ob man das Wasser aus der Leitung trinken könne. Sie zögert einen Moment, vielleicht hat sie ihn nicht richtig verstanden, bevor sie sagt, Sure! Dabei schaut sie rasch zum Treppenabsatz, als könne jemand sie einer Lüge überführen. Der Blick, mit dem sie ihm Wäsche und Seife mit handfester Geste übergibt, ist weich, sie ist jetzt nicht mehr die Kneipenchefin, die Biertablettstemmerin, die Frau mit der Kellnerinnengeldbörse. Sie trägt auch keinen Rock mehr, sondern eine enge Hose. Fast könnte man meinen, sie sei ein Californian Girl, das sagt er ihr auch, Look at you, sagt er, wie verändert du aussiehst. Wie eine ganz neue Person, wie ein Californian Girl, kein Unterschied. Als Rosi stutzt und ein anderes Lächeln als zuvor in der Kneipe ihr Gesicht zum Leuchten bringt, fürchtet er, zu weit gegangen zu sein.

Am nächsten Morgen wacht er mit einem einzigen Augenaufschlag auf, sein Blick geht zur Zimmerdecke, als hätte er sich eben gerade hingelegt. Sofort ist ihm klar, wo er sich befindet. Rosis freundliche Geste, ihm Kleidung zum Wechseln zu bringen, wiegt die ungehobelte Kneipenszene am Abend zuvor auf. Sein Ausflug ist wieder normalisiert, bereits an diesem Samstagmorgen auf den Anfang der netten Anekdote verdichtet, auf die er gehofft hat. Er ganz allein in unbekanntem Terrain, gestohlene Zeit, und trotzdem Herr der Dinge. On top. Mangelsdorff, Albert oder Emil, er weiß es immer noch nicht, muss warten.
Er sieht sich um, der Tag hat längst begonnen, das Zimmer wirkt viel freundlicher als noch in der Nacht. Die Übergardinen sind von einem verblassten Rot, nicht mehr die jüngsten, aber sorgfältig, beinahe pedantisch gehängt. Der Läufer, der sich vom Fußende seines Bettes bis fast zum Fenster zieht, ist nicht so fadenscheinig, wie er ihn noch in der Nacht wahrgenommen hat. Ein Perserteppichimitat, nicht mehr neu, etwas abgetreten, aber von einem Willen zur Verbesserung beseelt. Eine farbliche Ergänzung der Übergardinen. Der Kleiderschrank, der ihm noch am Abend als gebücktes Ungetüm erschien, muffig und schief in den Scharnieren hängend, stellt sich als einfacher zweitüriger Holzschrank heraus, der mit einem solch perfekten Abstand zu den Wänden steht, als hätte jemand den Goldenen Schnitt des Zimmers ausgemessen. Irgendjemand hat Sorgfalt in diesen Raum gesteckt, wahrscheinlich Rosi. Der Gedanke gefällt ihm, wie überhaupt sein Ausflug immer mehr Farbe und Form annimmt. Er könnte aufstehen und mit dem Zug zurück nach Darmstadt fahren, dem Dorfvolk zusichern, den Käfer am Montag pünktlich abzuholen, oder, noch besser, er könnte diesen

jungen Typen, Manni, bitten, das Auto gegen angemessene Bezahlung nach Darmstadt zu bringen. Stattdessen bleibt er noch eine Weile liegen, hat Garys Worte im Ohr, er solle sich einfach entspannen. Schaut an dem roten Stoff, dem feinen Netz der Gardinen und an der Gardinenstange vorbei in den blauen Himmel über diesem unbekannten Dorf. Auf der Straße fahren Autos in beide Richtungen, Hoftore fallen zu. Mit einem Ruck wird die Eingangstür des Grünen Baums geöffnet, schleift über kleine Kiesel auf dem obersten Absatz der Steintreppe, knallt gegen die Hauswand, wird arretiert. Zwei Mopeds fahren nacheinander vorbei, ihr Knattern hallt zwischen den Häusern. Ein Chromblitz huscht über seine Zimmerdecke.

Wenn er die Augen schließt und den Motorgeräuschen hinterherhorcht, könnte es fast in Venice oder Santa Monica sein, auch dort fahren die Jungs mit solchen Möchtegern-Motorrädern durch die Gegend, langsamer aber, die Maschinen nicht geschmückt mit Fuchsschwänzen oder mächtigen Außenspiegeln. Zu Hause dienen sie einzig als Transportmittel hin zum Beach, werden mit einer Hand die Montana Avenue hinabgesteuert, die Winward Avenue hin zum Ocean Front Walk gelenkt, lässig und mit nacktem Oberkörper sitzen die Jungs auf den Sätteln, ihr Surfboard unter den freien Arm geklemmt. Wieder blendet er Bild über Bild, greift nach seinem Rekorder, nach der Kassette auf dem winzigen Nachttisch, die er noch aus dem Käfer mitgenommen hat. Die letzten Takte von *Gangster of Love*, die Hauptstraße von Randstetten ist von Palmen gesäumt, sie führt direkt hinunter zum Strand, den er zu Hause zwar selten besucht, hier aber passend finden würde, ein Rätsel für den mürrischen Alten und die Feuerwehr, wenn ihre Straßen plötzlich in gelbem Sand mündeten, ihre Kartoffelfelder übergingen in das Blau eines Meeres mit weißer Gischt in der Ferne, der Himmel darüber sich silbern wölbte und zwei Traktoren ohne Fahrer zielstrebig über den Strand ins Wasser rollten, bis sie nicht mehr zu sehen wären.

Er richtet sich auf, schiebt sich das Kissen hinter den Rücken, sieht sich im Spiegel der Schranktür eine Zigarette aus der Packung nehmen, die neben ihm auf dem Bett liegt. Das kühle Blau des Himmels ist offensichtlich eine Vortäuschung falscher Tatsachen, denn schon längst hat die Morgenwärme das Zimmer aufgeheizt. Wenn er hier jemandem von seinen Vorstellungen erzählte und wie sie in Musik zu übersetzen wären, die Bläser und Gitarrenriffs, die er dazumischen, die Overlays, die er so lange produzieren würde, bis alles zu etwas Neuem, nie Gehörtem geworden wäre, sie würden ihn für verrückt erklären. Das ist der Unterschied, könnte er Gary sagen, der reaktionäre Geist traut sich niemals unter dem selbst gezimmerten Dach über seinem Kopf hervor, der progressive Häuserbauer lässt Raum für alle Arten geistiger Kapazitäten. Aber natürlich würde er das nicht zu Gary sagen. Zu kompliziert. Es geschieht immer wieder, dass er einen Zweifel im Lächeln der Leute sieht, ein kaum merkliches Abwenden des Kopfes. You're too top-heavy, hat ihm einmal eine Frau gesagt. Kopflastig, stimmt, das ist er. Das gallige Gefühl desjenigen, der lieber allein ist und dem andere in den letzten Stunden zu nahe waren, breitet sich in ihm aus.

Er muss vorsichtig sein. Seine Reise ins Unbekannte wird früher beendet sein, als er es sich ausmalte. Trouble at the home front, die Sache mit dem Typen, dem er die Knarre abgenommen hat, muss aus der Welt. Nichts wird er hier unternehmen. Keine Tricks, keine Schmerzen.

Er steht auf, bleibt für einen Moment neben dem Bett auf den warmen Holzdielen stehen. Sieht sich abgeschnitten im Schrankspiegel, nur ein Drittel seines Körpers mit seiner hellen Haut ist jetzt zu sehen, Schulter, Arm, Oberschenkel. Dort, wo durch das Fenster ein Sonnenstreif schräg über ihn fällt, ist seine Haut so weiß wie ein überbelichteter Film, wird von der Sonne eingebettet in den ebenfalls hell erleuchteten Raum, ist, wenn er die Augen zusammenkneift, beinahe unsichtbar, nur die Sequenzen darüber und darunter, seine dunklen Haare, die ihm über die Schulter fallen, ein Stück seines Oberarms, der Oberschenkel nur ein Dreieck, unten und zur Körperseite abgeschnitten vom Rand des Spiegels. Aus dieser Perspektive ist er eigentlich nur noch in Fragmenten vorhanden, wenn es ein Film wäre, könnte er der Mann sein, der sich auflöst, verschwindet, sogar für sich selbst nicht mehr sichtbar wird. Oder der Mann, der aus der Unsichtbarkeit erscheint, gleich Kontur annimmt. In diesem Moment ist eingetreten, was er sich vor seiner Abreise aus L. A. gewünscht hat. Er ist jetzt ganz für sich.

In-A-Gadda-Da-Vida

1.

Ev ist spät dran. Traut sich nicht in den Gastraum hinunter, obwohl sie doch will, dass er sie so schnell wie möglich wiedersieht, sie nicht vergisst. Sie ist früh wach, legt sofort die erste Mix-Kassette ein, ohne den richtigen Song zu finden, dann die nächste, spult vor und zurück wie eine Weltmeisterin. Liegt auf dem Bauch, die Arme aufgestützt, vor sich den Rekorder, kein Lied ist ihr recht, sie sucht nach etwas Bestimmtem, weiß aber nicht, wonach. Irgendwo in der Mitte der Kassette sind ein paar Songs, die richtig gut sind. Je mehr Band der Rekorder zu spulen hat, desto langsamer wird er, leiert, als wäre er der Aufgabe nicht gewachsen. Sie spielt mehrere Lieder an, hält keines durch, denkt bei allen daran, wie sie Frank wohl gefallen, denkt bei *Sugar, Sugar* (irgendwie nicht modern genug) schon an *Crimson and Clover* (zu lahm), hält immerhin *One* von Three Dog Night, das sie manchmal spätabends noch hört, wenn sie schon im Bett liegt (sehr erwachsen), eine knappe halbe Minute durch. Fühlt sich, als hätte sie zu viel Kaffee getrunken, und die ganze Musiksucherei wird plötzlich zu einer Sucht nach der richtigen Musik zum *feeling*, immer wieder überlaufen sie Schauer, aber innerlich, würde sie sagen, wenn sie es Lilli beschreiben würde. Genau das richtige Ziehen im Lied muss es sein, eine Entsprechung zu dem, was sich in ihr verwandelt hat, den Kopf und das Herz verdreht und ihr auch den knurrenden Magen beschert hat, weil sie gestern nur zwei Brötchen gegessen hat und abends nach dem obligatorischen Salamibrot bei der Oma in der Küche nichts mehr essen konnte. Gar nicht denken kann an Essen. Der Hunger nun aber nicht unangenehm, eher eine Leichtigkeit in ihrem Körper. Sie findet sich sowieso zu dick. Erst in der letzten Petra hat sie eine Zeichnung von Reiterhosen an der Außenseite zweier Oberschenkel gesehen, dazu gestrichelt die ideale Oberschenkellinie, daneben der Text, dass man Reiterhosen nicht früh genug Einhalt gebieten kann, darunter ein Vorschlag für eine Eierdiät. Auch ihre Mutter hat den Artikel gelesen, das sah sie an den Brötchenkrümeln im Falz der Petra. Das Knurren im Bauch ist nun also genau das Richtige, sie fühlt sich lebendig damit, es ist, als verdichtete sich alles in ihr, ein Schärfen der Konturen von innen heraus, bei dem die Ränder, die Geräusche im Haus und auf der Straße, die kommende Woche, ausgeblendet sind. Sie kann sich nicht vorstellen zu frühstücken, ihr Magen ist ein Knoten beim Gedanken daran. Stattdessen springt sie auf vom Bett und vor den Spiegel, um ihre Schenkel zu überprüfen, gerade läuft *Lay Lady Lay*, auch nicht das Gelbe vom Ei. Es muss noch etwas geben, das besser passt, Elvis vielleicht, oh Gott, nein, da fällt ihr ihre Mutter wieder ein. Irgendwie ist das alles nichts. Erst bei *You've Made Me So Very Happy* und einem Blick aus dem Fenster in den blauen Samstagshimmel über Randstetten hält sie inne, ein Song, den sie eigentlich zu aufgesetzt findet, immer wenn es schön wird, folgt ein Taktwechsel, der aber nun ganz anders klingt, zu ihr passt mit seinen klaren Bläsern, die sie so sehr treiben, dass sie sogar vor ihrem Spiegel auf und ab hüpft dazu, ihre Haare fliegen lässt, mit beiden Augen in die Sonne schaut, sich beim Umdrehen ihr Schienbein am Bettkasten stößt und schließlich duschen geht.

Wieder zurück in ihrem Zimmer, zieht sie sich zweimal um, erst das Hängerchen mit den großen, blassen Blumen, im Frühling hat sie zwei davon genäht, Burda-Schnittmuster, das andere helles Leinen, einfarbig. Das jetzt also angezogen, A-Linie, ganz einfach, und doch irgendwie eine Verbindung zwischen London-Mini und Hippie. Aber zu rausgeputzt für einen Samstagmorgen, also wechselt sie zu ihrer abgeschnittenen Jeanshose, die mit den Fransen, die ihr die Oma einmal spätabends noch umgenäht hat und die deshalb kürzer geworden ist, weil Ev den Saum wieder abschnitt und die Querfäden mit Schere und Daumen herauszog, damit wieder Fransen am unteren Rand entstehen. Ihr hellblaues Trägerhemd drüber mit dem Aufdruck *I was in Carnaby Street*. In die Riemchenschuhe geschlüpft, dann wieder ausgezogen und die Jesuslatschen an. Vorher noch die Fußnägel ordentlich und doch so ungeduldig geschnitten, dass es beim kleinen Zeh sogar ein wenig blutet. Ein bisschen Spucke auf den Finger. Fuß- und Fingernägel sind wichtig, stell dir vor, du hast einen Unfall und kommst ins Krankenhaus, sagt die Mutter immer. Jeden Tag duschen und ein frischer Schlüpfer, obwohl die Oma, die Waschlappen benutzt, einen für oben und einen für unten, manchmal Ev und Rosi werktags über den Rand ihrer Brille hinweg anschaut und mahnend an die Wasserrechnung erinnert.
Noch mal zum Fenster hinausschauen, was draußen los ist. Ob sich das Dorf verändert hat. Ob Frank vielleicht unten entlanggeht, den sie so dringend sehen möchte, obwohl sie sich auch ein wenig davor fürchtet. Weil er sie vielleicht nicht mehr so anlächelt wie am Abend zuvor oder noch genauso lächelt, wo er sie doch jetzt anders anlächeln soll. Sonst niemanden anlächeln soll. Nur sie, als

wäre er ein Mann aus einem Film. Wenn er jetzt unten auf der Straße stehen würde, vielleicht allein oder auch mit Rudi zum Beispiel, würde es das Ganze leichter machen. Wäre nicht so direkt, wie im Gastraum plötzlich vor ihm zu stehen und nicht zu wissen, was man sagen soll. Wenn er unten auf der Straße stehen würde, könnte er hochschauen, weil er ahnt, sie ist da. Dann könnte sie ihm zuwinken von hier oben, und sie würden beide lachen. Doch unten auf der Straße ist nur die Oma. Hat schon gefegt, die Zigarettenkippen vom Vorabend sind mit dem restlichen Straßenschmutz in einem Blecheimer gelandet. Auch den Windfang hat sie bestimmt schon abgefegt, er muss im Sommer gegen den Straßenstaub schützen, darauf besteht die Oma. Sie ist allergisch gegen Schmutz, sagt sie, und wenn sie nicht mit Putzen beschäftigt ist, gibt es irgendwo einen Flecken, den sie mit einem Geschirrhandtuch abreibt. Flüchtling! Aber sauber!, sagte das Dorf, nachdem es sie lange beobachtet hatte. Jetzt schrubbt sie tief vornübergebeugt die schwarz-grau gesprenkelte Steintreppe vom Grünen Baum, unermüdlich sind ihre Bewegungen in der leuchtend blauen Kittelschürze, ihre Hände rot und nass am Schrubberstiel, den sie dreht, um mit der Kante etwas von der obersten Treppenstufe zu kratzen. Kaugummireste wahrscheinlich, immer nur nachts ausgespuckt, ein letztes Aufbegehren der Dorfjugend gegen die Langeweile, bevor man nach Hause geht. Schutzlos dabei ihr Nacken, der vorgebeugte Kopf mit den eisgrauen Haaren. Ahnungslos die ganze Oma, die nicht weiß, ihre Enkelin schaut ihr von oben zu. Das immer gleiche Leben. Meine immer gleiche kleine Omi. Am Himmel wird das Blau des Samstags kräftiger, als würde der Tag auf seine Füße gestellt. Plötzlich ist es

gar nicht mehr so eintönig wie das Blau des Freitags und aller Tage zuvor, sondern rein und sehr hoch. Von der Farbe her eine Entsprechung zur Kittelschürze der Oma und zu den blauen Teilen in der Collage, die Ev im Winter auf ein Doppelblatt der Wetterauer Zeitung geklebt hat, ein kompliziertes Bild aus ausgeschnittenen Meereswellen, Biafra-Kindern, dem Papst, wie er den Saum eines Kleides küsst, und Nesquik-Werbung (Nesquik schmeckt und gibt mehr Mumm!). Sie summt zur Musik, wo sie auch hinschaut, sieht sie etwas, das etwas anderem ähnelt. Die Kittelschürze, der Himmel, die Meereswellen. Das rote, runde Zierkissen auf dem Boden, das später aufs gemachte Bett kommt, das Poster mit dem runden Peace-Zeichen, ein rotes Amulett, in Frankfurt gekauft, in ihrem Zimmer hat sie es an einen Nagel in der Wand gehängt. Rudis kugelrundes Gesicht in ihrer Vorstellung. Ihre braunen Halbschuhe, die Farbe ihrer Schultasche, das Leder von Franks Jacke (in ihrer Vorstellung).
Nach dem Duschen hat sie die Sucherei auf dem Kassettenrekorder aufgegeben, stattdessen ihr Kofferradio angeschaltet, AFN, bei *Mrs. Robinson* setzt sie sich für einen Moment auf ihr Bett und kann nicht anders, singt zum Schluss mit, bis die Musik allen Raum einnimmt und sich ihr Kopf anfühlt wie mit reinster Luft gefüllt oder, noch besser, mit Helium, wie es für die Luftballons benutzt wird, und man nach dem Einatmen nur noch rumalbert, bis einem die Tränen vor Lachen übers Gesicht laufen, weil die eigene Stimme plötzlich zur Micky Maus geworden ist.
Zum Schluss, obwohl sie kaum noch Geduld hat, zieht sie sich den Mittelscheitel noch einmal so kerzengerade wie möglich, ohne Haarspray, ohne den Hinterkopf zu

toupieren, wie es Uschi Nerke im Beat-Club macht. Am Haaransatz in der Stirn gibt es immer Schwierigkeiten. Da dürfen die Haare nicht nach oben springen, sieht sonst nach Dauerwelle und Hausfrau aus. Müssen ohne Welle und glatt nach unten, rechts und links vom Gesicht. Im Spiegel sieht sie mit zusammengekniffenen Augen aus wie eine Mischung aus Fremdsprachensekretärin, Swinging London und Hippiemädchen. Als *Suzie Q* anfängt, mit dieser angezerrten Gitarre, die ihr von hinten das Herz anhebt, hat sie schon viel zu lange herumgetrödelt. Muss jetzt sofort, auf der Stelle, hinaus und hinunter, obwohl es endlich die richtige Musik ist. Oh, Suzie Q, baby, I love you, Suzie Q. Keine Frage, keine Klage, eine unveränderliche Aussage. Schlagzeug, Gitarre, Bass wie Satzzeichen, wie Punkte. Unumstößliche Feststellungen. I like the way you walk, I like the way you talk, Suzie Q. Da weiß es jemand. Niemand im Dorf hat so eine Stimme, niemand wird jemals etwas so wissend sagen, sie werden immer nur jammern oder sich beschweren mit ihren vorwurfsvollen Stimmen, und Ev weiß plötzlich, sie will nichts mehr hören aus dem Dorf.

Ein wirklich allerletztes Mal überprüft sie sich im Spiegel. Die ganze Ev. Singt laut auf Deutsch mit, als sie sich dem Radio entgegenbeugt, um es auszuschalten, *deine Haare sind beinahe trocken, Evi Böhm*, ein Nonsenstext, der ihr eingefallen ist, weil alles in ihr so schnell wie ein Blitz ist. Und ihre Stimme plötzlich ohne Musikbegleitung, nachdem das Radio mit einem leisen Knacken des An- und Ausknöpfchens still geworden ist. Ihre Stimme klingt so nackt in ihrem Zimmer, dass sie vor sich selbst erschrickt, aber auch so hell wie die eines kleinen Mädchens, so schief, dass sie über sich lachen muss, bevor sie nun wirklich hinaus- und hinuntergeht.

Die Oma hat ihm das Kraftmeierfrühstück für die Fernfahrer und die Vertreter gemacht, die freitags auf samstags nur dann übernachten, wenn es zu spät geworden ist und zu Hause niemand wartet. Heute ist keiner von ihnen da, im Sommer fährt man auch mit einem späten Bierchen im Kopf noch nach Hause, eins Komma drei Promille sind erlaubt, der Mensch hat schließlich auch mal Feierabend.
Ganz allein sitzt Frank im Gastraum. Ein weichgekochtes Ei, die übliche Platte mit Schwartenmagen, Kochschinken, Salami stehen vor ihm. Marmelade, die Wilhelm der Oma bringt, in abgepackten Plastikschälchen. Brombeer, Erdbeer. Im Brotkörbchen nicht nur drei Wasserweck wie üblich, sondern auch eine Graubrotscheibe. Ein Kännchen Kaffee. Ev sieht alles auf einen Blick, noch bevor sie die untersten Treppenstufen erreicht. Nimmt die letzten Stufen so zögernd wie Rudi sonst immer, mit einer Hand auf dem Geländer. Noch oben in ihrem Zimmer hatte sie es eilig, plötzlich schlägt mit jedem Schritt alle gute Laune in eine Art Unterdruck um, der sie verzagen lässt vor dem Mann, der in Fleisch und Blut dort drüben am Tisch sitzt. Vielleicht bin ich ihm zu jung, zu unansehnlich, zu spießig, denkt sie mit jeder Stufe. Vielleicht gehöre ich für ihn zum Dorf wie alle anderen auch. Bild dir bloß nicht ein, du bist was Besonderes, nimmt sie die Stimme ihrer Mutter vorweg. Aber es hilft ja nichts, sie kann sich nicht verstecken wie ein kleines Mädchen. Ist sie ja auch nicht. Einen Fuß vor den anderen.
Auf jeden Fall hat ihn die Oma gut eingedeckt. Als müsste er nach den Ereignissen am vorangegangenen Abend wieder zu Kräften kommen. Als wäre es der Oma peinlich, was sich zugetragen hat. Ist es ja auch. Ev mag gar nicht

daran denken, was er davon hält, wenn sich erwachsene Männer dermaßen besaufen, dass sie sich nur noch schwitzend anblöken und ein Vater seinem Sohn vor aller Augen ins Gesicht schlägt. Sie hofft, er hat nicht allzu viel davon mitbekommen, und wenn doch, weiß er, bitte, bitte, sie gehört nicht zu diesen Leuten, und wenn er es nicht weiß, dann soll er entdecken, wie anders sie ist, wie sehr sie es wert ist, entdeckt zu werden. Genau, sie ist es wert. Du bist meiner Liebe wert, sagt man das nicht so? Oder: Du bist meiner Liebe nicht wert. Bei diesem Gedanken wird ihr auf der zweituntersten Treppenstufe, kurz vor der Entscheidung, einfach zu ihm hinzugehen und guten Morgen zu sagen, ganz heiß im Gesicht. Angefüllt mit Scham über diesen seltsamen Gedanken an die Liebe und weil sie im Kopf allem vorausgeeilt ist, weil ihr genau das jetzt bestimmt ins Gesicht geschrieben steht, sie sozusagen nackt vor Frank stünde, will sie nichts anderes als unsichtbar werden. Sie brächte sowieso kein Wort heraus. Leise genug ist sie ja, er hat sie bis jetzt nicht bemerkt, so scheint es. Schnell schiebt sie einen nächsten Gedanken hinterher, um den peinlichen Gedanken von eben auszumerzen, noch immer glüht ihr Gesicht, sie weiß gar nicht, warum sie dieses schale Gefühl hat, weiß nicht einmal mehr genau, was sie eben dachte, irgendetwas mit Liebe und Wert, ein Satz aus einem alten Film, wie er der Oma gefallen könnte, ein Satz, der mit Brokat umstickt zu sein scheint, so absolut, dass er schon wieder falsch klingt, schwarzweiß nach Zarah Leander und selbst gewählter Einsamkeit, auf jeden Fall erschreckend für diesen Samstagmorgen, an dem doch gar nichts passiert ist. Und weil man den Zustand nicht erfassen kann, in dem man sich befindet, sich selbst nicht wahrnimmt, niemals beurteilen

kann, wie die Dinge wirklich stehen, flieht Ev in der Ahnung dessen, was auf sie zukommt, in das nächstbeste Überschaubare, mit dessen Hilfe sie sich aus verträglichem Abstand sehen, Luft schöpfen, lachend neben sich stehen kann. Rasch macht sie also mit dem letzten Schritt von der Treppe auch einen wohltuenden Schritt zur Seite, steht sich selbst zur Seite mit dem Gedanken, wie sie nämlich Lilli erzählen würde, was gerade passiert. Hinter ihre Hoffnung auf die Liebe schiebt sie also einen ganz anderen Satz, der alles auf den banalen Boden der einzigen Tatsache bringt; brennt darauf, ihn Lilli bald sagen zu können, möchte beinahe schon alles, alles hinter sich gebracht wissen, weil es erst hinterher wirklich wahr wird, erst dann, wenn sie es ausspricht und ihre Aufregung in Lillis vor Begeisterung weit geöffneten Augen gespiegelt sieht: Oh mein Gott, Lilli, du ahnst es nicht, wie aufregend das alles ist, er ist so süß, er ist so toll, so männlich!, und seine Stimme solltest du erst mal hören, und überhaupt, weißt du was?, ich glaub, ich hab mich total in ihn verliebt! Schon jetzt freut sie sich darauf, später am Telefon alles haarklein mit Lilli durchzusprechen, hört quasi schon Lillis Stimme, die hundertprozentig sagen wird, Och komm, wie jetzt, erzähl! Aber alles von Anfang an!
Er sitzt also am gleichen Tisch wie am Abend zuvor, liest in einem Buch, das er mitgebracht hat, oder macht sich Notizen, das wiederum kann sie nicht genau erkennen, als sie jetzt die Kehre der Treppe nimmt, am Tresen vorbei in das offene Stück Flur hin zur Küche geht, um sich eine Tasse Kaffee zu holen. Die Luft anhält dabei. Am besten, er hätte tatsächlich auf der Straße gestanden und sie ihm von ihrem Fenster aus gewinkt, das wäre wenigstens ein Anfang gewesen.

Alles verändert sich, sie fühlt es, ohne es benennen zu können, hat es schon beim Aufwachen gespürt oder vielleicht sogar noch früher. Wie Spielkarten, von denen man nur noch die grauen Rückseiten sieht, wenn sie auf den Tisch gelegt werden, wenden sich einzelne Dinge von ihr ab. Es kommt ihr vor, als hätte sich das schon vor einiger Zeit ereignet, doch erst jetzt kann sie es sehen. Das Alte bleibt zurück, es kann nicht anders. Das Neue, das kommt, etwas Unbestimmtes, das noch nicht zu greifen ist, ein seltsames Gefühl von luftleerem Raum ist es, eine Prüfung, die sie bestehen muss.

Vierundzwanzig Grad zeigt das Thermometer an der Tür zum Hinterhof. Ganz offensichtlich haben alle anderen ihr schon vorausgelebt, sind früher aufgestanden, denn auch in der Küche läuft das Radio, ungewöhnlich eigentlich, weil die Oma gerne ihre Ruhe hat, höchstens mal einen Sender mit Volks- oder Chormusik hört. *Kein schöner Land in dieser Zeit.* Jetzt aber spielt das Ende von *Suzie Q*, AFN also auch hier, und Ev sieht sofort, warum. Ihre Mutter, die samstags gerne ein bisschen länger schläft, sitzt am Küchentisch, liest Zeitung. Auf Rudis Platz sitzt sie, direkt mit dem Gesicht zur Durchreiche in den Gastraum. Hat ihr Haarteil noch nicht an, sondern ihre Haare nur mit der großen silbernen Bananenklammer hochgesteckt. Sie und die Oma, die schon wieder die Küche beherrscht, müssen sich gestritten haben, so eckig, wie die Oma zwischen Spüle und Arbeitsplatte hantiert und das Besteck extralaut in die Schublade wirft. Die Mutter erwidert Evs Guten Morgen nur mit einem kurzen Blick und einem Nicken. Sogar Rudi, der manchmal nicht vor Mittag aus dem Bett kommt, ist schon auf den Beinen, schmiert sich im Stehen am Kühlschrank ein Brot, lässt dabei hinter der geöffneten Kühlschranktür eine Tube Senf fallen, tritt, als er sie aufheben will, mit seinem ersten Schritt auf die Tube, noch bevor seine schwere Hand sie erreicht, und eine gelbe Senfwurst schießt über den Boden in Richtung Oma. Herrgott noch einmal, Ungeschickt lässt grüßen, sagt die Oma und wirft, obwohl sie gar nicht werfen kann, aber so wütend ist, dass man ihr anmerkt, sie würde ihm den am liebsten um die Ohren hauen, wirft ihm, fast ohne hinzuschauen, einen Lappen zum Aufwischen zu, den er nicht richtig fängt und auf sein Leberwurstbrot fallen lässt. Ev hält lieber den Mund, will sowieso keine Aufmerksamkeit. Wäre lieber ein Mäuschen, das schnell wieder aus der Küche huscht, bevor jemand auf sie aufmerksam wird. Will sich ja nur schnell einen Kaffee holen, dann wieder in den Gastraum. Steht jetzt hinter der Oma, kommt aber nicht an die Tassen, die auf dem Abtropfgestell stehen, will an ihr vorbeigreifen, stößt sie an der Schulter, versucht es auf der anderen Omaseite, doch auch die Oma bewegt sich zu dieser Seite, ein stummes Gefecht, bei dem die eine der anderen im Weg steht, bis die Oma zum zweiten Mal Herrgott sagt, sich umdreht und Ev zornig ins Gesicht schaut. Jesses Maria, kann man denn nicht ein einziges Mal seine Ruhe haben! Sofort beherrscht sie sich vor ihrer Enkelin, die mit offenem Mund und Kinderaugen dasteht, schon einen Kopf größer als sie, und von einer Sekunde zur anderen wird sie vom ungehaltenen Küchengeneral wieder zur Oma. Schaut Ev nicht in die Augen, sondern auf die Lider, auf die Stirn, die Nase, den Mund. So wie früher, wenn Ev blass im Bett lag und sie die Einzige war, die feststellen konnte, wie krank Ev wirklich war. Damals war so viel Omakompetenz tröstend,

aber jetzt ruft sie nach der ersten Schrecksekunde in Ev einen Widerwillen hervor, den sie in letzter Zeit häufiger spürt. Was gibt es denn jetzt schon wieder auszusetzen an mir, liegt ihr auf der Zunge, doch sie spricht es nicht aus, einen Disput mit der Oma kann sie sich nicht leisten vor dem Gast, der da draußen sitzt, denn auch die Mutter würde sich einmischen, selbst Rudi würde sie als Blitzableiter benutzen und mit einer seiner Altmännerbemerkungen dazwischenfunken, etwa, dass man ihren BH sehen könne oder ihre Hose zu kurz abgeschnitten sei. Alles würde also sofort in ihrer eigenen Verzweiflung enden, diesem Gefühl, ins Unrecht gesetzt worden zu sein, sich allein zu fühlen und nicht zu wissen, warum. Wenn ihr dann auch noch gesagt wird, sie soll sich nicht so anstellen, soll sich gefälligst zusammenreißen, könnten sogar Tränen folgen. Seltsam, eben hat sie noch über sich gelacht, kaum ist sie in der Küche, möchte sie schreien. Sie weiß auch nicht, was mit ihr los ist.
Zum Glück hat die Oma keinen Krankenbefund. Sagt zumindest nichts. Was auch wieder ungewöhnlich ist. Stattdessen nimmt sie eine der Kaffeetassen von der Spüle, schenkt Ev aus der neuen Gastronomiekaffeemaschine ein, auf die sie so stolz ist, und drückt ihr die Tasse in die Hand. Bohnenkaffee, nicht Kaffee Hag, wie ihn die Übernachtungsgäste bekommen. Milch und Zucker musst du dir aber selber nehmen, sagt sie ganz lieb über die Schulter, dabei ist sie schon ihrer nächsten Arbeit zugewandt, den trockenen Brötchen auf der Arbeitsfläche, die für die Hühner bestimmt sind. Versteh einer die Oma.
Und schon hat sie wieder das Gefühl, draußen im Gastraum etwas zu verpassen. Vielleicht packt er gerade seine Sachen zusammen, weil er jetzt geht, und der kostbare

Moment, in dem sie ihn hätte aufhalten können, ist durch ihre Dummheit verstrichen. Endlich also mit ihrer Kaffeetasse in der Hand im Gastraum hinter der Theke. Tief durchatmen, mit der Hüfte an das Unterschränkchen gelehnt, im Rücken den Blick der Mutter durch die Durchreiche. Ev, Schülerin im Fremdspracheninstitut Dr. Erna Hecker, fährt täglich mit Bus und Zug. Ist strebsam, ist Tochter und Nichte, ist Enkelin, von daher verpflichtet. Hat einen Freund, Manni. Dessen Gesicht jetzt keine Rolle spielt, ebenso wenig seine engen Hosen, und so gut wie kaum noch der Geruch seiner Lederjacke, die er auch im Hochsommer trägt. Ev, sie, sie Ev, die abermals um Sekunden den Moment für ein Good Morning verläppert, denn Frank schaut noch immer nicht hoch, scheint keine Bewegung wahrzunehmen. Ev, die jetzt auch ihrer Stimme nicht traut, weil sie vielleicht zu laut oder zu leise wäre, auf jeden Fall nicht normal. Fühlt sich gestört von ihrer Mutter, die viel zu früh in der Küche sitzt. Mit ihrem blöden AFN Eindruck schinden will, jawohl, diese Vermutung kommt ihr, ihre Mutter will Frank beeindrucken mit ihrem guten Englisch, von dem niemand etwas wusste, ihrem Radiosender und den lose hochgesteckten Haaren. Jetzt wird ihr auch klar, warum die Mutter auf Rudis Platz sitzt. Wenn Frank aufsteht, kann sie ihn von dort aus sehen. Vielleicht hat sie ihm sogar selbst das Frühstück aufgetischt, auch schon mit ihm gesprochen.
Es ist ein völlig neuer Samstag im Dorf, einer, wie er noch nie da gewesen ist, und Ev weiß nicht, wie sie den bohrenden Blick ihrer Mutter im Rücken übergehen und zu irgendeiner Stelle weit später springen kann, einfach den Tag vorspulen kann wie das Band in ihrem Kassettenrekorder, hin zu dem Moment, in dem sie bereits lachende

Begleiterin an Franks Seite ist, Schulter an Schulter über etwas gebeugt, das sie gemeinsam betrachten, oder nebeneinander auf einer Wiese liegen, sich an den Händen halten im Sonnenlicht, besser noch, im Gegenlicht, von Lichtreflexen überflutet wie auf einem Foto aus der Werbung. Seine Stimme, wenn er sie etwas fragt, will sie hören im Widerschein des Abendlichts, seinen Blick spüren, wenn sie klug antwortet. Ihre Haare glänzen wie Honig, auf ihren Nägeln hat sie silbernen Nagellack.
Sie überlegt, was heute erledigt werden muss. Vokabeln lernen, ihr Zimmer putzen, vielleicht der Oma im Gemüsegarten helfen, bevor es zu heiß wird. Gießen heute Abend. Das mit dem Garten muss sie unbedingt abbiegen, sonst ist der Vormittag futsch, futschikato, wie Lilli immer sagt. Allein die Vorstellung, heute in irgendetwas eingespannt zu werden, Hofklo putzen, Wäsche, Garten, verdirbt ihr vorweggenommen den Tag, richtig sauer wird sie bei dem Gedanken, vom Leben ferngehalten zu werden. Ihre Vokabeln kann sie üben, wenn sie mit Frank spricht. Conversation! So wird sie das auch der Oma verkaufen. Oder willst du etwa, dass ich schlechtes Englisch lerne? Nicht nur gegen die Oma, auch gegen ihre Mutter wird sie sich wehren müssen, schon wappnet sie sich. Überhaupt, was war das eben für ein Blick von der Oma, irgendwie so, als durchschaute sie Ev. Die sich jetzt wieder selbst ertappt in ihrer Kleinmädchen-Auflehnung, weil sie sich künstlich ausmalt, wie ihr heute schon wieder zu viel zugemutet wird und sie nie, nie, nie Zeit für sich hat. Obwohl noch gar nichts passiert ist, das sagt sie sich auch. In ihr ist etwas verborgen, an das sie sich nicht herantraut, weil es sonst kaputtgehen könnte. Kreist um das Wort, das in jedem Love Song beim Namen genannt wird, obwohl es

seit dem Morgen vorhanden ist, sich ihr vorhin bei der letzten Treppenstufe unter die Haut geschoben hat wie ein Holzsplitter, als sie ihn am Fenster sitzen sah. Sie weiß es ja, eingestehen müsste sie es sich, und die Erleichterung wäre da, würde sich befreiend anfühlen wie Stevie Wonders Stimme, die gerade im Radio hinter ihr in der Küche sein *My Cherie Amour* sorglos und laut singt.

Ev jetzt also breitbeinig vor der Theke, die Ellbogen aufgestützt, mit den Händen die Haare hinter den Ohren haltend, beugt sich über die Wetterauer Zeitung, liest aber nicht. Wippt zu Stevie ein bisschen auf der Ferse, hofft, wie zufällig von Frank entdeckt zu werden. Kommt sich aber gleich schon wieder vor wie damals in der fünften Klasse, als die Mädchen durch ausgedachte Frauenposen die Jungs auf sich aufmerksam machten und nicht merkten, wie sie vor lauter Gespreiztheit ihre Kinderbäuche zu weit vorstreckten. Findet sich peinlich, zumal Frank auf nichts reagiert. Richtet sich wieder auf, nippt an ihrem Kaffee. Die Oma ist in den Hof gegangen, macht put, put, put zu den Hühnern, hat Hintertür und Vordertür geöffnet. Durchzug, wenn sich denn ein Lüftchen regen würde. Auf der Hauptstraße Autos, ihr Vorbeirauschen klingt im Gastraum fast so laut wie auf der Straße. An der immer gleichen Stelle blinkt Chrom in der Sonne und ist auch schon vorüber. Großeinkauf am Samstag.

Wenn es ganz schlimm kommt, wird sie sich einfach verdünnisieren. Irgendetwas wird ihr schon einfallen. Doch zuerst muss der Gang von hier nach dort überstanden werden, vom Tresen zu seinem Tisch, mit dem ganzen Zeugs im Kopf, das sie sich schon seit dem Aufwachen ausgedacht hat. Wie sieht es dort aus, wo du herkommst, welche Musik hörst du gerne, findest du mich hübsch, bin ich dir zu jung, kannst du mich bitte noch einmal so anlächeln, wie schaffe ich es, dass du deine Hand auf meine legst, musst du wirklich bald schon wieder weg, kommst du mit mir zum Feldrand, bitte, schau mir jetzt ganz tief in die Augen, aber anders tief als gestern Abend, zeig mir, du meinst mich, so, wie ich es mir heute Morgen vorgestellt habe. Die Gedanken jetzt ein Schlagzeugsolo in Evs Kopf, ein Antreiben des Zukünftigen, während derjenige, auf den sie sich beziehen, ganz ruhig dasitzt. Einen Kopfhörer hat er auf und seinen Kassettenrekorder auf dem Tisch. Er hört zu, scheint die Ruhe wegzuhaben, steckt sich eine Zigarette an, schaut dabei ins Leere, macht sich wieder Notizen, während die Morgensonne unter dem drei Viertel heruntergelassenen Rollladen hindurch einen Schimmer um seinen Oberkörper legt. Schon ein bisschen affig, das mit den Kopfhörern. Wenn Manni das sieht, gibt es Gegröle am Bushäuschen. Andererseits ist seine Hand, mit der er die Zigarette hält, wunderschön. Auch die langen Haare und seine dunklen Augen. Er wirkt anders als am Abend zuvor, entspannter. Aber noch etwas hat sich in seinem Gesicht verändert, er ist frisch rasiert. Hat er etwas von seinem Bart weggenommen? Sie weiß es nicht mit Sicherheit, auf jeden Fall sieht er jünger aus, greifbarer. Sie kann ihn nicht allzu lange anschauen, weil sonst alles verschwindet, die Vokabeln ihr egal sind, Manni endgültig verloren hat und sie selbst auch das Gefühl bekommt, etwas zu verlieren, sich aufzurauen, einen Schmerz zu fühlen. Schnell schaut sie wieder weg, aber es hilft nichts, sie ist in der Schwebe, ein Gefühl wie betrunken, obwohl sie ganz ruhig dasteht, an ihrem Kaffee nippt, das mit der Zeitung sein lässt, ein paar Dinge auf dem Tresen hin- und herrückt, in einer Schublade kramt, damit man ihr äußerlich nichts von ihrer Aufregung anmerkt. Sie muss nur aufpassen, wohin sie greift, damit es nicht danebengeht. Und doch kommen ihr die Dinge so freundlich wie nie entgegen, sind größer oder kleiner als sonst, auf jeden Fall aber stärker, beinahe wie eigene Wesen. Lächeln sie an und bekommen Namen, damit sie etwas mit ihnen anfangen kann. Ihre Kaffeetasse und der Griff daran, den man festhalten muss. Ein Stapel frisch gewaschener Geschirrhandtücher für den Abend, auf einem davon buntes Gemüse aufgedruckt (das ist falsch, es gehört in die Küche zur Oma), die anderen blau, ähnlich wie die Kittelschürze der Oma, und zu lose gewebt, um lange zu halten (richtig für die Theke). Sie muss sich konzentrieren, planen, wie sie es schafft, mit ihm zu sprechen. Sie ist das Kaninchen vor der Schlange, der Hase im Scheinwerferlicht. Sieht sich selbst, die Theke, den Gastraum, die Wetterau und dahinter die Welt unter einem Brennglas. Versteht beim Lesen immer noch kein Wort, lauert auf jede seiner Bewegungen, ist gelähmt und hat Angst davor, die Zeit könnte zu schnell vergehen.

Natürlich hat er sie bemerkt. Hi, sagt er, als sie wieder aufschaut. Hi, antwortet sie ein wenig zu schnell, zu laut. Zum Ausgleich raschelt sie mit der Zeitung. How are you, fragt er, und er kommt ihr plötzlich so groß vor, so unglaublich nah, dort, wo er sitzt, wie er sitzt. Good, antwortet sie, and how are you? Was anderes fällt ihr beim besten Willen nicht ein, als Hi zu sagen, mit gh am Ende oder ohne, und good und how are you. Schnell blättert sie eine Zeitungsseite um, ohne draufzuschauen. Sie weiß jetzt überhaupt nichts mehr, denn er blickt ihr in die Augen. Zwei Nachbarjungs fahren klingelnd auf ihren Kinderfahrrädern vorüber, der Nachhall ihres Lachens bleibt im

Gastraum stehen wie eine Frage, eine Erinnerung an etwas Flüchtiges, um das man sich kümmern muss. In dem Lichtbalken, den der Wetterauer Sonnenschein durch die Vordertür über den Fußboden hin zur Theke wirft, schwebt Staub, verwirbelt sich mit dem Zigarettenrauch von Frank. Es ist Samstag, und Manni wird den Käfer flicken, mit dem Frank gekommen ist. Morgen ist Sonntag, und spätestens am Montag ist der Käfer fertig. Everything is cool, sagt Frank. Lächelt sie weiter an, hält ihren Blick. Auch wie am Abend zuvor. Mindestens dreimal hat er sie so angesehen. Einmal, als sie ihm ein weiteres Bier brachte, ein zweites Mal, als sie ihm an der kurzen Seite der Theke das Telefon auf den Tresen stellte, dann beim Schnäpsezapfen.

Allein, wie er das eben gesagt hat, mit dieser Stimme, von der sie jetzt schon weiß, die wird sie niemals vergessen. Everything is cool, ein Satz mit einem Klang, der ihr direkt in den Magen zieht, eine Furche durch Randstetten pflügt, hinter der Rudi, die Oma, Jupp, Wilhelm, der Kirchturm und ihre Mutter, das Bushäuschen und jedes Langnese-Jolli-Vanilleeis immer kleiner werden und schließlich verschwinden.

Would you like to have another coffee, fragt sie ihn wie aus der Pistole geschossen, es ist ihr eingefallen wie aus dem Nichts, wie leicht war das doch jetzt, du Hase, sagt sie sich, läuft auch gleich in Richtung Küche, da kann er gerade noch Sure! sagen und so schön lächeln, dass seine Zähne extraweiß unter seinem Bart schimmern.

AFN news from major American networks and wire services is next, werden aus dem Küchenradio die Nachrichten angekündigt, this is the American Forces Network Europe. Es ist zehn Uhr. Rudi kommt ihr entgegen, kauend schiebt er sich an ihr vorbei, fürchterlich, wie er nach Leberwurstbrot riecht. Kruschelt in einer der Thekenschubladen herum, da ist sie bereits auf der Küchenseite der Durchreiche. Greift sich schließlich die Bild-Zeitung, die auf dem Tresen liegt, setzt sich an den Stammtisch. Als wäre es ein Kinderspiel, nickt er dabei Frank zu und sagt Hallo! Guten Morgen! Good morning! Hat die Ruhe weg, geradezu fröhlich ist er. Manchmal nervt er wirklich. Frank grüßt ihn zurück, scheint ihr dabei zuzublinzeln, als wollte er sagen, siehst du, so geht's, aber ich versteh dich, zwischen uns ist es anders. Ihr Herz klopft, davon liest man ja auch immer, wenn es so ist, was dann ist, dann hat man den Einen gefunden, so und nicht anders muss es sich anfühlen. Doch da liest Frank schon wieder in seinem Buch oder seinen Notizen. Und natürlich, das ist so klar wie Kloßbrühe, jetzt kommt etwas von ihrer Mutter. Willst du der Omi nicht mal hinten im Hof helfen, fragt sie auch schon, ganz Mutter, mit Schärfe in der Stimme. Hier bestimme immer noch ich, soll das heißen, und Ev gibt ihr die Antwort der Antworten, die jedes Kind spätestens in der ersten Klasse lernt, ein Wort, das so ansteckend ist wie die Masern und unter dem man, sobald man es ausgesprochen hat, genauso hindurchschlüpfen muss wie unter der Antwort, die folgt. Gleich, erwidert sie also, mit genau der richtigen Portion Gleichgültigkeit in der Stimme. Weil es nämlich Wichtigeres gibt, sie ratlos ist für einen Moment, wie sie das machen soll mit dem Kaffee für Frank, zu dem sie sich nicht hingetraut hat, so dass sein Kännchen noch immer auf seinem Tisch steht. Ach, auch das ist jetzt egal, mit einem weiteren Schwung holt sie einfach ein neues Kännchen aus dem Schrank, füllt es aus der Kaffeemaschine der Oma, nimmt eine frische Tasse mit Untertasse dazu, stellt alles auf eines der ovalen braunen Serviertabletts, Ordnung muss nämlich sein. Noch hat die Mutter nicht geantwortet, offenbar ist ihr noch nichts eingefallen, um Evs Schwung aufzuhalten, noch beobachtet sie sie nur mit zusammengepressten Lippen, das weiß Ev selbst, ohne hinzuschauen. Das ist das Schlimmste. Wenn sie nichts sagen. Wenn sie schachmatt sind, sagen sie Mach nur so weiter, und die Sache ist bald vergessen. Wenn sie aber gar nichts sagen, die Mutter und die Oma, dann bedeutet das, sie vergessen es nicht, sondern verwenden es irgendwann gegen sie. Vielleicht geht es der Mutter aber ähnlich wie Ev, eine allgemeine Hemmung vor dem Gast ist eingetreten, die Streitlust wird zurückgehalten, man will im besten Licht erscheinen. Und Ev nutzt diese Lähmung im Hinausgehen, will ein Schachmatt, rächt sich an der Mutter für den Blick, den sie Frank von Rudis Platz aus zugeworfen hat, straft sie für ihre nur locker hochgesteckten Haare, die weiße Bluse, die sie trägt und die sie viel jünger aussehen lässt, schaut ihre Mutter sogar an dabei, als sie ihr, kurz bevor sie mit ihrem Tablett in der Hand wieder aus der Küche geht, noch ein schnippisches Der Gast ist nämlich König, oder? hinterlässt.

Das Unglück geschieht, als sie an Franks Tisch tritt. Frank, mit dem sie eben noch diese geheime Übereinkunft spürte, zumindest hatte sie das Gefühl, ihre Schüchternheit war kein Hindernis, er sah darüber hinweg, hatte den ganzen Krampf vielleicht sogar nicht einmal wahrgenommen. Lächelnd war sie aus der Küche zurück durch die Lichtschneise im Gastraum gegangen, geblendet zwar, doch in der Gewissheit, ihre Haare leuchteten im Sonnenlicht. Kurz verliebt also in sich selbst, sichtbar für ihn, das

Tablett mit dem weißen Kaffeekännchen und der frischen Tasse in beiden Händen tragend, mit geradem Rücken und maßvollem Tempo, wie sie sich es vorgenommen hat. Selbstsicher. Liebenswert. Als sie vor ihm steht mit strahlendem Gesicht und sich ein wenig nach vorne beugt, um das Geschirr abzustellen, rutscht sie, die ihren Körper vor Aufregung kaum spürt, mit dem rechten Fuß seitlich von ihrer Sandale. Ein minimales Abrutschen, das mit den ausgeleierten Jesuslatschen öfter vorkommt, besonders dann, wenn sie schwitzt, ob vor Hitze oder, wie jetzt, vor Aufregung. Das Tablett hat sie schon so gut wie abgestellt, doch der kleine Stoß, der durch ihren Körper geht, lässt die Kaffeekanne gegen die Tasse rutschen. Alles nur eine Minimalverschiebung, die Umkehr ihres Schwungs, den sie noch in der Küche an den Tag gelegt hat, in ein Stoppen, vom Klirren des Geschirrs begleitet. Nicht der Rede wert, doch aus der Zotte des Kännchens spritzt Kaffee über Franks Frühstücksteller und sein Notizbuch.
Uiuiui, hört sie vom Stammtisch auf der anderen Seite der Eingangstür Rudis Stimme, der sie zwar nicht sehen kann, das Klirren aber gehört hat. Im selben Moment sagt Frank Wow, lacht und greift beschwichtigend nach ihrer Hand, die sie noch schützend vor das Kännchen hält. Rasch sortiert sie Untertasse mit Tasse und das Kännchen vom Tablett, entschuldigt sich, kann kein Englisch dabei, Ach du lieber Schreck, sagt sie, es tut mir so leid. Eine Entschuldigung, wie sie niemals einer der Fernfahrer oder einer vom Bushäuschen von ihr gehört hätte. Zur gleichen Zeit steigt die Wut auf Rudi in ihr auf, auch ahnt sie, ihre Mutter bekommt vielleicht alles mit.
Der Fleck auf Franks Notizbuch ist nicht größer als ein Fünfmarkstück. Auf den Seiten erkennt sie Notenlinien

wie im Liederbuch früher in der Schule, doch offensichtlich von Frank beschrieben, dazwischen Zeichnungen wie von einem Theaterraum, eine Art Komposition, die sich nun wellt, bräunlich eingefärbt, die Seite nicht mehr zu benutzen.

Don't worry, sagt Frank, als sie das leere Tablett vor ihren Bauch hält, weil sie nichts mehr sagen kann vor Aufregung und auch heimlich versucht, mit den Zehen die Sandale richtig zu justieren, damit das Gleiche nicht noch einmal passiert, wenn sie sich umdreht.

Drüben am Stammtisch scharrt Rudi mit den Füßen. Don't worry, sagt Frank noch einmal, everything is fine, und stellt sei Notenheft auf, damit der Kaffee abtropft. It's a beautiful day today, und ob sie heute Lust auf einen Spaziergang hat? Ich hole einen Lappen, sagt sie im selben Moment auf Deutsch. Hat sich im Satz schon zur Theke umgedreht, ist zum Glück kein zweites Mal vom Schuh gerutscht und traut ihren Ohren nicht. Sie dreht sich um, ihr fehlen die Worte, stattdessen nickt sie, zu heftig, wie sie findet, man soll ja nicht zu leicht zu haben sein, sonst verlieren die Männer das Interesse, aber es ist schon zu spät, und sie geht mit einem Gesicht zurück zur Theke, das heller als die Sonne ist.

Was hast du denn jetzt schon wieder angestellt, fragt Rudi sie, während er vom Stammtisch aufsteht. Den Tonfall der Oma hat er angenommen, einen Tonfall, der zumeist ihm selbst gilt. Doch jetzt geht er in Franks Richtung, als wäre er der Chef im Haus. Ungeschickt lässt grüßen, sagt er zu ihr mit diesem aufgeblasenen Rudizug um Mund und Nase und kommt sich nicht einmal blöd dabei vor. Beeil dich mal ein bisschen mit dem Lappen, sagt er, ohne sie anzuschauen, Schaff mal Ordnung hier, und ich will den

Frank was fragen. Frank, er spricht den Namen deutsch aus, aber mit wichtigtuerischer Stimme. Unglaublich, was Frank mit ihnen anstellt.

Ev jetzt schnell mit einem Spüllappen in der Hand wieder zu Franks Tisch, da hat Rudi ihm schon eines seiner Schnupftücher gegeben, die er immer in der Hosentasche hat, weiße Taschentücher mit hell- oder dunkelblauen Streifen am Rand, und Frank hat den Kaffeefleck selbst weggewischt, ebenso den feuchten Kaffeerand unter dem Kännchen. Was Unterhose und Hemd heißt, will Rudi von ihr wissen, und sie soll sagen, er könnte doch Frank frische Wäsche geben. So heiß, wie es draußen ist, will er doch bestimmt was anderes anziehen. Don't worry, sagt Frank wieder, ich habe meine Sachen gestern Nacht noch ausgewaschen. Aber auch einen neuen Einwegrasierer und Seife und Deo, sagt Rudi zu Ev, und seine Stimme klingt, als sei es dringend. Sie übersetzt Soap, doch der Begriff für Deodorant fällt ihr nicht ein, Deo, sagt sie, und Frank nickt und schüttelt abwechselnd den Kopf. Keiner kommt gegen Rudi an, der jetzt wieder ganz Rudi ist, noch halbwegs nüchtern und so aufgeregt, dass er schließlich ganz und gar auf die Idee kommt, Frank solle doch einfach mit ihm nach oben gehen, in sein Zimmer, er wolle ihm dort etwas zeigen. Ein Moment des Zögerns von Frank, der Ev anblinzelt, die nickt, als er sagt, OK, just let me finish my breakfast. Rudi, lächelnd neben Ev wie der alte Bobby-Hund auf dem Foto hinter der Theke, hat es von sich aus verstanden. Klar, sagt er, I wait for you.

Was hat er eben gesagt? Ein Ausflug. Nein, kleiner, ein Spaziergang. Sie hat es genau gehört, er hat sie gemeint damit. Er will mit ihr einen Spaziergang machen, hat sie nicht veräppelt. Sie spült den Lappen aus, das Wasser ist

zu heiß, sie verbrüht sich fast, lässt den Lappen ins Spülbecken fallen, vergisst, ihn auszuwringen, lässt ihn liegen. Sie könnte einen Luftsprung machen. Am liebsten hin zu Rudi, ihn, so doof er auch ist, mit einem Kuss auf den Kopf überraschen, und dann schnell wieder zurück hinter die Theke zu ihrer Zeitung, als wäre nichts geschehen. Warten auf Frank. Bis er mit dem Frühstück fertig ist. Nur die Ruhe jetzt. Sie nimmt sich wieder die Zeitung vor. Auf der *Seite für junge Leute* unten rechts einige Modezeichnungen, sie glaubt, vor Glück fast zu zerspringen, als sie die Zeichnungen von Wickelblusen, Schlapphüten und Pluderhosen betrachtet. Nie hätte sie eine solche Leichtigkeit, eine solche Freude in der Wetterau-Zeitung erwartet, es schaut fast aus, als wäre alles für sie arrangiert, als wollte jemand sie liebevoll necken, ist zum Lachen albern und zugleich eine Ausdehnung ihrer selbst.
Das Kreuzworträtsel auf Seite 21 ist schon ausgefüllt. Wieder wundert sie sich darüber, wie klar sie alle Dinge gleichzeitig wahrnimmt, beinahe schon brillant, und wie unbeweglich sie selbst ist, als wäre sie immer noch in einen Traum gehüllt. Als hätte sie ewig Zeit und Frank und sie würden sich heute erst kennenlernen, vielleicht sogar zum ersten Mal begegnen. Irgendwie ist es ja auch so. Am liebsten würde sie einfach ruhig stehen bleiben und für Frank genauso bedeutsam werden, wie es für sie die banalen Dinge ringsherum geworden sind. Wie in Zeitlupe. Allein das Gefühl, sie steht hier, er sitzt dort drüben am Tisch, strafft ihren Körper zu der Person, die sie eigentlich sein möchte. Frank. Dort drüben am Tisch vor dem Fenster. Hat Zeit, hat Ruhe. Will nicht weg, zumindest jetzt noch nicht. Will einen Spaziergang mit ihr machen. Das darf man ja gar keinem erzählen. Sie muss sich genau merken,

was alles passiert, wie sich das anfühlt, damit sie Lilli davon berichten kann.
Rudi wird wieder unruhig, kann es offenbar kaum erwarten, mit Frank auf sein Zimmer zu gehen und ihm, oh Gott, seine Hemden zu zeigen, oder was immer er vorhat. Er faltet die Bild-Zeitung zusammen, als wollte er sie in eine Aktentasche stecken wie die Männer, die sie abends von der Arbeit mitbringen, lässt sie aber auf dem Tisch liegen, schlurft zur Musikbox, wirft Geld ein und drückt ein Lied. Die Nadel rutscht in die Rille. Freddy mit *Heimweh*. Ev schämt sich für Rudi, so etwas hat er noch nie gemacht, wie ein Kind, denkt sie, er ist wie ein Kind, das Aufmerksamkeit will mit lauter Stimme oder indem es sich auf den Boden fallen lässt. Überhaupt, die Musikbox anwerfen an einem Samstagmorgen, das wird ein Donnerwetter geben, die Musikbox hat von der Familie getrennt zu sein, auch wenn jeder seine Lieblingsscheiben darin hat, sie wird nur angestellt, wenn der Laden voll ist, die Musik ohne Kneipenbetrieb schleppt die Arbeit ins Familienleben wie einen Virus, es reicht ja schon, dass sie kein ordentliches Wohnzimmer haben wie andere Leute.
Aber Rudi strahlt, lehnt sich an die Musikbox, als hätte er selbst das Lied erfunden. Er tut ihr ein wenig leid mit dieser Freude, die so unvermittelt aufblüht und so einsam ist. Seine Wangen glänzen wie die vom Rotbäckchenkind. Geht ihr selbst ja ähnlich, und doch wundert sie sich darüber, warum sie plötzlich mit einer Stufe auf Rudi steht, beide heimliche Bewunderer dieses fremden Mannes. Verliert sich da etwas, rutscht da etwas weg? Schon jetzt mit dem Anspruch der Liebenden, allein erkannt zu werden unter vielen, fühlt sie, wie es sticht in ihr, hat noch immer keinen Namen für das, was vor sich geht. Weiß nur, sie

will dieses Gefühl haben, gesehen zu werden. Sie ermahnt sich zur Ruhe. Er will mit ihr einen Spaziergang machen. Nicht mit Rudi, nicht mit der Mutter. Mit ihr. Ein Geheimnis, das seit fünf Minuten nur er und sie teilen.
Es könnte ein schöner friedlicher Morgen sein, selbst mit diesem Freddy-Lied aus der Musikbox, das Ev peinlich ist. Vielleicht denkt das auch Frank, denn er horcht auf. Er kennt das Lied, das wird er Ev später erzählen. Allerdings in einer anderen Version, der von Dean Martin, *Memories Are Made of This*, ein Lied aus seiner eigenen Kindheit. Die deutsche Version ist pathetisch, Freddy schluchzt sogar manchmal, es ist ein völlig anderer Song als der von Dean Martin. Wie seltsam er zu den Menschen hier passt, wie die andere Seite der Medaille, auch das wird Frank ihr erzählen, doch jetzt sieht Ev ihn nur zuhören, die Hände wie zum Beten vor dem Mund aneinandergelegt, sein Kinn auf beide Daumen aufgestützt. Ernst sieht er sie an, und jetzt traut sie sich endlich, auch ihn anzuschauen, ohne seinem Blick auszuweichen. Ganz ruhig, nur sie und Frank und Freddy. Es wird ein herrlicher Tag für alle werden, trotz oder wegen Freddy liegt eine große sommerliche Ruhe im Schankraum des Grünen Baums, für einen Moment blicken alle beinahe andächtig vor sich hin.
Da kommt die Oma vom Hof herein, bleibt vor Rudi stehen, wischt sich die Hände an der Schürze ab, sagt ihm, sie glaube, er spinne, und was das nun wieder solle. Geht zur Musikbox, zieht den Stecker und verschwindet im Flur, im Keller oder in der Küche. Tritt auf und tritt ab, als wäre es ihr egal, was der Gast von ihr denkt. Baff sind sie alle, erschrocken in diesem Moment vor der Gewalt der Oma, sehen sie sich ratlos an, da kommt auch ihre Mutter aus der Küche, wirft Ev einen scharfen Blick zu.

Ich muss auf einen Sprung zum Edeka, sagt sie und: Du, benimm dich.

Ev gibt sich einen neuen Ruck, sie darf diese Person, die sie selbst eben noch war, nicht verlieren, die Person, die an gar nichts anderes mehr dachte als daran, schön zu sein, die Person, die ganz für sich war mit der Aussicht auf einen Spaziergang mit diesem Mann, diesem verwegenen Typen, der alle ihre Vorstellungen toppt. Keine Oma, keine Mutter, kein Rudi, kein Manni. Wollen wir gehen, sagt Frank im Aufstehen zu Rudi, schaut dabei aber sie an. Come with us, sagt er. Mitkommen soll sie und übersetzen.

2.

Und Rudi? Hat den Abend und den Morgen damit verbracht, sich zu überlegen, wie er dieses Fabelwesen für sich gewinnen kann. Im Ort gestrandet mit einem Wissen, das bestimmt alles im Dorf übertrifft. Genau beobachtet hat er ihn am Abend zuvor, als die Kneipe voll war und der Tumult um Wilhelm ausbrach. Hat gesehen, wie der Gammler – Frank – alles registrierte, sogar seinen Kassettenrekorder einschaltete, vielleicht, um die Stimmen aufzunehmen, wie sie dröhnen, die Musik übertönen, sich gegenseitig über den Mund fahren. Zum Glück ist so etwas wie Ruhe in ihn eingekehrt an diesem Samstagmorgen. Das kommt vom Edeka. Einkaufen beim Edeka, das gelingt ihm immer, wie jeden Freitagnachmittag war er auch gestern dort. Es gibt nur wenige Dinge, die ihn beruhigen. Die *Drehscheibe* beruhigt ihn, Kaffee und Kuchen, der Fernseher. Am Edeka beruhigt ihn selbst der Türholm, die Berührung des schwarzen Griffs auf der runden Messingstrebe, sein Gewicht, mit dem er die Tür aufdrückt, das Glöckchen über seinem Kopf, das seine Gedanken unterbricht. Hat Wilhelm aufschrecken sehen hinter seiner Kasse, wie er sich ertappt fühlte beim Nickerchen und ihn mit einem wütenden Blick angesehen hatte, bis er ihn erkannte. Wilhelm und er, sie müssen nicht erschrecken voreinander.

Rasierzeug und Waschmittel hat er besorgt, Uhu, einen neuen Film für seinen Fotoapparat, es gibt immer etwas einzukaufen. Auf dem Weg hing er seinen Gedanken nach,

die sich um Bilder drehten, die er gesehen hatte in der Bravo, in der Freizeit-Revue, in anderen Zeitschriften, die von Rosi oder Evi liegen gelassen wurden.
Entlang der kurzen Wand, vor der die Kühltruhe stand, gefüllt mit Butter, Käse, Milch, der langen Wand mit Erbsen, Bohnen, Ananas, Gulaschsuppe in Dosen, hin zu den Putzmitteln, Zahnpasta, Bürsten, Toilettenpapier. Schweiß lief ihm den Rücken hinab. Er blieb vor den Waschmitteln stehen, sein Herz pochte. Manchmal ist es gar keine große Anstrengung, die ihm Schwindel verursacht und die Frage aufkommen lässt, ob er das Richtige tut, nichts vergessen hat. Die Zweifel kommen und gehen in rascher Folge, dann braucht er noch einen Moment länger im Edeka. Er legte seine Hand auf eine Trommel OMO. Die Türglocke schlug an, undeutlich hörte er Wilhelm mit jemandem sprechen, es ging um die Hitze draußen, die Kasse klingelte, dann die Glocke, dann ging es ihm wieder besser. Vor der Kasse blätterte er so lange in den Zeitschriften, bis er alles gesehen hatte. Er beurteilte abgebildete Menschen nach Farben und Größe, wenn sie nicht gleich groß waren, passte es nicht. Doch am wichtigsten waren die Posen.
Manchmal, an besonders lauten Kneipenabenden, schüttelt er den Kopf über Rosi, die glaubt, in ihrem Alter noch einen Mann kennenzulernen. Wen denn, hat er sie einmal gefragt, wen von diesen Vertretersäufern willst du nehmen? Er sei ein Waschlappen und der größte Säufer von allen, entgegnete sie ihm und schob ihn aus dem Tresenbereich. Ihn verletzt nicht das, was sie sagt, sondern die Wut, mit der sie alles verneint, nicht mit sich reden lässt, von sich aus nicht mit ihm spricht, nur im Streit. Den Missmut der anderen nimmt er dagegen nur schemenhaft wahr. Die gesenkten Stimmen der Frauen, wenn er an den

Knotenpunkten des Dorfklatsches an ihnen vorübergeht, die süffisanten Grüße mancher Männer oder der Dorfrowdys, die mit ihren Mopeds an ihm vorbeifahren. Oft macht er Fotos, wenn niemand hinschaut. Es ist, als sähe er ringsum Pappmachéfiguren, plan, eindimensional, hintereinandergestaffelt, in ständiger Wiederholung. Die bellenden Bemerkungen derjenigen, die sonntagmorgens mit ihm im Grünen Baum *Der internationale Frühschoppen* im Hinterzimmer anschauen, ihre Beschwerden über Chefs und Schmarotzer, die Nachbarschaftsstreitigkeiten, die nicht enden wollenden Debatten darüber, was welches Auto in der Unterhaltung kostet, die stolz vorgeführten neuen Wagen oder Hausanbauten, alles scheint sich über die Jahreszeiten hinweg zu wiederholen. Sein Kopf ist angefüllt mit Bildern und Wortfetzen, die ihn belustigen. Sein Tran, er ist wieder in seinem Tran, sagt Rosi oft kopfschüttelnd zur Mutter, wenn er auf seiner Kücheneckbank in sich hinein über etwas lächelt, das er sich vorgestellt hat, und ihm dabei die Augen tränen, weil er allzu lange auf einen einzigen Punkt schaut. Morgens trinkt er gegen den Kopfschmerz aus seinem Zahnputzbecher Wasser direkt aus dem Wasserhahn. Im Winter ist es kalt, im Sommer abgestanden, aber zum Glück braucht er wenig davon. Im Spiegel betrachtet er seine Hand, mit der er den Becher zum Mund führt, schaut sich in die Augen, hallo Rudi, sagt sein Mund. Manchmal wird ihm übel. Er erinnert sich an ein Dorf, in dem sie auf einem Hof untergebracht waren. Die Bauern rüde. Er war mit zwei Gleichaltrigen dabei, als ein Gaul in der Box nach hinten auskeilte und den Bauern, der ihnen kurz zuvor Schläge angedroht hatte, in den Magen traf. War der Bauch des Mannes aufgerissen oder nicht, an diesem Punkt versagt das Bild, doch er glaubte lange, die Därme herausquellen gesehen zu haben, aber vielleicht stammte das aus einem Traum. Es musste um die gleiche Zeit gewesen sein, da wurde er auf dem Feld von zwei Männern zusammengeschlagen, er konnte sich nicht daran erinnern, warum. Nur durch Fleiß und Disziplin hatten sie es geschafft, in Randstetten die Gaststätte aufzubauen, das sagt die Mutter immer, und er hält sich an ihre Worte, sie kennzeichnen einen Abschnitt in ihrer aller Leben, man kann alles in davor und danach aufteilen.

Es gibt Tage, da geht er gleich nach dem Mittagessen auf sein Zimmer und legt sich auf sein Bett. Er achtet darauf, die Füße über die Bettkante ragen zu lassen, weil es sich nicht gehört, angezogen im Bett zu liegen, schon gar nicht mit Schuhen. Manchmal horcht er auf sein Herz, das ihm bis in den Kopf hinein klopft und keinen vernünftigen Gedanken zulässt. Zwischen die Herzschläge schiebt sich die Vorstellung von einer Zukunft, in der er tatkräftig hinter dem Tresen steht, in den Hinterhof geht, ein Schwätzchen auf dem Gehweg hält, nachdem er eine kaputte Leuchtstoffröhre im Inneren eines Buchstabens der Zum-Grünen-Baum-Leuchtschrift ausgetauscht hat (eine gefährliche Angelegenheit, die Leiter muss geschickt aufgestellt werden, denn von der Steintreppe vor der Eingangstür bis zum Rand des Gehwegs ist nur ein knapper Meter Platz); er führt alle Gespräche zu Ende, alle Bewegungen präzise aus in diesen Vorstellungen von einer Zeit, in der er es sogar schafft, von Wilhelm den Edeka zu übernehmen.

Die dunkelste Erinnerung an seine Kindheit: er allein vor einer Hütte im Winter. Es konnte auch ein Bauwagen gewesen sein, vor dem er saß, hinter ihm war etwas Dunkles aus Eisen oder Blech, das ihn überragte. Eine geschlossene Tür. Unter ihm nur eine Wolldecke, darunter die gefrorene Erde. Er war schon zwölf oder dreizehn, aber jedes Mal, wenn es ihm hochkam, sah er sich in diesem Bild als kleines Kind. Die Mutter war da, aber nicht bei ihm, sondern in der Hütte oder dem Wagen, und sie war nicht allein.

Als wir im Lager waren, hattest du Diphtherie, du musstest ins Krankenhaus, und ich habe mir viele Sorgen gemacht, diesen Satz hatte er früher oft von ihr gehört, manchmal ersetzte sie Diphtherie auch durch Lungenentzündung, aber er fragte nie nach. Es genügte ihm, dass sie sich Sorgen gemacht hatte, es nahm ihm die Sorge um sich selbst, um seinen unerklärlichen Zustand vor der Hütte in der Kälte. Ich habe mir Sorgen gemacht, und Am Ende wird alles gut, das waren Sätze, die er gerne hörte. Ein anderer Satz, den sie manchmal sagte: Du bist um Punkt siebzehn Uhr zur Welt gekommen, es war schon dunkel draußen, und du hast mir sehr wehgetan. Dieser Satz hatte Ähnlichkeit mit ihren Bewegungen, wenn sie mittags wortlos das Essen vor ihn stellte. Sie sorgte sich um ihn, sie sorgte für ihn, und doch spürte er sich als eine Last, die vielleicht ihren Ursprung in jenen Schmerzen hatte, die er ihr bereitet hatte. Doch manchmal erfüllte es ihn beinahe mit Stolz. Vielleicht konnte sie sich jetzt noch in diese Schmerzen einfühlen, wenn sie es wollte. Sie hatte ja damals seinen Körper so nah gespürt wie sonst danach niemand mehr.

An besseren Tagen hört er nach dem Nachmittagskaffee auf seinem Zimmer Musik aus seinem Transistorradio. Mit rotem Kugelschreiber hat er die wichtigen Stationen auf der Skala markiert: AFN, der deutlichste aller Mittelwellensender. Radio Luxemburg, oft nur ferne Stimmen,

die geisterhaft näher kommen und sich wieder in den Äther zurückziehen, nur mit sich selbst beschäftigt, ist ihm zu anstrengend. Oft laufen bei ihm und Rosi die gleichen Songs, aber er weiß nichts davon. Er träumt nie. Er liegt wach oder döst, dazwischen nur sein klopfendes Herz und seine Wunschbilder, wie er sein könnte, wenn er sich zusammenreißen würde. Abends ist er froh, es ins Bett zu schaffen, ohne dass seine Mutter an die Wand klopft, weil er zu sehr poltert. Radio Luxemburg funktioniert besser am Fenster zum Hof, dann schaut er auf sie hinab, wenn sie unten zwischen dem Hinterausgang und dem Holzschuppen im Schatten sitzt, einen Blecheimer mit Kartoffeln und Schalen zwischen den Unterschenkeln, einen zweiten, mit Wasser gefüllten Eimer daneben, in den sie die geschälten weißen Knollen wirft. Er merkt ihr an, wenn sie sich Sorgen macht, er weiß, sie denkt, er schläft, ist schwach vom Leben. Wenn sie hochschaut, ihn am Fenster sieht mit seinem Transistorradio, verschwindet er. Hinter dem Haus liegt die Apfelwiese, von einem schmalen Weg begrenzt, dahinter Felder und Obstbaumwiesen bis in die Ferne hin zum Wäldchen, oft karriolen dort ein paar von den Dorfjungs mit ihren Mopeds herum. Manchmal sieht er auch Evi auf ihrem Fahrrad. Am Waldrand hält sie an, wenn dort Manni auf sie wartet, den er nicht ausstehen kann, weil der ihn keines Blickes würdigt. Angeber. Kleine Punkte in der Dämmerung, sonntagabends, wenn Evi nicht in der Kneipe hilft. Evi raucht. Sie küssen sich.
Er ist ein Spinner, ein Narr, ein Unglücksfrosch. Wie Fährtenhunde waren die anderen bereits während seiner Schuljahre auf ihn aufmerksam geworden. Sie hielten sich fern von ihm, nie dauerte es lange, bis der Spott einsetzte.

Wenn es dir schlecht geht, hilft dir keiner, nur du selbst, damit war er aufgewachsen, hatte es oft genug von seiner Mutter gehört. Aber auch im Ort sagte man es. Bei den Kneipengesprächen, wenn die Krankheiten, Unfälle, Versäumnisse derjenigen abgeurteilt wurden, die nicht anwesend waren. Wenn du am Boden liegst, hilft dir keiner wieder hoch. Entweder im Bedauern für denjenigen, der unverschuldet in Schwierigkeiten geraten war, oder als gerechtes Urteil für einen anderen, der sein Leben selbst verpfuscht hatte. Sehen, was man davon hat, die Suppe auslöffeln, die man sich eingebrockt hat. Was du nicht willst, das man dir tu, das füg auch keinem anderen zu, auch das stand oft am Ende einer Erörterung, war aber unter Alkoholeinfluss langwierig zu formulieren und somit Grund für einen Themenwechsel.

Frosch nannten ihn auch die Mädchen, als Evi noch klein war und Freundinnen von der Schule mit nach Hause brachte. Schon damals konnte er dem Spott nichts entgegensetzen, selbst als er vier- oder fünfundzwanzig war, schaute er beim Lachen der zehnjährigen Mädchen hilflos weg. Frosch nannten sie ihn wegen seiner wässrigen Augen und seines langsamen Blicks, vielleicht auch wegen seiner Eigenart, unbeweglich auf der Kücheneckbank zu sitzen. Sie sagten es nie laut, doch er hörte es immer, sah die Blicke, mit denen sie ihn anschauten, wie man eine peinliche Zeichnung immer wieder ansehen muss oder einen Menschen, der Selbstgespräche führt, oder zwei Kühe beim Aufreiten. Und wenn er sich auch nichts vorzuwerfen hatte, immer Abstand hielt, für die Schulmädchen war er ein Objekt, das dazu geschaffen war, die Blicke auf sich zu ziehen. Aber auch er beobachtete die Mädchen. Nicht etwa, weil er Interesse an ihnen hatte, sondern weil er sich ihre Zukunft klarer vorstellen konnte als seine eigene. Vielen war bereits anzusehen, wie sie als erwachsene Frauen aussehen würden, er brauchte ihre Mütter nicht zu kennen, um zu wissen, wie sehr sie ihnen jetzt schon ähnelten. Vorwurfsvoll herabgezogene Mundwinkel, wenn sie mit einer Hausaufgabe nicht zurechtkamen, die Kindergesichter gerahmt von kleinen goldenen Ohrringen, ihr angewiderter Blick für zwei, drei Sekunden, wenn sie sich übervorteilt fühlten, von den Klassenkameradinnen oder ganz und gar vom Leben selbst; ihre matronenhafte Körperhaltung, wenn sie breitbeinig dastehend auf etwas warteten, im Gesicht die Härte ihrer Mütter, die Müdigkeit schon übernommen, bevor noch selbst erlebt. In diesen Momenten hackten sie besonders gern auf ihm herum, ihr Tonfall bis in die letzte Schwingung hinein so schnippisch, wie sie es gelernt hatten.

Er schalt sich dafür, wenn ihn die dumpfen Gesichter von Zehnjährigen schmerzten, ihre geringschätzigen Blicke waren schlimmer als ein blöder Spruch und ein zu festes Schulterklopfen der Erwachsenen, aber er konnte nichts dagegen aufbieten. Er wusste nicht, was er mit diesen Kindern reden sollte, die Evi mit nach Hause brachte, doch manchmal fragten sie die Mutter oder Rosi, ob man nicht ein paar seiner Asterix-Hefte aus der Eckbank sehen dürfe. Dann änderte sich die Stimmung, sie schmeichelten ihm, und für einen Moment war er, der Frosch, beliebt. *Beliebt*, dachte er, das ist man nur, wenn man etwas zu verteilen hat, und selbst das unterlag der Mutter, die bestimmte, wann etwas geschehen durfte, die barsch unterbrach, wenn er etwa selbst auf die Idee kam, aufzustehen und den Deckel der Eckbank anzuheben.

Immer wieder fiel ihm an diesen Tagen auf, wie feingliedrig Evi gegen ihre Freundinnen wirkte, wie lebendig ihr Gesicht war, wenn sie sprach, lachte, schwieg. Auch konnte er an seiner Schwester Rosi selbst dann, wenn sie sich unbeobachtet fühlte, nichts Verborgenes entdecken. Sie war schlagfertig, aber nicht bauernschlau, und auch wenn sie ihm gegenüber stets einen barschen Ton anschlug, war ihre Stimme von einer Melancholie unterlegt, wie sie im Dorf nicht vorkam. Keine von ihnen, weder Rosi noch Evi, konnte ihre Gefühle verstecken. Das ließ ihn schlussfolgern, sie waren nicht verdorben. In solchen Momenten schwor er sich, sein Leben wieder in den Griff zu bekommen.

Er ist froh, wenn er die Vormittage hinter sich gebracht hat. Oft sagen sie ihm, was im Hof zu tun sei, im Keller, im Obstgarten, doch bevor er dazu kommt, ist es meistens schon von Evi oder Rosi erledigt. Er vermutet eine geheime Absicht dahinter, die sie dazu treibt, ihm zuvorzukommen, vielleicht wollen sie ihn traurig oder verrückt machen. Manchmal gelingt es ihnen, und er hasst sich so sehr für seine Trägheit, dass er nichts zu Mittag isst. Dann wieder gibt es Tage, da ist es ihm egal, und er würde am liebsten das Schnitzel und die Bratkartoffeln, die Gulaschsuppe und den Erbseneintopf mit beiden Händen in sich hineinstopfen oder, noch lieber, quer durch die Küche werfen, seiner Mutter an die Hacken, wenn sie am Herd steht, und Rosi vor die Füße. Durch Vorstellungen dieser Art vergeht meist seine Übelkeit, doch dann kann er nicht anders, geht schon früh hinter die Theke, den Blick seiner Mutter im Rücken, die Scham kein Hindernis, sondern Antrieb. Sein Sturz im Hof im letzten Jahr, tagelang hat er danach niemandem und auch sich nicht in die Augen geschaut, selbst beim Rasieren nicht, hat den

Spiegel vermieden, bis es wieder ging und er sich sagte, nichts, aber auch gar nichts habe sich verändert. Kann jedem passieren. Gesoffen wird überall. Manchmal arbeitet er in seinem Zimmer kniend auf dem Boden, doch das schnürt ihm die Luft ab, und er merkt es oft zu spät. An anderen Tagen arbeitet er an seinem kleinen Tisch. Am wohlsten ist ihm, wenn er seine Ruhe hat, seine Koffer unter dem Bett hervorzieht und sich an die Arbeit macht.

3.

Und da, die Mechanik stimmt noch nicht. Kann man noch ein Gelenk mehr einbauen, muss man aber hinten noch mal durchdenken. Rudis Stimme klingt gepresst vor Aufregung, gebückt zeigt er für seine beiden Besucher hierhin und dorthin. Stücke von Pappen, zugeschnitten in seltsamen Formen, liegen auf einem Sperrholzbrett wie ein grobschlächtiges Puzzle. Er hat es aus einem der beiden Koffer gehoben, die er unter seinem Bett verstaut hat, und auf seine Bettdecke gesetzt. Er schnauft, zieht an zwei Laschen, die aus dem Puzzle ragen, und plötzlich richtet sich das auf, was kreuz und quer übereinanderlag, wird dreidimensional, bis eine Art Puppenstube vor ihnen steht, mit goldenem Papphimmel, darunter Figuren in Zweierreihe angeordnet. Irene Mann, sagt er zu Frank mit vielsagendem Seitenblick, der es natürlich nicht versteht. Das NDR-Fernsehballett unter der Leitung von Irene Mann, muss es richtig heißen, korrigiert er sich leise, zupft vornübergebeugt an ein paar Fäden und steht dann genauso ratlos wie Ev und Frank vor seinem Tableau. Ev verzichtet auf die Übersetzung des Ballettnamens, der ihr so vertraut ist und sich so schal anhört, dass sie unmerklich für einen Moment von Rudi abrückt, genau genommen nur ihr Gewicht von einem Bein auf das andere verlagert. Keine Ahnung hat Frank ja von diesen Begriffen, den Bildern und der Musik, die im Grünen Baum am Samstagabend im Fernseher laufen, fast ungehörig findet sie es, ihn dazu bewegen zu wollen, sich auf dieses ganze spießige Zeug einzulassen. Vielleicht hätte sie Rudi zuvor fragen sollen, was er da eigentlich vorhat, irgendwie hat sie nicht schnell genug geschaltet, war einfach nur besoffen vor Glück, Frank für einen Moment für sich zu haben, auch wenn sie ihn mit Rudi teilen muss. Doch Frank nickt nur und geht in die Hocke, und auch Rudi beugt sich neben Frank wieder über seine Figuren, spricht dabei den Namen des Balletts noch einmal so nachdrücklich aus, als ließe sich dadurch alles erklären. Er braucht mehr Ösen. Hätte er gestern Wilhelm sagen sollen, als er im Edeka war. Beim nächsten Mal muss er daran denken, bei Wilhelm. Der bringt sie ihm aus Friedberg mit, *Wieland, das Kaufhaus für alle*, Rudi lacht kurz auf, kneift aber gleich wieder die Lippen zusammen. Noch nie hat Ev ihn so viel am Stück reden hören.

Die Pappen seien das Teuerste beim dem, was er da mache, der Rest koste nur Pfennige, sagt Rudi. Kostet insgesamt so gut wie gar kein Geld, das, was er da baue. Muss man nur Ideen haben und eine ruhige Hand. Das mit der ruhigen Hand ist manchmal schwierig, da muss er von Zeit zu Zeit Sachen neu machen oder ganz und gar liegen lassen. Wenn es ihm nicht so gut geht an manchen Tagen.

Zum ersten Mal sieht sie Rudis Zauberland, ausgepackt aus den beiden Koffern, die er unter dem Bett hervorgezogen hat. Nie hat die Oma ein Wort davon erzählt. Weiß sie überhaupt davon? Sie wischt doch einmal in der Woche feucht durch bei Rudi. Sie muss die Koffer gesehen, sie auch erkannt haben, es sind die alten Kriegskoffer. Doch vielleicht wollte sie nichts damit zu tun haben, hat Rudi nie gefragt, was darin ist, es gibt Dinge, die will man nicht wissen. Aber das Werkzeug in seinem Schrank? Die Türen stehen halb offen, Rudi sieht Evs Blick, greift mit einem

Arm hin zum Schrank, merkt, es ist zu spät. Eine Laubsäge, Zangen, feiner Draht, Klebstoff, ein Pappensortiment, hochkant stehend dort, wo eigentlich die Schuhe sein sollten. Auch das sieht Ev zum ersten Mal, sie geht ja nie in Rudis Zimmer. Als kleines Mädchen wurde sie manchmal morgens hineingeschickt, ihn wecken, weil er sich bei ihr noch am besten zusammenriss. Eisekalt war es dort immer im Winter, es roch nicht gut, roch nach ausgeatmeten Zigaretten, den Schnäpsen. Rudi lag manchmal wie tot, lange musste sie ihn immer rütteln, bis er die Augen aufmachte. Einmal, als er gar nicht hochkam, nahm sie seinen Zahnputzbecher, ließ kaltes Wasser hineinlaufen und goss es ihm über sein Ohr, das wie ein blaues Vogelküken unter der Bettdecke hervorschaute. Den Schrei, den er da losließ, und den bösen Blick, den er ihr zuwarf, das hat sie jetzt noch im Kopf, wenn sie daran denkt.
Er schämt sich für sein Zimmer, für früher, für jetzt, sie merkt es ihm an, deshalb tut er so, als wäre ihm das Zimmer egal, nur als Spannung in seinem Rücken lastet es und nimmt den ganzen Raum ein. Ein Bett, den Nachtschrank, einen Kleiderschrank und das alte, kleine Nierentischchen mit dem verschossenen weinroten Cocktailsessel daneben hat er zu bieten, aber was braucht er mehr, sagt er immer. Was braucht der schon mehr, sagt auch die Oma, die ebenso wenig wie er braucht. Würde man ihn fragen, was er sich wünscht, er wüsste keine Antwort, und doch wäre ein Druck in seiner Brust, vor dem er sich selbst in Acht nehmen muss, das sieht man ihm manchmal schon von weitem an. Denn Rudi kann auch grantig werden, wenn er nicht weiß, wohin mit sich an diesem Ort, an dem er seiner Mutter am Rockzipfel hängt wie ein Kind. Es tut ihm gut, und doch schreit es zum Himmel. Ein er-

wachsener Mann. Zum Fürchten ist es, wie aus dem Rudi nichts geworden ist, hat Ev einmal gehört. Oder: Was aus dem Rudi bloß noch werden soll.
Vorsicht jetzt, hier, das Bein. Vielleicht zu dünn geraten. Das meiste ist ja gefunden, gesammelt, ausgeschnitten, nicht der Rede wert, sagt Rudi und schaut beim Sprechen niemanden an. Sie kommt nicht hinterher mit übersetzen, lässt ihn reden, weiß auch gar nicht recht, was sie halten soll von dem, was sie da sieht. Noch nie hat sie ihn so konzentriert erlebt. Rudi sieht das Fernsehballett gerne und irgendwie auch mit Gruseln, wie die Puppen, sagt er dann abends im Hinterzimmer vor dem Fernseher und schüttelt den Kopf. Frauen mit einem Lächeln, als wäre es ihnen ins Gesicht geklebt, also hat er Irene auch ein großes Gebiss ins Gesicht geschnitten, auf und zu klappt es, als Rudi an einer weiteren Lasche zieht. Eine der Tänzerinnen hat das Gesicht der Oma, ausgeschnitten aus einem Foto, daneben ein männlicher Tänzer mit dem Kopf von Heintje. Etwas in ihr zögert, als hätte sie alles schon einmal gesehen, eine kindliche Fantasie, die früher oder jetzt, das war nicht zu trennen, auch aus ihr entsprungen war. Ein unbestimmtes Gefühl von verschobener Raumhöhe und Wiedererlebtem nimmt sie ein, ebbt wieder ab.
Warum ist sie nicht gleich darauf gekommen, es ist, als hätte sie es die ganze Zeit gewusst, Rudi bastelt etwas mit den Bildern. Die gesammelten Zeitschriften, die Landserheftchen, Asterix, seine Agfa, das Kofferrücken nachmittags, abends. Die Einkäufe bei Wilhelm. Nur einmal hat ihn die Oma gefragt, was er fotografiert, widerstrebend hat er die großformatigen Bilder, mit denen er gerade von Wilhelm kam, aus der Fototasche geholt. Hunde, den

Schulbus, den Sportplatz, den leeren Stammtisch. Die Oma hat nichts dazu gesagt, hat sich wieder ihrer Spüle zugewendet. Uninteressantes Zeug, Beschäftigung für Rudi, so stört er niemanden, und wer weiß schon, was in seinem Hirn vor sich geht, das fand auch Ev, nicht weiter darüber nachgedacht hat sie. Das Nachdenken über Rudi nehmen ihr die Mutter und die Oma ab. Manchmal will sie ihn verteidigen, wenn er abends im Grünen Baum eine abfällige Bemerkung, als Scherz verkleidet, wegstecken muss, doch mit ihrer nächsten Bewegung vergisst sie es wieder. Rudi ist eine unebene Stelle in ihrem Leben, der sie auszuweichen gelernt hat, unveränderlich ihr Onkel, immer gleich im Schankraum, vor dem Fernseher, in der Küche, und nachts im Dunkeln ist er nicht vorhanden.

Sie steht weiterhin sprachlos vor seiner Zauberwelt, doch sie muss auch nichts sagen, es kommt nur aufs Schauen an in erster Linie, und es scheint Frank zu gefallen, denn auch wenn er Irene Mann nicht kennt, bietet er Rudi und Ev eine Zigarette an. Ev nutzt den Moment, in dem er in seinen Hosentaschen nach seinem Feuerzeug sucht, und schaut sich wieder in Rudis Zimmer um. Immerhin hat es ein wenig Farbe, ist nicht schwarz-weiß sie das der Oma, doch beide Zimmer erinnern sie an die alten Filme, die sonntags laufen, wenn man zu viel Kuchen gegessen hat. Hans Albers, Heinz Rühmann, Ilse Werner, Zarah Leander für die Oma, die dann auch im Hinterzimmer mitguckt, wenn die Küche kalt ist vor dem Abend. Italienreisen und Familienverwicklungen, geplagte Papas und süße Töchter, Männer, die aus der Großstadt aufs Land ziehen oder umgekehrt, auf jeden Fall leben sie dort anständiger als vorher, weil sie ihre Liebste gefunden haben. Filme, bei denen sich Ev am liebsten die Ohren zuhalten möchte, wenn sie die überdrehten Stimmen hört. Der Freddy-Song von vorhin fällt ihr wieder ein, dort, wo die Blumen blühn, dort, wo die Täler grün, dort war ich einmal zu Hause. Wo ich die Liebste fand, da liegt mein Heimatland. Wie lang bin ich noch allein. Und mit dem Lied, das sie nicht aus dem Kopf bekommt, merkt sie, sie selbst ist es, die sich für Rudis Zimmer schämt.

Sie rauchen, Frank zieht jetzt selbst an den Laschen, bewegt die Tänzerinnen. Enge rosafarbene Anzüge, wie Badeanzüge, auch bei Heintje, und wenn man woanders zieht, wackeln die Unterschenkel, als wäre es Cancan. Hinter dem Ballett, auf die Rückwand geklebt, ein Dschungel aus Trockenblumen, dazwischen Löwen, Affen, die heimlich zuschauen, der Hundekopf vom Titel von *Bessy*, daneben ein versteckter Landser. Die Köpfe so ähnlich wie beim Wackeldackel in Wilhelms Auto. Zittern in alle Richtungen, Ev, jetzt auch auf Augenhöhe mit den kleinen Gesichtern, schubst sie der Reihe nach mit dem Finger an. Kugelschreiberfedern. Rudi macht ein seriöses Gesicht, weiß nicht, was sie davon halten, vor allen Dingen Frank, der ist ihm wichtig. Steht rum wie ein Päckchen IMI, unser Rudi, würde Manni sagen. Beim Hervorziehen der Koffer hat er durch die Nase geatmet, obwohl er außer Puste vom Treppensteigen war. Durch die Nase geatmet, damit man den Alkohol nicht riecht, und versucht, seine Hände zu beruhigen, als er den Kofferdeckel öffnete.

Er räumt das Fernsehballett ab und zieht ein anderes Brett hervor, Musterklammern aus Messing, wie man sie zum Verschließen von Umschlägen benutzt, rutschen zwischen den Pappen hervor und fallen auf Evs Füße in den Jesuslatschen. Das ist A3-Größe wie auch das Fernsehballett, wie überhaupt alles in letzter Zeit, sagt er in einem

Ton, der den Fachmann zeigt. Wilhelm würde ihn jetzt auch schon immer nach der Größe fragen, wenn er nach Friedberg fährt und ihm was mitbringen soll, A4, A5 oder A3? Farbe? Die kleinen Pappen braucht er für die Hintergründe und für Besonderheiten in den Vordergründen, wenn er nicht nur mit seinen Fotos und Bildern aus den Heftchen und Zeitschriften arbeiten kann. Zur Verstärkung auch, ganz generell. Ev beugt sich zum Boden, hebt die Messingklammern auf, die sind ideal für die Drehmechaniken, weißt du, sagt er, als sie ihm die Klammern in die Hand drückt, seine Stimme nun ganz verändert. Dünner. Ev kann sich nicht daran erinnern, wann sie ihn das letzte Mal berührt hat, seine Hand ist warm und weich, und auch er wirkt für einen Moment überrascht; ihr Onkel Rudi, der ihr beigebracht hat, sich die Schuhe zu binden und die Uhr zu lesen, der sommers wie winters ein gefaltetes Stofftaschentuch in der Hosentasche hat, das ist ihm wichtig. Danke, sagt er und schaut gleich wieder weg. Fahrig klappt er das neue Bild auf. Zwischen schwarzer Boden- und Hintergrundpappe richtet sich vor Ev und Frank die Mondlandung auf. Schweizer Käsesorten aus den Küchentipps der Petra, zusammengeklebt zu einem Kreis in der oberen rechten Ecke. *Se muhn*, sagt Rudi zu Frank und deutet darauf. Auf dem Moon steht Perry Rhodan, mit heroischem Blick schaut er hinab zu einem Miniatur-Manni, der von der Erde zum Mond auf seiner orangefarbenen Kreidler Florett über eine Straße durch pechschwarzes All saust, eine Zweitakter-Abgaswolke aus Lametta hinter sich herziehend. Die Straße kann per Laschenzug schräg gestellt werden, demonstriert Rudi mit ernstem Gesicht, und Manni, dessen Gesicht aus einem Foto ausgeschnitten und mit angeklebten Woll-

koteletten auf den Körper von Elvis in seinem schwarzen, engen Lederanzug montiert ist – Rudi zieht an einer weiteren Lasche –, fliegt nach vorne über den Lenker seines Mopeds in Richtung Randstetten, das unten rechts auf die Erde geklebt ist, ein Foto aus dem Apothekerkalender, mit der Nagelschere ausgeschnitten. Klein, aber präzise heben sich die Ortseinfahrt mit Bushaltestelle, die vordersten Fachwerkhäuser, der Kirchturm vom schwarzen Hintergrund der A3-Pappe ab.
Rudi rückt die Mondlandung zur Seite, holt ein drittes Theater aus einem der beiden Koffer. Es zeigt die Küche der Oma, die beiden Herde, die Spüle, das dunkelbraune Büffet, alles aus Einzelfotos ausgeschnitten. In der Seitenwand ein kleines Rechteck für die Durchreiche. Vor dem Herd steht die Oma, um sie herum Hühner mit Cowboyhüten, der Hahn mit dem Gesicht vom dicken Hoss aus Bonanza. Ev, die kleine Ev als Kind, sitzt auf der Eckbank, Rudi hat drei Liebesperlen vor sie auf den Tisch geklebt. In einer Ecke ist er selbst zu sehen. Ein Foto seines Gesichts, aufgeklebt auf das Foto eines Underberg-Fläschchens. Ev schaut zweimal hin, jetzt ist sie es, die es nicht wagt, ihren Onkel anzusehen, wie er da neben ihr steht und ein Stück seines Lebens auf einen Pappkarton geklebt hat. Die Hand möchte sie ihm am liebsten drücken, ihm sagen, ist doch alles nicht so schlimm, aber sie traut sich nicht, denn es ist ja alles noch viel schlimmer, und Rudi weiß es. Er ist jetzt auch ganz still. Die Sommerhitze steht schon im Zimmer, auch Frank sagt nichts, hockt nur vor dem Bett, wischt sich mit dem Handrücken über die Stirn, streicht sich die Haare hinter die Ohren, bewegt die Laschen. Rudi dreht sich um mit steifem Oberkörper, holt seinen Aschenbecher vom Tischchen, setzt ihn auf sein

Kopfkissen, geht wieder weg vom Bett. Seine Bewegung verändert das Licht, seine Anspannung zieht das Zimmer zusammen um den kleinen Raum, der vor ihnen steht, Ev nun selbst wie ein Teil eines Tableaus, die kleine Ev und die große Ev, für einen Moment wird ihr ein wenig schwindelig, vierundzwanzig Grad waren es ja schon vorhin um zehn Uhr, und jetzt bestimmt schon mehr. Sie hat noch nichts gefrühstückt. Mit einem Mal fällt ihr auf, Rudi, der richtige Rudi, trägt ein weißes Oberhemd und nicht wie sonst nur sein Schiesser-Unterhemd. In seiner Aufregung hat er das Hemd links herum angezogen, die Nähte liegen außen, der Kragen muss ihm frühmorgens als eine weitere widersinnige Behinderung in seinem Leben vorgekommen sein, der Moment vor der Prüfung immer auch der Moment des zuvor ausgemalten Scheiterns, in dem nichts mehr ausgebügelt werden kann, und so hat er den Kragen gebogen, bis er passte. Das Hemd klebt ihm auf den Schultern, mit seinem Taschentuch wischt er sich über den Nacken, klappt dabei den Hemdkragen auf einer Seite nach oben. Die andere Kragenspitze schiebt er nach innen auf sein Schlüsselbein, auch das, ohne es zu merken.
Frank steht auf, seine Zigarette ist mittlerweile im Aschenbecher verglüht, er zündet sich eine neue an, schüttelt den Kopf, bläst den Rauch mit einer kurzen Bewegung des Unterkiefers über Rudis Bühne und wirft Ev einen Blick zu, bei dem er die Augenbrauen hebt. Did you notice those cowboy chicken, sagt er und deutet mit seiner Zigarette auf das Tableau. Ob sie die Cowboyhühner gesehen hat. So gut sei es, sagt Frank und zieht noch einmal an seiner Zigarette, es sei so verdammt gut, was da vor ihnen steht, So fucking great! Ev kann nicht aufhören, ihm zuzuschauen, wie er kopfschüttelnd auf die Küchenbühne

blickt, sie hört das Ausrufezeichen, ein so begeistertes Ausrufezeichen wie selten zuvor gehört in Randstetten, schon gar nicht, wenn es um Rudi geht. Sie lacht über dieses Ausrufezeichen, hält sich an ihm fest, lässt sich mitreißen durch Franks Stimme, die etwas erklärt, was sie nur spürt, die Chicken und den dicken Hoss, natürlich hat sie alles gesehen.

Es sei so fucking great, sagt Frank, weil es überhaupt keinen Stil habe, eine *fusion* sei es, die der Intuition entspringe, und das wären die besten Sachen, hätten die größte *power*, weil sie unmittelbar wären. Es ist ihr alles ein bisschen viel, was er da sagt, doch Rudi hat etwas Großartiges gebaut, *The Times They Are A-Changing*, am liebsten möchte sie auf und ab hüpfen, macht es auch, Rudi, das ist toll, ruft sie in seine Richtung, beugt sich wieder herab und lässt zu jedem Satz von Frank ein anderes Köpfchen noch einmal zittern; überhaupt, nichts ist so gut wie die Auflösung des Dramas durch einen Scherz, fährt Frank fort, wie eine Brücke in einem Musikstück wären die Hühner und viele Dinge mehr, die sie da sähen, *bridges*, wie auch er sie häufiger als andere anwende, unbedingt nötig, um nicht im Banalen stecken zu bleiben. Irgendetwas mit Ironie folgt noch, Ev versteht nur die Hälfte seines Redeschwalls. Rudi duckt sich, traut den vielen Ausrufezeichen nicht, bis Frank ihm sagt, er solle kommen, soll zu ihm kommen. Rudi, you are my man, sagt er und wendet sich ihm zu, sein Körper dabei auf eine bestimmte Art zarter und dennoch abgeschlossener als die Körper der Wetterau, irgendwie *fein*, findet Ev, seine Stimme erweitert den Raum; You're crazy, I knew it, this is larger than life! Und Rudi kommt die wenigen Schritte zu ihnen hin mit ungläubigem Blick und so vorsichtig wie einer, der über

einen Abgrund läuft. Man, you're crazy, sagt Frank noch einmal, those are perfect ideas for pop-up books, man, you're a freak!, legt ihm seinen Arm um die Schultern und drückt ihn. Ev schaut noch einmal genau hin auf die Küchenbühne, die auf Rudis Bettdecke steht. Noch mehr Einzelheiten sieht sie, da ist auch der Marlboro-Mann, der durch die Durchreiche blickt, und ein Soldat liegt in der Bratpfanne der Oma. Es ist tatsächlich verrückt, was Rudi da gebastelt hat, nein, es ist viel mehr, etwas Ähnliches will sie ja selbst zum Ausdruck bringen, wenn sie mit ihrer Mutter oder Manni streitet und versucht, ihnen die entsetzlich kleingeistigen Dinge vor Augen zu halten, mit denen sich alle beschäftigen. Sie versteht auch, warum Frank es nicht nur witzig, sondern richtig gut findet. Schon oft hat sie vom oberflächlichen American way of life gelesen, sie kann sich vorstellen, dass auch er gegen alles ist, das keine tiefere Bedeutung hat.
Und Rudi? Klebt alles auf, direkt nebeneinander, es gibt kein Ausweichen. Schätze unter dem Bett, Perlen vor die Säue, nur jetzt nicht mehr, der Bruder ihrer Mutter, ihr eigener Onkel, es ist unglaublich, was er da in seinem Tran vor sich hin gebastelt hat, spricht kaum ein Wort, aber baut kleine Welten, die besser zeigen, als es irgendjemand sagen könnte, wie verrückt alles ist. Yeah, sagt Frank und klopft Rudi auf den Rücken, eine Bestätigung, so kraftvoll, so nachdrücklich ausgesprochen, dass es ihr durch und durch geht, das kleine Zimmer weitet sich vollends, Rudi strahlt vor Freude, und sie strahlt mit ihm, da braucht sie nichts übersetzen, Franks Lob hat er verstanden. Windet sich kurz, weil er in den Arm genommen wird, steht aber gleich wieder gerade und hat nun, da seine Miniaturbühnen nicht als Spinnerei abgetan wurden,

gleich eine neue Idee. Seinen Fotoapparat holt er aus dem Schrank, wir machen ein Foto von uns, ruft er. Ihr Onkel, über den sie sich nie Gedanken macht, der nun mit roten Wangen und wässrigen Augen mit der Kamera auf sie zukommt, zitternd, diesmal nicht vom Suff, sondern vor Glück. This shit is so crazy, man, sagt Frank noch einmal und drückt seine Zigarette im Aschenbecher aus, You should go to market with that stuff, und während sie noch überlegt, was *go to market* bedeuten könnte, auf den Markt gehen wie Jupp mit dem Eier- und Gemüsestand in Offenbach vielleicht, fallen ihr die beiden Läden ein, die sie mit Lilli bei ihren Stadtfahrten besucht, und dass im Pudding-Explosion ähnlich bunte Sachen herumliegen. Rudi, die Entdeckung des Tages, am Ende innerlich ebenfalls ein Hippie, vielleicht der einzig wahre in der ganzen Wetterau, einer, der sich seine eigene Welt bastelt, in der er tut und lässt, was er will, wer hätte das gedacht, Wow, sagt sie nun selbst und lacht, weil sie nicht mehr alleine ist, und rüttelt dabei an Rudis Arm, als wäre er nicht schon aufgewacht.

Der lässt sich nicht beirren, konzentriert auf das, was er vorhat, stellt er sich mit dem Fotoapparat neben Ev und Frank, und während Ev noch sagt, aber du hast doch gar keinen Selbstauslöser, geschieht noch etwas Neues in Randstetten. Er rückt dicht an sie heran, zieht Frank hinter ihrem Rücken ebenfalls am Arm herbei, dreht die Kamera um, so dass sie jetzt auf Ev, Frank und ihn selbst weist. So fließend bewegt er sich, als hätte er sein verkorkstes Leben vergessen. Wir müssen ganz nah mit unseren Köpfen zusammenkommen, sagt er, was Ev nicht übersetzt, denn Frank hat sofort verstanden. Ganz eng stehen sie nun, ihre Wangen berühren sich beinahe, als Rudi ver-

sucht, einzuschätzen, ob sie alle drei im Fokus sind, und seinen Arm, so weit es geht, ausstreckt, damit sie auch alle aufs Bild passen.
Wer hätte das gedacht. Niemand auf der ganzen Welt, nicht Manni, nicht Lilli, wäre so clever gewesen. Ev lacht in die Kamera. Weil ich so happy bin, denkt sie, und Rudi drückt auf den Auslöser, macht noch zwei, drei Bilder, Köpfe noch näher. Franks Haare an ihrer Wange riechen nach Holz und Tabak, dann ist Schluss, Jetzt ist Schluss!, ruft Rudi, der es nicht gewohnt ist, im Mittelpunkt zu stehen, nicht so, und sie rücken wieder auseinander, Frank und Ev lachend.
Rudi, mit ernstem Gesicht, schaut sich die Kamera an, von oben, von der Seite, geht vorsichtig mit ihr zurück zum Schrank, stellt sie in ihr Regal. Ihr Onkel, der Erfinder, beinahe auf Zehenspitzen läuft er. Bleibt am Fenster stehen, ganz ruhig, die Hände in den Taschen, wie einer in einem Kinofilm, auf einem Berg oder am Meer, wenn er Abschied nimmt oder am Schluss in die Ferne schaut. Schulterklappen, Ev fallen sie erst jetzt auf, weil auch sie auf links liegen, er hat tatsächlich sein gutes Hemd an, das er sich einmal selbst gekauft hat, als Wilhelm probeweise Textilien im Edeka in der Auslage hatte. Nie trägt er es, doch heute hat er sich so sorgfältig angezogen wie zu einem Vorstellungsgespräch. Sein verdrehter Hemdkragen ist jetzt in seiner Drehung von hinten zu sehen, er drückt ihn herunter. Die Haare rasiert, sein runder Kopf wie der eines großen Jungen, die Ohren herzzerreißend weich. In seinem Halbprofil erkennt Ev die Ähnlichkeit mit ihrer Mutter. Mit einer Hand fährt er sich wieder über den Nacken, bleibt stehen und schaut über die Dächer der Häuser gegenüber.

Frank, jetzt wieder über Rudis Weltraumbühne gebeugt, lässt Manni noch einmal in Zeitlupe über den Lenker des Mopeds fliegen, da fängt die Kreidler tatsächlich an zu knattern. Unten von der Straße kommt das Geräusch, wird abgewürgt wie immer, dann bockt Manni sein Moped unterhalb von Rudis Fenster auf den Ständer. Das Quietschen, das noch im Frühjahr zu Evs liebsten Geräuschen gehörte, bringt auch Rudi wieder in Bewegung, er tritt zurück vom Fenster, dreht sich zu ihnen um. Ich bin so froh, dass ihr da seid, sagt er, doch bevor jemand etwas erwidern kann, hören sie Manni, der schon unten in der Eingangstür mehrmals laut nach Ev ruft, als müsse sie sofort springen, ein geteilter Manni also, dessen Stimme gleichzeitig durchs Fenster und aus dem Hausinneren zu Rudis Zimmer hinaufdringt. Ev muss lachen über diesen Sound, der Manni zu einer Zeichentrickfigur werden lässt, zum ersten Mal spricht sie Englisch, ohne nachzudenken, Did you hear that?, sagt sie zu Frank.

Yes, it's Stereo Manny, sagt er, Stereo Maniac!, und Ev versteht das Wort auf Anhieb, hat es letztens erst gefunden, als sie sich an einer Song-Übersetzung versuchte. Sie lacht jetzt laut heraus, weil er ja so recht hat mit dem Verrückten. Frank grinst wie einer, der um seine trockenen Bemerkungen weiß, und auch Rudi gluckst in sich hinein, Stereo-Männi, das hat er verstanden, es reicht für sein Glück, er blickt sich um, wiederholt den Namen. Männi! Dann lachen sie zu dritt, Rudi am lautesten. Schaut von einem zum anderen, seine Augen sind tatsächlich feucht. Männi, ruft er noch einmal, zum Test, um zu sehen, ob sie auch wirklich alle über dasselbe lachen, und um den Augenblick zu halten. Und schon sieht Ev wieder die Unsicherheit in seinen Augen, das Flehende, das sie von ihm kennt,

wenn er spätabends noch verarscht wird in der Kneipe. Der Moment soll nicht vergehen, in dem sie da zu dritt zusammen sind, darum bittet es, das Quäntchen Glück in Rudi.
Dann ist unten für einen Moment Ruhe bis auf das Telefon, das hinter der Theke klingelt, ungewöhnlich für einen Samstagvormittag, Ev hört ihre Mutter, die abnimmt und sich meldet, dann hört es sich an, als fragte sie etwas auf Englisch. Wie neu plötzlich alle Töne sind, die im Grünen Baum angeschlagen werden.
Rudi packt seine Welten zusammen, Frank hilft ihm dabei, schon poltert Manni die Treppe hinauf. Frank und sie sind sofort an der Tür, eine Handlung, die keiner Verabredung bedarf, Manni soll nicht ins Zimmer. Beinahe schon die Handlung eines Paares, Ev sieht es als Zeichen, noch wichtiger als ihr einverständliches Lachen. Hinter ihnen, das sieht sie auch, verstaut Rudi die Koffer unter dem Bett, ganz erschöpft wirkt er, und im allerletzten Moment nimmt er die Kamera aus seinem Schrank noch mit.
Nach Manni kommt nun auch Rosi die Treppe hoch, es ist ein allgemeiner Auflauf im Flur im ersten Stock, Euch hab ich gesucht, sagt Manni, wir müssen jetzt den Käfer aufbocken, bis morgen Abend will ich auf jeden Fall fertig sein. Vielleicht will der Mister-Amerika-Gammler ja mal gucken, was sein Auto so macht, und helfen. Dabei schaut er Frank nicht an, sagt alles nur in Evs Richtung.
The car, sagt Ev zu Frank, die die Erwähnung der Reparatur aus dem Gleichgewicht bringt, dein Auto wird morgen Abend fertig sein. Dann weiß sie nicht mehr weiter, will den Rest nicht übersetzen, schon gar nicht das mit dem Mister Amerika. Sie hofft, Frank hat es nicht verstanden,

das Wetterauer Englisch. Auch die Mutter beachtet Manni nicht, Ev sieht ihr an, wie immer interessiert es sie nicht, was er sagt, viel lieber hätte sie gewusst, warum Frank und Ev aus Rudis Zimmer kommen. Da war eben ein Telefonanruf für dich, sagt sie zu Frank. In diesem Augenblick sehen alle fast heilig aus im Sonnenlicht, das aus dem Zimmer in den Flur fällt, von unten zusätzlich angestrahlt vom Licht, das aus dem Schankraum die Treppe ausleuchtet und so stark von der dunkelbraun lackierten Holzvertäfelung des Treppenaufgangs reflektiert wird, dass es diesen Morgen in die nächste Unwirklichkeit taucht. Manni fragt, ob du mit dem Auto hilfst, gibt Ev nun doch an Frank weiter, noch bevor er die Mutter fragen kann, wer für ihn angerufen hat. Sie weiß nicht, was aufbocken heißt, überhaupt fühlt sie sich nicht berufen, für Manni die Dolmetscherin zu geben, der Angst hat, Fehler im Englischen zu machen, hat ja in der Schule nie aufgepasst, verkleidet alles mit seiner Großspurigkeit, doch von einem Anruf für Frank will sie erst recht nichts wissen, nichts soll jetzt dazwischenkommen, es ist Samstag, morgen ist Sonntag, die Zeit ist knapp. Auch sie soll mitgehen, übersetzen natürlich, sagt Manni, aber hauptsächlich ihn bewundern, weil er die gebrauchte Käfer-Achse von seiner Lehrwerkstatt aus Friedberg mitgebracht hat, dazu Tipps und Werkzeug von seinem Meister. Das mit dem Bewundern sagt er natürlich nicht, aber er lässt jetzt nicht mit sich spaßen, das zeigt sein Tonfall. Die Käferangelegenheit ist eine große Sache. Wir alle gehen mit, sagt Frank. Rudi, du auch, nicht wahr.

Beim Hinuntergehen will Manni seinen Arm um sie legen, merkt nicht, dass man so nicht laufen kann auf einer Treppe. Ev springt voraus die Stufen hinab, ist schon

durch den Schankraum und zur Vordertür hinaus, da sieht sie, nur Manni und Rudi folgen ihr.
Wo bleibt er denn, fragt sie, geht dabei wieder einige Schritte in den Raum hinein, wechselt aus dem gleißenden Sonnenlicht zurück in den Gastraum, vorbei an Manni und zum Fuß der Treppe. In der Küche ist niemand, das sieht sie durch die Durchreiche.
Na, Sehnsucht?, fragt Manni. Schüttelt sich dabei eine Marlboro aus der Packung.
Spricht wahrscheinlich noch oben mit deiner Mutter, sagt Rudi, von dem niemand eine Antwort erwartet hat. Vielleicht will sie ja mitgehen. Ruhig steht er im Schatten des Eingangs.
Na toll, sagt Manni, vielleicht will die Oma ja auch mit? Vielleicht kann jemand ja auch schnell mal auf dem Hof anrufen, damit mein Großvater auch kommt? Dann krieg ich wenigstens genügend Tipps, sind ja alles Experten hier.
Ach, Manni, sagt Ev nur und wünscht sich, sie hätte schon mit ihm geredet. Ihm alles gesagt. Nein, nicht alles, nur dass es nichts wird zwischen ihr und ihm. Was mit ihr los ist, soll er nicht merken, eine Katastrophe wäre es, wenn es jetzt herauskäme.
Frank steht noch im Flur vor Rudis Zimmer, spricht tatsächlich mit ihrer Mutter, Ev versteht nicht genau, worüber, weil in diesem Augenblick die Oma vom Hof hereinkommt und die Hintertür zuschlägt. Es geht wohl um den Anruf, wer ist denn Gary, hört Ev sie fragen, dann werden sie leiser, Rosi nickt.
Auf der Theke liegt eine Plastiktüte vom Edeka, darin ein paar Päckchen, offensichtlich die Kaltschale, die ihre Mutter nach der Eierdiät ausprobiert. Nur Wasser und

einen Schneebesen, sagt sie immer, geht ruckzuck bei dieser Hitze und hat kaum Kalorien. Ein hellrosa Pulver im Beutel von Dr. Oetker ist nun also seit mehreren Tagen das Mittagessen der Mutter, die es jetzt sehr eilig hatte, Frank zu finden, so gefährlich nah am Rand der Theke liegt die Tüte. Im Pulver sind kleine dunkelrote Würfel, das sind die Früchte, man hätte meinen können, sie würden größer, wenn die Kaltschale mit Wasser angerührt wird, aber das werden sie nicht. Die Mutter möchte abnehmen, immer mal wieder, obwohl sie das auch schon hat. Aber jetzt will Ev nicht über Mannis schlechte Laune und den Flüsterton der Mutter nachdenken, jetzt geht es raus zum kaputten Käfer; ein Frank, der wie ein Blitz eingeschlagen ist, und eine neue Ev, die so tun will, als wäre die eilig abgestellte Tüte mit den Kaltschalen nicht vorhanden. Voll mit *crazy* Sachen ist jetzt nämlich alles, da waren sie, diese lässigen Sätze in Rudis Zimmer, die sie schon unten beim Frühstück gehört hat. Crazy world und crazy irgendwas, sie möchte diese Ausdrücke jetzt schon nicht mehr missen, selbst benutzen, nur noch Englisch sprechen, obwohl sie vorhin den Rest mit der Fusion und den Pop-up books auch schon wieder nicht verstanden hat. Die Hauptsache ist, es ist das Unwahrscheinlichste auf der ganzen Welt, was gerade passiert, sie kann es immer noch nicht fassen, da steht er, der Mann aus Kalifornien, der so anders aussieht als alle Männer, die sie kennt, so scharf konturiert, hineingeworfen in ihre Wirklichkeit an diesem Samstag in Randstetten, dem 12. Juli 1969, eine Woche vor der Mondlandung. Die Dinge werden sich verändern, und zwar alle, ist sich Ev nun sicher, ein Gefühl, wie es sie manchmal überkommt, wenn sie ganz früh am Morgen von einer Sekunde auf die andere erwacht und sich mit klaren Augen im halbdunklen Zimmer umschaut. Auch Rudi mag es ähnlich gehen, ganz selbstvergessen wartet er vor dem Grünen Baum. Sein Blick ist immer noch ernst, doch es liegt auch etwas Unbekanntes darin, sein Körper straffer als sonst, auch seinen Kragen hat er in den Griff bekommen, der Tragriemen seiner Kamera wird jetzt ordentlich davon verdeckt. Mitgehen wird er mit ihnen, weil Frank ihn gefragt hat. Etwas Besonderes hat er in petto, ihr Onkel Rudi, wer hätte das gedacht, und genau so ist auch sein Gesichtsausdruck: wer hätte das gedacht.

4.

Der Mittag ein Traum, ein Flirren in der Luft. Der Gehweg ist eng im Ortskern, auf ihrem Weg zum verunglückten Käfer laufen sie hintereinander, Manni voran. Hinter Frank trödelt Rudi auf seine hilflose Art, von Frank geadelt, doch Manni ist ihm zu viel. Halb zog sie ihn, halb sank er hin, ein Spruch der Oma, fast möchte sie es ihm zurufen, es liegt ihr schon auf der Zunge, doch seit dem Zauberwerk in seinem Zimmer gehört er geschützt.
Das Dorf ist in Einkaufsstimmung, wie immer am Samstag sind alle mit dem Auto unterwegs, mit ernsten Gesichtern sitzen die Ehemänner am Steuer, wuchten später die Wasserkästen in den Kofferraum und wieder heraus, auf der Rückfahrt muss der Wagen noch gewaschen werden, vielleicht bei der Esso in Friedberg. Wenn sie mit zum Einkaufen fahren, tragen sie auch samstags noch Verantwortung im Büro oder mähen den Rasen. Mit dem Anziehen der Handbremse vor der Garage, spätestens mit dem Zuschlagen des Kofferraumdeckels nach dem Einkauf ist für sie die Woche beendet. Ihre Frauen haben die Haare für den Einkauf frisch toupiert, ein Blüschen an, wie es unter der Woche nicht getragen wird, später werden sie die Gartenmöbel abwischen, schnell noch die Fenster putzen, damit die Zeit am Sonntag stillstehen kann. Man erfüllt seinen Teil, die kommende Woche soll sorglos überstanden werden, das ist die Bedingung an die Zukunft. Bei Begegnungen wird kurz miteinander geplaudert, das Wetter, der Garten, Krankenhausbesuche, du weißt ja, wie es ist. An-

deres ist zu beunruhigend für den Samstag. Schon Lillis Mutter hat sich über die Spießigkeit lustig gemacht, als sie noch im Ort wohnte, *unter dem Pflaster liegt der Strand*, hatte sie mit Fingerfarben auf die Kacheln in ihrer Küche geschrieben. Manchmal muss man auch mit der geballten Faust für das einstehen, was wichtig ist, hatte sie Lilli und ihr erklärt. Das hat sie jetzt davon, dass sie alles anders machen wollte, hieß es nach der Scheidung im Ort.

Sie werden beobachtet aus den vorbeifahrenden Autos, manchmal dreht sich sogar ein Kopf nach ihnen um. Der Weg ist ihr vertraut, doch hinter ihr läuft Frank, und so schaut sie genauer hin, wird mit jedem Meter fremder im eigenen Dorf. Verrostete Regentonnen in den Ecken der unaufgeräumten Höfe, braun verklinkerte Hausfassaden, die den Blick abgleiten lassen, als traute man dem Fachwerk nichts zu. Hinter dem alten Ortskern liegen die Häuser etwas zurückgesetzt, in den Vorgärten stehen steinerne Feldtröge auf dem Rasen, gusseiserne Brunnenpumpen darauf montiert, die schon lange nicht mehr funktionieren. Pferdehalfter und Kutschenräder an beige getünchten Garagenwänden, Überbleibsel einer Zeit, die es nur im Heimatfilm gibt, mühsam aufgetrieben, unser Dorf soll schöner werden. Sie schämt sich für die klebrigen Lügen in den Vorgärten, für die geschrumpfte Welt, die hinter jedem schmiedeeisernen Zaun geschaffen wird. Als sie an einem Haus vorbeigehen, bei dem in jedem Fenster kleine gebastelte Hexen hängen, auf einem Besenstiel reitend, in ihren geschnitzten Gesichtern eine übergroße, gebogene Nase und einen grausamen Mund, fürchtet sie, Frank könne laut lachen und fragen, wann der nächste Zug nach Darmstadt, nach Frankfurt gehe. Es ist völlig unwirklich, dass er tatsächlich hinter ihr auf dem Gehweg läuft. Ihr klebt das T-Shirt am Rücken, da kreuzen sie gerade die Breslauer Straße, die noch eine Brache war, als die Oma mit ihnen hierherzog. Die Oma kennt viele der Familien, geht auch manchmal zu einem kurzen Besuch in die Breslauer oder Königsberger, ganz offiziell, mit 4711 hinter den Ohrläppchen und an den Handgelenken. Wenn sie daran denkt, wie viel Mühe sich die Großmutter immerzu gibt, nicht aufzufallen, etwas zu gelten, und wie eng, wie unbemerkt von der Welt der Rahmen ist, in dem sie sich bewegt, verwandelt sich das Unbehagen, das sie überkommen hat, in Zorn darüber, wie sehr das Dorf sie vor Frank entblößt. Sie hofft, Frank nimmt das Kleinteilige nicht wahr, schaut weder rechts noch links, verwechselt sie nicht mit dem Ort, in dem sie aufgewachsen ist. Ganz gefangen in sich selbst ist sie, ihr rechter Fuß rutscht wieder einmal von der Sandale, sie knickt zur Seite, Frank, der jetzt fast neben ihr auf der Straße geht, hält sie am Unterarm, legt kurz seine Hand an ihren Rücken. Die Geste löst etwas in ihr, das Stolpern vertreibt die Wut, und jetzt geht es auch mit dem Englischen besser, sie greift nach dem Nächstbesten, das sie ohne Mühe formuliert, weil sie das mit dem Spaziergang noch einmal hören möchte. Was er am Nachmittag vorhat? Hat sich keine Vorwürfe dabei zu machen, selbst wenn Manni es hören würde, eine normale Frage von einer Pensionstochter an einen Gast ist es. Dennoch nimmt sie ihre Stimme zurück. Manni merkt nichts, erzählt etwas von Drehmomenten, weißt du, was Federbein auf Englisch heißt, damit wendet er sich zu ihnen um, doch ihre Frage an Frank ist schon gestellt und auch beantwortet, wie wäre es, wenn du mir deine Lieblingsplätze zeigst, hat er gesagt. Nein, ruft sie Manni zu, der mit den Händen in den Hosentaschen ein paar Schritte

rückwärtsgeht, um sie im Auge zu behalten, sich wieder nach vorn dreht, als ein Moped vorbeifährt, den Arm hebt und grüßt, ohne hinzuschauen, Au ja, sagt Ev zum Dreiklang der Mopedhupe zu Frank, und dann förmlicher, Yes, I would like to. Rudi ist zurückgefallen, tief in Gedanken, das sieht sie aus den Augenwinkeln.
Der Käfer steht in der alten Scheune des Sunnyside, dort warten schon ein paar Jungs vom Bushäuschen und der Dorfbesetzung des Sunny, Manni hat sie zusammengetrommelt. Gemeinsam bocken sie den Wagen auf Steine, Frank hilft, Der ist nicht ungeschickt, dein Mister Amerika, sagt Manni. Ganz als Macker tritt er auf mit seinen schmutzigen Fingernägeln, dazwischen die kehligen Stimmen der Jungs, sie hätten das Recht auf ein Trostbier, ein Hilfebier am Abend für ihr Zupacken am Auto. Verstohlen blicken sie dabei zu Frank, eigentlich wäre er ja dran, einen auszugeben, doch der reagiert nicht, bis ihn schließlich einer in eigenem Englisch fragt, was er so mache, beruflich.
I make music, sagt er und zündet sich eine Zigarette an. Ev kann die Augen nicht abwenden von ihm, wie er da in der halbdunklen Garage steht, nicht größer als die Jungs, zwei, drei überragen ihn sogar, doch sein Körper wirkt ernst zu nehmend, die Bewegungen reifer. Rudi macht ein Foto.
Aha, Hippie music, sagt ein anderer. Alle schauen erwartungsvoll zu, wie Frank den Rauch ausstößt.
Nein, keine Hippie music, dazu sind meine Kompositionen nicht geeignet.
Sie wissen nichts zu sagen, Ev kann sich vorstellen, was sie denken: Was für ein Großkotz. Doch sie halten sich zurück, noch ist die Lage zu ungenau, und Frank wirkt auch

nicht unfreundlich, bittet stattdessen Rudi durch ein paar Gesten, noch ein Foto von dem aufgebockten Käfer zu schießen. Während Manni sich schon mit seinem Werkzeug zu schaffen macht, lassen die Jungs ihre Mopeds an, fahren so lange auf dem Hof ein paar kleine Runden, bis sie wieder auf der Höhe sind und ihnen einfällt, sie könnten ihn noch einmal daran erinnern, er sei ihnen am Abend im Sunnyside ein Bier schuldig. Du kommst doch auch, sagt Manni mit argwöhnischem Blick zu Ev. Er hätte ja Kassenschicht im Sunny, und selbstverständlich käme auch Mister Amerika umsonst rein.

Zurück im Grünen Baum, sie hat ihm Rudis alte Krücke von Fahrrad aus dem Schuppen geholt, dreht Frank staksig, aber lachend eine Runde auf dem Hof, fährt hinaus auf die Straße und ist verschwunden, als hätte es keine Verabredung zwischen ihnen gegeben. Wieder fragt sie sich, ob sie etwas falsch verstanden hat, läuft ratlos durch das hintere Türchen auf die Wäschewiese, weil man von dort einen Blick über die Felder hat, und tatsächlich, über den Zaun hinweg sieht sie ihn in seinem orangefarbenen T-Shirt den schmalen Weg zwischen den Gärten entlangfahren, hinter einer alten Mauer abtauchen, als Kopf über einem Holzstapel, als ganzen Körper in den Lücken zwischen zwei Schuppen vor freiem Feld wieder auftauchen. Dann dreht er um, radelt zurück und grinst sie, die eben noch in heller Aufregung darüber war, ob er sie vergessen hat, sich vielleicht lustig über sie macht, über den Holzstapel so frei hinweg an, dass sie ihm zuwinkt. Von der Bestürzung zur Freude in Sekunden und gleich wieder zurück zur Ernüchterung, denn als sie sich umdreht, steht hinter ihr die Mutter mit einem Wäschekorb in die Hüfte gestützt und sagt, Was soll das denn werden.

Er möchte, dass ich ihm die Gegend zeige. Wir machen eine kleine Fahrradtour.
Ihr Tonfall trotzig, sie kann sich denken, was jetzt kommt, doch ihre Mutter, mit der sie sich oft streitet und manchmal kaum spricht, kommt ihr langsam entgegen, streicht sich mit der freien Hand eine Haarsträhne zurück. Zum ersten Mal fällt Ev auf, sie sind beide gleich groß. Ihre Mutter trägt die Haare nur locker mit einer Spange am Hinterkopf hochgesteckt, müde sieht sie aus, ihre dünn gezupften braunen Augenbrauen eine behutsame Überleitung von den blondierten Haaren zu ihren dunklen Augen. Richtig schön ist sie, ihre Mutter in der weißen Sommerbluse, die sie vor dem Bauch geknotet hat, alles mit einem Mal zu zart für den Grünen Baum an ihr, auch die Linien entlang der Mundwinkel. Sanft lächelt sie Ev an, etwas wie ein Wunsch liegt in ihrem Blick, der alle Streitigkeiten besänftigen möchte: Pass auf dich auf. Ihre Stimme so leise, fast zärtlich, dass Ev beinahe erschrickt, ihr um ein Haar um den Hals fallen, ihr sagen will, was in ihr vorgeht, ihr von ihrer Sehnsucht nach der großen weiten Welt erzählen will, die seit dem Vorabend ihren Körper füllt, fragen, wie war das damals bei dir, die ewige Vermutung der Tochter, die Mutter muss doch auch einmal genauso verliebt gewesen sein, kennst du das Gefühl, zu schweben, dass man immerzu nur lachen und singen möchte und Angst hat dabei, kannst du mich bitte ganz fest halten, und: Weißt du, was ich meine? Da klingelt es im Hof, Frank ist zurück, die Hühner flattern, und die Mutter geht an ihr vorüber zu den Wäscheleinen, sagt, Musst du nicht für Montag noch Vokabeln lernen, während ihr die Holzklepper an die Fußsohlen schlagen, setzt den Wäschekorb ab und hängt den Klammerbeutel an die Leine.

Der Nachmittag also ein seltsamer Schwebezustand bisher. Frank und sie jetzt gemeinsam auf ihrer Lieblingsstrecke, vorbei am alten Hofgut, vor der Bushaltestelle rechts ab auf den Feldweg, auf dem sonst kaum jemand unterwegs ist, bis hin zu den Apfelbäumen. Dann liegen ihre Fahrräder neben ihnen auf der Seite, halb im Schatten, halb in der Sonne, wie Kinderfahrräder auf wilden Grasbüscheln. Alles ist zum Stillstand gekommen, die Hitze umfängt sie wie eine Haube. Ein Mückenschwarm vor ihnen, kleine Schatten, als gehörten sie zu ihnen unter den Baum, dahinter das gleißende Weizenfeld. Zögernd setzen sie sich nebeneinander, Frank ebenso aufrecht wie sie im Schneidersitz, die Hände auf die Knie gelegt, nicht angelehnt an den Baumstamm, weil der Schweiß sonst im Rücken sticht. Schweißperlen jucken auf der Nase, atmen bringt keine Kühle. Sie ist so schnell gefahren, als hätte sie etwas einholen wollen, dabei war Frank doch hinter ihr, eine Kunstfigur, so plastisch er sich, von Grillenzirpen begleitet, mit seinen dunklen, langen Haaren gegen die Landschaft abhob. Beinahe gestrauchelt ist sie, hat schließlich angehalten und auf ihn gewartet. Er trat kaum in die Pedale, rollte nur mehr auf sie zu, manchmal schlingernd. Immer wieder schaute er nach rechts über die Felder in die Ferne, näherte sich ihr mit geringstem Kraftaufwand von beschatteten Wegstücken durch helles Licht bis hin zur nächsten Baumreihe, die ihn wieder vor der Sonne schützte. Erst wenige Meter vor ihr, als auch sie sich wieder auf den Sattel setzte, um weiterzufahren, lächelte er sie so gewinnend an, als hätte er sie eben erst wahrgenommen. Eine Herzlichkeit, die nicht völlig auflösen konnte, dass er ihren Blick noch Sekunden zuvor gemieden hatte.

Seine Nähe ist überwältigend, eine zweite Wärme, eine unscharfe Verdichtung des Schattens unter dem Apfelbaum. Wie zuvor in Rudis Zimmer riecht sie wieder sein Haar, jetzt holziger, auch er ist erhitzt vom Fahrradfahren. Sie wagt nicht, ihn anzuschauen, will sich keine Blöße geben durch einen Blick in seine Augen, der ihr vielleicht wieder ein ironisches Lächeln einbringt, das hat sie gestern Abend während des Kneipenstreits schon an ihm gesehen und auch heute Morgen, als sie sich nicht hinter der Theke hervorgetraut hat. Er ist ja Gast und sie nur Ev, damit beruhigt sie sich und zieht ihre Unterschenkel, so fest es geht, mit beiden Händen enger in den Schneidersitz. Frank holt seine Zigaretten aus seiner wildledernen Umhängetasche, die braun im Schatten liegt, Nice out here, sagt er und bietet ihr eine an. Sie schüttelt den Kopf, blickt prüfend nach vorne. Neben dem Weizen zieht sich ein Zuckerrübenfeld in die kleine Talsenke hinab, steigt wieder an bis hin zum Fußballplatz vor dem Waldstück, das Vereinsheim nur an seinem hellroten Dach zu erkennen, im Frühjahr neu gedeckt. Er streckt ein Bein aus, seine Stiefel hat er ausgezogen, sein Fuß lang und schmal, eine Haut, die schnell bräunt, mit winzigen Haarinseln auf den Zehen, die Nägel kurzgeschnitten. Er zieht an seiner Zigarette, der trockene Rauch steigt ihr in die Nase, trifft den Mückenschwarm von der Seite. Sie sucht nach Worten, solch eine Nähe ist nur in Abschnitten zu verkraften, sucht mit ihrer Hand neben sich nach Gras, nach Erde, lässt dabei ihren Blick von seinem Fuß bis zu seinem Knie gleiten. What kind of music do you make? Kann ich etwas hören?

Sure. Er zieht seinen Rekorder aus der Tasche, kramt nach den Kassetten, legt eine ein, drückt auf Play, und etwas

Wildes durchbricht die Stille, Elektrogitarre, Orgel, Bass, ein Schaben und Rasseln, Trommeln in Abständen, etwas wie Sirenen im Hintergrund, der Mückenschwarm schwingt sich eine Oktave höher, Taktwechsel, eine Aufregung unter dem Apfelbaum wie Streit in einer fremden Sprache.

Open your head, sagt er, und sie liest es auch wieder auf seiner Brust. Vor ihnen breitet sich das Feld aus, die Butterblumen am vorderen Rand grell ausgeleuchtet, es könnte auf zwölf zugehen, ein Glockenspiel aus dem Rekorder, gefolgt von Bläsern, E-Gitarre und Schlagzeug windet sich zwischen ihnen hindurch und streift Mohnblüten, die zu schwach für den Wirbel aus Tönen wirken. Das ist aber komische Musik, will sie schon sagen. Ist ja gar keine Musik. Hält aber lieber den Mund, weil sie die Probe, auf die sie vielleicht gestellt wird, bestehen will. Wie eine gläserne Wand schiebt sich der Sound zwischen Apfelbaum und Landschaft, Bienen und Vögel sind nicht mehr zu hören, die Töne rücken Feldweg und Klee, die rechteckigen Felder und den dunkelblauen Taunus in eine unbewegte Ferne. Da ändern sich Takt und Klang, gehen in ein besänftigendes Bluesschema über, und Franks Stimme ist von der Kassette zu hören, tief und schmeichelnd singt sie ein paar Takte mit, dann spricht sie. Ev versteht kein Wort, doch seine Stimme nimmt der Musik den Druck, geradezu aufregend ist es, so selbstsicher, wie es klingt und wie Frank gleichzeitig neben ihr sitzt, ohne etwas zu sagen. Seine schmale Hand, gebräunt, mit einem feinen Haarsaum entlang der Handkante, die er jetzt ganz entspannt auf sein Schienbein legt. Zum Glück klopft er nicht den Takt mit, wie es die Jungs machen, die sogar mit den Zeigefingern auf die Tischkanten trommeln, weil sie ständig unter Strom stehen. Das Bluesmotiv bricht ab, wird durch einen schnellen Rhythmus ersetzt, in dem alle Instrumente zusammen spielen, Straßengeräusche hineingemischt, Autohupen, Saxophon. Erinnert sie ein bisschen an Rudis Bühnen, wirkt zwar viel wilder, aber sie ahnt, wie die Musik gemeint sein könnte, wie die einzelnen Sequenzen mit Rudis Aneinandergeklebtem verwandt sein könnten, ernst Gemeintes und Parodie vermischt. Aber so ungemütlich. Es klingt ja wie Musik für leere Lagerhallen, es macht sie ganz nervös. Sie muss unbedingt Lilli davon erzählen, wie sie hier sitzt mit dem Erfinder dieser schwierigen Musik. Lilli wird nachfragen, und dann, und dann, was ist dann passiert, was hast du gesagt, habt ihr euch geküsst? Nein, wird Ev sagen, jetzt lass mich doch mal in Ruhe erzählen, und noch einmal wiederholen, wie sie nebeneinandergesessen haben und welch schöne Hände er hat. Nichts darf vergessen werden.

Vor ihr steht der Weizen unbewegt, ein Sonnengelb, das den Himmel blass werden lässt, zu ihrer Rechten zieht in der Ferne ein Sperber seine Bahn am Rand des Wäldchens, das kurz hinter dem Ortseingang beginnt. Frank hat ein kleines Muttermal über dem Schlüsselbein. Sie hat es bereits gesehen, als er bei seinem Frühstück saß, wenn er sich bewegt, erscheint es knapp über dem Halsausschnitt seines T-Shirts, wenn sie es sieht, zieht sich ihr Herz ein wenig zusammen, ein Gefühl, stärker als in jedem Love Song.

Mit Lilli wäre es einfach, sich über solch eine Musik lustig zu machen, die ihrerseits die Landschaft zu verspotten scheint, sie rücksichtslos zerteilt. Zu viele Drogen, würde Lilli sagen, Ev kann förmlich ihr Kichern hören, und tatsächlich ist jetzt auch in der Klangcollage ein Kichern der

Musiker zu hören, verfremdet zu einem Gelächter von Zwergen. Die Tonart wechselt erneut, Frank zieht einen kleinen Haargummi aus seiner Hosentasche, bindet sich damit die Haare im Nacken zusammen, wie ein Mädchen sieht er für einen Moment aus. Die Gitarre setzt wieder ein, überraschend melodiös, beinahe schmeichelnd wie ein Schlager liegt der Sound über den Ähren, weit hinten ist schon gemäht, Strohballen warten darauf, abgeholt zu werden, und mit dem Wechsel der Tonart zieht sich Evs Herz erneut zusammen. In Franks Blick ist Stolz über seine Musik zu lesen, freundlich lächelt er sie an. Fast tut ihr die Vorstellung weh, Lilli von den Einzelheiten zu berichten, vom Schweigen unter dem Apfelbaum, von seinen schönen Händen und Haaren, seinem Geruch, der sie für ihn einnimmt. Das alles ist nicht vergleichbar mit Lillis und ihrem heimlichen Fingerdeuten im Café Hauptwache. Schon jetzt hat sie das Gefühl von Verrat, wenn sie nur daran denkt. Welch ein Glück, dass Lilli an diesem Wochenende nicht zu Hause in Hanau, sondern bei ihrem Vater in München ist. Nur so ein Gefühl. Nur so ein Gefühl, das sagen auch Lilli und sie zueinander, wenn sie sich erzählen, was sie von bestimmten Leuten halten, oder sich ausmalen, was in ihrem Leben zukünftig geschehen würde. Nur so ein Gefühl, denkt Ev, es ist gut, dass Lilli weg ist und nichts von diesem Außerirdischen aus Kalifornien mitbekommt. Später ja, aber jetzt nicht. Lilli, die ihm vielleicht sogar gefallen würde mit ihren manikürten Fingernägeln. Nein, sie wird ihr nichts erzählen. Es soll alles Schweigen sein so wie jetzt. Überhaupt, bisher gibt es nichts zu berichten, außer von den feinen Härchen an ihren Unterarmen, die sich aufstellen, wenn sie Franks Bewegungen neben sich spürt. Auch das soll nicht Gegenstand von kichernden Fragen sein, und das Ziehen in ihrer Brust, wenn sie Frank ansieht, gehört ihr sowieso allein, ist so neu und heftig, dass es sich vielleicht verändert, zurückweicht, wenn man darüber spricht.

Wieder sieht er aus wie eine dreidimensionale Version der Musiker auf den psychedelischen Postern, lange Haare, Mittelscheitel, Oberlippenbart oder Vollbart. Bist du berühmt, hatte sie ihn am Abend zuvor gefragt, als sie die Theke vor ihm wischte.

Er hatte gelacht und den Kopf geschüttelt. Nein, ich bin sozusagen ein Prototyp. Dort, wo ich herkomme, sieht einem manchmal jemand anders ähnlicher als man sich selbst, sagte er.

Da ist ein Zug um seine Nase, seinen Mund, der beinahe abweisend wirkt, sie kann ihren Blick nicht darauf richten, das kommt wahrscheinlich daher, dass sie sich sowieso nicht traut, ihn länger anzuschauen. Ohnehin ist sie ihm ja zum ersten Mal so nahe, so lange allein mit ihm wie jetzt. Vielleicht verhält es sich mit dem Wiedererkennen von Berühmtheiten so, wie ihre Mutter es ihr von Elvis berichtet hat, den sie ein paarmal in Bad Nauheim von der anderen Straßenseite aus gesehen hatte. Aus der Nähe betrachtet wird dann doch alles etwas kleiner, sagte die Mutter, es war schon irgendwie Elvis, aber nur mit Mühe so wie im Fernsehen. Eben nur ein netter, geschmackvoll angezogener Junge mit guten Manieren.

Weder Lilli noch ihre Mutter sollen etwas erfahren. Völliger Blödsinn auch ihre Idee, sich der Mutter anzuvertrauen. Bist du verrückt, du weißt schon, dass dieser Frank wieder nach Amerika zurückgeht, mach du erst mal deine Schule fertig, er hat vielleicht eine Frau und Kinder, auch wild aussehende Hippies haben Kinder, die ganz besonders.

Sie zieht ihre Knie an, so sitzt sie immer mit Manni, nimmt einen Erdklumpen und wirft ihn aus dem Handgelenk auf den Weg, geräuschlos zerfällt er zu einem kleinen Erdhaufen. Sie sollte etwas zur Musik sagen, etwas fragen oder loben, doch ihr fällt nichts ein. In ihrer Hilflosigkeit sieht sie ihn gespielt streng von der Seite an, mit einem Funkeln in den Augen, wie sie hofft. Beinahe eine Übersprunghandlung, eine Handlung, die nicht in die Situation passt, die künstliche Drohmiene ist im Moment das Nächstliegende.
What?, fragt er lachend, seine Stimme unter dem Apfelbaum vermischt sich mit seiner Singstimme aus dem Rekorder, die auch dort eine Frage stellt, und schon drückt er auf die Stop-Taste. Den Blick nach unten gerichtet, zieht er mit beiden Händen sein Bein wieder in den Schneidersitz und sagt, It was just a joke. I'm a freak, I know. Doch dann schaut er sie wie ein kleiner Teufel aus seinen dunklen Augen an, und da ist es wieder, das ironische Lächeln unter seinem Bart, die weißen Zähne, ein Grinsen wie ein Augenzwinkern, und diesmal macht sie mit, zwinkert zurück, beinahe ein Kraftakt ist es, schnell wischt sie sich über die Wange, da war etwas, eine Mücke vielleicht. Auch er nimmt nun ein wenig Erde und wirft sie ins Sonnenlicht. Und wie sie zerfällt, zwei kleine Bröckchen daraus zur Seite rollen und sich dabei auflösen, traut sie sich, schaut ihn direkt an, von seinen Wimpern über die scharf geschnittene Nase hinab zu seinem Schlüsselbein, zum Muttermal. Nicht mehr an Lilli denkt sie und auch nicht an die verworrene Musik, spürt nur ihr Herz klopfen, in dem etwas reißt mit dem kaum hörbaren, aber unnachgiebigen Surren eines Stücks Seide, blau wie das Meer.

Der Mittag an diesem Punkt ein Vakuum jetzt, ein Zittern der Mücken wie der Wünsche, und dann wieder Schweigen, weil es immer noch zu nahe ist, nebeneinanderzusitzen.
Wie alt bist du?
Twenty-eight.
Sie fängt an zu rechnen, die Mutter ist vierunddreißig, Rudi ein paar Jahre älter, sie selbst siebzehn. Vom Alter her ist er der Mutter am nächsten. Elf Jahre älter als sie selbst. Ein richtiger Mann also.
Als hätte sein Alter sie mit etwas infiziert, als wäre sie auch angesteckt von seiner Musik mit ihren Taktwechseln, von seinen verschmitzten Seitenblicken, bei denen sie das Gefühl hat, er denkt an etwas, das mit der Situation nichts zu tun hat, als träte erst jetzt eine Wirklichkeit ein, die ihre Träumerei noch am Morgen gegenstandslos erscheinen lässt, zieht der Übermut in ihr auf, eine Aufregung, die nur auf sie selbst gerichtet ist, die Ahnung einer Veränderung, ein Schwebezustand. Ev, Evi, Evschen, ihre Namen klingen ihr im Kopf, als löste sich etwas von ihr, sie sieht sich selbst im Schatten sitzen, den fremden Körper an ihrer Seite.
Warum bist du hiergeblieben? Langsam und deutlich spricht sie die Frage aus, sich selbst mit akzentuierter Aussprache den Rückzug nehmend, sie wünscht sich eine Antwort, die mit ihr zu tun hat.
I want to be a stranger to myself, sagt er und bläst den Rauch seiner Zigarette so kräftig aus, als wäre das Fremdsein selbstverständlich. Das hier ist es, wonach ich gesucht habe, aus diesem Grund bin ich nach Deutschland geflogen. A time out. Und dann ist der Unfall mit dem Beetle passiert.

Eine weitere Aussage, die sie verblüfft, so hat sie sich das nicht vorgestellt, so schwierig und so männlich. Gibt es da eine Freundin oder Frau? Aber das verkneift sie sich, die alles verändernde Frage, falls sie mit ja beantwortet wird. Lieber sieht sie ihn wieder ernst an, leicht von unten und fragend, bittet ihn um eine Zigarette, und ihr fällt auf, wie oft gelächelt wird seit dem Vorabend zwischen ihnen, diese Freundlichkeit der Lippen, die auf ungefährliche Weise den Blick in die Augen erlaubt. Als hätte er gemerkt, dass seine Sätze nicht unter einen Apfelbaum passen, hält er ihr die Packung mit so großem Schwung entgegen, dass gleich drei Zigaretten herausfallen. Er sammelt sie auf, reicht ihr eine davon, und weil es jetzt der richtige Moment ist, berühren sich ihre Fingerspitzen. Er legt das Zigarettenpäckchen auf seiner Tasche ab und gibt ihr Feuer, die zweite größtmögliche Nähe in diesem Augenblick, seine Hand so nah an ihrem Gesicht.

Das wünsche ich mir auch, ganz woanders zu sein.

Ihr Satz dahingesagt, auch um die Nachwirkung der Berührung zu übergehen, und doch meint sie es ernst. Noch beim Sprechen schnippt sie an der eben erst angezündeten Zigarette.

Was gefällt dir am besten an diesem Platz, fragt er, und sie braucht einen Moment, bis sie versteht. Noch niemand hat sie das gefragt, noch nicht einmal sie selbst.

Das ist doch dein Lieblingsplatz, oder? Warum bist du gerne hier? Er bläst Rauchringe aus, dann sieht er ihr in die Augen. Sie drückt ihren Rücken durch, sitzt aufrecht, und dann fließen die Worte wie von selbst, sie wundert sich darüber, wie sie auf einmal reden kann.

Ich komme her, um ein paar Minuten zu schlafen, im Haus ist es niemals ruhig, dann liege ich auf dem Rücken

und schaue in den Himmel und stelle mir vor, ich wäre woanders. Ich hab mir auch schon vorgestellt, einen Fotoapparat mitzunehmen und jeden Abend das gleiche Bild zu machen. Oder es zu malen. Eine überraschende Antwort. Ihre Stimme zittert, sie hofft, er merkt es nicht. Von Sich-fremd-Fühlen spricht sie, dass sie es kennt und nicht versteht, warum er es sich wünscht. Weil ich unbeschwert sein will, sagt er und reibt sich über die Oberschenkel, weil es einsam macht, sagt sie gleichzeitig und redet weiter: Dass sie am liebsten weggehen würde aus dem Ort, er habe es am Vorabend doch mitbekommen, wie die Leute hier seien. Auch die Sprachschule, ich weiß nicht. Ich möchte nicht mehr, dass meine Mutter die Vertreter bedienen muss, ich will nicht, dass Rudi vor die Hunde geht, alle zerren an mir, verstehst du? Ich war noch nie am Meer! Ihr fällt die Fahrt an die Adria ein, zehn Jahre zuvor, ihre ersten Sommerferien, und zu einer Zeit, in der Rudi noch Herr über das erste Auto war, das die Oma vom Grünen-Baum-Geld gekauft hatte, der weiße DKW, in dem sie an der österreichischen Grenze angehalten wurden, weil seine Reifen bis aufs Gewebe abgefahren waren, eine fürchterliche Situation, in der Rudi von der Oma für die Zukunft das Fahren verboten wurde und sie sowieso zurückmussten, weil mit den neuen Reifen das Geld für das Camping in Bibione aufgebraucht war, schon auf der Rückfahrt saß nur noch ihre Mutter am Steuer.
Sie zieht an ihrer Zigarette, die einzig mögliche Erleichterung nach ihrem Redeschwall, der sie selbst erschüttert hat. Er nickt nur und sagt nichts, fast dankbar ist sie ihm dafür. Sonst ist sie es, die immer Widerrede hält, nun ist es niemand. Stattdessen hört sie den Klang ihrer Stimme, den Nachhall ihrer Sätze, der unter dem Apfelbaum

schwebt, und findet gar nicht verkehrt, was sie gesagt hat, der Satz mit dem Meer zum Glück ohne Weinerlichkeit.
Du bist gerne alleine, nicht wahr, sagt er schließlich, das Fazit, das sie gerade selbst aus allem zieht, und sie nickt. Schnippt wieder an ihrer Zigarette, inhaliert, bläst den Rauch schon ähnlich aus wie er, mit Blick in die Ferne. Zur Linken ist ein Stück der Straße nach Ober-Mockstadt zu sehen, ein Moped fährt entlang, sein Motor nicht zu hören, überholt es einen Trecker, dessen schwarzes Plastikdach in der Sonne aufblitzt.
Dort oben hab ich gestern irgendwo gestanden und über die Felder geschaut. Da wusste ich noch nicht, dass du hier lebst.
Der Himmel über dem Feld ist von einem hohen, lichten Blau, kuppelgleich zieht er sich bis über den dunkelblauen Taunus. Frank sagt nichts mehr, blickt wie sie ins Unbestimmte, doch sein Satz ist noch nicht vergangen, sinkt tiefer und geht über in eine Art von Stolz, der sie ganz ruhig werden lässt. Er meint tatsächlich sie.
Ab jetzt kommen Fragen und Antworten ohne Musik aus. Er erzählt ihr von seiner Abreise, von einem Jungen, der mit einem Blutbeutel im Garten seines Hauses auftauchte, spricht davon, wie viel Verrückte sich in den Hügeln rund um Los Angeles angesiedelt haben, aus dem Nichts erschienen, Sekten, Kulte, und dass noch etwas Schlimmes passieren würde. Mädchen und Jungs, die keine Geschichte hätten und eine erfänden. Wie überlegen sich die Mädchen fühlten, die sich als Groupies bezeichneten, wie sie sich anbiederten, versuchten, den Musikerjargon zu übernehmen, den Männern mit bewundernden Blicken folgten, vor ihren Häusern campierten, Geschenke brächten. Wie sie alles taten, um dazuzugehören, völlig überzeugt

davon, eine Weiblichkeit auszuleben, mit der sie sich von den Fesseln einer reaktionären Gesellschaft gelöst glaubten.

Sie versteht kaum, wovon er spricht, nickt nur, und das Wort Gruppensex fällt ihr ein, ein plötzlicher, angenehmer Schrecken bei dem Gedanken, er habe vielleicht Erfahrung mit Dingen, die sie sich nicht vorstellen kann. Fast traut sie sich, ihn zu fragen, doch er ist schon weiter, sie hat Mühe, mitzukommen, trauert um den schönen Satz, der sie beide noch vor Minuten verband, während er jetzt von der Gesellschaft spricht, die hier wie dort am Zerfallen sei. Von Realitätsverlust im Großen und der Aggression im Individuum, die unter der Oberfläche lauere, von den Kaufhausbränden in Deutschland ein Jahr zuvor, sie weiß überhaupt nicht mehr, um was es geht, erst bei den Namen, die er falsch ausspricht und bei denen sie mehrmals nachfragen muss, Baader und Ensslin, ahnt sie, was er meint. Etwas so in Schwarz und Weiß, dass, wann immer im Hinterzimmer vom Grünen Baum etwas darüber im Fernsehen läuft, irgendjemand sagt, Komm, hör auf, alle an die Wand gestellt, und dann ist Schluss, und jemand anderes zustimmt und sagt, Beim Adolf hätte es das nicht gegeben. Es geht ihr plötzlich nicht gut. Das Gefühl, ungenügend zu sein, geht über in eine Schwäche, die sie nicht loswird. Wenn er sie jetzt nicht mehr leiden kann, hat sie dem nichts entgegenzusetzen, dann wird sie aufgeben. Ich weiß es nicht, sagt sie, obwohl er gar nichts gefragt hat. Das Panorama vor ihnen jetzt so plan wie ein riesiges Foto, sie ist fast dankbar für die Lebendigkeit im Vordergrund, Zichorie, Margeriten, Mohn, Butterblumen, Labkraut, Kamille, Bienen darin.

Als spürte er ihre plötzliche Unsicherheit, wechselt er das

Thema, legt aus knorrigen Stöckchen die Umrisse von Kalifornien, kennzeichnet Los Angeles durch Apfelbaumblätter, den Laurel Canyon durch einen kleinen, noch unreifen und schon von Würmern zerfressenen Apfel; ein anderer dünner Stock, krumm, moosgrün und mit silbernen Flechten überwachsen, stellt den Sunset Boulevard dar, der hinunter zum Meer führt. Das Silberpapier seiner Winstons wird zum Pazifik. Er erzählt von den gewundenen, engen Wegen im Canyon, auf denen keine zwei Autos aneinander vorbeipassen, von Felswänden, kleinen Schluchten, Eukalyptus, Yucca, poison oak, Fuchsia, gooseberries, und hinter allem die Wüste, the desert, zu spüren, und vor dir manchmal ein Ausschnitt, ein Blick über Los Angeles, wie es da unten liegt, der dir den Atem nimmt, besonders bei Nacht. Pflanzennamen, die sie nicht kennt, doch sie versteht *sweet* und *pink* und *heavy* und *green* und *like jasmine*, alles so sehr das Abbild ihrer Wünsche, mit Palmen und Pazifik und dem glitzernden L. A., dass es ihr wehtut. Allein, dass unter ihrem Apfelbaum der Name Los Angeles mehrfach ausgesprochen wird, grenzt an ein Wunder. Verliebt ist sie in ihn, und was ist schon dabei, wenn er es merkt, sie hat nur den Samstag und den Sonntag, und unter dem Pflaster liegt der Strand. Die Mädchen, die bei ihm im Haus sind, hätten ihm die Namen der Pflanzen beigebracht, nach den durchgemachten Nächten pflückten sie Blumen, schmückten die Veranda damit. Sie kann jetzt die Musik ein wenig besser verstehen, Stückwerk ist es, eine große Collage, mit der er sich über all die Blutbeutel, Leute im Drogenrausch und hoffentlich nicht auch die Liebe lustig macht, ähnlich wie Rudi auf seine Art über das Dorf. Ihr Onkel sei außergewöhnlich, sagt er, als spürte er auch jetzt wieder, woran sie denkt, und als

er beim Reden das Zigarettenpäckchen in der Hand dreht, kommt ihr zum ersten Mal der Gedanke, vielleicht ist er ja ähnlich nervös wie ich.
Sie lehnt sich aus dem Schatten, pflückt, was sie mit den Händen erreichen kann, zeigt ihm, wie man den Nektar aus den Blüten des Klees saugt. Erinnert sich daran, wie die Oma ihr beigebracht hat, Blumen miteinander zu verflechten, steht auf, pflückt mehr vom Feldrand, und als sie ihm die Blumenkette auf seine Haare setzen will, hält er kurz ihre Hand fest. Es ist angenehm, seine Kraft zu spüren, wieder lachen sie gemeinsam, laut und frei, sie legt ihm die Kette auf den Kopf, er greift danach, und sie zieht blitzschnell die Hand zurück, begleitet von einem Blitzen in seinen Augen, das ihr unter die Haut geht. Sie spürt, er möchte sie ebenso gerne berühren wie sie ihn. Beim dritten Mal zerreißt die Girlande, beim vierten Mal, sie hat nur noch ein paar Blumen in der Hand, bekommt er ihr Handgelenk zu fassen, hält sie fest, beugt sich in demselben Moment nach vorne, ihrem Mund entgegen, doch sie ist schon ein Stück weiter, und aus dem Kuss wird ein Streifkuss, der Hauch einer Berührung, so eindeutig allerdings, dass sie das Kratzen seines Barts spürt. Er lässt erst los, als sie sich aufrichtet, beide sitzen sich jetzt gegenüber im Schatten. Sie streicht ihre Haare zurück, ein paar Blumen haben sich darin verfangen, und er schaut zu, wie sie mit beiden Händen und geneigtem Kopf die Blüten aus einzelnen Haarsträhnen zupft, sein Blick verändert, offen, beinahe staunend.
Bevor Verlegenheit eintritt, nickt er, obwohl nichts gesagt wurde, sucht in seiner Tasche nach einer anderen Kassette, legt sie ein und spult. Es dauert eine Weile, und sie nimmt sich ganz selbstverständlich eine nächste Zigarette aus

seiner Packung. Bitte steck mir auch eine an, sagt er. Sie raucht seine an, reicht sie ihm, hält sie dabei lässig zwischen Mittel- und Ringfinger. Er hat das Stück gefunden, das er gesucht hat, zumindest eines, das passt, ein Blues. Durst hat sie und er auch, sie haben nicht daran gedacht, etwas zu trinken mitzunehmen, ganz offensichtlich, weil es kein normaler Ausflug ist. Click your heels three times and make a wish, sagt er, als sie schon stehen und sie ihre Füße an der Wade des jeweils anderen Beins abstreift, bevor sie in die Sandalen schlüpft, und das will sie wirklich, sich etwas wünschen, sie nimmt sich auch vor, sich den Spruch zu merken. I wish, sagt sie und korrigiert dann zu I will, sieht ihm direkt in die Augen, glücklich über ihren kolossalen Mut, so ungeschützt vor ihm zu stehen und es ernst zu meinen, auch wenn er jetzt nichts unternimmt, obwohl doch nun der richtige Kuss kommen könnte. Come on, let's go, sagt sie also und stellt sein Fahrrad auf.

Der Blues begleitet sie noch auf dem Heimweg aus seiner Umhängetasche, ein wenig dumpf, aber ähnlich sehnsuchtsvoll wie der Phantomkuss unter dem Apfelbaum, an den sie mit jedem Tritt in die Pedale denkt, bei jeder ausgefahrenen, knochentrockenen Traktorspur, die ganze Sache so unglaublich, dass sie jede einzelne Muskelfaser in ihren Armen und Beinen spürt, es sogar schmerzt im Glück. Ihr graut vor dem Grünen Baum. Noch immer sieht sie Franks Gesicht vor sich, wie es sich ihr entgegenbeugt. Sie schließt kurz die Augen beim Radfahren, ein Impuls, wie er zu einem Kuss gehört. Ein missglückter Kuss, so verrutscht, dass sie einer Berichtigung sicher ist.

5.

Ein Samstagmittag in genau jenem Leerlauf, den sie vorausgesehen hat. Im Grünen Baum sitzen diejenigen, die keine Familie haben, für die sie Wasserkästen schleppen, den Rasen mähen oder in einem Büro Verantwortung übernehmen, diejenigen, die nichts mit sich anzufangen wissen, und Jupp, der seiner Familie trotzt. Hast du kein Zuhause?, sagt man daher im Spaß als Samstagsbegrüßung. Nur nicht zu Jupp, auch nicht zu Sattler, ihrem alten Geschichtslehrer, den Ev schon vom Hofeingang her schwadronieren hört. Es geht auf eins zu, der Spielautomat klingelt in unregelmäßigen Abständen, ein freiwilliger Feuerwehrmann sitzt davor auf einem Barhocker, die künstlichen Rotamint-Sonnenstrahlen im Gesicht, runder Rücken, das erste Samstagspils in der Hand. Jupp isst sein Schnitzel an der Theke. Rudi am Stammtisch, ein Glas Wasser neben dem vollen Aschenbecher, liest in der Zeitung. Eine Flasche Sprudel holt sie für Frank und sich, zwei Gläser und ein wenig Kartoffelsalat aus dem Kühlschrank. Vergiss nicht, das auf seinen Deckel zu schreiben, ruft ihr die Oma hinterher.

Als wäre unter dem Apfelbaum ein Spiel in die Welt gesetzt worden unter dem Vorwand, es sei nicht wirklich, sei ganz unmöglich, und durch die Taten doch schon die nächsten Abläufe in Gang gesetzt, so essen sie einander zugewandt. Frank vor der Theke, sie stehend dahinter, beide in einem sonderbaren eigenen Leerlauf, überdreht, durstig und hungrig, schweigend, nicht in der Lage, an

den Beinahekuss anzuknüpfen. Und doch tut das gemeinsame Essen gut, ein sanfter Ausgleich des inneren Aufruhrs, auch das fast so, als wären sie ein Paar, Mann und Frau in der Stunde danach.
Die Mutter beobachtet sie mit ernstem Gesicht, fragt sie nicht, wie es gewesen ist, wo sie entlanggefahren sind.
Dein Freund Gary hat noch einmal angerufen, sagt sie über Evs Schulter hinweg zu Frank. Ich habe ihm schon gesagt, nothing bad happened, the car needs to be fixed, morgen kannst du damit zurückfahren. Ihre Stimme klingt so schneidend, dass Ev sich für sie schämt.
Thank you, sagt Frank, und ob er Gary jetzt gleich anrufen könne, er habe es völlig vergessen. Sorgfältig legt er dabei sein Besteck auf den Teller, aus seiner Umhängetasche zieht er sein Notizbuch.
Sure, sagt Ev, wieder einmal nicht *of course*, wie sie es gelernt hat, und legt ebenfalls ihr Besteck auf den Teller, aber ihre Mutter kommt ihr zuvor, hebt ihm das Telefon auf den Tresen, legt einen Zettel daneben, auf dem sie die Nummer notiert hat. Frank klappt sein Notizbuch zu, Ev hört, wie sich die Wählscheibe dreht. Seine Stimme will sie hören, wenn er richtiges Englisch spricht und nicht so kindisch langsam wie mit ihr. Doch Sattler wird lauter, der auf Jupp einredet, seinen Berechnungen zufolge würde in etwas mehr als einer Woche der Schrott der aus dem All fallenden Raumkapsel, die Armstrong und Konsorten hoffentlich rechtzeitig verlassen hätten, auf die Felder um Randstetten fallen, wahrscheinlich sogar auf Randstetten selbst. Sattler mit seinen angeklebten Haaren, dem überkorrekten Seitenscheitel, seiner beigefarbenen Windjacke und den Krawatten mit Schottenmuster, die er selbst im Sommer nicht ablegt, der grauhaarige, rotgesichtige Satt-

ler mit seinen fleischigen Händen, der schon zu Evs Schulzeit ständig die Leute für dumm verkaufte.
Sattler ist häufig Mittagsgast im Grünen Baum. Unverheiratet, in seinen Lebensgewohnheiten genügsam, dabei in ständiger innerer Auflehnung gegen die Dörfler, wie er sie insgeheim nennt, sieht er es als seine Art von Weltläufigkeit, samstags und sonntags im Grünen Baum sein Mittagessen einzunehmen. Auch während der Woche kommt er an den Tagen, an denen er nach der vierten Stunde seinen Unterricht beschließen kann, auf eine Tasse Kaffee vorbei, immer gerne mit Schuss, um mit den Vertretern ins Gespräch zu kommen, die zum Mittagstisch haltmachten. Stets achtet er darauf, Rosi in Hörweite zu haben, wenn er vom Leder zieht. Er steht ein Jahr vor seiner Pensionierung und wird in der letzten Zeit immer aufdringlicher. In der Art alleinstehender alter Onkel oder Tanten, die den Kindern, wann immer sie können, mit beunruhigenden Geschichten Angst vor dem Alleinsein einflößen, Geschichten von Meerkatzen etwa, die in den Taunuswäldern wohnen und kleine Kinder fressen, Uhus, die nachts kommen und zu den Fenstern hineinschauen, wendet Sattler sich mittlerweile von seinen Schülern ab und den Erwachsenen zu, um sie mit galligen Behauptungen aus der Reserve zu locken. Kurzum, Sattler ist hinterlistig, ein Mensch, der im Laufe der Jahre mitsamt seinen Scherzen immer absurder geworden ist, ein Mann, dem man nicht ins Gesicht, nicht einmal auf den Körper sehen mag, weil sich hinter seiner Boshaftigkeit ein unbestimmtes Verlangen versteckt, ein feuchter Schimmer, mit dem man nicht in Berührung kommen will.
Sattler räuspert sich, und mit einem scharfen Blick auf Wilhelm, der gerade zur Tür hereinkommt, setzt er seine

Erklärung fort, was geschehen würde, wenn die Raumkapsel in falschem Winkel in die Erdumlaufbahn einträte. Sie würde verglühen und als roter Meteor auf der Erde landen, in sich eingeschmolzen die hilflosen Astronauten. Oder was passieren würde, wenn die Raumkapsel im richtigen Winkel ihren Weg zurück zur Erde finden würde. Die Astronauten würden per Fallschirm abspringen und die Kapsel selbst in der Wüste von Nevada zerschellen, wenn sie nicht, ja wenn sie nicht ins Trudeln geriete und einer seiner Berechnungen zufolge auch auf Deutschland zueilen und dort ohne weiteres im Herzen der Wetterau aufschlagen könnte. Oder mitten im Dorf auf dem Edeka!, ruft er, während er nach dem Henkel seiner Kaffeetasse greift, ein Griff ins Leere, weil er dabei gleichzeitig seinen Blick Rosi zuwendet.

Und so hört Ev von Franks Telefonat nur noch den Schluss: Yes, see you tomorrow.

Die übliche Grüne-Baum-Stimmung am Samstag also, und doch konzentrierter, ihre Mutter mittlerweile hinten in der Küche bei der Oma, die beiden im Gespräch, der Rotamint klingelt und spuckt Geld aus, die freiwillige Feuerwehr schiebt es sich aus dem Ausgabefach in die Hand.

Can I ask you something? Frank rückt das Telefon zur Thekenkante. Gary käme morgen mit dem Zug um kurz vor elf in Friedberg an, er würde ihm Geld mitbringen, damit er die Reparatur bezahlen könne. Ob ihn vielleicht jemand fahren, seinen Freund mit ihm abholen würde? Seine Stimme höflich, kein Lächeln, er stolpert kurz über *Friedbörg*, Ev hilft ihm weiter, nicht nur bei der Aussprache, Mutti, hast du gehört, ruft sie in die Küche. Klappt das? Doch ihre Mutter spricht jetzt lauter mit der Oma, hört Evs Frage nicht oder will sie nicht hören.

Um was geht's denn, will Jupp wissen. Der Feuerwehrmann tastet neben der Musikbox nach dem Stecker, Ev verneint mit dem Zeigefinger, samstagmittags darf die Musik nicht plärren, die Oma will es nicht. Morgen kommt ein Freund von Frank, antwortet sie Jupp, er muss vom Friedberger Bahnhof abgeholt werden.
Kann der sich nicht ein Taxi nehmen? Jupp wischt mit einem Stück Brot seinen Teller sauber. Na ja, mich geht's ja nix an.
Ich bin doch kein Taxiunternehmen, ruft jetzt ihre Mutter aus der Küche, also hat sie es doch gehört. Ev kann nicht glauben, wie unfreundlich sie ist, hoffentlich hat Frank nichts davon verstanden. Da rauscht es vom Windfang her, und Manni betritt den Grünen Baum, schaut sich mit Adleraugen um, hat alles sofort im Blick, setzt sich neben Frank auf einen Thekenhocker. Na, hast du kein Zuhause, fragt er den Feuerwehrmann, duckt sich in Richtung Durchreiche, Frau Böhm, kann ich ein kleines Gematschel haben?
Der Grüne Baum vom Leerlauf also gleich in den zweiten Gang, diese Umdrehungen hat eigentlich nur der Freitag, und Franks Frage ist immer noch nicht beantwortet.
Herrgott, was seid ihr alle unfreundlich, platzt es aus Ev heraus.
Schon gut, ich hole ihn, sagt ihre Mutter und kommt aus der Küche. Ev, dafür lernst du heute Nachmittag endlich deine Vokabeln.
Ah, ein weiterer amerikanischer Freund auf der Anreise, sagt Sattler spitz, wieder mit Blick auf Rosi. Da könnt ihr ja hier im Grünen Baum direkt euer eigenes deutsch-amerikanisches Volksfest feiern. Frank versteht hoffentlich nichts von alldem und fragt nach, Ist schon OK, sagt Ev,

meine Mutter fährt dich, sie holt morgen mit dir deinen Freund.
Ein Fest, das wär's doch, sagt Manni, dem die Mutter aus der Durchreiche sein Gematschel holt und mit einer kaum merklichen Geste von Fürsorge vor ihn auf die Theke stellt, da kann sich Mister Amerika auch gleich mal erkenntlich zeigen. Hamburger und Rippchen, Ketchup, Mayo, Senf, Bier und Cola, ist doch alles da, was fehlt, kommt aus dem Edeka, und das Fleisch holen wir von uns vom Hof. Er muss sowieso noch einen ausgeben, das ist er den Jungs schuldig. Den Grill kann ich besorgen, wir haben einen bei uns draußen. Oder wir bauen so einen, wie sie ihn auf dem Amifest haben, halbe Tonne, Rost drüber, fertig, aus. Wir machen mal so richtig einen drauf, oder, Frau Böhm?
Franks Lächeln, Ev wundert sich, wie unbeeindruckt er von allem scheint. Sattler schlägt mit dem Rand eines Geldstücks auf die Theke, seinen Kaffee würde er gern bezahlen, mit Familienangelegenheiten hätte er nichts zu tun. Damit lässt er das Geld liegen, Rudis Nikotinschleier verwirbeln hinter seinem Rücken, als er den Grünen Baum verlässt. Im Schankraum verschwimmt das Licht, der Rotamint leuchtet ohne Ton, da drängt sich die Mutter neben sie, stößt sie mit dem Unterarm an, die Haut der Mutter wärmer als ihre eigene, und Ev zuckt zurück. Schreib mir bloß das Telefonat gleich auf seine Rechnung, sagt sie und deutet auf die Thekenschublade. Ev räumt das Telefon ab, zieht die Schublade auf, Franks Deckel ist mit einer Heftklammer am Meldezettel in das Registerbuch der Oma eingeheftet, die Mutter wirft den Zettel mit Garys Telefonnummer ebenfalls in die Schublade. 50 DM hinterlegt, liest Ev, Zimmer 1 steht am Anfang der Spalte, dahinter

seine Unterschrift, völlig unleserlich, als Vorname ein F., der Nachname zwei Wörter, etwas Ähnliches wie van oder Vliet, Ev kann es nicht entziffern, vielleicht holländisch, ein Krickelkrackel, eng, aber groß und schwungvoll. Offensichtlich hat die Oma den Namen nicht verstanden, sonst hätte sie ihn in Druckbuchstaben eingetragen, der Fünfziger war ihr genug als Versicherung.
Vielleicht kannst du mir noch einmal helfen, sagt Frank.
Sure, sagt Ev wieder, das einzige Wort, das sie niemals vergessen, mitnehmen wird in die nächste Sprachschulwoche, sie mag nicht daran denken, wie es ihr dort wieder ausgetrieben wird.
Ich möchte den Jungs einen ausgeben, du weißt doch sicher, wer alles beim Käfer in der Scheune dabei war?

6.

Das Sunnyside steht am Ortsausgang wie ein Wegelagerer. Verweigert sich mit Tag und Nacht heruntergelassenen Rollläden jeder Ansprache. War einst der Hof von Jupps Schwiegereltern, der Ende der Fünfziger nach deren Tod an Jupps Frau vererbt und von Jupp als Stützpunkt für seine Eierfarm genutzt wurde. Vor ein paar Jahren hat er es zum Sunnyside verwandelt, nachdem der Kredit für die Legebatterie auf seinem Aussiedlerhof genehmigt wurde. Auf die Mauer, die den ehemaligen Gemüsegarten und die Fenster im Erdgeschoss vom Gehweg abschirmt, hat er Holzpaneele aufgeschraubt, die Fachwerk vortäuschen. Billig wirkt diese Fachwerkattrappe, auch wenn man es ihm so nicht sagt. Mit der Mauer hat Jupp auch das Wohnhaus und die Nebengebäude frisch gekalkt, und so ist das Sunnyside auf arrogante Weise heller als alle anderen Häuser in der Hauptstraße. Das ovale Emailleschild mit dem Namen *Sunnyside* weist von der Mauer neben der Hofeinfahrt über den Gehweg. Unter dem Namen, dessen schwerer Schriftzug einen keltischen Eindruck macht, ähnlich einer Whiskeyreklame oder einem irischen Pub, geht eine schwarze Sonne auf, in die weiße Spiralen als Augen lackiert sind. Ein Scheinwerfer, über der Halterung des Schildes verschraubt, erleuchtet es strahlend hell, sobald die wirkliche Sonne untergegangen ist. Sein Stromkabel zieht sich an Stange und Mauer herunter bis zu einem Kellerfenster, in dem es verschwindet, auch hier war Jupp schnell bei der Sache, der Laden muss funktionieren.

Pizzeria steht auf einem anderen Schild, ein Zusatzgeschäft, Idee seiner Töchter. Er hat das Schild in Höhe des ersten Stocks zwischen den früheren Schlafstuben des alten Wohnhauses angebracht, rote und gelbe Flammen umlodern die schwarze Aufschrift, gehen in einen Sonnenuntergang über, eine absurde Verbindung aus Höllenofen, Wüste und Italien, die im Sommer – und noch stärker im Winter – jeden Autofahrer aus der Ruhe bringt. Am Sunnyside fährt man, möglichst ohne hinzuschauen, vorüber.

Niemand wagt, in Jupps Gegenwart etwas gegen seinen Gestaltungswillen zu äußern, denn er ist einer von ihnen, wenn auch geschäftstüchtiger. Das Sunnyside? Eine Goldgrube, heißt es bei den Zaungesprächen, die Stimmlage ersetzt dabei die altbekannte wegwerfende Handbewegung. Man will nichts gegen Jupps guten Riecher einwenden, hat in seinem eigenen Leben aber nichts mit Geschäften derlei Art zu tun. So was machen immer nur die anderen. Wir sind anständige Leute, schwingt auch in jedem Gespräch über das Sunnyside mit, doch das braucht man nur selten auszusprechen. Die da oben und wir hier unten, schließt sich im gleichen Tonfall an, wenn das Gespräch vom Sunnyside hin zur Politik schwenkt. Beatschuppen, Gammlerhöhle oder Affenzirkus wird das Sunnyside auch genannt. Sunny nennen es die Jungen. Niemand weiß genau, wie Jupp darauf gekommen war, den Hof seiner Schwiegereltern zur Dorfdisko umzubauen, vielleicht auf seinen Fahrten als Eier- und Gemüseverkäufer, ganz sicher aber unterstützt von seinen drei widerborstigen Töchtern, die besser als ihr Bruder Wilhelm gelernt haben anzupacken, sich kein X für ein U vormachen lassen und in ihren jüngeren Jahren an den Wochenenden

gerne nach Frankfurt zu den Tanznachmittagen der Tanzschule Wernecke und noch lieber nach Hanau gefahren waren, um ordentlich einen draufzumachen, wie sie frank und frei bekannten als einzige Wesen, gegen die ihr Vater nicht ankommt. Sie flirteten gerne mit den GIs zur Hintergrundmusik der Philippino-Band in der Jolly Bar, Rock 'n' Roll, wie ihn die deutschen Jungs niemals spielen konnten, wechselten Blicke mit Tom, Dick oder Harry, fanden aber bald noch mehr Gefallen daran, die Preise auf den Getränkekarten mit der Zahl der Gäste zu multiplizieren. Während die Tielman Brothers mit gespreizten Beinen auf den Knien quer über die kleine Bühne rutschten, ein Lächeln im Gesicht, das zwischen scheu und unverschämt wechselte, die Schenkel so angespannt in den Hosen aus grauem Stoff, als könnten sie Frauen und Männer gleichermaßen an sich ziehen und küssen, wenn keiner hinschaut, hörten Jupps Töchter genau hin, wenn an den Nachbartischen abkassiert wurde.
An ihren Marktständen in Hanau und Offenbach kamen sie mit Musikern ins Gespräch, die nach durchgemachten Nächten ein erstes Mettwurstbrötchen aßen, während die Bauern und Metzger noch am Aufbau waren. Männer, die davon träumten, den Rock 'n' Roll, die Gigs in den Clubs immer weiterleben zu können und wahrscheinlich nie ihre Entenschwanzfrisuren aufgeben würden. Sprüche über Wattzahlen bei Verstärkern, fetzende Gitarren, heiße Weiber interessierten Jupps Töchter nicht, sie halten die Musiker für Drückeberger, da kommen sie ganz nach ihrem Vater. Nur bei der Sauferei horchten sie auf. Sauferei in Nachtclubs und Bars bedeutete Whiskey und Gin. Sie sprachen mit ihrem Vater darüber, bei dem das Wort Umsatz Wirkung zeigte. Fortan unterhielt er sich nicht

nur über Kommunalpolitik, Anschaffungskosten und Bankkredite, er las auch in der Wetterauer Zeitung die Anzeigen der Musiklokale auf dem Land. Errechnete die Einnahmen. Erkannte unter seiner Bauernkappe die Zeichen der Zeit, kehrte endgültig den Hühnerdreck vom Hof und machte sich unter dem Zuspruch seiner Töchter daran, die alte Scheune und den Stall seiner Schwiegereltern auszubauen. Goss den Boden mit Zement aus, baute Zapfanlage, Herren- und Damentoilette ein, ließ sich von Glitzerkugeln über der Tanzfläche überzeugen, beschaffte Scheinwerfer mit davor kreisender Farbschablone und eine Musikanlage. Mauerte neue Innenwände, die er holzverschalte, stellte alte Fässer als Sitzgelegenheiten in die Ecken und auf den ehemaligen Heuboden, von dem aus man auf die Tanzfläche schauen konnte. Hängte Wagenräder an die Wände. Aus Stall und Scheune wurde ein Beatschuppen mit Stallanmutung. Seine Töchter stellten einen Industriebackofen in die Küche des ehemaligen Wohnhauses, hämmerten aus Pressspan eine Stehtheke zusammen und wechselten sich mit Pizzabacken, Thekendienst und Kasse ab. Schon bald brummte die Hütte. Jupp hat keine Ahnung von Musik, aber Ehrgeiz und Töchter stacheln ihn an, bessere Bands als das Big Apple in Wölfersheim, das Black & White, das Central ins Sunnyside zu holen. Es gibt Beat-Maskenbälle an Fasching, Bands aus Frankfurt spielen, ehemalige GIs, die in gebrochenem Deutsch auf dem Aussiedlerhof anrufen und gesagt bekommen, wann sie wo zu sein hätten. Er zögert keine Minute, Plakate und die Anzeigen in der Wetterauer Zeitung zu bezahlen, die seine Töchter entwerfen. *Für Sie entdeckt original colored Soul-Show-Band THE SOUL EXCITERS mit 3 Negersängern! Nur Samstag ab 20 Uhr nur Sonntag ab 16 Uhr,* und die dumpfe Musik aus dem Sunny ist noch dreißig Meter die Straße herunter zu hören, zieht nicht nur Dorfrocker und Feuerwehrleute an, denen zu Hause die Decke auf den Kopf fällt, sondern auch Studenten, Stadtvolk, Rock-'n'-Roll-Könige, je nach Programm. Jupp weiß seit langem, seine Entscheidung für Hühner, Soul und Rockmusik war richtig. Um Weihnachten ging sogar die Rede, er habe sich in seinen Aussiedlerhof nicht nur eine neue Küche, sondern auch ein Wohnzimmer einbauen lassen, und zwar genau so, wie es beim Sommerlad in Gießen in der Ausstellung stand, inklusive Teppiche, Lampen und Buchrückenattrappen in der Schrankwand. Jupp, tagein, tagaus das Bäuerchen im Arbeitsanzug, über den Ev von einem lachenden Manni erzählt wurde, er habe die Hakenkreuzfahne *noch von früher* zwischen Sprungrahmen und Matratze liegen, lässt sich so gut wie nie im Sunnyside blicken. Mit seiner Kundschaft will er nichts zu tun haben, ihm kommt schon die Galle hoch, wenn er die Radaubrüder abends in der Hessenschau sieht. Nach Liedern wie *We Gotta Get out of This Place* und *On the Road Again* ist er auch am nächsten Tag noch ungenießbar, die Hottentotten-Musik ist für die Gammler, die aus dreißig und mehr Kilometern Entfernung zu den Bands und Disko-Abenden angefahren kommen. Immer gibt es irgendjemanden in der Clique, der schon über einundzwanzig ist und den Führerschein hat. Vielleicht in Frankfurt studiert, aber dort niemanden kennt, weil er noch zu Hause bei den Eltern lebt. Ist billiger, ist vernünftig, und am Wochenende leiht man sich das Auto vom Vater. Kommt mit dem Moped oder trampt. Das Sunny saugt die Jugend auf wie ein Schwamm. Alles Schmarotzer, sagt Jupp, unter denen müsste mal jemand gründlich aufräumen.

Manni macht die Kasse an Samstagabenden, steht auch manchmal hinter dem Tresen, da sieht er sie, doch man beachtet sich nicht. Dünne Mädchen mit seidigen Schals um den Hals, Ohrringen aus Federn oder Widerständen aus Röhrenradios, die aussehen wie winzige bunte Pillen. Woher die nur so viel Zeit haben, sagt er am Bushäuschen, wer kommt nur auf so einen Scheiß. Meinen, sie wären was Besseres. Sie interessieren ihn nicht, sagt er, er fühlt sich lieber als Rocker, härter als diese verwöhnten Söhnchen und Töchter von und zu. Werden ja auch bald alles Studierte sein.

Die Jungs sind so alt wie Manni und so dünn wie die Mädchen. Tragen abgewetzte Bluejeans, denen unten die Säume fehlen, schmutzig ausgefranst, die T-Shirts so eng am Leib, dass man meinen könnte, sie wären vom anderen Ufer. Völlig bescheuerte Trottel, sagen Manni und seine eigenen Jungs, die auf ihren Grillabenden Sprüche loslassen, die sie von ihren Eltern haben. Ev hört dann weg, möchte auch nicht die begeisterten Gesichter sehen, schaut an Manni vorbei ins Feld, wenn es wieder so weit ist. Bleibt er so, bleibt das so, denkt sie manchmal, besonders, wenn sie samstags von Frankfurt zurückkommt. Sie kennt die Zeilen, die die Jungs grölen, hat die erste Strophe des Deutschlandlieds selbst gesungen im Musikunterricht in der Mittelschule, da war der Krieg schon zwanzig Jahre zu Ende, ganz am Ende einer Stunde wurde es manchmal angestimmt. Wenn ihr unbedingt wollt, sagte die Musiklehrerin mit dem unseligen Namen Fräulein Heidler, aber jeder wusste, sie hatte es selbst eingeleitet mit ihrer Aufforderung, wenn sie wollten, könnten sie jetzt singen, was ihnen gefiele. Hatte ihnen die erste Strophe ja beigebracht. Aber ihr dürft es niemandem erzählen.

Make love not war, hat einer in einem unbeobachteten Moment auf den Tresen vom Sunny gekritzelt, Jupp bekam einen Tobsuchtsanfall, als seine Töchter davon berichteten. Den Tresen hat er selbst gezimmert, auch hier Holzpaneele als Fachwerkmuster in den Sockel eingelassen, auch da wusste er sich nicht anders zu helfen, wer weiß schon, was die jungen Leute wollen. Mit einem Schwingschleifer musste Manni die Oberfläche wieder auf Vordermann bringen.

Es weht kein Lüftchen, als Ev gegen neun am Abend mit Frank zwischen den geparkten Autos hindurch zur gegenüberliegenden Straßenseite wieder in Richtung Sunnyside geht. Im Grünen Baum ist nicht viel los, das schafft die Mutter allein, der Tumult am Abend zuvor hat alle erschöpft, im Fernsehen läuft *Einer wird gewinnen*.
Draußen ist es noch hell, die Hauptstraße leergefegt. Eine Ente fährt an ihnen vorbei, fünf Köpfe, die Scheiben hochgeklappt, dröhnende Musik in der Straßenmitte, verschwindet hinter der Rechtskurve zum Sunny. Der Duft von Bratwürstchen und Bauchlappen liegt noch schwach in der Luft, wo es einen Garten hinter dem Haus gibt, wurde gegrillt. Franks Schritte wieder hinter ihr auf dem schmalen Gehsteig, unter Evs Sandalen knirscht Staub. Braun verklinkerte Fassaden wechseln ab mit roten Sandsteinmauern, von denen Placken abgefallen sind. Am Himmel ein goldenes Rosa.
Zu den Innenhöfen hin sind die Küchenfenster geöffnet, auch viele Wohnzimmerfenster stehen offen, das flackernde Licht der Fernsehapparate setzt sich entlang der Hauptstraße fort, schwarz-weiß, in Farbe. Im Vorübergehen spürt sie aus den Kellerfenstern einen kühlen

Hauch an ihren Knöcheln, riecht den Moder. Jeder ihrer Schritte ist zu hören, hohl vor Trockenheit. In den Höfen stellt Kulenkampffs Stimme eine Frage, das Dorf lacht mit dem Saalpublikum, das Saalpublikum applaudiert. Wie happy er war bei der Fahrradrunde und am Waldrand, sagt plötzlich Frank, er könne sich nicht daran erinnern, wann er das letzte Mal so lange draußen in der Natur war. Ev lacht mit, aber kein Wort von dem Beinahekuss. Sie hält die Augen offen, ihr ist klar, sie werden jetzt beobachtet, auch wenn niemand vom Dorf auf der Straße zu sehen ist.

Jupps Töchter haben wieder alles gut geplant. Eine Band könnte bei der Hitze ein Flop werden, aber ein Beatabend mit Diskjockey ist genau das Richtige. Ev hört es schon von der Straße her am Gelächter, den Gesprächsfetzen, die aus dem Hof vom Sunnyside zu ihnen dringen. Vielleicht liegt das Sunny genau wie das ganze Dorf am Rande der richtigen Zeit, denkt sie. Doch immerhin ist Ruth aus dem Friedberger Elektroladen an den guten Abenden hier, das will was heißen. Ruth ist eine der tollsten Tänzerinnen, sie wartet immer bis nach elf, bevor sie auf die Tanzfläche geht in diesem Raum mit den zugemauerten Fenstern und dem angemalten Zementboden, dann peitscht sie mit geschlossenen Augen ihre Haare zur Musik durch die Luft.

Am liebsten würde sie mit Frank am Sunny vorbei immer weiter die Hauptstraße entlanglaufen, damit er nicht aufhört, mit ihr zu sprechen. Nach dem Ortsausgang könnte sie eine Abendkühle an ihren Beinen spüren, die Dunkelheit würde ihr ein wenig Angst machen. Doch sie wären ja zu zweit. Vielleicht kämen sie auf verrückte Ideen, so etwas ist ja immer gut für die Liebe, wenn auch Ev nicht

weiß, wie man eine verrückte Idee bekommt. Nicht mehr zurückkehren ist das Einzige, das ihr einfällt.
Aber jetzt, hier, der Innenhof. Gemurmel, Gelächter, Füße, die sich lässig gegen die Mauer stemmen. Jupp, der regelmäßig sauer wird wegen der Schuhabdrücke, hat ein Schild angebracht, *Zerschlagene Flaschen, Essensreste, Fußdappen an der Mauer = 1 Monat Hausverbot!* Drinnen scheint noch nichts los zu sein. Es sind tatsächlich nur Gymnasiasten und Studenten, die auf der einen Hofseite herumstehen, und, als gäbe es eine unsichtbare Linie, auf der anderen Seite die Jungs vom Bushäuschen und ein paar Mädels aus dem Ort vor dem ehemaligen Stalltor, das jetzt verschlossen ist, um den Käfer, der dahinter über dem Erdboden schwebt, vor den Blicken zu verbergen. Noch bis morgen, dann ist er wieder fahrbereit. Ev spürt die Blicke, Frank ist tatsächlich ein Typ, wie man ihn nur von Plattenhüllen und Konzertplakaten kennt. Was hatte er gesagt? Dort, wo er herkommt, sehen alle so aus.
Wichtig ist, er geht jetzt mir ihr über den Hof vom Sunny, ein Abend in der Schwebe kommt auf sie zu, wie es auch der Nachmittag war, nur dieses Mal wird hoffentlich nachgeholt, was im Sonnenlicht nicht gelang.
Die Musik aus dem Sunny ist auf dem Hof nur als ein dumpfes Poltern zu hören. Die Mädchen, die herumstehen, halten ihre Klappe und starren zu ihnen herüber, die Jungs schnippen ihre Kippe weg, dann ist sie mit Frank am Eingang, zieht die schwere Holztür auf. *Here Comes My Baby*, schlägt ihnen mit der heißen Luft entgegen, wie eine Unterströmung zieht es sie vor die Kasse mit dem Strahler darüber, an der Manni sitzt. Jeden verstohlenen Blick nimmt sie wahr, prüft selbst, wer da ist. Hoffentlich wird es gut heute Abend, sagt man zueinan-

der wie ein Mantra, bevor man loszieht. Sind *gute Leute* da, fragen sich die Jungs an diesen Abenden und meinen die anderen vom Bushäuschen, vom Grillplatz. Die richtig Guten, die Studenten und die vom Gymmi, von denen Manni denkt, sie tun, als wären sie was Besseres, zu denen gehören sie nicht, gehört auch Ev nicht. Doch ihre Nervosität verfliegt, sobald sie das Sunny betritt, dann beginnt etwas anderes, das Dorf und das Land sind ausgeschlossen, die Musik richtet alle neu aus, hart oder sanft, je nachdem, was gerade gespielt wird.
Die Tür fällt hinter ihnen zu, Manni drückt Frank wortlos einen Stempel auf die Hand, erwartet von Ev einen Kuss, den sie ihm auf die Wange gibt. Hinter dem grellen Licht am Eingang beginnt eine samtblaue Dunkelheit der Wände, die ins Gelbe, Rote, Grüne wechselt. Manni geht mit ihnen, stellt sich hinter der Bar auf, hat alles im Blick. War unnötig, dass ihr hier zusammen auflauft, nur weil er bei euch im Baum wohnt. Nicht dass mir noch Gerüchte aufkommen, sagt er.
Sie ist froh, dass Frank schon ein paar Schritte weiter ist, du hast doch gesagt, er soll mit. Was ist denn jetzt schon wieder falsch?
Weiß er, dass sie am Mittag mit Frank auf dem Feldweg unterwegs war? Sie sind niemandem begegnet, und weder die Oma noch die Mutter haben ein Interesse daran, sich mit jemandem aus Jupps Familie anzulegen, dazu sind die Pachtverhältnisse für den Grünen Baum und alle Eine-Hand-wäscht-die-andere-Abkommen zu wichtig. Vielleicht sieht er es ihr an, hat es ihr am Mittag schon angesehen, als er sein Gematschel an der Theke gegessen hat.
Reg dich bloß nicht künstlich auf, sagt sie und beschließt, dass ihr seine Eifersucht nichts ausmacht. Noch tanzt nie-

mand, bunte Lichter kreisen über der Tanzfläche, auf deren Boden die schwarze aufgehende Sunnyside-Sonne mit ihren Spiralaugen gemalt ist. Über dem Geruch nach Bier und Staub liegt noch ein anderer Duft, eine schwache Mischung aus Old Spice und Patchouli, ein Geruch, wie Ev ihn auch vom Kino kennt, als hätten Musik oder Film tatsächlich etwas aus ihrer Stimmung hinterlassen. Heiß wie im Brutkasten ist es, doch es passt zum Cat-Stevens-Song, der immer noch läuft, man möchte kleine Schritte dazu machen quer durch den Raum. Hinter dem Tresen drängt die älteste seiner Tanten, das Mannweib, wie man im Dorf sagt, Manni zur Seite, weil er ungeschickt mit dem Flaschenöffner hantiert, als er Frank und Ev ein Bier und eine Cola auf die Theke stellt. Steckt selbst ungeduldig den Strohhalm in Evs Colaflasche, wischt sich mit dem Unterarm den Schweiß von der Stirn, im Grunde ist ihr alles eine Last, das braucht sie gar nicht sagen. Cat Stevens wird gerade ausgeblendet, die Decke über der Bar ist niedrig. Mannis Tante hat ihr schon den Rücken zugewendet, räumt geräuschvoll Leergut in die Kästen, die an der Wand hinter der Theke stehen. *Sunshine Superman* schließt an Cat Stevens an, eigentlich ein Song für später, aber es ist ja sowieso noch kaum jemand da. Wenn das jetzt läuft, kommt irgendwann später garantiert *Season of the Witch*. Erbskorn sitzt an der Bar, der dick ist und vor lauter Einsamkeit am Feierabend mit seinem Moped zwischen Bushäuschen und Effolderbach so lange hin- und herfährt, bis er kaum noch Sprit hat. Der seinen Namen von Mannis mittlerer Tante verpasst bekam, weil er immer wie die letzte Erbse in der Dose am Tresen vom Sunnyside oder vom Grünen Baum sitzt und kurz vor Schluss anfängt, sich mit Korn zu betrinken. Zwei Barhocker weiter sitzt Achtundvierziger, der beim Neckermann arbeitet, noch bei seinen Eltern wohnt und Achtundvierziger heißt, weil das Haus seiner Eltern die Nummer achtundvierzig trägt und ihre Telefonnummer auf achtundvierzig endet. Auch er nicht mehr ganz nüchtern, samstags hilft nur Bier, weil sein älterer Bruder zur Verlobung von den Eltern einen Anbau bekam, Parterre und erster Stock, eigener Eingang im Hof, die 48a. Am Rande der Tanzfläche stehen zwei Mädchen, die stets früh da sind und früh verschwinden, ohne dass es jemandem auffällt. Ev kennt sie noch aus der Schule, auch da gehörten sie zu den Unsichtbaren. Mit ihren hellen Blusen, Miniröcken, Lackschuhen sind sie gekleidet wie zu einem Geburtstag, die eine sieht aus wie Alexandra, die andere wie ihr Freund, der Baum, sagt Ruth immer. Die Wagenräder an den Wänden, die Chiantiflaschen mit dem herabgelaufenen Kerzenwachs, die toupierten Köpfe voller Haarspray. Randstetten ist von gestern, die Welt hat zwei Seiten, und immer dort, wo man ist, ist Endstation. Es muss mehr in Richtung Love and Peace gehen, das weiß sie plötzlich. Minikleider ja, Röcke nein, Jeanshosen ja und Paillettenblusen auch, überhaupt, Indienblusen, wie es sie im Pudding-Explosion gibt. Die beiden Mädchen streifen sie und Frank noch mehrmals mit Blicken, ihre kleinen Lackledertäschchen unter den Achseln festgeklemmt, die Arme vor der Brust verschränkt, Ev spürt, wie der schale Dorfgeschmack hinüber zu Frank kriecht, und sie schaut ihn von der Seite an. Am liebsten möchte sie das ganze peinliche Dorf vor ihm verstecken. Kurz vor halb zehn, langsam füllt es sich. Die Sache mit dem Musiker aus Kalifornien hat sich herumgesprochen, auch die Jungs, die sonst um diese Zeit noch am Bushäuschen oder auf dem Sportplatz herumstehen, sind jetzt da,

sprechen zu laut am Eingang, holen sich schnurstracks jeder eine Flasche Bier, die sie an ihre Brust drücken wie einen Orden. Tun unbeteiligt, weil sie Frank nicht sehen können, er ist über die Holztreppe zur Galerie hinauf. Ev geht niemals auf die Galerie, dorthin verdrücken sich diejenigen, die sich näherkommen wollen.
Die Ersten, die mit ihren Getränken von der Bar kommen, reihen sich auf den Stufen entlang des Treppengeländers auf, die Treppe ist die Bastion der Nichttänzer und Nichtknutscher. Den besten Blick hat man von hier, und wenn man ein bisschen mitwippt, sieht es nicht so aus, als könne man nicht tanzen. Franks Kopf ist wieder zu sehen, treppab kommt er, verschwindet unter der Galerie, unter der auch der Diskjockey mit den beiden Plattenspielern und seinen Schuhkartons voller Singles untergebracht ist, taucht in Richtung Bar wieder auf, an der ihm Mannis Tante mit großzügigem Lächeln ein zweites Bier entgegenhält. Die auf der Treppe drehen sich nach ihm um, schauen auch nach Ev, besonders die Mädchen, die gesehen haben, sie ist mit ihm gekommen. Eine Aufmerksamkeit, auf die Ev stolz ist.
Frank ist wieder neben ihr, entspannt steht er an einer Säule, raucht, schließt bei manchen Songs die Augen, was Ev beunruhigend findet, denn sie möchte gerne etwas sagen, fragen, damit sie seine Stimme hört. Er trägt eines von Rudis Unterhemden, darüber ein weißes, kurzärmeliges Hemd, auch das hat ihm Rudi geliehen. Es ist ihm viel zu groß, er hat es nicht zugeknöpft, seine dunklen Locken fallen offen über den Hemdkragen, und wenn seine Jeanshose nicht so tief auf der Hüfte säße, könnte man sein Aussehen fast schon ein wenig spießig nennen. Doch mit dieser ausgewaschenen Jeans, aus deren Säumen ein paar

schmutzige Fäden hängen, weil die Hosenbeine zu lang und hinten abgetreten sind, sieht es aus, als mache er sich über das weiße Hemd lustig. Sie lehnt sich neben ihn an die Säule, wartet wie er die nächsten Songs ab, lässt von jedem Stück ihre Stimmung ändern, schließt ebenfalls kurz die Augen, lehnt sogar den Kopf an die Holzverschalung.

Eine Orgel setzt ein, *In-A-Gadda-Da-Vida*, eines ihrer Lieblingsstücke, ein Anfang fast wie in der Kirche, mit dem Schlagzeug sind auch gleich drei Mädchen auf der Tanzfläche. Ein viertes kommt hinzu, sie wollen sich zeigen vor Frank. Einer der spirreligen Gymnasiasten-Typen traut sich auch, sogar einer vom Bushäuschen bewegt sich unrund am Rand, mit deutlich kürzeren Haaren als alle anderen, aber mutig mit geschlossenen Augen. Die Leadgitarre setzt ein, die Mädchen wiegen ihre Körper mit gesenkten Köpfen, ihre langen Haare fallen ihnen vor die Gesichter, als hätten sie einen Knopf verloren, würde Manni sagen. Die Reise geht los, siebzehn Minuten lang, psychedelisch, hält einen gefangen, ist wie ein Trip, aus dem niemand aussteigt bis zum Ende. Mitten in diesem Song das Sunny verlassen, das machen nur Jungs, die das Mädchen, in das sie verliebt sind, beim Knutschen mit einem anderen erwischen. Aus dem Stück nicht aussteigen heißt also, Frank wird ihre Lieblingsmusik gemeinsam mit ihr erleben, oder sie mit ihm, jede Regung möchte sie von seinem Gesicht ablesen, sie ist verblüfft darüber, was der Nachmittag mit ihr angerichtet hat, in der Opposition ist sie, ihre eigene Gegenbewegung, Revolution, und wenn sie doch nur wieder in diese dunklen Locken fassen könnte. In-a-gadda-da-vida, honey, singt diese klare Stimme wie unsichtbar aus einem Höhleneingang, und das

honey geht Ev unter die Haut, nein, besser, ist ein Zeigefinger, der lockt. Don't you know that I'm loving you. Die Tanzfläche ist jetzt voll, please take my hand, der Song wird ruhiger, aber nur scheinbar, die Gitarre setzt wieder ein, bringt Ev zum Schweben mit ihren Wiederholungen direkt in der Mitte über allen Köpfen, während der Bass ihren Bauch ausfüllt, die bunten Lichter flackern, die Mädchen ruhiger tanzen, aber nur, um sich zu sammeln. So stellt sie sich das Fliegen vor. Wieder ist das Gefühl da, sie könnte hier sein, aber auch ganz woanders. Sie wippt zum Takt, macht einen Schritt nach vorne auf die Tanzfläche, ist immer noch ganz nahe bei Frank, schließt die Augen, jetzt nur noch der Basslauf, das Schlagzeug leise, setzt von hinten in der Wirbelsäule an, steigert sich zu Basstrommelwirbeln, ich möchte alles mit dir gemeinsam erleben, will sie einmal zu einem Menschen sagen und sich an den Händen halten mit ihm.
Sie weiß, Manni beobachtet sie. Hinter der Theke ist das Licht heller, alles so normal, dass sie vermeidet, hinzuschauen, ohnehin ist klar, was dort passiert, Kühlschrank auf und Kühlschrank zu, Kronkorken fallen zu Boden.

Und es stimmt, er lässt sie nicht aus den Augen. Seine Evi, sein Evschen, das plötzlich Locken hat, lange, blonde Locken, weil sie heute Morgen bestimmt ihre Haare an der Luft trocknen ließ und kein Haarspray darin verteilt hat. Mit der er unter dem Sternenhimmel auf dem Moped durch die Gegend fährt, seine Freundin, ganz offiziell seit einigen Monaten, obwohl sein Opa sagte, die Böhms, das ist ein anderer Schlag Menschen. Von der ihm seine Mutter erzählt hatte, es wären seine Tanten gewesen, die sich damals stark für Evis Mutter Rosi gemacht hatten, als im

Dorf der Zweifel umging, ob Evi nicht einfach was Uneheliches wäre, am End von einem Ami. Seine drei Tanten, stramm wie die Wildenten, die von Anfang an einen Draht zu Rosi hatten und sofort einschritten gegen scheele Blicke. Kümmert euch um euren eigenen Dreck, sagten sie jedem, der es hören wollte oder nicht, und, wer im Glashaus sitzt, gell, also passt lieber auf, was eure eigenen Männer so treiben, wenn die manchmal die Anhalterinnen mitnehmen. Wer weiß, wo von eurem ein Kind in der Gegend rumhockt. Das Maul haben sie den Idioten gestopft, deine Tanten, immer schon, hat seine Mutter erzählt mit einer Stimme, die für fünf Minuten kräftig klang. Seine Evi, mit der er erst letztens besprochen hat, sie könne ja die Buchhaltung machen, wenn sie fertig ist mit ihrer Schule und er den Hof übernommen oder eine Autowerkstatt aufgemacht hätte oder beides. So hat er sie noch nie gesehen wie heute Abend, sie ist so weit von der Sprachschule entfernt wie nur was, und auch seine Evi von den Grillabenden und den Spätnachmittagen am Waldrand, die steckt nicht drin in dem Menschen, den er sieht. Franks und ihr Profil nun versetzt hintereinander, Evi mit einem so entspannten Ausdruck, wie er es nicht kennt, und gerade als er denkt, dieser Frank sieht geradezu hässlich aus mit seinen tiefliegenden dunklen Augen, dem Bart und den langen Haaren und vor allen Dingen diesem Blick, der passt einfach nicht hierher, fängt Evi an, sich am Rand der Tanzfläche zu bewegen. Mit gesenktem Kopf wiegt sie sich zur Musik. Die blassen und roten Studentengesichter ringsherum, die kreisenden Lichter auf der Tanzfläche, und am Rande Evi und dieser Typ. Wie etwas, das überhaupt nicht sein kann, heben sich beide ab, so hell, dass es ihm die Luft nimmt. Fast wie ein Filmpaar sehen sie aus. Sie schaut nicht mal her zu mir, mit diesem Gedanken hält er inne, ist nicht in Lage, die nächste Flaschenbatterie von der Theke zu räumen. Wieder sieht Evi diesen Frank an. Trägt ihr luftiges Sommerkleid, ein, wie nennt sie es, Hängerchen. Mit blassen großen Blüten, *Dessin* heißt es, hat sie ihm eingebläut, Manni, hat sie gesagt, interessiere dich doch auch mal für irgendwas, das mit mir zu tun hat, woraufhin er hilflos die Drahtbügel in ihrem Kleiderschrank hin- und herschob. Diese Kleidchen, zwei mit unterschiedlichem Muster, hat sie selbst genäht und noch nicht oft getragen, ich weiß nicht, sagte sie, kann ich das hier anziehen im Ort? Die zerreißen sich doch gleich wieder das Maul. Und auch er findet es etwas zu locker. Einfach nur ein loses Minikleid, darunter ihre Beine, an den Füßen die Sandalen. Die großen Blüten auf dem Stoff kaum erkennbar in dem bunten Licht. Nur Evis gebräunte Haut, ihre honigblonden Haare. Zwischen all den Körpern fällt ihm durch eine mit gelbem Licht gefüllte Lücke hindurch auf, wie lang ihre Beine sind. Über dem Knöchel gibt es auf der Innenseite ihres rechten Beins einen schmalen, verbrannten Hautstreifen, brauner als die umliegende Haut, er hat nicht vergessen, woher die Verbrennung stammt, die jetzt schon fein wie Pergamentpapier ist und bald verheilt sein wird. Da ist sie dem Auspuff seiner Kreidler zu nahe gekommen auf der Heimfahrt von Hanau. Das weiß dieser Typ natürlich nicht. Wie hieß der Film noch mal? Asphalt-Cowboy. Schöne Musik. Vor dem Central-Kino, sie hatten sich noch ein Eis geholt beim Italiener an der Ecke, Evi hatte Lust darauf, wollte nicht sofort losfahren, und so standen sie Eis essend vor dem Fahrradständer, das Central hinter ihnen voll beleuchtet, einige gingen noch in die Spätvorstellung. Vanille

und Banane, ihre Lieblingssorten, und Evi ganz versonnen. Was denkst du, hat er sie gefragt, eigentlich eine Frage, die Mädchen immer stellen, aber nun hatte er sie gefragt in der Hoffnung, ihr näher zu sein, und auch, damit sie endlich loskämen, es war noch nicht zu spät, um auf die Wiese am Grillplatz zu fahren für eine Zigarette oder zwei. Alles in Ordnung, sagte sie und lächelte schief, als hätte sie einen Scherz gemacht, ein wenig traurig auch, wie eine Frau, die schon älter ist. Irgendwas ist doch mit dir, fragte er und warf seine Eistüte weg, ein Schnellesser wie sein Opa. Steckte sich eine Zigarette an, solange Evi mit ihrem Eis noch nicht fertig war. Nichts ist, sagte sie wieder, und dann: Ich weiß auch nicht, ich glaub, die Musik eben im Film hat mir Fernweh gemacht.
Ganz einfach klang das, aber auch so feierlich, als redete sie von etwas, das er nicht versteht. Mit Blick in die Ferne, als ob er etwas dafür könnte. Als ob sie es gar nicht zu ihm sagte. Genau jetzt fällt ihm dieser Tonfall ein, auch ihr Gesicht dazu, wie sie ihn nicht angeschaut hat, wie still sie war auf der Heimfahrt, wo sie sich doch sonst über seine Schulter und den Zweitaktmotor Sachen zurufen, Evi auf etwas deutet, das sie im Vorbeifahren sieht. Plötzlich nervt ihn die Musik, als er an diesen Abend von vorletzter Woche in Hanau denkt. Eine Flasche fällt ihm beim Abräumen aus der Hand, zerschellt auf dem Zementboden, pass doch einmal, wenigstens ein einziges Mal nur auf, sagt seine Tante. Evi, die tatsächlich zu ihrem Lieblingslied tanzt, sich Frank zuwendet, ihn anlächelt. Dreht sanft ihren Kopf von einer Seite zur anderen, nimmt den Rhythmus auf, hebt im Takt die Hände auf Schulterhöhe, lässt die Arme wieder sinken, nichts davon ist wild, man sieht ihr an, sie ist nicht außer sich, sondern im Gegenteil

ganz bei sich, jede Bewegung minimal, nur eine Andeutung, als wüsste ihr Körper, wie die Musik gemeint ist. Schlank und groß ist sie, genauso groß wie dieser Ami, beinahe so groß wie er selbst, eins zweiundsiebzig, und dass sie mit zweitem Namen Ursula heißt, hat er in ihrem Pass gelesen, als sie letztens am Waldrand gelegen haben. Er hat sie noch nie so gesehen, so leicht und aufrecht, hat sie überhaupt noch nie lange aus der Entfernung angesehen. Gerade schleicht sich etwas ein, die hämische Stimme, die er nur zu gut kennt, doch bevor sie es aussprechen kann, dieses *eine Nummer zu groß für dich*, steht Manni schon neben der Theke. Hinübergehen will er und der Sache ein Ende bereiten, im Bierzelt zur Kerb genügt für manche schon weniger, und es fliegen ein Bierglas oder zwei. Jetzt eine aufs Maul oder wie auch immer, wer weiß, was dieses Arschloch aus Kalifornien ihr erzählt hat. Er sucht noch den letzten Mumm in seinen Knochen, da legt ihm seine Tante die Hand auf die Schulter, ihre Schraubstockhand, gegen die niemand etwas ausrichten kann. Er selbst jetzt in einem ganz und gar unmöglichen Zustand. Irgendetwas stimmt nicht, überschneidet sich bei Evi und noch mehr bei ihm, ist falsch, zu spät. Reg dich bloß nicht auf, hat sie ihm am Vormittag noch leise bei der Verabschiedung gesagt, als sie mit Rudi und diesem Kerl in der Scheune vom Sunny war, um ihm zuzusehen, wie er am Käfer schraubte. Wie ein Idiot kommt er sich vor, weil er keine Ahnung hat, was seit gestern Abend im Grünen Baum geschieht. Seine unbekannte Evi, jede ihrer Bewegungen nun für ihn in Zeitlupe, ihre Hände, die sie wieder in Kopfhöhe hält, während ihr Kopf gesenkt, ihr Gesicht nicht zu sehen ist. Ihre Hüften unter dem losen Kleid. Sie bewegt sich nicht für ihn, hat sich noch nie für ihn so bewegt. Er weiß nicht, wie die Zeit zurückzudrehen ist, der übliche Wunsch, alles besser gemacht zu haben im Nachhinein. Ihr passt nicht zusammen, sagte Jupp, sein Großvater, noch an Ostern. Glaubst du, sie ist was Besseres, hatte Manni ihn gefragt, doch er bekam keine Antwort, stattdessen den Verdacht, er sei etwas Schlechteres. Und es ist ihm mit einem Mal klar, in diesem winzigen Moment, in dem sich alles rechts und links von Evi wie abgeschnitten von der Welt bewegt, eine Bühne, an deren Rand er selbst steht: Das wird nichts mehr mit ihr und ihm.

Jetzt ist nur noch Rhythmus um Ev und Frank, nur das Schlagzeug, das langsam von einem Lautsprecher zum anderen und zurück wechselt, dann auf doppeltes Tempo geht. Eigentlich eine Kunst, auf Rhythmus zu tanzen, sagt Ruth immer. Unterscheidet die Guten von den Idioten, die mit kreisenden Oberkörpern und Armen nur der Melodie folgen. Durch Evs halb geschlossene Lider dringt das Farbspiel der Lichtorgel, warm und kalt, und Frank sagt Yeah. Sie lacht bei der Vorstellung, ihr Gesicht sieht in dem bunten Licht aus wie ein Malkasten. An alles und nichts denkt sie, das Schlagzeug drängt nach vorne, antwortet sich selbst, wechselt den Takt, zieht eine zweite Ebene in den Raum und in den Körpern. Frank steht immer noch ruhig an die Säule gelehnt, beim Tanzen berührt sie mit ihrer Hand unabsichtlich seine Hüfte, mit dem Handrücken seinen Arm. Ein kurzes Kratzen nur mit den Fingernägeln über den Stoff seiner Jeans, das Streifen überhitzter Haut entlang ihrer Handkante, das und die Gewissheit, es wird noch eine letzte Steigerung im Song kommen. Die Art, wie sie durch Franks Augen alles betrachtet, rückt die Dinge in eine winzige Entfernung, im wahrsten Sinn des Wortes verrückt ist das alles, denkt sie, während sie einfach immer weitertanzt, denkt es eigentlich nicht, sondern fühlt den Abstand zu allen anderen außer zu Frank. Wortfetzen gehen ihr durch den Kopf, Englisch, das sie nicht überlegen muss. Sie sei wunderbar unschuldig, hat Frank am Nachmittag zu ihr gesagt, auf Deutsch eine Aussage, bei der sie den Mund verziehen würde, doch von ihm klang es gut, das Wort *pure* hat er dabei verwendet, der Laut füllt sie aus, während sie sich von diesem atemlosen Schlagzeug treiben lässt, jeder Trommelwirbel auch ein innerer Jubel.

Von oben legt sich wieder der Sound der Orgel über die Tanzfläche, begleitet von weißem Flackerlicht. Darauf haben alle gewartet, das Sunnyside ist jetzt tatsächlich eine Art Kirche, der Höhepunkt, den diejenigen verpassen, die zum Gederner See gefahren sind, sich geschworen haben, auf der Rückfahrt noch im Sunny vorbeizuschauen, und jetzt besoffen unter den Sternen auf der Wiese liegen. Mit Macht drückt der Sound auf die Tanzfläche, wird von allen Körpern aufgenommen, die Gitarre quietscht gefährlich abstrakt, lässt die Kirchenorgelmusik verblassen, die Zeit schwindet, wird aus Randstetten gesaugt, über den Gederner See hinweg, bis alle Instrumente wieder zusammenkommen, das Thema aufnehmen, dann noch ein Trommelwirbel, und jetzt der Bass, endlich das Basssolo, auf das Ev gewartet hat, Stakkato mit der Leadgitarre, und die Orgel, die nun im Hintergrund mit einem irren Wabern die Zeit zurückbittet, keine Chance hat, denn die Gitarre legt sich mit dem Bass an, das Schlagzeug begleitet alles nach vorne, wie es seine Aufgabe ist, und Ev möchte hinausfliegen durch dieses Zeitloch, sieht Ozeane

unter sich, auch in Kalifornien kann es gerade nicht besser sein, will wieder diese Stimme *honey* sagen hören, Frank soll es sagen, und da setzt auch alles wieder an wie am Anfang. In-a-gadda-da-vida, baby, don't you know that I love you.
Aus halb geschlossenen Augen sieht sie ihn neben sich, wieder berührt sie ihn, als sie ihre Arme sinken lässt, ist in Versuchung, ihn am kleinen Finger festzuhalten, ihm einfach um den Hals zu fallen. Noch ein letztes Mal klettert die Orgel in die Höhen, auf der Tanzfläche schwanken alle mit hängenden Armen hin und her wie in einer Sekte. Der Typ vom Bushäuschen reckt im Abschlusstakt den Arm nach oben, hat immer noch die Augen geschlossen, verpasst das Ende des Songs, rudert weiter in der dreisekündigen Minipause, die manchmal bis zum nächsten Stück entsteht, wenn der Diskjockey schon einen Whisky zu viel hat.
Benommen schaut Ev zu Frank, der ihr direkt ins Gesicht blickt, und als sie ihn durch das zuckende Licht hindurch fragt, Did you like it, verschluckt schon die nächste Orgel ihre Stimme, die von *A Whiter Shade of Pale*, Evs Frage daher nur eine stumme Bewegung der Lippen. Mit dem neuen Song hat sich auch das Licht verändert, ist dunkler geworden, damit man oben auf der Galerie besser knutschen kann. Offensichtlich hat Frank verstanden, was sie gesagt hat, er nickt, sein Gesicht kommt näher, sie sind jetzt unter sich, Komplizen gegen die Lautstärke und das flackernde Licht. Zweimal flammt der Strahler mit dem Weißlicht auf, legt einen harten Schatten über Frank, und Frank sieht in völliger Klarheit durch den zweiten Lichtblitz in sie hinein, sein Auge wie von innen erleuchtet für eine Sekunde. Sie streicht sich die Haare mit beiden Händen

hinter die Ohren, hält ihre linke Gesichtshälfte vor seinen Mund, damit er wiederholt, was er gesagt hat, laut hat sie noch einmal nachgefragt, die Orgel spielt immer noch das Intro, zu dem man jemandem den Kopf an die Schulter legen möchte. Seine sonore Stimme unterläuft die Melodie, ein Sprechgesang ganz nah an ihrem Ohr, die Vokale kitzeln ihr Trommelfell, und über dem Kitzel nimmt Ev seinen letzten Satz auf. You are so beautiful. Braucht eine weitere Sekunde, bis sie kapiert. Willst du noch ein Bier, fragt sie und dreht sich damit weg, ohne seine Antwort abzuwarten. Ohrfeigen könnte sie sich auf dem Weg zur Theke für ihre Schüchternheit, kriegt ihr Lächeln aber nicht aus dem Gesicht, zwei Spuren zu glücklich für Manni, der wegschaut, als sie sich ihm entgegen durch die Menge schiebt. Als sie vor ihm steht, dreht er sich um, macht sich am Gläserschrank zu schaffen, als hätte er ihre Bestellung nicht gehört. Stattdessen steht seine Tante vor ihr, stellt Cola und Bier so hart auf den Tresen, dass das Bier aus dem Flaschenhals schäumt. Zu Evs Danke nickt sie nur knapp, beugt sich, eine Hand auf dem Spülbecken aufgestützt, gleich wieder nach unten zum Kühlschrank. Sie müssen jetzt von hier weg, ist Ev sofort klar. Sie gehören nicht hierher.

Die Kirchturmuhr schlägt zwölf, als sie das Sunny verlassen. Ernüchtert die Atmosphäre im Hof, macht das Dorf wieder zum Mittelpunkt. Kaum sind sie draußen, geht die Holztür hinter ihnen wieder auf, Manni kommt heraus, Willst du schon gehen, sagt er, ich bring dich nach Hause. Lass nur, musst du nicht, ist ihre Antwort, doch sie bleibt stehen. Schlägt vor, noch eine zu rauchen, weil er ihr leidtut und ihr die Mutter gesagt hat, wenn ich dich jemals auf der Straße mit einer Zigarette erwische, dann schlag ich sie dir aus dem Gesicht, meinetwegen auch vor allen Leuten. Ruhig gibt er eine Runde Zigaretten aus, keine Widerrede, sagt er, als wäre Frank nicht vorhanden, ich lass dich nicht allein gehen. Im Licht des Strahlers über dem Sunnyside-Schild stehen noch ein paar Gestalten im Hof, dünne T-Shirts über mageren Schultern, sie rauchen ebenfalls, lachen leise. Wieder denkt Ev an den Käfer, der hinter dem alten Scheunentor in der Dunkelheit steht, das wundersame Gefährt, mit dem Frank spätestens am nächsten Abend abfahren würde, ein ganz und gar unwahrscheinlicher Zufall das Ganze, sein Unfall, sein Entschluss, die Reparatur abzuwarten.

Manni schaut zum geschlossenen Scheunentor, wiederholt, welche Arbeiten er beim Ausbau der gebrochenen und beim Einbau der neuen Achse zu tun hat, Ev kann nichts davon für Frank übersetzen, ganz offensichtlich spricht Manni auch nur zu ihr, als müsse er eine Klammer um das Wochenende setzen, das Abschleppen, Aufbocken, das Besorgen der neuen, gebrauchten Achse, Werkzeuge, die einzelnen Schritte der Reparatur bis hin zur ausgemessenen Spur. Manni, derjenige mit Augenmaß, der Tatkräftige, der Einzige, der sich um die Dinge kümmert, immer kümmern würde. Sie spürt die Dringlichkeit hinter seinen Worten.

In einer klaren Nacht wie dieser kannst du von den Hollywood Hills aus ganz Los Angeles unter dir liegen sehen, alle Planquadrate glitzern, als hätte sich der Sternenhimmel auf die Straßen gesenkt, sagt Frank in eine Pause hinein, in der Manni seinen Rauch ausbläst. Die Eingangstür zum Sunny wird wieder von innen aufgedrückt, gerade lange genug, um ein paar Leute herauszulassen, und mit ihnen

drängt zweimal You got to pick up every stitch sehnsuchtsvoll auf den Hof, dann fällt die Tür wieder zu.
Schweigend gehen sie zu dritt die Hauptstraße entlang, Ev vorneweg, Fränk – so hat Manni ihn im Hof angesprochen –, Frank läuft auf der anderen Straßenseite. Manni bewegt sich mit schleppendem Gang hinter ihr her, kickt Steinchen. Ein Auto dreht mit quietschendem Keilriemen rückwärts ein Stück in den Sunny-Hof hinein, rollt untertourig und immer noch quietschend an ihnen vorüber. Ein Opel mit Frankfurter Kennzeichen, drei Köpfe im Rückfenster, die Seitenfenster heruntergelassen, *Helplessly Hoping* klingt hin zum nachtblauen Randstettener Himmel, aus den Augenwinkeln sieht Ev Frank lächelnd den Kopf schütteln.
Manni bleibt stumm, sein Gang mittlerweile ganz und gar der eines schmollenden Kindes, das den Nachhauseweg verzögert. Wieder würde Ev am liebsten einfach weitergehen, ohne Manni im Schlepptau vorbei am Grünen Baum, ohne diese ganze Galerie verrammelter Fensterläden und Flurlämpchen, deren Licht von der Straße aus noch schwach durch die Riffelgläser der Eingangstüren zu sehen ist. Ganz zum Schluss, beim Hinausgehen aus dem Sunny, hat Frank wieder etwas zu ihr gesagt, sie konnte nicht nachfragen, sich vergewissern, ob sie es richtig verstanden hatte, Manni war schon hinter ihnen.
Der Weg zum Grünen Baum somit trübe, obwohl der Mond am Nachthimmel steht. Evs Kopf ist immer noch zugedröhnt vom Lärm der Disko, sie hofft, Manni druckst nicht allzu lange herum, bitte jetzt keine Diskussion.
Frank geht gleich hinein, Sleep well, sagt er, als sie ihm die Eingangstür aufschließt. Das Außenlicht über dem Eingang ist noch erleuchtet, auch das Henninger-Schild

über der Theke hat die Oma angelassen. Am liebsten will Ev gleich mit hinein, vielleicht selbst ein Bier trinken, gemeinsam mit Frank die Treppe hinaufgehen, ihn nicht entwischen lassen. Doch ein Gespräch ist sie Manni schuldig. Normalerweise setzen sie sich auf die Stufen, doch nun stehen sie auf dem Gehweg, Standbein, Spielbein, beide im Radius der Eingangsbeleuchtung. Ein paar Meter weiter war der Käfer gestrandet, ein schicksalhaftes Stück Straße.
Ist da was, fragt Manni.
Ist wo was, antwortet Ev, was meinst du? Hofft, dass ihrer Stimme nicht anzuhören ist, wie falsch sie sich dabei fühlt. Ist da was zwischen dem und dir? Manni gibt nicht auf, doch er kommt auch nicht in Fahrt, das erkennt sie an seinem Ton, der verhalten ist, vorwegnehmend. Bist du verliebt, wäre die richtige Frage gewesen, und sie ist froh, dass er sie nicht stellt.
Ach, du immer, sagt sie. Immer das Gleiche mit dir und deiner blöden Eifersucht. Angriff ist die beste Verteidigung, doch das hat er nicht verdient, sie weiß es selbst. Mit den Händen in den Hosentaschen steht er da, ich hab es genau gesehen, dich und ihn, sagt er, dann weiß er nicht weiter. Setzt noch einmal an, sie solle ihm nichts vormachen, seine Stimme geladen mit Enttäuschung.
Lass uns schlafen gehen, sagt sie. Gute Nacht. Sie weiß, er wartet auf eine Umarmung, einen Kuss, den gibt sie ihm auch. Mit hängenden Armen lässt er es geschehen.
Gute Nacht, sagt sie wieder, während sie schon die Steintreppe zur Eingangstür hochgeht. Oben dreht sie sich noch einmal um, sie hat etwas vergessen, das immer dazugehört hat.
Und schlaf gut, sagt sie also. Da hat er ihr schon den Rücken zugewendet.

Here Comes My Baby

1.

Hat sie ihn richtig verstanden, sind sie verabredet? Aus den Augenwinkeln sieht sie eine Bewegung in Höhe der Schminkkommode, die ihre Mutter im Flur aufgestellt hat. Es ist sie selbst im Spiegel, die jetzt stehen bleibt und sich mit Schulter und beiden Händen gegen die Wand lehnt, ängstlich auf ein Geräusch wartet. Der Flur im trüben Licht zwei kleiner Leuchtkästen, hoch unter der Decke angebracht, ein jeder von einer 15-Watt-Birne erleuchtet, Grün auf Gelb der Schriftzug Notausgang, ein Pfeil darunter in Richtung Treppe, eine Auflage des Ordnungsamts. Die Oma war ihr mit versteinertem Gesicht nachgekommen.

Es ist nach zwei Uhr in der Nacht, die Oma hat gegen Viertel nach zwölf die Vordertür abgeschlossen, kurz nachdem Ev hereinkam. Frank nicht mehr zu sehen, auch die Mutter war schon im Bett, ganz offensichtlich übermüdet, die letzten von ihr eingesammelten Bier- und Schnapsgläser waren in einem Kreis auf der Spültheke stehen geblieben. Nur die Oma hatte noch ihre Küche aufgeräumt, als wäre es ihre Pflicht, ihre Lebenspflicht, die Müdigkeit zu besiegen. Offensichtlich war weniger als sonst los gewesen, vielleicht war nach dem Tumult am Vorabend eine allgemeine Ernüchterung eingetreten, es war sogar weniger geraucht, weniger getrunken, weniger einander überschrien worden, kaum etwas haftete in der Luft, der Gastraum leer und still, die Musikbox schon dunkel, auch dem Rotamint war der Stecker gezogen. Als

Ev vor der Oma die Treppe hinaufging, sah sie auf die Fotos über der Theke und am Treppenaufgang. Wie eingewachsen in die Wand hingen sie da, Zeugen des ewig Gleichen, die aus ihren Rahmen heraus an ihr vorbeischauten.
Hat sie ihn also richtig verstanden, sind sie verabredet, fragt sie sich jetzt, zwei Stunden später, im Flur des zweiten Stocks. Auf der Kommode, mittig vor dem Spiegel, das Haarteil ihrer Mutter auf einem Styroporkopf, eine große Flasche Elidor Haarspray und zwei Kämme mit Stiel daneben. Noch ein Jahr zuvor hat sie selbst sich diesen Hinterkopf manchmal zum Spaß aufgesteckt und war für den Moment erwachsen.
Das Haarteil abends im Flur aufgestellt wie eine Trophäe. Niemals ging die Mutter ohne, dabei war die Zeit für Haarteile schon vorbei, ähnlich überholt wie die seltsame Musikmischung aus alt und neu in der Musikbox. Nur, die Mutter wollte nichts davon wissen. Blieb einfach stehen. Bis auf heute, der erste Tag mit nur echtem Haar. Ev, die oft wütend darüber ist, dass ihre Mutter den Anschluss verpasst, hätte ihr jetzt am liebsten die Hand auf die Schulter gelegt. Den Arm um sie. Jetzt, wo sie allein ist, zum ersten Mal in ihrem Leben noch selbstständiger als auf der Terrasse des Café Hauptwache, nachts allein auf dem Flur und alle schlafen, nur sie auf dem Weg zum Zimmer eines fremden Mannes, möchte sie tatsächlich den Arm um die Mutter legen.
Es ist Vollmond, sein Widerschein war vom Schwarz des Himmels abzulesen, als sie eben noch in ihrem Zimmer stand. Lass uns den Mond anschauen heute Nacht, hatte er gesagt, als sie aus dem Sunny kamen, und, Just knock on my door if you want to. Es ist klar, was er mit *if you*

want to meinte, es bleibt ihr überlassen, was sie daraus macht.
Stickig war es eben in ihrem Zimmer, sie hatte die Übergardinen nicht zugezogen, ihre Mutter hatte sie vor Jahren aus schwerem hellblauem Samt genäht, irgendetwas musste die Zimmer der Familie von den Fremdenzimmern unterscheiden. Der Wecker auf dem Nachtschränkchen zeigte auf fünf nach zwei, als sie leise aufstand. Im Haus war es still. Ihre Kleider lagen über der Lehne des Schreibtischstuhls, ihre Schultasche stand auf dem Boden. Über ihrem kleinen Waschbecken putzte sie sich die Zähne, kämmte die Haare, auf dass sie auch in der Nacht glänzten, schminkte sich die Augen. Wusch sich mit Waschlappen und kaltem Wasser, den Schlüpfer um die Knöchel, obwohl sie noch keine anderthalb Stunden zuvor, als sie so tat, als ginge sie zu Bett, geduscht hatte. Nur nicht so lange das Wasser laufen lassen. Die Oma hört die Flöhe husten. Trocknete sich ab, dies jetzt sorgfältig, betrachtete dabei ihre Arme, sich selbst im Spiegel über dem Waschbecken. 8x4. Zog das zweite Hängerchen an, das frische, das einfarbige, ließ den BH weg.
Wie eine streunende Katze. Nicht die Oma, sondern Rudi hatte das einmal gesagt, da ging es um Edeka-Wilhelms Frau, die manchmal, als es ihr noch besser ging, am frühen Abend in den Grünen Baum gekommen war, um eine Fanta zu trinken und sich mit Rosi zu unterhalten.
Ach, was weißt denn du schon, Rudirudirallalla, sagte ihre Mutter, und auch die Oma hatte sich eingeschaltet, Rudi solle sein Schandmaul halten, weil er keine Ahnung von nichts hätte.
Noch kann sie zurück in ihr Zimmer, sich wieder ausziehen, sich ins Bett legen, als wäre nichts geschehen.

Sie geht einige Schritte weiter, barfuß und nahe der Wand, damit die Dielen nicht ächzen, stützt sich immer noch mit beiden Händen ab, als hätte das Haus Schräglage. Den Mond anschauen. Sie kann jederzeit nein sagen.
Ihre Gedanken springen zwischen Tag und Nacht, noch immer dröhnt die Musik aus dem Sunnyside in ihrem Kopf, der grünliche Flur unter der Notbeleuchtung in vollkommener Stille. Den Mond betrachten, ein geheimes Zimmer betreten, den Kuss nachholen. Ein Gefühl von Unwirklichkeit überkommt sie, sie will sich jetzt etwas vornehmen für ihr Leben. Es ist sie selbst, die im Flur steht und kaum zu atmen wagt, und doch eine andere. Nach dieser Nacht mit ihm, die vielleicht schon vor seiner Tür endet, vielleicht aber auch nicht, will sie sich überlegen, wie es weitergeht. Mit ihr, mit Manni, mit allem. Manni, den sie bedauert und den sie auch deshalb nicht mehr will. Sie wird es aussprechen müssen, alles sagen, oder besser nur: Es hat keinen Sinn mehr.
Sie könnte jetzt einfach so stehen bleiben und warten, wenn man nur lange genug wartet, tritt immer das ein, woran man denkt. Entdeckt zu werden von der Oma zum Beispiel, und dann so tun, als ginge man auf die Toilette am Ende des Flurs, die auch mit dem kleinen Bad einen Stock tiefer verbunden ist in Form eines Fallrohrs, das sich an der Außenwand des Hauses entlang senkrecht in die Erde bohrt. Doch sie steht zu nah an der Wand, um glaubhaft zu machen, sie wolle aufs Klo, ist auch nicht in Bewegung, trägt ihr Sommerkleid. Wenn sich die Tür zum Zimmer der Oma öffnet und die Oma in den Flur tritt, noch schlimmer, wenn die Tür neben der Schminkkommode geöffnet wird, die zum Zimmer der Mutter führt, ist sie verloren. Ihr fällt ein, wie der Abzug klingt,

das Wasser durchs Haus rauscht, wenn die Klospülung gedrückt wird, und für einen Moment schämt sie sich vor Frank dafür.
Es zieht sie nach vorne, warum denn auch nicht. Sie ist alt genug, es geht niemanden etwas an. Zum ersten Mal in ihrem Leben ein Gefühl von Präzision und Furcht. Nur sie allein weiß, was gerade geschieht. Niemand, kein einziger Mensch auf dieser Welt, weiß in diesem Moment, wo sie ist und was sie vorhat. Eine Gewissheit, die sie tief durchatmen lässt. Sie geht jetzt ganz aufrecht, spürt jedes Sandkorn auf dem abgetretenen Läufer unter ihren Füßen. Hat das Gefühl, sich beeilen zu müssen. Auf andere Art beeilen als noch am Abend zuvor, mit dem Rad schnell nach Hause, damit sie zur rechten Zeit helfen kann, anders beeilen, als wenn es darum geht, den Bus noch zu kriegen. Einen Sprung nach vorn tun, den man nicht rückgängig machen kann. Sich trennen vom Flur hinter ihr und den Dingen, die dort sind. Wenn er seine Zimmertür öffnet und hinter ihr schließt, wird sie zum ersten Mal ohne Mutter, ohne Oma sein. Dann kann nur sie sich beschützen. Hat sie ihre eigene Zimmertür auch richtig zugemacht?
Rasch und lautlos nach vorne zur Treppe, vorbei an Rudis Zimmer, von dem sie nichts befürchtet. Die Treppe hinunter zum Gästezimmerflur, es kann nicht schnell genug hinunter in den ersten Stock gehen. Auch hier zwei Notausgang-Leuchtkästchen und ein dünner roter Läufer auf dem Boden. Die Tür am Treppenabsatz gleich neben der Toilette steht offen, dahinter, in die einstige Wäschekammer, hat die Oma vor Jahren eine kleine Dusche zwängen lassen, man ist ja nicht bei armen Leuten, ohne Dusche kriegt man auch die einfachsten Pensionszimmer nicht vermietet. Graue Kacheln und ein Plastikvorhang,

jetzt im Dunkeln, ein klammes Loch. Es riecht nach Seife, nach einem Frank, der geduscht hat. Franks Zimmer gleich vor der Dusche das Erste zur Rechten. Dunkel unter dem Türspalt. Vor der Tür wie auf dem Fünfmeterbrett im Schwimmbad, den Kopf leicht nach vorne gebeugt, ihre Stirn berührt beinahe das Türblatt. Und gerade als sie vorsichtig klopfen will, die Bewegung schon probeweise ins Leere macht, ohne die Tür zu berühren, da öffnet sich oben eine Zimmertür. Die Hand noch mit dem angewinkelten Zeigefinger in der Klopfbewegung, hält sie die Luft an. Es könnte die Tür der Oma sein. Über ihr knarren die Dielen, die Toilettentür wird geöffnet. Sie hört zu. Kann das Plätschern nicht ertragen. Nimmt sich vor, solange Frank da ist, alles geräuschlos zu machen. Atmet aus in dem Moment, als sie das Ziehen an der Kette vom Spülkasten hört, das Gurgeln, das es mit sich bringt, und im selben Moment, in dem nicht weit von ihr das Wasser durch das Außenrohr rauscht, öffnet sich die Tür vor ihr.

2.

Manni allein unter dem Fenster, sie sieht ihn von oben, von vorne. Er weiß, sie ist hier. Manni unten auf der Straße, die Nacht noch warm wie der Tag. Er hat ein Steinchen geworfen, ein kleines nur. Muss Manni sein, und die Größe des Steinchens in umgekehrtem Verhältnis zu seiner Verzweiflung. Ob er weiß, was sie hier oben macht? Still mit Frank auf dem weißen Laken liegt, das Falten schlägt, sie beide auf der Seite, ihr Gesicht hinter seinem Rücken verborgen, ihr Bein an seinem Oberschenkel. Auseinander geht nicht. So schnell hat sie die Liebe begriffen, die Liebe davor, nervös die Lippen, die Hände, die das Gesicht, die Brust erst schüchtern als Versuch berühren, dann liebkosend, die Beine, dieser Abwärtsbereich, aneinanderreibend, manchmal klammernd, Füße, Zehen machen sogar Witze, stoßen und biegen sich, eine winzige Erleichterung im Kennenlernen zweier Körper. Dann die Liebe an und für sich. Sie haben sich an den Händen gehalten. Die Liebe danach hieß, wortlos den Ausschnitt des dunklen Zimmers zu betrachten, der in der Spiegeltür des Schranks sichtbar war. Muss sich immer mindestens ein Körperteil berühren, und wenn es nur die kleinen Finger sind, es darf keine Trennung geben. Sie hat alles verstanden, sobald es geschehen ist. Jede neue Berührung ist ein süßes Ziehen in der Brust, wenigstens damit hat die Bravo recht, jede Fingerspitze kühlt die Haut, obwohl es so warm ist, windstill, und über dem Dachfirst gegenüber steht immer noch der Vollmond mit seiner Aura wie aus einem Kinderbuch.

Von unten noch ein kleines Steinchen, prallt an der Hauswand neben dem Fenster ab, trifft wieder auf dem Boden auf, ist zu Manni zurückgekehrt, der nichts außer diesen beiden geworfenen Steinen hat. Ev wundert sich, dass sie alles so genau hört, jetzt auch sieht, wie Manni die Tränen die Wangen herablaufen. Sie weiß es und hält die Augen geschlossen gegen den Rücken vor ihrem Gesicht, nun schon beinahe in perfekter Stellung im Halbschlaf, noch enger. Im Traum der Gedanke an Manni immer noch da, wie er jetzt unten mit dem Rücken gegen die Hauswand gestemmt hocken könnte, mit nichts als seinen beiden Steinen neben sich und seinem Dreck unter den Fingernägeln, und weint wie ein Kind.
Sie saust durch die Bilder wie beim Schaukeln und schreckt hoch mit einem Kinderreim im Kopf. Dunkel war's, der Mond schien helle, schneebedeckt die grüne Flur, als ein Wagen blitzeschnelle langsam um die Ecke fuhr. Drinnen saßen stehend Leute, schweigend ins Gespräch vertieft, als ein totgeschoss'ner Hase auf der Sandbank Schlittschuh lief.
Noch bevor sie im Halbschlaf diese Unsinnigkeit mit beiden Händen zur Seite schieben kann, die Decke zur Seite schiebt, verwandelt sich der Traum von Manni in Gardinen, die zu einem Fenster herauswehen. Ein Haus in den Bäumen erscheint ihr, vielbeleuchtete Fenster in einem riesigen Baumhaus, sie selbst in einem fast durchsichtigen Nachthemd auf gleicher Höhe mit den Fenstern. Sie kann nicht gesehen werden, darauf kommt es an, behände wie ein Nachttier läuft sie von Ast zu Ast, um das Wunderding auszukundschaften. Ohne nachzudenken, hangelt sie sich zum nächsten Ast, vom Nachthemd ist nichts mehr zu spüren. Ihre Arme sind stark, niemals würde sie

hinunterfallen. Niemand würde sie entdecken. Wenn es darauf ankommt, geht sie auf allen vieren. Sie muss trotzdem auf der Hut sein, es gilt, vor etwas zu fliehen und etwas zu erreichen, die Räume hinter den Fenstern sind verlockend, doch es kann auch eine Falle sein. Am Ende des Hauses ist sie herausgekommen, von vorne würde sie es wieder betreten, ein Rundlauf in der Baumkrone, ständig tut sich ein neuer Zugang auf. Auf einem breiten, moosbewachsenen Ast ruht sie einen Moment aus. Im Rücken den dicken Stamm, kauert sie sich auf ihre Fersen und wiegt sich ein wenig vor und zurück, wie Mogli, den sie im Dschungelbuch so geliebt hat, als er Shir Khan zum ersten Mal von seinem Versteck aus sieht. Doch mit dem Ausruhen verwandelt sich das Haus in einen Hügel, unter ihr ist kein Ast mehr, sondern Erde, sie trägt auch ihr Nachthemd nicht mehr und muss von vorne anfangen mit ihrer Suche. Wenn sie nur wüsste, wonach.

Dieses alte Haus. Sie sieht es von außen und von innen, die Tür zum Zimmer der Oma ist einen Spalt offen, vielleicht sogar mit Absicht, sie sieht die Oma am Fenster stehen. Von Ev abgewandt, blickt sie hinaus in den dunklen Himmel, ein Himmel wie Samt. Fledermäuse. Die Oma hat noch immer ihre Kittelschürze an, darunter die nackten Beine, die Füße in Gesundheitsschuhen. Hat ihre Unterarme vor der Brust verschränkt, vielleicht hält sie auch nur ihre Ellbogen fest, hält sich selbst fest in einer Geste, die ihr nicht bewusst ist, denn sie blickt ja aus dem Fenster zu einem Punkt im Himmel, wahrscheinlich sogar in den ganzen Himmel hinein, bis sich ihre Augen nicht mehr bewegen. Der Schmerz, der von ihr ausgeht, ist eine leise Wellenbewegung hin zu Ev, zu schwach aber, den Raum zu füllen, denn er bleibt immer bei ihr. Immer in ihr. Selbst der milde Sommernachthimmel wird mit diesem Schmerz zu einer Bedrohung, zeigt die Vergeblichkeit der Zeit, die Zeit heilt keine Wunden, sie hält sie fest, und wann immer die Oma in die Nacht hinausblickt, es hat sich nichts verändert.

Sie hatten nie darüber geredet, die Oma und sie, warum auch, es hatte nichts zu suchen in den modernen Zeiten, und so wusste Ev von den vier Offizieren nur aus Küchengesprächen, nur von den anderen Frauen. Und Ev wollte auch nichts zu tun haben damit, es klang verschwitzt und nach Kälte zugleich, etwas, das man nicht wissen möchte von der Großmutter. Die Fettaugen auf den Suppen der Oma haben mit diesen Zeiten zu tun, das genügt. Nicht einmal ihre Mutter sprach darüber. Das Leben spielte im Hier und Jetzt, die alten Geschichten gehörten zu einer Zeit vor dieser Zeit, in der jeder sehen musste, wie er vorankam, und die Oma wollte ihr das Leben nicht fehlleiten mit diesen Sachen. Eine Linie trennt den Tag von der Nacht, trennt das Leben in Randstetten von den dunklen Zeiten, den Zeiten, die von der Oma immer wieder einen Blick zurück über die Schulter verlangten, vielleicht auch jetzt noch einen Blick auf gefrorene Straßen und Volksempfänger mit ihren blechernen Stimmen erzwingen. Notbeleuchtung. Vielleicht konnte sie das Geschehene auch nicht in Worte fassen, denn so war es: Die Oma hatte immer nur Worte für das, was im Moment geschah, und diese Worte wiederholten sich. In jeder neuen Situation sprach sie die gleichen alten Sätze, als gäben diese Sätze ihrem Tag einen Halt und sollten es auch für die anderen. Komm mir nicht mit einem Kind nach Hause. Du wirst es auch noch lernen. Muss ich immer euren Dreck wegmachen. Ihr habt recht und ich hab meine

Ruhe. Auf Lachen folgt Weinen. Hochmut kommt vor dem Fall. Und wenn ich von trocken Brot lebe, das Kind macht seinen Abschluss. Eines Tages wirst du noch an mich denken. Dir soll es einmal besser gehen. Eines Tages wirst du nicht mehr an mich denken.
Nur einmal, ein einziges Mal, bekamen die vier Offiziere eine Erklärung. Am Ende eines langen Abends im Grünen Baum war es gewesen, irgendjemand hatte seinen Geburtstag gefeiert. Sie hatten sich anständig verhalten, hieß es, als Ev in der Vertraulichkeit der Küche nach der alten Geschichte fragte. Eine der Frauen sagte es, die beim Abräumen der Kuchenplatten half, eine der wenigen Frauen, die die Geschichte der Oma kannte, sie hatten die Kinder ferngehalten davon, sagte sie, damit sie nicht zusehen mussten. Die waren so anständig, sagt die Oma jetzt in das Dämmerlicht hinein und wendet sich zu Ev um, die waren so anständig, deine Mutter und deinen Onkel vor die Tür zu setzen, damit sie nicht zuschauen mussten. Verstehst du? Die Oma dreht sich nun in den Raum hinein und kommt auf Ev zu. Verstehst du. Nein, du verstehst es nicht. Verstehst du. Sagt es wieder und wieder, bis sich andere Sätze dazwischenmischen, ja, wen haben wir denn da, sagt sie, doch da stimmt etwas nicht, so etwas kann die Oma nicht sagen. Es ist Sattler, der das sagt mit seinem Lehrergrinsen, Sattler in einem anderen Raum, aber auch sie ist dort, und er fasst ihr unter den Rock. Da schreckt sie hoch.

Vor dem Fenster schon ein feines Grau zu ahnen, das den Tag ankündigt. Sie löst sich vorsichtig, ihre Haut klebt an seiner. Der Mann neben ihr, der ihr jetzt näher ist als in den Stunden zuvor, weil er schläft und sie ihn dabei ruhig ansehen kann, und doch auch wieder fremd ist, angenehm fremd. Das Unbekannte mit gemischten Gefühlen betrachten, die Gesichtszüge nicht ganz in Erinnerung. Ich liebe einen Fremden, das hat sie auch geträumt, die Zeit vergessen, keine Uhr mitgenommen. Sie schreckt hoch, ruft sich zur Ordnung, und dann wird ihr klar, was sie eigentlich dachte. Dass unter jedem Gedanken noch ein zweiter steckt und sie eben begann, sich vorzustellen, wie ein Leben in Kalifornien wäre.

Das Zimmer hat etwas Rauchiges, der alte Schrank bekommt Kontur, das Waschbecken sitzt nicht mehr richtig in seiner Aufhängung, da ist ein Spalt zwischen Porzellan und Wand. Die Gardine bewegt sich leicht in einem frühen Morgenwind. Sie kann nicht länger als höchstens eine halbe Stunde geschlafen haben. Das war es auch, was sie wollten, nur noch ein wenig ruhen, bevor sie wieder hoch in ihr Zimmer gehen würde, als wäre nichts gewesen. Sie hatten tatsächlich den Mond betrachtet, waren aber nicht draußen, obwohl sie das wollten, raus und um die Ecke, wie am Mittag mit dem Fahrrad, raus aufs Feld und in den Himmel gucken, darunter wieder Geschichten aus Amerika, oder vielleicht auch nur zwei Stimmen in der Dunkelheit sein, in der Freiheit unter dem nächtlichen Sommer. Sie blieben also im Zimmer, der Gang die Treppe hinunter, das Quietschen des Hoftores, alles zu gefährlich und nicht mehr so harmlos, wie sie sich selbst noch im Flur erzählt hatte. Und so ließen sie das Licht im Zimmer aus, Komplizen spätestens jetzt. Frank schaute als Erster nach, ob die Straße schlief, Yes, everything's quiet, sagte er leise über die Schulter zu Ev, dann trat auch sie vorsichtig an das geöffnete Fenster. Gegenüber alle Läden geschlossen, kein Licht zu sehen aus den Häusern die gewundene

Hauptstraße entlang, die Straßenlampen ausgeschaltet, für wen sollten sie auch leuchten um diese Uhrzeit, nur der Asphalt schien zu glänzen wie aufgerautes Eisen im Mondlicht, und manche Hofecke, die der Mond scharfkantig ausschnitt, sah beinahe so aus wie bei Tag, nur einsamer. Die gesamte Straße gesäumt von stumpfen Hausfassaden, die Kammern dahinter tief im Schlaf mit ihren Bewohnern. Sie blickte auf den engen Spalt zwischen den beiden Häusern gegenüber und fragte sich, ob Frank dort auch gerade hinsah. Die längliche Lücke so schwarz wie die schwärzeste Nacht, verkommen und von Unkraut überzogen, als würde sie bestraft dafür, dass man sie nicht schließen kann, als sollte sie aus Rache verfaulen. Die Hausbesitzer rechts und links fühlten sich nicht zuständig dafür, ein Streit nun schon in der zigsten Generation, und niemand aus dem Dorf würde es anders machen, gehörte ihm eines der beiden Häuser. Und doch ist sie Gesprächsstoff, diese Unordentlichkeit, ja Verkommenheit. Kann man nicht mal, und, es kann doch nicht so schwer sein, und ich möchte nicht wissen, wie es bei denen zu Hause aussieht. Auch die Oma ist gut darin, sich darüber zu ereifern. Aber das weiß Frank natürlich nicht, dass man hier so denkt, doch vielleicht spürt er es, vielleicht sieht er daran, wie eng die Häuser aneinanderstehen, wie hoch die Hoftore sind, hier ist kein Platz für Zweifel. Sie möchte ihm so viel von sich erzählen, dass es die ganze Nacht dauern würde.

So standen sie nebeneinander am Fenster in Randstetten, und sie spürte seine Verlegenheit, konnte es kaum glauben, dass er nicht wusste, wie es weiterginge. Er hatte ihr die Tür geöffnet, als habe er wie sie auf jedes noch so kleine Geräusch gelauscht, nur darauf gewartet, dass endlich alles ruhig war im Haus. Angezogen war er, was auch sonst, hatte sich ganz offensichtlich wieder Kleider übergestreift nach dem Duschen, das weiße Hemd aus dem Sunny gegen sein orangefarbenes T-Shirt getauscht und auf sie gewartet. Hatte sie in sein Zimmer gelassen, sie roch im Vorbeigehen die Kernseife. Hatte sie an der Hand genommen und zum Fenster geführt, draußen der Mond, wie verabredet. Die unbeholfene Stille zwischen ihnen, noch immer kein Kuss, weil es um etwas anderes ging, eine andere Art von Kuss, der irgendwann später folgen würde, wenn dafür mit der nächsten Bewegung ein Auftakt gesetzt wäre. Er könne ihr nichts anbieten außer Leitungswasser, hatte er gesagt. Wie er da so neben ihr stand in seinem engen T-Shirt in dem Pensionszimmer ihrer Oma, das nichts mit den Geschichten von bunt angemalten Kinderfüßen und Musik im Wald, nichts mit dem glitzernden Los Angeles zu tun hatte, verschwand das flaue Gefühl in ihrem Magen, und eine Art Verwegenheit setzte ein, eine körperliche Wärme und Eile, die sie geheim hielt. Zu reizvoll war es, dieses unbekannte Drängen ansteigen zu lassen. Das musst du auch nicht, hatte sie geantwortet. Ich brauche nichts zu trinken. Am liebsten hätte sie ihm ihre Hand auf die Brust gelegt, doch sie wollte nicht zu viel preisgeben, genoss es, von sich selbst überwältigt zu werden. Ein Spiel, das sie mit sich spielte, überraschend und neu. Sie nahm stattdessen seine andere Hand, ein Mut in ihr, der aus dem Nichts zu kommen schien wie eine Verrücktheit, gegen die man nicht ankommt. Löste sich von der Fensterbank, zog auch ihn damit ein Stückchen weg vom Fenster. Sie zögerte, beobachtete, wie schnell die Veränderungen in ihrem Körper vor sich gingen, eine unglaubliche Gewissheit des Kommenden, und keine

Scheu davor, so angenehm aufwühlend, dass ihr Körper selbst ganz verwundert darüber war und sich doch rascher anpasste als ihr Geist, von einer Minute zur anderen zu einem neuen Körper in einer neuen Welt wurde, und mit dieser Sicherheit legte sie ihm schließlich wirklich ihre Hand auf die Brust. Stand ihm gegenüber und hielt ihn doch von sich, als bekäme sie damit auch ihre eigene Nervosität in den Griff, spürte die Wärme seines Brustbeins, das Universum des anderen Körpers unter ihrer Hand, schaute ihn dabei prüfend an. Ließ ihn los, ging zum Bett, blieb daneben stehen. Zog sich ihr Kleid über den Kopf. Noch nie hatte sie ihre Brüste auf diese Weise wahrgenommen, ihre Körperoberfläche ein grau-weißes Bild im schwachen Mondlicht, doch klar genug, um ihn zu beeindrucken, das spürte sie an der Art, wie er sie durch die Dunkelheit hindurch ansah. Ein Abschätzen dann auch in ihrem Körper, das Anwachsen eines inneren Umrisses, den er spüren musste, eine Berechnung, die sie wie eine Welle überkam, als sie merkte, wie verblüfft er war. Alles wusste sie in diesem Moment. Sie konnte die Zukunft lesen, zumindest die der nächsten Stunden. Er zog sein T-Shirt und seine Jeans aus, stand dabei kurz auf einem Bein und schwankte ein wenig. Wie dankbar sie dafür war. Sie schaute weg, wollte ihn nicht beschämen. Er behielt seinen Slip an, legte sich auf das Bett. In einer Geste, die ihr beinahe ängstlich erschien, zog er die Bettdecke über sich, obwohl es viel zu warm war. Sie konnte nicht stehen bleiben, eine Folgerichtigkeit musste eintreten, sie wartete, bis sie in seinem Gesicht lesen konnte, fast schon ein kindlicher Blick, die Überraschung darin. Ohne ihn zu berühren, legte sie sich neben ihn unter die Decke, nur sein Bein streifte sie kurz, eine elektrisierende Versicherung von Erwachsensein. Sie drehte sich auf den Bauch. Ihren Kopf abstützend blickte sie ihn an in der Dunkelheit, seine Augen groß und dunkel. Sie spürte sein Gewicht, die Matratze knarrte ein wenig, als auch er sich umdrehte, wenig später würde sie feststellen, wie zart sich sein Körper anfühlte, ganz und gar zu ihrem passend, doch zunächst war das Nachgeben der Matratze ein Signal für ihren eigenen Körper, fast eine vorauseilende Berührung war sie, diese allererste Wahrnehmung eines Männerkörpers neben sich in einem Bett, fast nackt.

Mit aufgestützten Armen nebeneinander, ihre Schultern berührten sich, als lägen sie auf einer Decke im Schwimmbad, zwei gute Freunde, vor sich eine Zeitschrift, ein Comic vielleicht, nur war da nichts außer dem aufgestellten Kopfkissen für eine Person, ihrer beider Blicke gegen die Wand, die atemlose Stille vor der nächsten Entscheidung und dieses Kissen als Ablenkung. Das Kopfende des Bettes somit gleichzeitig am Rand zur Lächerlichkeit, sofort nahm er das Kissen weg, legte es auf den Boden, eine unfassbare Tat in der Welt der Oma. Seine Haare streiften ihre Schulter, und es folgte das nächste Schlüssige, sie drehte sich ein wenig, wendete sich ihm zu. Es ging von ihr aus und war ganz einfach, ihre Köpfe einander zugewandt, ihre Lippen in Berührung, ein wenig unbequem das Ganze, aber das zählt nicht in einem solchen Augenblick. Sie beide beinahe in Idealpose für eine Fotografie von hinten, ein junges Paar im Bett, schwarz-weiß und grob gekörnt vor einer weißen Wand in einem Zimmer, das nur vom Mond erleuchtet wurde. Nur Schultern und wilde Haare zu erahnen, die beiden eng im ersten Kuss. Der Kuss kein Kuss, wie sie ihn kannte, eher ein Abwarten der Lippen, ein Aneinander-Gewöhnen auf kleinstem Raum. Ihre Augen geschlossen, noch berührten sich ihre Körper nur leicht an Schultern und Oberarmen. Alles andere würde kommen, zunächst war nur der Kuss. Sich anfassen wollen, die Hand auf den Arm des anderen, den Rücken legen war die nächste Logik der Körper. Die Decke, eben noch Schutz, plötzlich erdrückend, wurde weggetreten von ihr und ihm mit ungeschickten Bewegungen, die nicht zu vermeiden waren, aber sie konnten leise lachen darüber oder einfach nur lächeln vor Glück und ohne Ton, die nächste Komplizenschaft, so nahe, dass der andere das Lächeln in der Dunkelheit hörte. Ein Näherkommen von außen nach innen, die Hände in gleichsam männlichen wie weiblichen Bewegungen. Evs Hand zum ersten Mal auf der nackten Hüfte eines Mannes, wie zart es dort war.

Es war nicht von jener Leichtigkeit, die alles vergessen und erblühen ließ nach Voraussage eines Liebesratgebers. Sie fühlte nichts von dem, was sie fühlen sollte, Erregung, Verlangen, Glück. Stattdessen Neugier und eine Art wohligen Schocks, als sie zum ersten Mal die nackten Beine eines Mannes an ihren eigenen spürte. Die Berührung so druckvoll, dass es schien, als wäre ihr Körper bisher von einer Unschärfe umgeben gewesen, ähnlich den nicht passgenau aufeinanderliegenden Farben mancher Illustriertenfotos. Ihr Körper nun gestreckt und gespannt im Wechsel, und bei allem war da ihre Kontur, endlich und zum ersten Mal in ihrem Leben bei jeder Bewegung als absoluter Umriss ihrer Person erfahren, zurechtgerückt aus einem vagen Dasein und unumkehrbar eingepasst in ihre erwachsene Form. Die Küsse jetzt selbstbewusst, fordernd zeigten sich beide, wozu sie bereit waren, wie sie abwarten konnten, welche Dringlichkeit bestand. Alle Denkvorgänge völlig unbrauchbar, das hatten die Hände, Arme, Beine, die Brust, die Wangen übernommen. Die Grenzen waren aufgelöst, jedes Streicheln zugleich Gestreicheltwerden, zudem von einer Langsamkeit, in der sie weiterwuchs, körperlich wuchs, allen Widerstand willkommen hieß, weil sie von sich selbst berauscht war und der Vorstellung, was sie gerade erlebte, und nicht genug bekommen konnte von all den Küssen.

Noch im Einschlafen war sie überrascht über das, was geschehen war, den Vollzug, es war das einzige Wort, das ihr dazu in den Sinn kam, und stolz auf den Mut, mit dem sie die Dinge herbeigeführt hatte. Er schien so unbekümmert, als sie miteinander schliefen, ein erwachsener Mann, elf Jahre älter als sie, The music business is crazy, hatte er gesagt, Drogen, Groupies, die ziellos durch die Gegend ziehen, mit sechzehn, siebzehn schon verbraucht sind, es zuvor auf andere Art schon waren. Der Name Sunset Strip tauchte in seinen Sätzen auf, erinnerte sie an eine der Lieblingssendungen ihrer Mutter, von der sie manchmal noch den Anfang sehen durfte, da war sie zwölf. Sie bekam den Sunset Strip, das bisschen, an das sie sich erinnern konnte aus dem Fernseher im Hinterzimmer der Kneipe, nicht mit Franks langen Haaren und den anderen Namen zusammen, die er nannte. Whisky a Go Go, Pandora's Box, crazy people and police. Doch das war alles vorher, noch am Vorabend in der Kneipe oder mittags unter dem Apfelbaum oder im Sunny, sie konnte es nicht mehr genau sagen, so eingewoben in seine Schilderungen fühlte sie sich.

Es kommt von dir, hat sie ihn noch sagen hören, bevor sie einschliefen, du bist frei. Sie hatte sich etwas anderes gewünscht, eine Aussage, die sich auf ihn und sie bezog, ein Kompliment, doch dann kam ihr das, war er gesagt hatte, kostbar vor. Sie wollte es sich merken, auch seinen Tonfall, das entspannte Murmeln, kurz bevor der Schlaf über sie kam, die Wehrlosigkeit in seiner Stimme. Dann wollte sie die Augen zumachen, bevor die Traurigkeit käme. Die Decke am Fußende des Bettes war heruntergerutscht, lag wie auch das Kopfkissen auf dem Boden. Vielleicht hatte sie seine leise Stimme auch nur geträumt in der Stunde zwischen Mond und Morgen.

3.

Fast noch im Traum legt sie ihre Hand auf seinen Rücken, der selbst im Dämmerlicht viel heller ist als ihre Sommerhand, die aussieht wie die Hand einer fremden Frau, schmaler als die Hand ihrer Mutter, mit zartem Handgelenk. Was macht man jetzt? Warten und sich küssen? Warten, dass der andere wach wird und einen ansieht wie neu und lächelt, oder vom anderen hören, es war Unrecht, ein Fehler, sie solle niemandem etwas sagen, es bliebe ihrer beider Geheimnis, und jetzt schnell so tun, als wäre es niemals geschehen? Vielleicht auch darauf warten, dass der andere sagt, mein Liebling, mein Darling. Sie weiß nicht, wie sich dieses Leben anfühlt, aus dem er kommt, aus dem er auch jetzt alles in sich trägt und gleichzeitig doch so ganz wirklich neben ihr liegt mit seinen dunklen Locken, die sich mit ihren Haaren vermischen.

Er schläft. Schläft weiter oder tut so, sie bewegt sich, hofft, er erwacht. Sie hört ihn atmen, rückt nah an seinen Nacken. Seine Haare kitzeln sie im Gesicht wie auch zuvor schon einmal, als sie von oben auf sie herabfielen. Sind spröder als ihre. Vorsichtig legt sie ihren Arm um ihn. Sein Oberarm kühler als die Innenseite ihres Armes. Sie stellt sich vor, was er noch sagen könnte zu ihr, nach dem wenigen, das sie zuvor gesprochen hatten. Ich hab dich lieb, kann er sagen. Oder ihr mit der Hand über die Haare streichen und ihr dabei in die Augen schauen. Das hatte er gemacht noch zwei Stunden zuvor, aber anders, als sie es erwartet hatte. Seine Augen waren ganz klein vor lauter

Lächeln, mit seiner Hand hatte er ihre Haare gebündelt und sie über sein Gesicht fallen lassen, so, dass sie kaum noch etwas davon sah, dann über seine Oberlippe, über seinen Bart gelegt. Klemmte ihre Haare ein, sie sah ihre eigenen Haare gefangen genommen zwischen seinem Mund und seiner Nase, nun sein künstlicher blonder Bart, Ausstattung einer jener winzigen Komödien, die auf dem Rücken liegend gespielt werden. Sie hatte lachen müssen, weil sie diese Art Scherze nicht kannte, lächelte auch jetzt, als sie daran dachte.

Ich hab dich lieb. Sagt man das nicht hinterher? Du bedeutest mir sehr viel. Ich hab dich lieb und möchte immer mit dir zusammen sein. Ich liebe dich, muss der Satz heißen. Ev, die nichts davon gesagt und nichts davon gehört hat in den Stunden zuvor, probiert den Satz stumm erst auf Deutsch, dann auf Englisch. Es ist wie das alte Kinderspiel, bei dem man nicht aufhören kann, die Möglichkeiten durchzugehen. Taten und Worte entwirft und sofort verbessert, bevor es richtig losgeht, die Vorstellung der Erfüllung wichtiger als die Ausführung. Und dann hätte er gesagt, und dann hättest du geantwortet, und dann würde ich sagen, und dann musst du aber sagen, dass.

Er bewegt sich, legt seine Hand auf ihre, die auf seiner Brust ruht, doch hält sie nicht dort, lässt seine Hand zurück auf die Matratze sinken. Sie streicht ihm durchs Haar, sein dickes Haar, wickelt sanft einzelne Strähnen um ihren Zeige- und ihren Mittelfinger. Fährt mit der Hand seinen Oberarm abwärts, so langsam sie kann, bis es keine Trennung zwischen ihren Körpern mehr gibt. Draußen ist das Grau heller geworden, hat die Nacht schon weggerückt, es muss tatsächlich um vier herum sein, sie

kann es nicht einschätzen, weiß nur, es wird jetzt schnell hell werden. Sie sieht sich um, er hat keine Uhr, sie kann keine auf dem Nachttisch entdecken. Auf dem Boden liegt ihr Kleid, seine Bluejeans, das T-Shirt.
Von oben kein Geräusch, doch die Oma ist früh wach, geistert herum, wenn sie vom ersten Toilettengang kommt. Besser ist es. Besser ist es, der geflügelte Spruch der Jungs am Bushäuschen, ohne Grund ans Ende jeder Story gesetzt, die sie sich erzählen, bei der irgendjemand blöd war und man selbst klug, oder auch einfach nur zur Begrüßung. Besser ist es, wenn sie ihn jetzt loslässt und auf ihr Zimmer geht, die Nacht verabschiedet in der Hoffnung, sie geht nicht verloren. Die Wehmut, zu erkennen, die Zeit bleibt nicht stehen, so hat sie das nie zuvor erlebt. Was wäre, wenn sie einfach bliebe? Was wäre, wenn sie am Morgen aufsteht, aus seinem Zimmer geht, die Treppe hoch, und dort ihrer Mutter begegnet? Das möchte sie sich lieber nicht vorstellen, auch wenn etwas in ihr sagt, drauf ankommen lassen. Sich etwas nehmen.
Etwas in ihr fühlt sich auch ein wenig verdreht an, so wach, wie sie jetzt ist. Des kleinen Zimmers überdrüssig, nicht äußerlich, aber innerlich. Ein Gefühl, als würde ein Handtuch zusammengelegt, ein gelbes Handtuch. Etwas verkehrt sich, reibt sachte an ihren Rippen, stößt dagegen. Schäbig fühlt sie sich ein wenig. Schäbbich, sagt man im Dorf.
Sie geht so leise zurück, wie sie gekommen ist. Es ist gut so, auf jeden Fall besser, als erwischt zu werden. Sie wird ihn ja gleich, also am Morgen, wiedersehen. Ein wenig erleichtert ist sie sogar darüber, sich jetzt in ihr eigenes Bett legen zu können. Nachdenken darüber, was gerade passiert ist.

Im oberen Stock ist das Fenster zum Hof geöffnet, ob es am Anfang der Nacht schon offen war, weiß sie nicht mehr. Der Morgen kommt schnell, bahnt sich an mit einem hohen violettblauen Himmel. Sie spürt die Träger ihres Kleides auf den Schultern, ihren Schlüpfer hat sie verwurstelt neben dem Bett aufgelesen, trägt ihn ganz klein in ihrer Hand. Auch das zum ersten Mal. Die letzte Luft der Nacht dringt durch das Flurfenster herein, es ist eine andere Luft als eben noch in Franks Zimmer. Frank. Der dunkle Mann, der holzige Duft der letzten Stunden, ein bisschen wie von Räucherstäbchen, vermischt mit Küssen, schon bald war alles miteinander verschmolzen.
Dorfgeruch ist es, was hier oben im Flur steht, frisch und zugleich auf altertümliche Art erdig. Sie spürt die Anwesenheit der anderen, eine Erweiterung ihrer Körper in den Flur hinein. Rudis dumpfer Schlaf, die Verzweiflung ihrer Mutter. Ganz hinten vor der letzten Tür die Unruhe der Oma, ihre zuckenden Lider. Seit Jahren schwört sie täglich Stein und Bein, in der Nacht kein Auge zugemacht zu haben. Vor ihrer eigenen Zimmertür bleibt Ev einen Moment stehen. Lauscht auf das Haus, auf die Wiesen. Auf der anderen Seite des Dorfes, immer auf der anderen Seite, egal, wohin man denkt, ist die Welt, und hier steht die Morgendämmerung im Flur. Wird gleich zum Tag werden. Zwischen ihren Beinen ist es feucht, schmerzt sogar beim Stehen. Sie ist stolz. Ein Hahn kräht, ein zweiter antwortet, beide bringen ihre Warnung nicht zu Ende. Aufgeschreckt aus einem Traum von ihren eigenen Stimmen, gleich wieder eingenickt. Dann Ruhe, darin erste Vögel.
Leise schließt sie ihre Zimmertür hinter sich. Ihre Bettdecke. Sie zieht sich aus, legt sich aufs Bett, breitet die

Decke über sich. Es ist ihr wirklich ein wenig kühl. An den Wänden ihre Strände und das Meer, ausgeschnitten, gerahmt. Daneben die Collage mit dem Papst. Das Poster mit dem Peace-Zeichen, das Bild von Joni Mitchell mit ihrer Gitarre auf den Oberschenkeln, Joni in einem schwarzen kurzen Kleid, die langen Beine, das Instrument so angepasst an ihre Körperform, als wäre es die einzige Möglichkeit, frei zu leben, ein Inbegriff von Selbstbestimmtheit, der Ev nicht loslässt, seit sie das Foto zum ersten Mal gesehen hat. Neben dem Foto die Stehlampe. Ihre Nähmaschine, die alte Germania der Oma, zehn Kilo schwer und hammerschlagblau vor dem Fenster auf dem Brett, unter das ihr Rudi vier Tischbeine geschraubt hat. Näht wie Lottchen, sagt die Oma. Steht und ist sich selbst genug, ist das einzige Teil, das unverrückbar ist, alles andere hat sich verschoben. Auf dem Boden immer noch ihre Schultasche von Freitag. Im Zimmer jetzt alle Möbel zu sehen, auch die Farben.

World Keep On Turning

1.

Es sind die Alltagsrituale, die ein Wohlgefühl hervorrufen, den Körper seiner Umrisse versichern, die Haut erwärmen, das Mütchen kühlen, den Geist beruhigen. Das sollte sie viele Jahre später erst verstehen, wenn sie an Randstetten zurückdenkt. Das Anrühren einer Mehlschwitze, Bratenduft, Oberhemden bügeln und Blusen, sogar die Schlüpfer, wenn alles nichts hilft. Den Abwasch spülen, das Wasser so heiß, dass es die Knochen tröstet. Der Feierabendtreff auf dem Sportplatz oder am Bushäuschen. Ein oder zwei Bier zum Abendessen, das gelbliche Küchenlicht kreisrund über einem Tisch mit Pumpernickel, aufgeschnittenen Tomaten, Salami, Thomy's Mayonnaise aus der Tube, der Rand gezackt, ein Sternchenklecks auf jedem Tomatenviertel. Auch ein Schnaps kann dazukommen, das ist dann der Fall, wenn die Beruhigung eine korrupte Beziehung mit ihrer entfernten Verwandten, der Betäubung, eingeht. Das Kämmen der Fransen am falschen Perserteppich, das Füttern des Wellensittichs bestätigen für den Moment, dass es zwischen Tumult und Depression Dinge gibt, eingeschlagen in die Realität wie ein Haken, an dem man sich festhalten kann. Es wird ein Morgen geben, auch wenn der Tag schmerzhaft verlief, und überhaupt, das weiß man ja, das Leben ist wie die verschlungenen Muster einer bestickten Tischdecke, kleinteilig, mühselig anzufertigen, doch zum Glück wiederholt sich alles in nicht allzu großen Abständen.
Und Ev an jenem Sonntagmorgen? Ist erst nach zehn

heruntergekommen, ist, nachdem sie wieder in ihrem eigenen Bett lag, noch einmal eingeschlafen. Wollte nicht aufstehen, sondern sich dem überlassen, was geschehen ist. Hat sich nicht mit Frank verabredet, als sie aus seinem Zimmer geschlüpft ist, wieso auch, es war ja nur ein Wechsel der Betten, nicht des Gefühls. Nachfühlen, dann überlegen, wie der Tag werden soll. Geheimhaltung am Sonntag, warum eigentlich darf es niemand wissen, die Frage eine Bedrängnis ohne Antwort im zweiten Schwebezustand. Kann sich auch nicht darauf konzentrieren, wie sie jetzt noch die alte Ev sein soll. Leichte Kopfschmerzen, eine Unruhe in ihr wie von einem elektrischen Strom erzeugt, die Erinnerung an das wohlige Alleinsein bei ihren abendlichen Fahrradrunden schon jetzt so verblasst, als gehörten sie in die Kindheit. Sie schreckt hoch mit dem Gedanken, etwas verloren zu haben und etwas gewonnen.

Impatience geht ihr im Kopf herum, als sie ihr Zimmer verlässt, ungeduldig, ihn zu sehen, wie am Tag zuvor wird er an seinem Tisch unten im Schankraum sitzen, doch heute ist nicht der Tag davor, heute ist ein kraftstrotzender Tag, an dem sie am liebsten an allen vorüber auf ihn zugehen würde, ohne sie eines Blickes zu würdigen, wie Schemen will sie alle hinter sich lassen, die Mahner und die Warner. Alles ist immerzu gefährlich, gehört sich nicht, kommt später oder nie, Neues ist schon im Fernsehen nur schwer zu ertragen. Am liebsten wäre sie in einem anderen Land auf einer Treppe, einer Hoteltreppe vielleicht, auf der niemand sie kennt. Unten wartet Frank, der schon alles für die Abreise gerichtet hat, und dann fahren sie weg, es ist egal, ob es ein Sonnenaufgang oder -untergang ist, wichtig ist das Meer zu ihrer Linken, die Richtung ermöglicht ihr, beim Blick auf das Blau des Wassers Franks Profil anzuschauen, seine Lockenhaare, die vom Wind, der durch das offene Fahrerfenster hineinkommt, an die Wagendecke geweht werden, die etwas zu lange, aber dennoch perfekte Nase, seine vollen Lippen. Sein sonnengebräunter Unterarm lehnt männlich und doch zart auf der Fensteröffnung, mit zwei Fingern steuert er lässig den Wagen. Es ist der Arm eines Mannes, der nicht körperlich arbeitet, der Unterarm eines Musikers. Während der Weiterfahrt glänzt das Meer silbrig. Sie hat ihre Füße barfuß auf die Ablage unter der Windschutzscheibe gelegt, die Orte, die sie durchfahren, sind unwichtig, wichtig ist, er und sie halten zusammen. Ihre Augen wirken erwachsen im Schminkspiegel.

Schon als sie die Treppe hinuntergeht, hat sie eine Wut auf alles Kleine, das jetzt kommt. Fragt sich, ob man ihr die Nacht, die Veränderung ansieht, ob sie jetzt den Blick einer Frau hat, vielleicht ähnlich wild und entspannt zugleich wie diese Uschi Obermaier oder sogar Janis Joplin, die so herausfordernd lachend in jede Kamera blickt, dass alle Erwachsenen sich sofort darüber aufregen. Die Entrüstung, wenn es herauskäme, wo sie die Nacht verbracht hat, Kind, denk doch an dein Alter, deine Ausbildung, wirf das nicht weg, das ist nicht der Erste, der kommt, und was glaubst du überhaupt, wenn es im Dorf die Runde macht, dass du dich mit jedem dahergelaufenen Ami gleich ins Bett legst. Wie ein Spießrutenlaufen kommt ihr die Zukunft vor, da hört sie auch schon die Stimmen der Frühschoppenbrüder, riecht Jupps Zigarre. Bereits in der Mitte der Treppe erkennt sie am Auf und Ab, an den Stimmlagen selbst, worum es geht, es ist eines jener Gespräche über Straßen, Wege, Fixpunkte, die zu ihren Lieb-

lingshintergrundgeräuschen gehören, seit sie ein kleines Kind ist.
Er hätte am Vortag keinen Parkplatz gefunden in Friedberg in der Kaiserstraße vorm Radio Hauptwache, sagt einer von der freiwilligen Feuerwehr aus dem Schankraum. Er wäre dann zwei Straßen weitergefahren und hätte das Auto in der Gasse abgestellt, in der früher das kleine Elektrogeschäft gewesen wäre, das mal ausgebrannt ist.
Ev schleicht sich an ihnen vorbei in die Küche, auch das ein Ritual, Kaffee, Marmeladenbrot, ein kurzer Blick durch die Durchreiche auf die Männer, Frank ist nicht zu sehen.
Du meinst die Schnurgasse, fragt Wilhelm. Neben ihm und dem freiwilligen Feuerwehrmann sitzt Jupp am Tresen, pafft an seinem Stumpen, sein Gesicht bereits am Vormittag mit einem abfälligen Zug um den Mund. Ihre Oma zapft die Sonntagvormittagsbiere, legt Pilsdeckchen auf die Füße der Gläser, werden sofort feucht zur einen Hälfte, Ev braucht gar nicht hinschauen, um das zu wissen.
Sie mag die Stimmen gerne, wenn sie sich gegenseitig den Weg abschneiden, sich durch Umleitungen lotsen oder rückwärts aus Sackgassen hinausmanövrieren. Niemals hört sie tatsächlich zu, ihr genügt das beständige An- und Abschwellen, das alle zusammenhält, ein sinnloser Kreisverkehr um eine gemeinsame Erinnerungsebene, die nichts mit dem Stadtplan zu tun hat. Beruhigt sie auch jetzt, das wichtigtuerische Geplappere jenseits der Theke, eines dieser Gespräche, in denen es darum geht, einander an praktischem Wissen zu übertreffen, sie hätte gar nicht gedacht, wie sehr es ihr Halt gibt in dieser seltsamen Unwirklichkeit, in der sie sich befindet. Es tut ihr gut, die

eigenen Bewegungen an den Rhythmus der Frage- und Antwortsätze anzugleichen, sie muss ja überhaupt erst einmal zu sich kommen, einen Gesichtsausdruck finden, dem niemand etwas anmerkt. Jedes dieser Gespräche hat seine eigene Dringlichkeit, geht gut aus, wird so lange geführt, bis alle auf einen Nenner kommen, zum Schluss wissen, wo sie herkommen, wo sie hingehören, damit anschließend die Unterhaltung in andere Gefilde mäandern kann, weil die Straßennamen die Erinnerungen vertieft haben, überfließen in gemeinsame Gedanken an frühere Zeiten, die besten Kneipen, kuriose Begebenheiten und gemeinsame Freunde. Das große Früher, bei dem eine weitere Runde bestellt wird, um die Wehmut zu befruchten. Ein Trick auch während der Woche, wenn die Vertreter zu frech werden mit ihrer Baustellen- und Umleitungskompetenz.

Ihre Oma stellt mit raschen Griffen drei frische Gläser nebeneinander auf den Edelstahlrost der Zapfanlage, ihre Art der Einmischung. Ev ist froh, dass sie nicht in die Küche schaut, kaum guten Morgen gesagt hat, als Ev sich an ihr vorbeidrückte. Das Ortsbestimmungsgemurmel hält die Zeit an, schließt sie so luftdicht ein wie der rote Tortenguss die Erdbeeren auf dem Obstboden, der auf der Arbeitsplatte steht. Schon stellt sich die Erinnerung an die Nacht wieder ein, bei jedem Schritt spürt sie, was geschehen ist. Und doch, die Aufgeriebenheit lässt nach, es ist, als justierte sich ihr Körper schneller wieder in der Wirklichkeit als ihr Geist. Gegenwärtig und flüchtig zugleich sind die weichen Bewegungen der Nacht, doch wenn sie nachhilft und sich vorstellt, was geschehen ist, Haut an Haut und Küsse, kehrt alles mit Wucht zurück. Die Nacht war nur ein Anfang, und sie denkt an mehr, vergisst dabei, sie hat sich schon eine Kaffeetasse aus dem Schrank geholt, nimmt eine zweite, ist hungrig. Schmiert sich ein Marmeladenbrot, fühlt sich immer noch frei schwebend, ein bisschen wie an einem Morgen nach zu viel Erdbeerbowle. Könnte laut schreien, vor Freude und insgesamt, weil da etwas herausmuss, das niemand versteht. Die Männer an der Theke verdecken immer noch den Blick auf Frank, aber er ist da, sagt die Sicherheit in ihr, begründet aus den Berührungen der letzten Nacht. Das Gespräch im Schankraum läuft weiter, Straßennamen, Belehrungen. Jupp und Wilhelm mischen sich noch nicht ein, die Deckungsgleichheit gemeinsamer Erinnerungen ist ein zartes Gebilde, undeutlich an den Rändern, und muss mit Bedacht hergestellt werden, einmal zu früh zugestimmt, bevor noch der Schaum von den Oberlippen gewischt ist, schon wird alles wirr, da ist Wilhelm ganz wie sein Vater, allein aus Vorsicht. Die Stimmen werden lauter, Ev schaut über ihrem Brot kurz durch die Durchreiche. Mit einem raschen Blick zu Jupp, der ihm bei jedem Fehler über den Mund fährt, beteiligt sich nun auch Wilhelm. Mit geschlossenen Augen könnte sie den Gesprächsverlauf voraussagen. Und tatsächlich holt Jupp jetzt aus, gibt stimmlich ganz den Patriarchen, steckt sich zwischen den Sätzen saugend seinen Stumpen wieder an, tippt vor der Oma auf die Zapfhähne und nickt zur Asbachflasche, Frau Böhm, mach mir noch einen Kurzen. Inzwischen sind andere dazugekommen, werden lautstark begrüßt, der ganze Frühschoppen selbst ist ja eine ungeheure Beruhigung vor dem Sonntagmittag. Neugierig sind sie, wollen wissen, was der Fremde macht, dieser Ami, der zu blöd zum Autofahren ist, Ev sieht es ihnen an der Nasenspitze an, und wie sie sich sofort umschauen, sobald sie durch

die Eingangstür kommen, ihre Oma freundlicher als sonst begrüßen. Hinterfotzig, würde Rudi sagen. Sogar einen Blick durch die Durchreiche in die Küche werfen sie, grüßen Jupp und Wilhelm dabei mit einem Schlag auf den Rücken. Die Szene zwischen Vater und Sohn am Freitag hat niemanden beeindruckt. Pack schlägt sich, Pack verträgt sich, sagt die Oma, aber niemals laut.
Wie kann man nur so gute Laune haben? Rudi meint sie damit. Immer noch gestrafft vom Samstag steht er vor der Spüle und schnippelt irgendetwas, neben sich Schüsseln in verschiedenen Größen auf der Arbeitsplatte. Viel zu früh ist er dran, für ihn fällt sonntags eigentlich erst gegen zwölf der Startschuss mit dem *Internationalen Frühschoppen*, sechs Journalisten aus fünf Ländern, zumindest mit der Unerbittlichkeit, mit der er die Sendung verfolgt, ist er dem Dorf voraus. Ev erwidert seinen Blick mit einem Lächeln, beinahe so nett wie am Samstagmittag ist sie zu ihm, ihrem Onkel, dem Versager, dem Erfinder, der sie verblüfft hat, weil er Frank verblüfft hat, aber auch einfach so. Zu schön ist das Gefühl, beim Anblick von Rudi an Frank zu denken, der ihr alles auf den Kopf gestellt hat.
Er ist unterwegs, sagt Rudi.
Wer ist unterwegs, fragt Ev fast ängstlich und weiß sofort, wer gemeint ist. Dass Frank nämlich gar nicht da draußen sitzen kann, fällt ihr ein, und auch, warum ihre Mutter nicht zu sehen ist. Seltsam, es ist ihr nicht aufgefallen, ganz so, als wäre die Mutter über Nacht in den Hintergrund getreten, blasser geworden bis zum Verschwinden.
Na, dein Frank, sagt Rudi. Der ist mit deiner Mutter zum Bahnhof gefahren. Rudi klingt munter, sie merkt, er ist neugierig auf ihre Reaktion. Frank ist also viel früher aufgestanden als sie, war schon weit vor ihr unten gewesen,

hat zwischen der Nacht und ihrem Wiedersehen bereits etwas anderes erlebt. World keep on turning, I got to keep my feet on the ground, aus welchem Song kennt sie das. Holen doch diesen Gary ab, und danach fahren sie noch auf den Hof wegen dem Fleisch, sagt Rudi. Ich habe auch schon ein paar Tische und Stühle rausgestellt, man weiß ja nicht, wie viele kommen. Und auch das fällt ihr wieder ein, die Idee vom Vortag, eine Art Amifest im Kleinformat zu veranstalten, vom schnippischen Sattler in die Welt gesetzt, von Manni aufgegriffen, von Frank bestätigt. Den Jungs einen ausgeben, die bei der Reparatur geholfen haben. Der Plan für den Sonntag, ein Grillfest mit Hamburgern, Spareribs und Ice Cream zu veranstalten, von anderen ausgedacht, von ihr verdrängt, als irgendeinen Sonntag angesehen, der kommen sollte, nur nicht heute. Nur kein Abschied. Sie schenkt sich Kaffee nach, und mit dem Kaffeeduft mischt sich etwas anderes in ihre Gedanken, ein schales Vorgefühl von Veränderung, auf die sie keinen Einfluss hat, die Ahnung, ihre gemeinsame Nacht könne vor diesem Sonntag in den Hintergrund rücken. Sie sieht ihn neben ihrer Mutter im Kadett sitzen, die kurvenreiche Strecke nach Friedberg, Blicke in die Ferne, ein Gespräch unter Erwachsenen, vielleicht auch über sie. Sie stellt sich das ausdruckslose Gesicht ihrer Mutter vor, die Frank während der Fahrt beschwört, er soll ihre Tochter in Ruhe lassen. Finger weg, verdreh dem Mädchen nicht den Kopf.

Seit der Nacht ist es, als befände sie sich außerhalb des Dorfes, ein unbestimmter Schwebezustand, aus dem sie auf alles hinabblicken kann. Und doch, wie sie es auch dreht und wendet, das Dorf zieht immer mit, ist ihr manchmal sogar einen Schritt voraus, nimmt ihr etwas

weg, gibt unbeirrt den Ton an wie jetzt mit dieser Autofahrt und diesem Hoffest.
Im Kneipenraum werden die Stimmen auf eine andere Art besserwisserisch, jetzt, wo es um Fußball geht, und in ihr lehnt sich so stark wie nie etwas auf gegen diejenigen, die da draußen sitzen. Sie greift daneben, als sie den Löffel von der Untertasse nehmen will, mit hellem Klingen schnellt er gegen die Tasse, fällt auf die Arbeitsplatte. Auf der anderen Seite der Durchreiche taucht der Rücken der Oma auf, ganz nah bewegt sich die Kittelschürze vor der Öffnung, verdeckt den Blick in den Gastraum, und sie atmet für einen Moment durch. Rudi beobachtet sie, das spürt sie im Rücken, aber nicht böse, nicht gehässig; ein milder, nachdenklicher Rudiblick ruht auf ihr, und mit einem Mal fühlt sie sich mit ihrem Onkel aus einem Holz geschnitzt.
Wann soll's denn losgehen? Sie will beiläufig klingen, die dunklen Gedanken verdrängen.
Keine Ahnung, sagt Rudi, ich glaub, so gegen zwölf, wenn Manni mit dem Auto fertig ist. Du warst doch selbst dabei, als wir darüber gesprochen haben?
Am Vortag hatte sie tatsächlich zugehört, wie aus dieser unsinnigen Idee ein Plan wurde. Doch es ging sie nichts an, war nur eine Unterbrechung ihrer Nachmittagsträumerei, während der sie sich bemühte, ihre Aufgaben zu erledigen, ungeduldig mit jeder Bewegung den Moment abpassend, in dem sie Frank sehen konnte, der nach der Apfelbaumepisode mit Rudi zusammengesessen und sich in aller Seelenruhe Fotos von ihm hat zeigen lassen, dann sogar mit ihm hinausging, um zu fotografieren, und sie an den Abend dachte, an dem sie gemeinsam ins Sunny gehen würden. Es tat gut, sich nicht wie sonst zu fragen, wann das Leben anders werden würde.

Sie überlegt, wie sie sich nützlich machen kann, um den Anschluss nicht zu verlieren, da kommt die Oma in die Küche, Ihr macht mir nichts wie Arbeit, sagt sie und holt einen Marmorkuchen aus dem Backofen. Ev, geh mal vor und pass auf die Theke auf.

Draußen sind alle schon beim zweiten oder dritten Bier, sind ein wenig schlapp geworden, endlich ist die Art von Müdigkeit eingetreten, für die man zum Frühschoppen geht, weil sie dem Sonntag die Kanten nimmt. Einzelne Sätze und Fragen werden in den Raum gestellt, die Pausen dazwischen werden länger, Schneisen, durch die das Sonnenlicht fallen kann. Nur manchmal ist ein Blinken vom Rotamint zu sehen, das Aufsetzen eines Bierglases zu hören. Sie wünscht sich, Frank soll jetzt endlich zurück sein und hier in diesem Raum auf sie zugehen. Sie will sein Haar riechen. Die Uhr an der Wand neben der Asbachflasche zeigt halb zwölf. Für den Weg zum Bahnhof und zurück, dazwischen auf Jupps Hof noch Fleisch holen, ist ihre Mutter ziemlich lange mit ihm unterwegs. Das Warten als Mädchen, das unendliche Gefühl, nichts beeinflussen zu können, stellt sich ein, das Leben unbekannt, das irgendwo in der Zukunft stattfinden würde. Ein Niemandsland, das nicht im Geringsten auszumalen ist, weil sie die Person nicht kennt, die sie sein wird. In diesem Moment steigt erneut eine Vorahnung in ihr auf, die Nähe der letzten Nacht könnte eine einmalige Angelegenheit gewesen sein. Als Traum von einem Anfang und Vorgefühl des Endes, jetzt nebeneinander aufgereiht auf einer schiefen Ebene, so nimmt sie Franks Abwesenheit plötzlich wahr, und als sie die nächste Runde Biergläser unter der Zapfanlage des Grünen Baums füllt, wird ihr ganz flau.

In einer der Gesprächspausen hört sie den Kadett, das unaufdringliche Geräusch eines leichten Wagens, der gut gepflegt wird, sieht ihn im gleichen Moment auch am Vordereingang vorbeirollen, zementbeige. Der Motor heult zweimal auf, als ihre Mutter das Auto mit schleifender Kupplung auf den hohen Bordstein des Gehwegs manövriert. Eilig geht sie hinter der Theke hervor Richtung Eingang, nein, die Musikbox bleibt aus, ruft die Oma hinter ihr her, ein Reflex, der sich sofort wieder beruhigt. Mit dem energischen Anziehen der Handbremse steht sie auf der obersten Treppenstufe, geblendet von der Sonne wartet sie darauf, ihn zu sehen. Ihre Mutter steigt aus dem Auto, übersieht, dass die Beifahrertür schon geöffnet ist, und wirft ihre Tür so fest zu, dass es den Kadett zum Wanken bringt. Rasch, fast verärgert geht sie um den Wagen herum zum Kofferraum. Auf der anderen Seite steigt der aus, den sie abgeholt haben, Gary, und drückt die Rückenlehne des Vordersitzes nach vorne, um Frank herauszulassen. Er ist größer als Frank, auch viel älter, seine braunen Haare in dem typischen Haarschnitt rasiert, der ihn als amerikanischen Armeeangehörigen ausweist, im Gesicht ein unsicheres Lächeln über das Wagendach hinweg, steht er neben ihm. Franks Blick der letzten Nacht blitzt auf, und sie schaut ihn an, so fest sie kann, führt ein Halten seines Blickes für den Bruchteil einer Sekunde herbei. Und noch während sie ihn anlacht, mit gespielt hochgezogenen Brauen, hat sich sein Blick in einen Streifblick verwandelt. Unsicher hebt sie die Hand, winkt ihm zu, viel zu spät, sowieso eine Fehlleistung, das merkt sie sofort; wie die peinliche Reaktion eines Menschen in einer Menge, der denkt, ein anderer grüßt ihn von weitem, wirkt ihr Winken, und dann ist er gar nicht gemeint, sondern jemand hinter ihm ist gegrüßt worden oder, schlimmer noch, der Gruß war kein Gruß – in diesem Fall ein Blick –, sondern nur eine Bewegung des anderen, um sich etwa am Kopf zu kratzen oder eine Mücke zu verscheuchen. Ein Kind, das bittet, ist sie mit diesem Winken, auch das weiß sie, bedürftig nach einem Zeichen, das die vergangene Nacht bekräftigt und sie selbst wieder zur Erwachsenen werden lässt. Schnell lässt sie die Hand wieder sinken, hofft, er hat es nicht gesehen. Hat er auch nicht, er schaut gar nicht mehr zu ihr hin, weil er sich längst Gary zugewendet hat, dem er jetzt die Stelle am Bordstein zeigt, an der der abgeschabte Gummi vom Reifen des Käfers zu sehen ist.

Evi, hilf mir mal, ruft die Mutter und hebt, noch bevor die beiden Männer bei ihr sind, zwei Kühltaschen aus dem Kofferraum. Sie hat Schweißflecken unter den Achseln, stellt Ev fest und hofft, Frank und Gary sehen die dunklen Ränder nicht.

Darf ich vorstellen, sagt Frank etwas zu laut und zu früh, als Ev ihnen entgegengeht, my friend Gary, und wenn er endlich aus der Army austreten würde, könnte aus ihm noch ein anständiger Musiker werden. In seiner Stimme liegt etwas Sprödes. Seine Lippen sind trocken, wahrscheinlich haben die drei wirklich viel gesprochen während der Fahrt. Gary, Eve, Eve, Gary. Sie geben sich die Hand, da ist die Mutter schon nicht mehr zu sehen, ist bereits schnurstracks mit den Kühltaschen in ihrer vorwurfsvollen Haltung, die Ev nur allzu gut kennt, die Steintreppe hinauf in den Gastraum gelaufen. Hello Eve, sagt Gary ein wenig zu herzlich. Er wirkt wie ein schlaksiger Junge mit Fältchen um die Augen. So offen sieht er sie an, beinahe neugierig, dass sie fürchtet, Frank hat ihm von der Nacht erzählt. Evi, kommst du jetzt endlich, ruft ihre Mutter, wahrscheinlich ist sie schon in der Küche.

2.

Es ist falsch, alles absolut falsch. Mit diesem Gefühl geht sie zum ersten Mal an diesem Vormittag hinaus auf den Hof. Auf eine beinahe fahrlässige Art entblößt liegt er unter der grellen Mittagssonne. Rudi hat die Hühner auf die Wäschewiese verbannt, das Hoftor geöffnet und drei stockfleckige Sonnenschirme von Langnese zwischen Bierbänke und Tische gestellt. Hat tatsächlich drei Grills organisiert und die Holzkohle bereits mit einem Blasebalg zur Weißglut gebracht. Sie hat keine Vorstellung davon, was sich am Nachmittag hier abspielen wird, aber nichts davon wird wahrhaftig sein, das sieht sie schon daran, wie nachlässig der alte Schrott zur Seite geräumt, die Fahrräder nur drei Meter weitergeschoben worden sind. Abwarten werden sie und mit unechter Freundlichkeit darauf lauern, dass irgendetwas passiert, ein Gegengewicht bildet zum Unfall am Freitagabend und zu dem amerikanischen Hippie, der seitdem ständig irgendwo auftaucht und wieder verschwindet.
Rosis Stimme dringt aus der Küche, Schranktüren werden auf- und zugeschlagen. Zögernd zieht die Frühschoppenrunde vom Gastraum in den Hof um, die Männer nehmen ihre Biergläser mit, blinzeln im Sonnenlicht. Selbst Jupp macht mit, der Ami will einen ausgeben, hat es geheißen. Nicht dass man sich sein Bier nicht selbst kaufen könnte, aber immerhin gehört der Grüne Baum mitsamt dem Hof nach wie vor ihm, und Terrain abgeben, das wird er nicht. Seltsam unentschieden sitzen sie auf den

Bierbänken, auf halber Arschbacke, würde Manni sagen. Noch ist Frank nicht zu sehen, ist gar nicht erst in den Hof gekommen mit Gary.

Und, Rudi, wie geht's jetzt weiter, fragt einer. Wo ist denn euer Ehrengast, lässt der sich noch die Locken legen?

Der ist mit seinem Freund zum Sunny gelaufen, sehen, was der Käfer macht, sagt Rudi gleichmütig. Ganz offensichtlich hat er sich vorgenommen, die Ruhe nicht zu verlieren, seit gestern ist er der Mann, der für Überraschungen gut ist, mehr noch, einer, der Ideen hat. Mit der Oberlippe zwischen den Zähnen platziert er Tellerstapel auf die jeweils rechte Seite zweier Biertische, zwischen der Tür zum Außenklo und dem Holzschuppen hat er sie an die Wand gerückt, mit Mühe dazu die alten Regentonnen zwei Meter weitergeschoben. Auch das Besteck steht schon bereit, in drei grauen Bierseideln, die er in einem der unteren Thekenschränke gefunden hat. In großen Schüsseln sind Salatblätter, Zwiebelringe, Gurken- und Tomatenscheiben angerichtet. Ketchup, Mayonnaise, Senf sind davor in gerader Linie aufgereiht, etwas abseits steht der Kartoffelsalat der Oma. Schmelzkäsescheiben, vom Wilhelm aus dem Edeka, liegen aufgetürmt auf einem Teller, immer eine gerade, eine über Eck. Hamburgerbrötchen waren nicht aufzutreiben, Weißbrot tut's auch, ist fast das Gleiche, sagt Rudi ungefragt und zuversichtlich. Auch das kommt von Wilhelm, abgepacktes Weißbrot, Rudi hat die Scheiben genau wie den Käse gestapelt, gerade, schräg, gerade, schräg. Jungejunge, sagt Wilhelm, hier geht's ja zu wie bei der Dunlop am Band. Geht eins ins andere über, erklärt ihm Rudi. Schweißnass ist sein Hemd zwischen den Schulterblättern, doch er lässt sich offensichtlich nicht beirren, muss die Tische neu ausrichten, zwei kleine

Holzkeile unterlegen, damit nichts wackelt. Wer sonst hat einen Blick fürs Detail, wenn nicht er.

Geh doch mal in die Küche, helfen, weist er Ev an. Deine Mutter und deine Oma machen die Frikadellen, gleich kommen die Leut, komm, mach dich nützlich, sonst können wir uns den ganzen Nachmittag das Gezeter anhören. Sein Hals ist rot und weiß gefleckt, soweit Ev es auf die Schnelle beurteilen kann, hat er sein Pensum für diese Tageszeit noch nicht intus. Er hält sich tapfer. Geh Bier holen, sagt er noch einmal zu ihr, dabei fängt er an, die weißen dünnen Papierservietten zu falten. Freibier kommt gleich!, ruft er über seine Schulter hinweg in Richtung Feuerwehr, auch ein paar von den Nachbarn sitzen bereits an den Tischen. Los, Evi, mach schon.

Sie möchte aufbrausen, ich hab mit eurem Fest nichts zu tun sagen, doch sie merkt Rudi die Freude darüber an, alles auf diesen Menschen auszurichten, der ihn ernst nimmt. Die Mühe, die er sich gibt, trifft sie, ein leiser Schmerz, mit dem sie sich allein fühlt und doch auch wieder nicht.

In der Küche stehen ihre Mutter und die Oma mit dem Rücken zur Tür vor dem Fleischwolf und zwei großen Schüsseln. Du musst mit ihr reden, hört sie ihre Oma sagen, die mit energischen Bewegungen Fleisch durch den Wolf dreht, ihre Stimme als dritter herrischer Ton über dem Mahlen und Quietschen der Kurbel. Die Mutter steckt mit beiden Unterarmen in einer der Schüsseln, knetet mit den Händen das Gehackte durch, auf einem Backblech liegen bereits geformte Frikadellen, Um Gottes willen, nicht die alten Geschichten, das gehört jetzt nicht hierher, sagt sie, hält inne und schaut die Oma von der Seite an. Ich wollte von Anfang an nicht, dass er hier ist,

das weißt du. Dann kostet sie Fleisch von Zeige- und Mittelfinger. Das Abschmecken von Hackfleisch, Ev hat es geliebt als Kind, jetzt findet sie es abstoßend, wie ihre Mutter über ein offensichtlich wichtiges Thema spricht und sich gleichzeitig rohes Gehacktes in den Mund stopft.
Hast du im Wagen mit ihm gesprochen?
Ihre Mutter antwortet etwas, das Ev nicht versteht, dabei wischt sie sich mit dem Unterarm über die Stirn, zwischen ihren Fingern kleben Fleischreste. Rudi kommt mit einem Korb leerer Gläser durch den Hintereingang, Keine Zwiebeln ins Gehackte, ruft er, hört ihr! Hat Frank gesagt! Habt ihr auch halb und halb, kann ich schon was raustragen? Niemand antwortet ihm, das hat er auch nicht erwartet, viel zu geschäftig ist er, es ist sein Nachmittag, er hält das Hin und Her wacker durch.
Selten hat sie ihre Oma und ihre Mutter so ernsthaft miteinander sprechen hören, sowieso noch nie jemanden über sie selbst reden hören. Es ist also alles herausgekommen. Und warum jetzt so ein Drama? Sie ist Ev, sie ist siebzehn, sie kann bestimmen, was sie macht. Wie alt warst du überhaupt, als ich zur Welt kam, möchte sie zu ihrer Mutter sagen, von hinten kommen und die beiden Frauen überraschen, wie sie da über ihrem Hackfleisch stehen und über sie sprechen. Du warst doch selbst erst siebzehn, oder? Und, war das schlimm? Die Antwort weiß sie selbst, ja, es war schlimm, weil es den Vater nicht gibt, der Mann zu der Geschichte fehlt, weil er abgehauen ist, wie auch der Mann zur Geschichte davor, der Geschichte der Oma, nicht vorhanden ist. Irgendwie sind alle weg, eine Familie mit nicht vorhandenen Männern, nicht mal so ein bisschen vorhanden wie Lillis Vater, nicht mal nur spätabends und am Wochenende anwesend wie die Männer im Dorf.

Von der Mutter ausquetschen lassen hat er sich also. Die Zweifel stellen sich tastend in ihr ein, wagen sich Schritt für Schritt vorwärts wie die Hühner, die für heute vom Hof auf die Wäschewiese geschickt worden sind.
Schützen wird er sie. Dass er sich überhaupt auf dieses Autogespräch eingelassen hat, wundert sie, die jetzt im Flur wartet, dass die beiden Frauen in der Küche weitersprechen.
Von Ersparen – Erspar mir das! – ist jetzt die Rede und von Zukunft, davon, was die Leute von ihnen gehalten haben in der Vergangenheit, und auch von Paroli bieten, was die Mutter müsse, schon viel früher gemusst hätte. Die Sätze werden vom Fleischwolf und den Hofgeräuschen verschluckt, nur Bruchstücke davon kann Ev verstehen, aber den Rest kann sie sich denken, könnte die ganze Tirade aufsagen. Mal besser haben als wir, und: nicht den gleichen Fehler. Ich hoffe nur, sagt die Oma. Was sie hofft, ist ebenfalls nicht zu verstehen, doch es geht in diesem Gespräch zwischen Oma und Mutter nicht mehr um Ev, sondern um eine allgemeingültige Vergangenheit, das sieht sie den zusammengezogenen Schulterblättern der Mutter an, den angespannten Oberarmen, mit denen sie sich jetzt in die Schüssel stemmt und das Fleisch knetet, als gälte es, ein ganzes Rind zu töten. Zu hören, welche Fehler man gemacht hat, sie kennt es selbst nur zu gut. Vorgeschrieben zu bekommen, wie man zu sein hat, was richtig und falsch ist, eingezwängt zu werden in diesen schmalen Kasten, der ein Weg sein soll, ein Leben. Was sollen die Leute denken!, eigentlich ist das der richtige Name des Grünen Baums.
Sie lehnt sich an die Wand neben den Automaten, als könne sie sich dort verstecken, lehnt sich im Dämmerlicht des

Flurs an den Automaten selbst, diesen schmuddeligen Zigarettenautomaten mit Ernte, HB, Stuyvesant, Milde Sorte und Lord Extra. Ganz sicher hat noch niemand genau an dieser Stelle gestanden, an der sie jetzt steht und die verschobene Fußmatte vor dem Hintereingang betrachtet. Die Sonne reicht nur über die durchgetretene Schwelle der Hintertür, weit genug jedoch, um zu zeigen, wie stumpf der Terrazzoboden ist. Sie legt ihre Hand auf eine der Schubladen des Automaten, wie abgegriffen das Metall doch ist, Stuyvesant, Rudis Marke, so oft hat sie ihm noch ein Päckchen gezogen, wenn er nicht mehr konnte, nicht mehr trinken konnte, weil er sich schon übergeben hatte, aber eine nächste Zigarette, ein nächstes Päckchen brauchte, um beim Anzünden, beim Ausatmen des Rauchs, währenddessen er mehr keuchte als lebte, einen nächsten Schwung zu holen, um die Treppe hinaufzukommen. Vom Hof dringt der Geruch nach Holzkohle und altem, verbrennendem Fett in den Flur. Sie schließt die Augen, hört die Stimmen, konzentriert sich auf die Geräusche, die von draußen kommen und besser zu ertragen sind als das Fleischwolfgespräch zwischen Oma und Mutter. Braucht die Körper nicht zu sehen und weiß trotzdem, wie jeder sich dort draußen bewegt. Sattler, der auf Jupp einredet, Jupp, der halb von seiner Bank aufsteht mit einer Entgegnung, offensichtlich wieder ein Streit um Politik, es ist fast wie auf Rudis kleinen Bühnen, zieht man hier an einer Lasche, erhebt sich dort ein grimmiges Gesicht. Das Metall des Zigarettenautomaten an ihrer Wange, ihrer Schläfe. Nichts bringt Kühle. Gelächter jetzt draußen auf dem Hof, über Tische hinweg gerufene Bemerkungen, Halbsätze auf Kosten anderer. Wie viel davon ist ein Teil von ihr, wie viel von allem bereits in sie eingedrungen?

Wie viel vom Metall des Zigarettenautomaten, an den sie jetzt mit geschlossenen Augen ihre Stirn lehnt, vom Spülwasser, mit dem sie jeden Abend in Berührung kommt, von den Sprüchen vor der Theke, dem Schweigen dahinter? Die schmalen Eheringe an den geschwollenen Händen der Frauen, sie kann sie vor sich sehen. Wenn alles so weitergeht, ist sie in drei Jahren mit Manni verheiratet, allein schon deshalb, weil es keinen Grund gibt, nein zu sagen, weil nämlich nichts anderes kommt, nichts Besseres, weil es Besseres im Dorf nie geben kann, nicht darf. Irgendwann wird sie mit ihm auch dort draußen sitzen, ohne Sprache füreinander, mit gefasstem Gesichtsausdruck, lass bloß die Leute nicht merken, dass wir uns gestritten haben, und hinter allem, unter ihrer Haut, wird ein schlecht im Zaum zu haltendes Aufbegehren liegen, das sie abends mit zugeschnürter Kehle einschlafen und morgens mit einem mürrischen Zug um den Mund aufwachen lässt.
Sie öffnet die Augen, schaut Mutter und Oma zu, die immer noch dicht nebeneinander das Fleisch bearbeiten. Zwei Rücken, zwei Hinterköpfe. Eine Zigarette möchte sie jetzt rauchen, wie gestern mit Frank am Rand des Feldwegs, unter ihrem Apfelbaum. Ihr Apfelbaum. Sie blickt zur Hintertür hinaus in den Himmel, ins Sonnenlicht. Plötzlich scheint alles verdreht, herausgehoben aus dem Nichts wie auf einem Fotonegativ, die Welt draußen im Hof ist schwer zu erkennen, die Stimmen, das Gelächter, alles wirkt auf sie wie ein sofortiger Stillstand, ja sogar eine Rückwärtsbewegung der Zeit mitsamt einer allgemeinen Verstaubung der Dinge und des Geistes, einem Gefühl in ihr, von innen nach außen gewendet zu werden in langsamer Häutung. Sie rechnet nach, kaum neun Stun-

den sind vergangen, seit sie Franks Zimmer verlassen hat, ein Wechsel von einer, die sich selbst so nah wie nie zuvor war, zu einer, die sich verlassen fühlt, eben noch konturiert, nun wieder in Unschärfe verschwommen. Dieser brütende Sommer. Die Haut, denkt sie, was hat er mit meiner Haut gemacht. An jede Berührung erinnert sie sich, und daran, wie ihr Körper vorhanden war. Streicht sich beim Gedanken daran über die Oberarme, als würde sie frösteln. Die beiden Frauen in der Küche, die ihre Oma und ihre Mutter sind, lassen jetzt beim Formen der Frikadellen das Hackfleisch in die Hände klatschen, aber sie sprechen nicht mehr, schweigend und mit straffem Rücken stehen sie nebeneinander, offenbar jede in Gedanken. Immer wieder berühren sich beim Arbeiten ihre Oberarme, doch sie zucken nicht zurück, machen so verbissen weiter, als könnten dadurch alle nicht erzählten Geschichten ausgelöscht werden.
Sie löst sich vom Automaten, geht in den Gastraum, lässt frisches Bier in Gläser laufen, froh, etwas zu tun zu haben. Eine Brise, die erste der letzten Tage, hebt den Rand der Langnese-Sonnenschirme an, als sie mit zwei Körbchen voller Gläser wieder nach draußen ins Sonnenlicht tritt. Über dem Hof liegt eine zerstreute Nervosität, alles wirkt wie zufällig und doch nach einem Kraftfeld suchend, das nicht vorhanden ist. Vereinzelt blitzen Störungen auf. Jupp, der darauf besteht, seinen Verzehr, wie er es ausdrückt, auf einen Deckel geschrieben zu bekommen, weil er sein Bier noch immer selbst bezahlt, dieser Satz der lauteste in dem kurzen Wortgefecht, das sie mit ihm hat, seine Mahnung auch an die anderen, wenigstens trotz der Sensationslust noch Rückgrat zu zeigen. Das ernste Gesicht ihrer Mutter, die das erste Blech Frikadellen bringt

mit einem Blick, den man von ihr nur spätabends kennt, wenn sie die angesäuselten Vertreter in ihre Zimmer im ersten Stock komplimentiert und diejenigen zum Ausgang drängt, die kein Ende finden wollen. Sie setzt die Frikadellen ab und winkt zum Hoftor, bedeutet Wilhelms Frau, die dort zögernd auf der Steinschwelle steht, hereinzukommen. Wilhelms Frau hat noch eine andere Frau mitgebracht, Ev sieht die beiden manchmal vor dem Edeka miteinander sprechen. Beide übergewichtig, machen sie jetzt vorsichtig ein paar Schritte über die groben Hofsteine, mit hinter dem Körper gefalteten Händen schauen sie sich um. Die Oma tritt aus der Hintertür, übernimmt die Regie, weist den beiden Frauen einen Platz unter einem der Sonnenschirme zu. Kurz darauf treffen Wilhelms Schwestern ein, auch sie neugierig, aber leiser als sonst, verhalten sich wie Gäste, die eine Ankündigung erwarten, reagieren erst beim zweiten Mal auf Evs Frage, was sie trinken möchten.
Die Form verfestigt sich, als Frank und Gary zurückkommen, mit ihnen die Jungs, denen die Frikadellen und Zwiebelringe, das Bier und der Tomatenketchup zugedacht sind, Achtundvierziger, Erbskorn und drei weitere vom Bushäuschen, die Manni im Schuppen beim Käfer geholfen haben. Manni kommt auch gleich, heißt es in Evs Richtung, während Rudi ihnen jeweils ein Bier in die Hand drückt, der ist unpässlich, ruft Erbskorn. Genau, der hat seine Tage, fällt Achtundvierziger in das Gelächter ein, aber der kriegt sich schon wieder ein, ich glaub, der will sich erst noch ein bisschen frischmachen für dich, Evi.
Punktgenau sind die ersten Frikadellen und Würstchen fertig, auch die Leiterchen, und die Jungs stoßen mit-

einander an, prosten Rudi und Wilhelm zu, nach einigem Zögern stoßen sie auch mit Frank an und machen sich ganz selbstverständlich über das Weißbrot und die Schüsseln her. Ihre gute Laune färbt ab, nun holen sich auch ein paar Frühschoppenbrüder ihre Teller. Ein wenig entfernt von Jupp sitzen seine Töchter am Tisch, schweigend und mit aufgestützten Ellbogen halten sie jede ein Leiterchen mit spitzen Fingern, schauen vor jedem Bissen prüfend das Fleisch an, lecken sich die Daumen. Neue Zigaretten werden angezündet, das Nikotin vermischt sich mit dem Geruch nach verbranntem Fett. Frank steht mit Gary nah am geöffneten Hoftor, zwei Gäste, die sich viel zu erzählen haben, so wirken sie. Rudi hat mittlerweile seine Kamera um den Hals, schießt Fotos von den beiden, sucht Winkel, drückt die Kamera an den Riemen an seine Brust, als er sich über seine Salatschüsseln beugt, um zu prüfen, ob Nachschub gebraucht wird. Nimmt die Kamera schließlich ab, legt sie vorsichtig auf den Vorsprung des winzigen Klofensters, belädt sich selbst einen Teller. Setzt sich an einen Tisch und überlässt Wilhelm die Aufsicht. Wir könnten das öfter machen, sagt der zu Jupp und seinen Schwestern. Wir könnten das auf dem Hof machen. Mit einem spitzbübischen Zug um die Nase wartet er auf den Effekt.
Komm, hör mir auf, sagt Jupp, krieg du nur mal endlich deinen Edeka-Laden in den Griff, damit die Abrechnungen stimmen.
Nein, im Ernst, wir könnten ein Ausflugslokal auf dem Hof aufmachen, Bänke und Tische samstags und sonntags, und Kaffee und Kuchen. Und dann verkaufen wir noch Obst und Gemüse, Marmelade und deinen Brombeerschnaps. Wie auf dem Markt, nur dass die Leute zu

uns auf den Hof kommen. Aus der Stadt, mit den Kindern.
Jupp bleibt ungerührt sitzen, doch unter seiner Kappe lässt er den Blick schweifen. Schätzt ein, wer alles mitgehört hat. Auch seine Töchter sind hellhörig geworden, kauen langsamer, warten auf eine Reaktion ihres Vaters. Selbst die Oma, von der auf unerklärliche Weise immerzu nur der Hinterkopf zu sehen ist, hält kurz inne und sieht Jupp an, bevor sie ins Haus geht, wieder zu einem harten Kern in sich selbst wird, nicht rastet, damit sie mit niemandem sprechen muss.
Die Männer hocken mit eingezogenen Köpfen, die Unterarme auf die Tische gelegt, auf ihren Plätzen – Wie bestellt und nicht abgeholt, hat die Oma noch im Vorbeigehen zu ihr gesagt – und tun so, als beachteten sie Frank nicht, und doch, alles gruppiert sich in einer heimlichen Beziehung zu ihm und Gary. Sie lauern auf etwas, Ev nimmt die schnellen Blicke wahr, die sich wie unsichtbare Fäden über den Hof ziehen und zeigen, ihre Zurückhaltung ist nur gespielt. Sie warten darauf, dass etwas passiert, egal was es ist, wenn es nur eine Bewegung bringt.
Mannis Tanten sind die Einzigen, die unverfroren alles beobachten. Nicht nur Frank und Gary haben sie im Blick, sondern, nachdem sie ihre Finger ein letztes Mal abgeleckt haben, auch Ev und Rosi. Selten ist Rosi so wortkarg wie heute, ein wenig entfernt vom Hinterausgang macht sie eine kurze Pause, als schlanke Gestalt steht sie rauchend vor der hellen Hauswand, fühlt sich offenbar unbeobachtet, schaut dabei Gary zu, wie der jetzt zu den Jungs geschlendert ist und ihnen in holprigem Deutsch etwas über Hamburger American style erzählt und zeigt, wie ein solcher Hamburger perfekt zuzubereiten wäre. Die rich-

tigen Gurken fehlen, ruft einer, Rudi, das mit den Gurkenscheiben war Mist, wie heißt das, er wendet sich zu Gary, Relish, ach ja, Relish. Rudi, wir wollen Rällisch, Rudi Rällisch. Gary lächelt. Wirft einen Blick in die Runde, ohne sich wichtig zu machen. Sein hellblaues Leinenhemd mit den Beinausschnitten an beiden Seiten hängt über dem Bund seiner Khakihose, eine lässige amerikanische Variante, sich zu kleiden, unangreifbar für das Dorf. Wenn Ev entscheiden sollte, wer der netteste Mann auf dem Hof wäre, sie würde für Gary stimmen, auch wenn er schon älter ist, ein spontaner Gedanke, der offensichtlich auch Wilhelms Schwestern gekommen ist, die jetzt aufdrehen, sich mit ihren angeborenen lauten Stimmen im Englischen versuchen, Aufgeschnapptes, für das Ev sich schämt. Als folgte er einer der schlecht verhohlenen Blickachsen, schaut Gary kurz zu ihrer Mutter und wird sofort von Rudi unterbrochen, der, ohne es zu wissen, die Grundlinie kreuzt. Mit Schnäpsen ist er aus dem Hintereingang gekommen, ein großes Tablett hat er beladen und stellt die Gläschen auf die Tische. Es wird geprostet, während abseits vor dem Hintereingang die Oma ihre Mutter am Arm festhält, als hätte es etwas gegeben, wogegen sie wieder einschreiten muss, sie endlich zurückhalten muss, und ihre Mutter wendet sich ab und läuft in den Flur zur Küche wie zu einer Rettungsstation.

Wenig später fordern Mannis Tanten aus Langeweile Wilhelms Frau und deren Freundin mehrfach dazu auf, sich etwas vom Grill zu holen, bieten sogar an, Teller bereit zu machen, doch die beiden lehnen ab, löffeln lieber schweigend ihr Fürst Pückler aus den Eisschälchen der Oma. Müde wirken sie unter dem Sonnenschirm, grau, ihre Neugier scheinen sie vergessen zu haben, eng umschließen die Eheringe ihre Ringfinger, es ist alles genau so, wie Ev es sich am Zigarettenautomaten vorgestellt hat. Ev, die Mannis Mutter selten sieht, hält sich fern von ihr, weiß nicht, was sie mit ihr reden soll, wundert sich sowieso jedes Mal darüber, wie groß der Unterschied zwischen Manni und seinen Eltern ist. Sie hat auch genug zu tun, schlängelt sich zwischen den Sitzreihen hindurch, um Teller und Gläser abzutragen, Getränke zu bringen. Seit ihrem Kaffee am Morgen hat sie nur ein halbes Stück Weißbrot gegessen, verspürt dennoch keinen Hunger. Lässt sich von der Oma Aufgaben geben, ist heute nicht in der Lage, die Dinge zu erkennen, die getan werden müssen. Sieht sich selbst, wie sie sich immer wieder zwischen ihren Gängen kurz an verschiedenen Ecken im Hof postiert, stets wie neu in dieser Haltung, mit der sie Frank zeigt, es wäre in Ordnung, wenn er zu ihr käme vor aller Augen. Doch er bleibt mit Gary zusammen, an der Tür zur alten Scheune stehen sie jetzt, Frank mit einer Cola in der Hand, Gary mit einem Bierglas, offensichtlich traut er Frank trotz des Unfalls zu, den Wagen nach Hause zu fahren. Obwohl es ihr mittlerweile gleichgültig ist, was die Leute denken, scheint es ihr immer schwieriger, einfach zu ihm hinzugehen. Wie er jetzt vor der grauen Holzwand steht mit seinem engen T-Shirt und den wilden Haaren, ist er wieder der Mann vom Tag zuvor auf dem Fahrrad, der Mann unter dem Apfelbaum, derselbe Mann, vor dem sie nackt stand in der Nacht, der Mensch, der ihre Umrisse gezeichnet hat unter der Decke. Endlich sieht auch er wieder zu ihr herüber, voller Freundlichkeit, zärtlich eigentlich, findet sie, doch dann auch wieder so, als wollte er sich entschuldigen. Auf dem Sprung ist sie, doch gerade als sie zwischen zwei Tischreihen hindurchwill, schlendert er mit Gary zum anderen Ende des Hofs, und sie hat Angst, etwas zu verlieren.

Plötzlich steht Manni vor Frank. Manni, den niemand hat kommen sehen, den auch niemand vermisst hat. Zwischen dem Auftauchen der Jungs, nachdem der Käfer wieder auf den Erdboden gestellt worden war, und jetzt müssen gute eineinhalb Stunden liegen. Manni knallt den Autoschlüssel auf einen Tisch. So, deine Dreckskarre ist fertig, sagt er. Gar nicht mal laut, aber die lachenden Gesichter, die sich ihm zuwenden, als er auf Frank zusteuert, erstarren, und nun ist es still. Und jetzt mach, dass du verschwindest! Er nimmt sich ein volles Schnapsglas, das irgendjemand übersehen hat, und kippt es in einem Zug herunter. Sein Gesicht ist blass, man weiß nicht, wird er gleich weinen oder wird er zuschlagen. Seine Kumpels merken, es wird brenzlig, sehen es auch Garys Gesicht an, und noch mehr Frank, der Manni gegenübersteht. Auch sie, die in einiger Entfernung hinter Manni Biergläser einsammelt, sieht, wie er amüsiert lächelt und dabei so hart an Manni vorbeiblickt, als wäre der nicht vorhanden, auch an ihr gleitet sein Blick vorüber, in einen Abend, so kommt es ihr vor, an dem schon keiner der Anwesenden mehr vorhanden sein wird, in eine kalifornische Zukunft vielleicht, die sich jeder Vorstellung entzieht. Bevor etwas passieren kann, tritt die Oma dazwischen, Du, sagt sie zu Manni und baut sich vor ihm auf mit ihrer Stimme, bei der jedermann weiß, ein Widerspruch ist zwecklos, Du setzt dich jetzt mal ganz schnell zu deinem Opa dort rüber. Kein Wort mehr möchte ich von dir hören.

Die Jungs klopfen ihm auf den Rücken, wollen sich den Tag und das Freibier nicht verderben lassen. Wie ein unglücklicher Libero, der einen Elfmeter verschossen hat, wird er in Richtung Jupp geschoben, verfolgt von aufmerksamen Blicken. Auch wenn Manni gepatzt hat, so scheint sich doch endlich etwas von dem anzubahnen, auf das sie alle warten.

Eigentlich will sie Franks Blick nicht gesehen haben, das spöttische Aufblitzen, mit dem er Manni für eine Sekunde registriert, und dann sofort, als wäre er nicht vorhanden, an ihm vorbeigeschaut hat, seine Augen tiefliegend und fremd unter den kräftigen Augenbrauen. Eine kurze Störung auch in ihr, wie es manchmal im Leben geschieht, wenn sich etwas unter die Geschichte schiebt, die man sich selbst erzählt, ein tiefer innerer Ton, vielleicht kaum hörbar, und doch verändert er alles. Und da, plötzlich, kommt er auf sie zu, als ahnte er ihre Überlegungen, und sie weiß, das wird das letzte Gespräch.

3.

Hey, sagt er leise.

Hey, antwortet sie sofort und wundert sich darüber, dass sie seine und ihre eigene Stimme so weit entfernt wahrnimmt. Fast wie durch ein Rauschen auf Mittelwelle, sphärisch und blechern zugleich in ihrem Kofferradio, in ihrem Kopf, klingt es, beinahe gedoppelt wie in einem Song, einer Liebesgeschichte, die jetzt anheben könnte, ähnlich dieser Schnulze von Paul and Paula auf AFN, bei der ihre Mutter immer leise mitsingt (Hey Paul, I want to marry you, too!).

Ich sag jetzt nicht, das war eine schöne Nacht. That would be cheap.

Ihr fällt nicht ein, was sie erwidern könnte. Warum musst du fort, so etwas kannst du mit mir nicht machen, kommst du wieder, warum fragst du mich nicht, ob ich mitkomme, so könnte es gehen, doch sie bringt keinen Ton heraus. In der Sommerhitze, zwischen den angerosteten Regentonnen und den beiden mit Unkraut überwucherten Schubkarren wirkt alles noch verzweifelter, sogar ihre Gedanken.

Setz dich einen Moment zu mir. Er deutet auf einen Tisch, eine Art Campingtisch, der unbesetzt am Kopfende des Hofes steht, nicht weit entfernt vom Durchlass zur Wäschewiese, aufgestellt für den Fall, dass Kinder mitkommen.

Warum bist du geblieben? Es ist das Einzige, was ihr einfällt, eine Frage nur scheinbar hinein ins Ungefähre, tat-

sächlich aber so saugend wie Löschpapier, das kann sie von seinem Gesicht ablesen, von der Art, wie er, ähnlich wie zuvor an Manni, nun auch an ihr vorbeischaut. Trotzdem, nichts anderes will sie jetzt von ihm beantwortet bekommen.
Why did I stay? Er schaut suchend über die Tische, sein Blick bleibt an Gary hängen, der ihnen beiden zuprostet. Wegen dir bin ich geblieben. You have nothing to do with what I know. Er lächelt.
Sie lächelt zurück, auch wenn sie etwas anderes erwartet hat, eine andere Besänftigung, vielleicht sogar seine Adresse, wie es sich gehört nach den letzten Tagen, davon geht sie zumindest aus.
Du bist der ehrlichste Mensch der Welt, sagt er etwas zu rasch und etwas zu eindringlich. Und du bist wunderschön, das darfst du nie vergessen.
Zum ersten Mal in ihrem Leben macht sie Bekanntschaft mit dieser Kröte und schluckt es auch, abgewiegelt zu werden mit schmeichelnden Worten, sie ahnt es mehr, als dass sie es weiß. Vielleicht ist es ja typisch amerikanisch, alles in Watte zu packen bei Happy End und Abschied gleichermaßen, vielleicht ist er ja gar keine Ausnahme. Und doch, er bezeichnet sie als etwas Besonderes, so viel bleibt haften, sie lässt es auf sich wirken, glaubt ihm sogar, nimmt ihm diese Bestätigung ab, jemand zu sein, der für einen anderen Menschen eine Bedeutung hat.
Wann fährst du?
Soon. Hey, open your head. Und lass dir nichts von deiner Mutter erzählen, egal, was. Akzeptiere nicht alles. Don't do that. Versprichst du mir das?
Sie nickt und fragt sich, ob sie auch jetzt genau das tun sollte, es nämlich nicht so einfach hinnehmen, was er

da erzählt. Ob sie ihm sagen sollte, wie es sich anfühlt, sitzengelassen zu werden.
Warte, ich komme gleich wieder, sagt er, ich hole uns was zu essen. Magst du?
Wieder nickt sie, da ist er schon aufgestanden, und auch sie steht auf, beklommen von seinem bedeutungsvollen Tonfall, der nichts mit der vergangenen Nacht zu tun hat, voller Angst auch davor, es könnte schon das letzte Wort gesprochen worden sein, und er stiehlt sich davon. Ich geh mal kurz rein, bin auch gleich wieder da, sagt sie eilig, ich bring dir was mit. Ein Schnellschuss, um die Betäubung aufzulösen, eine letzte Verabredung. Im Spülbecken der Oma lässt sie kaltes Wasser über ihre Unterarme laufen, ihr Gesicht im Spiegel darüber so ausdruckslos, dass sie eine Grimasse schneidet, um sich zu erkennen. Sie könnte etwas aus ihrem Zimmer holen, überlegt sie, das rote Amulett vielleicht. Wenn sie sich auch lächerlich damit macht, irgendetwas soll bleiben.
Der Bierseidel mit dem Besteck fällt hinter ihr zu Boden, als sie wieder zurück auf dem Weg zum Tisch ist. Frank muss zwischenzeitlich dort gewesen sein, zwei vollbeladene Teller hat er abgestellt. Autsch, ruft jemand und lacht heiser auf, eine der Regentonnen scheppert, es ist Erbskorn, sieht sie, als sie sich umdreht. Manni und seine Jungs stürmen im Eilschritt auf sie zu, ihre Gesichter gespielt ernst, dabei rot angelaufen. An den Tischen wenden die Frauen ihre Köpfe, immer bereit, die Leere auffüllen zu lassen.
Was hast du gemacht, ich glaub's ja nicht, johlt Achtundvierziger und versucht, Manni festzuhalten. Die Jungs drängen sich um ihn, klopfen ihm in den Nacken, gehen in die Knie vor unterdrücktem Lachen, eine alberne, verschworene Gemeinschaft, als stünden sie am Bushäuschen

und erzählten sich schmutzige Witze, so schnappen sie nach Luft, und die Frauen schauen wieder weg. Mit den Ellbogen verschafft sich Manni Raum, Pssst, Maul halten, fährt er seine Jungs an und löst sich von ihnen. Hält Rudis Fotoapparat über seinen Kopf wie eine Trophäe, kommt damit direkt auf Ev zu. Bleibt atemlos vor ihr stehen. An seiner Schulter vorbei sieht sie Wilhelm mit in die Hüften gestemmten Fäusten weit hinten stehen, umgeben von weißen Fettschwaden schaut er zu ihnen und schüttelt den Kopf.

Manni, was ist los, was habt ihr gemacht, fragt sie.

Die Randstettener Sonne scheint ihm ins Gesicht, angespannt und rotfleckig wie ein Boxer nach dem Kampf steht er vor ihr. Er ist betrunken.

Der hat ein Bild von ihm auf dem Klo geknipst, sagt Erbskorn verschwörerisch aus ein paar Metern Entfernung, du glaubst es nicht.

Jetzt halt doch mal die Klappe! Manni dreht sich zu ihm und den anderen Jungs um. Verpisst euch, ich muss hier was regeln! Er wendet sich ihr wieder zu, wickelt das Trägerband des Fotoapparats fest um sein Handgelenk.

Wer hat wen auf dem Klo geknipst, Manni? Ganz gepresst klingt ihre Stimme, so aufgeregt ist sie. Sie greift nach seinem Unterarm, sagt, Das ist doch Rudis Foto, und versucht, ihm den Apparat abzunehmen, ein ergebnisloses Handgemenge, bei dem sie seine Schnapsfahne riechen kann.

Und als hätte er seinen Namen gehört, kommt Rudi direkt hinter ihnen durch das Gatter von der Wäschewiese. Hat drei Gurken in den Händen, die er aus dem Gemüsegarten geholt hat, ist somit nicht in der Lage, sich auf anderes zu konzentrieren.

Will jetzt doch mal das mit dem Relli versuchen, sagt er. Evi, meinst du, ich kann die Gurken durch den Wolf drehen? Kannst du mal Frank fragen, ob das so richtig ist? Wo ist der überhaupt?
Zisch ab, Rudi, wir sind hier am Reden, siehst du das nicht? Manni stampft mit dem Fuß auf, als wollte er einen Hund verscheuchen, und obwohl Ev sich beherrschen will, steigt die Wut in ihr auf, nicht einmal heiß, sondern kalt, wie zu lange aufgehoben, irgendwo im Inneren konserviert, stahlblau geschmiedet, ja sogar Verachtung hat sich daruntergemischt, nur nicht so eine Verachtung, wie Manni sie gerade Rudi gegenüber an den Tag legt. Sie tätschelt Rudis Schulter und schiebt ihn zum Haus, ich komm gleich, sagt sie und packt Manni wieder am Unterarm.
Los, Manni, jetzt sag schon. Was habt ihr gemacht? Sie ist selbst erschrocken darüber, wie schneidend sie spricht.
Manni holt tief Luft. Ich weiß, wer das ist, sagt er und lächelt sie an. Es ist sein Siegerlächeln, sein triumphierendes, das er immer am Bushäuschen auspackt, wenn er jemanden so richtig striezen will.
Wer was ist, sagt sie, eine sinnlose Frage, nur noch gestellt, um Manni in eine ruhigere Spur zu lenken, denn mit Rudis Frage nach Frank, eigentlich schon bei Erbskorns Zuruf, ist ihr das ungeheuerliche Geschehen klar geworden, sie weiß, um wen es geht.
Na, dein Mister-Amerika-Hippie, in den du dich verknallt hast. Er hat die Klotür nicht abgeschlossen, und ich hab ein Foto von ihm gemacht, runtergelassene Hose und alles.
Gib mir auf der Stelle den Fotoapparat, Manni.
Nee, jetzt bin ich am Zug, sagt er und versteckt den Appa-

rat hinter seinem Rücken. Du denkst, ich bin ein Idiot. Aber ich habe schon die ganze Zeit gewusst, dass ich den Typen irgendwoher kenne. Und auf so einen fällst du rein, Evi. Gehst mit dem ins Bett, nur weil er ein paar Platten gemacht hat. Das hätte ich nicht von dir gedacht.
Sie schüttelt den Kopf, aus Abwehr und weil sie nicht weiß, was sie sagen soll. Und weißt du, was ich mit dem mache? Manni reckt wieder den Arm nach oben und schwenkt die Kamera über seinem Kopf, verleiht dieser Geste mit seinem Lächeln eine Gehässigkeit, die sie noch wütender macht. Ich geb Rudi eine halbe Flasche Asbach, und schon habe ich ihm das Foto abgeluchst, so schnell kann der gar nicht gucken. An die Bild-Zeitung werd ich das schicken. Blamieren werd ich den bis auf die Knochen. Wie der auf der Kloschüssel gesessen hat!
Die Oma kommt aus dem Hintereingang, wirft ihr längs über den Hof einen besorgten Blick zu, und zum ersten Mal kann Ev zustimmen, nickt sogar der Oma kurz zu. Mit plötzlicher absoluter Klarheit weiß sie, was Manni entgegenzusetzen ist. Nicht alles akzeptieren, was einem geboten wird, so ähnlich hat sie das vor wenigen Minuten erst gehört.
Jetzt hör mir mal gut zu, mein Lieber, sagt sie und konzentriert sich auf ein eingetrocknetes Bluttröpfchen unterhalb seiner Unterlippe, so winzig, dass es kaum zu sehen ist. Wir beide sind sowieso geschiedene Leute, ob du das willst oder nicht. Aber du hast jetzt noch zwei Möglichkeiten. Entweder, du gehst zur Bild-Zeitung, dann spreche ich in meinem ganzen Leben kein Wort mehr mit dir. Du brauchst dich dann bei uns auch nicht mehr blicken lassen. Oder du vergisst das mit dem Foto. Ganz einfach. Und glaub bloß nicht, dass du mit der Bild-Zei-

tungs-Geschichte der Held bei deinen Kumpels wirst. Rücksichtslos und gehässig wie dein Opa bist du dann nämlich, nichts weiter, und jeder wird es wissen. Ihre Stimme klingt so voll wie nie in den letzten Tagen. Schon oft hat sie Manni den Kopf zurechtgerückt, wenn er zu laut war oder zu grob, zu angeberisch oder zu spät. Aber so hat sie noch nie mit ihm gesprochen. Er sieht sich um, ob jemand zugehört hat, blickt ihr dann in die Augen. Lange haben sie nicht mehr so nah voreinandergestanden und sich angeschaut, fällt ihr auf. Nie mehr wieder werden sie so stehen. Erst jetzt, so dicht vor ihm, nimmt sie wahr, welche Mühe er sich gegeben hat, vielleicht in dem irrsinnigen Glauben, ihr ein Gegenteil beweisen zu können, wie tauglich er nämlich wäre, wie wandelbar. Ein frisches weißes Hemd trägt er, dazu seine neue, noch steife dunkelblaue Jeanshose. Die Haare hat er gewaschen, sie kann sogar einen Seitenscheitel entdecken, der vor dem Tumult noch eine gerade Linie gewesen sein muss. Hat sich beim Rasieren geschnitten, das eingetrocknete Blut an seiner Unterlippe deutet darauf hin. Bis hinauf zu seinen Schläfen, deren Haut so blass ist wie die eines Kindes, kann sie seine Anstrengung der letzten Stunden erkennen. Seine Augen sind gerötet vom Suff, vielleicht hat er auch geweint, sie weiß es nicht. Grün sind sie, seine Augen, auch das ist ihr lange nicht mehr aufgefallen, die Abende am Gederner See und auf der Wiese am Grillplatz sind darin abzulesen, sein Traum vom großen Motorrad, von der Reise zur Isle of Man, der ständige Kampf, mit dem er sich am Bushäuschen beweisen will.
Hör auf, sagt er, und sie weiß, er hat recht. Die Verletztheit desjenigen, der zurückbleibt, liegt in seiner Stimme, er versucht, ihren Blick zu halten, sie spürt, wie er nach Worten

sucht, nach einem Satz nur, einer Erinnerung an etwas, mit dem er sie beschwören könnte, ein unumstößlich gültiges Erlebnis, das alles umkehrt in diesem Augenblick, und sie weiß auch, es wird ihm nicht einfallen. Seine Unterlippe zittert, sie löst kurz ihre Augen von seinen, es genügt, um ihm die Kraft zu nehmen.
Komm, sagt sie und greift nach seiner Hand, lässt sich den Fotoapparat geben. Werde erst mal wieder nüchtern, ja? Und damit schiebt sie ihn, wie zuvor auch Rudi, von sich weg und in die Richtung seiner Freunde, die sich in mittlerer Distanz an einem neuen Bier festhalten.
Dann ist Frank auch wieder zu sehen, mit einer Flasche Cola in der Hand schlendert er an ihr vorüber zu dem Tisch, auf dem die vollgepackten Teller stehen. Everything OK, fragt er sie, hat sich alles geklärt? Offensichtlich hat er ihr Gespräch mit Manni mitbekommen. These kids today, sagt er, obwohl er selbst nur ein paar Jahre älter ist, zum Glück sind sie respektloser als ihre Eltern. Er lacht und deutet dabei mit dem Kopf auf Manni und seine Gang. By the way, in eurer Toilette gibt es keine Seife mehr. Ich war eben in der Küche, um mir die Hände zu waschen. Rudi macht das übrigens gut mit den Gurken.
Er zündet sich eine Zigarette an, Komm, setz dich, wir essen etwas, sagt er.
Unglaublich, wie gelassen er ist. Immer noch aufgewühlt, setzt sie sich ihm gegenüber, hat Manni weiter im Blick, der jetzt mit seinen Freunden ein Beruhigungsbier trinkt. Manni wird darüber hinwegkommen, don't worry. Some days you win, some days you lose. Während er spricht, legt er seine brennende Zigarette auf dem Tischrand ab und nimmt ihre Hände, viel weicher als zuvor kommt er ihr vor. Innigkeit, die sie sich gewünscht hat, jetzt könnte sie

anklingen in der letzten Stunde, vielleicht sogar den letzten Minuten vor seiner Abreise. Don't worry, damit hat er sie gemeint, es kann nicht anders sein, und er muss jetzt weitermachen mit einer Erklärung, die alles wieder ins Lot bringt, sie blendet aus, dass man manchmal gewinnt, manchmal verliert, und hält sich so fest an diesem Mach dir keine Sorgen wie an seinen Händen.
You know. Er zögert und sieht sie prüfend an, als wolle er sich vergewissern, dass sie tatsächlich zuhört, dann erst spricht er weiter, Last night, sagt er, da hast du etwas getan, was ich umwerfend fand. Eigentlich war das etwas, das ich selbst tun wollte. Aus mir heraustreten und mir fremd sein. Ich glaube, das hast du gemacht, oder?
Ihre Handinnenflächen werden feucht, doch er lässt sie nicht los, hält sie umso fester. Ganz feierlich schaut er sie dabei an, und sie weiß gar nicht, wohin damit, wohin mit dem Blick und der gesetzten Ansprache, kann nicht glauben, wie nah er jetzt wieder ist, nachdem es noch vor etwas mehr als zehn Minuten so aussah, als wäre ihm das Gespräch unangenehm. Thank you for having been so close, das sagt er jetzt auch noch. Ein Abschied, mit dem sie auf diese Weise nicht gerechnet hat, noch nie hat jemand so mit ihr gesprochen. Als seien diese Worte die Bekräftigung dafür, dass alles wahr gewesen ist, was in der letzten Nacht geschehen war, ein Anklang an die nächtlichen Berührungen der Haut, nun als Erneuerung ihrer ganzen Person in den Tag versetzt, sie weiß nicht, was sie sagen soll, weiß nicht, ob sie seine Frage überhaupt beantworten muss, ist selbst viel zu verblüfft von der neuen Ev, die sie war. Die sie noch ist, von ihm jetzt bestätigt, ganz ernst, ganz glaubhaft.
Er scheint auch keine Erwiderung zu erwarten, zieht an

seiner Winston, hält dabei nur noch locker ihre Hand, eine fahrige Berührung in der Tischmitte zwischen den beiden Tellern. Dann tritt er die Zigarette auf dem Boden aus und fängt an zu essen. Hält ihr die Gabel vor den Mund, lässt sie von dem Kartoffelsalat kosten, und sie isst, brav wie ein Kind. Lässt sich von ihm füttern. So, wie es jetzt ist, können es ruhig alle sehen. So soll alles weitergehen, essen und fragen und antworten in der Entspannung nach allem, was passiert ist, doch dann nähert sich Gary aus dem Hintereingang ihrem Tisch, nickt Frank zu, eine leichte Kopfbewegung nur.

Mangelsdorff spielt heute Abend noch einmal im Jazzkeller, sagt er, come on, let's go there. Eine Aufforderung, die nur Frank gilt.

Yep. Ich muss noch meine Rechnung bezahlen.

Wieder nimmt er ihre Hand, doch sie lässt sich nicht halten, will nicht getröstet zurückbleiben, sondern als Erste aufstehen, ein Willensakt, bei dem sie sich nicht sicher ist, ob es das Richtige ist.

Ich geh schon mal raus. Sagt es mit der winzigen Hoffnung, es möge sich noch alles wenden. Ringt mit sich, während sie die beiden Teller vom Tisch aufnimmt. Noch ein paar Sekunden länger, und sie würde sich wieder setzen, aber noch ist er ja nicht weg, sie kann es probieren, wie es sich alleine anfühlt, kann sofort in den Hof zurückkommen für einen ordentlichen Abschied unter den Augen aller anderen, Spalier, Händedruck, vielleicht ein Kuss und ein Versprechen. Sie steht auf, er hält sie nicht zurück. Komm gut nach Hause, sagt sie, auch das nur probeweise, ein Satz so beleidigt, wie er von ihrer Mutter hätte kommen können, ein Ton, den sie nicht leiden kann, doch sie kann nicht anders.

Oh, come on, nicht so. Auch er steht auf, nimmt ihr die Teller ab und stellt sie wieder auf den Tisch, nimmt sie in den Arm, wiegt sie ein wenig, als würden sie tanzen, küsst sie, küsst sie tatsächlich vor aller Augen, auf die Wangen, aber immerhin. Lässt sie dann los und deutet auf den Fotoapparat, den sie auf einen freien Stuhl am Tisch gelegt hat. Sag Rudi, er kann das Foto behalten, es soll ihm Glück bringen.

4.

Die Hauptstraße liegt leer in der Nachmittagssonne, nichts ist zu sehen außer den beiden Autos, Rosis Kadett und der Käfer, der jetzt fahrbereit ist und seltsam flüchtig aussieht, so schräg, wie er auf dem Bordstein geparkt ist. Sie versucht, sich die Kombination auf dem grünen Army-Nummernschild zu merken, weil sie etwas behalten will, einen Anhaltspunkt, den sie später entschlüsseln kann. Läuft um den Wagen herum, schaut durch das Fahrerfenster. Der Letzte, der das schwarze Lenkrad berührt hat, war Manni, als er den Käfer vom Sunny zum Grünen Baum gefahren hat, obwohl er noch keinen Führerschein hat, davor saß Frank darin auf seiner Fahrt am Freitagnachmittag von Darmstadt über den Taunus in die Wetterau. Da kannte sie ihn noch nicht. Der Aschenbecher steht offen, wahrscheinlich hat auch Manni eine Kippe darin ausgedrückt. Das Wageninnere ist aufgeräumt. Sie versucht, die Beifahrertür zu öffnen, eine sinnlose Idee. Doch die Fahrertür ist nicht verschlossen. Der Sitz ist von der Sonne erhitzt, sie legt die Hände auf das Lenkrad, zieht sie schnell zurück. Im Handschuhfach zwei Kassetten. Sie hat nicht einmal ein Bild, auf dem sie zusammen zu sehen sind, es sei denn, Rudi ist ein Schnappschuss im Hof gelungen, von dem sie nichts weiß. Vielleicht könnte sie hineingehen und Rudi bitten, sie und Frank zusammen zu fotografieren. Sie verwirft den Gedanken, stolz und schüchtern zugleich, als sie sich vorstellt, Frank um ein gemeinsames Foto zu bitten, dieses Eingeständnis sei-

ner Abreise anhand einer zukünftigen Erinnerung, die festzuhalten wäre auf einer Fotografie. Nichts wäre darauf zu sehen, was zwischen ihr und ihm geschehen war. Sie wünscht sich, es würde ein Bild von ihr und Frank im Bett liegend geben, in diesem schmalen Bett am frühen Morgen aufgenommen, kurz bevor sie auf ihr Zimmer gegangen ist. Vielleicht würde man trotz des Dämmerlichts etwas erkennen können. Den Umriss ihrer Körper auf den weißen Laken, seine dunklen Locken und ihre blonden Haare, seine Augen dunkel, ihre hell, aber die beiden Augenpaare ähnlich mandelförmig mit einem Blick in die Kamera, wie sie auch zuvor einander angeschaut hatten. Seine schmalen Schultern, ihr Gesicht, das wahrscheinlich viel jünger als seines aussehen würde. Das Kopfkissen neben dem Bett auf dem Boden.
Sie nimmt eine der beiden Kassetten aus dem Handschuhfach und legt ihr rotes Amulett an seiner Stelle hinein. Steigt aus, drückt die Tür sachte an den Rahmen und schließt sie mit einer raschen Bewegung ihrer Hüfte. Setzt sich auf den Bordstein vor den Käfer in den Schatten. Im Rinnstein blasse Kehrichtreste, Sandkörner, stumpf und doch mit einem winzigen inneren Schimmer. Sie weiß, gerade jetzt darf sie sich nicht mit Gedanken über diese Einsamkeit der kleinen Dinge aufhalten, schon spürt sie, wie sich ihr Hals verengt. Doch ihre Augen bleiben trocken, so kann es auch gehen mit der Traurigkeit, denkt sie, manchmal sitzt sie zu tief, um sich nach außen zu kehren. Auf dem lächerlich schmalen Zaun, der gegenüber den dunklen Spalt zwischen den Häusern von der Straße abgrenzt, landet eine Amsel, wippt mit dem Schwanz, singt ihr Lied, als sei alles gut gemeint. Bald wäre Abfahrt, ein Abschied, den sie nicht verkraften würde, noch nie hat sie zu jeman-

dem goodbye gesagt in dem Wissen, man sieht sich niemals wieder. Frank mit seiner weißen Haut, seinen schönen Händen, seinem holzigen Geruch. Das weiße Hemd und das Unterhemd, das Rudi ihm geliehen hat, liegen zusammengelegt im ersten Stock auf seinem Bett im Zimmer Nummer eins auf der rechten Seite. Selbst jetzt noch stellt sie sich vor, wie Gary und Frank aus dem Hof kommen, zum Käfer gehen und sie mit ihnen einsteigt. Eine crazy Aktion in letzter Minute.

Du kannst mit deinem Leben anfangen, was du willst, hatte er gesagt, unter dem Baum oder unter dem Mond, sie weiß es nicht mehr. Wenn sie versucht, sich ihr Leben vorzustellen, stößt sie immer wieder an den gleichen Punkt. Sie kann sich nichts ausmalen, weiß nicht, wie Pläneschmieden geht, der Begriff Leben passt auch nicht auf die weiße Fläche der Jahrzehnte, die in unendlicher Streckung vor ihr liegen. Irgendwann an deren Ende ist man alt, doch das ist ebenso unvorstellbar wie alles andere, weil es nicht Jahrzehnte, sondern Jahrhunderte dauern, wahrscheinlich niemals eintreffen würde. Zukunft ist der bessere Ausdruck und klingt doch erschreckend. Nicht einmal die nächsten zwei Jahre kann sie sich vorstellen. Drei Monate Sprachschule hat sie noch vor sich, du musst etwas aus dir machen, drängt die Mutter immer öfter, und dass sie sich bewerben soll, eine gute Sekretärinnenstelle in einer großen Firma oder auch in einem der richtig guten Hotels, im Frankfurter Hof, im Parkhotel vielleicht, ganz international. Wir müssen ein Kleid und Schuhe kaufen für die Vorstellungsgespräche, dunkelblau und weiß, das steht dir gut.

Die Zukunft planen. Wie soll man die Zeit nutzen für sein Leben? Sie weiß nicht einmal, was ihr liegt, was sie mag.

Vielleicht kann man das auch nicht, sein Leben richtig verbringen, dazu ist es zu lang. Ihre Mädchenvorstellungen vom verschwundenen Vater als Schaffer oder Bürohengst, als Künstler oder Weltenbummler sind genauso Makulatur wie die bräunliche Wandgrundierung der Wände drinnen im Flur, dieser Gedanke, der sich als Ahnung bereits eingeschoben hat, als sie das Gespräch zwischen ihrer Oma und ihrer Mutter im Flur belauschte, trifft sie mit völliger Klarheit. Sie will sich darin nicht mehr verlieren, dieses Mädchennachdenken, Träumen, Ausmalen, plötzlich erscheint es ihr klebrig. Außer ihr interessiert es niemanden, was der Vater darstellt. Weil es ihn nicht gibt. Das ist die Gegenwart und dieser Vater eine dunkle Gestalt ohne Kontur, zurückgeblieben in der Vergangenheit, noch bevor er seinen väterlichen Zauber entfalten konnte oder wollte. Das Straßenpflaster vor ihren Füßen, die Risse darin, alle Steinchen, alle Unebenheiten, die Häuser gegenüber, auch das die Gegenwart, es ist ihre Hauptstraße seit der Kindheit.

Wie man sich täuschen kann, wenn man sich täuschen will. Hatte das nicht mal die Oma gesagt? Franks Anrufe nach Los Angeles, das viele von dem, das er erzählte, das sie nicht verstanden hat. Sein schnelles Englisch, wenn er mit Gary spricht, kaum ein Wort davon versteht sie. Sie ist noch niemals mit einem Flugzeug geflogen. Was macht die Liebe, wenn sie nicht eintreten darf? Wenn er zum Schluss nichts mehr sagt, bleibt nur Garys Telefonnummer in der Schublade, von ihrer Mutter hineingeworfen, dieses Zettelchen, als wäre es für einen Notstand aufzuheben.

Hinter ihr liegt der Hof des Grünen Baums schon halb im Nachmittagsschatten. Wenn sie hindurchginge, durch das kleine Tor zur Wäschewiese, könnte sie von dort über die Felder Richtung Taunus schauen und in zwei andere Richtungen, hin zur Stadt, in der die Welt beginnt, und hin zum Horizont, hinter dem Amerika liegt mit seinem Vietnamkrieg und seinem Los Angeles, von wo aus man nach Japan sehen könnte, wenn nicht der Pazifik dazwischen wäre, ein Meer, zu dem sie auch einmal will, sie hat in ihrem Atlas nachgeschaut. Der Himmel über der Hauptstraße jetzt wie angemalt, ein blauer Puppenhimmel, ein einziger Stillstand, wie zerschmolzenes Vanilleeis, schon gelblich an den Rändern, fließt das Sonnenlicht über Fahrbahn und Hausfassaden. Es ist kurz vor vier. Sie wird das Goodbye nicht aushalten. Will schon aufstehen, ohne zu wissen, was als Nächstes kommt, da setzt die Melodie ein. Irgendjemand hat ein Lied in der Musikbox gedrückt, die 1A ganz oben links in der Ecke der Anzeige, *Am Tag, als der Regen kam*, eine der alten Platten, an der ihre Oma festhält, obwohl sie von diesen Lügenschlagern angeblich nichts hält. Ev kennt den Text seit Kindertagen, jede Zeile kann sie mitsingen, noch immer wird die 1A manchmal von einem der älteren Vertretertypen in der Hoffnung gewählt, ihre Mutter weichzuklopfen. An Fasching ist sie stets noch der Rausschmeißer, ein ernster Schlusspunkt nach dem Feiern, der jeden stiller werden lässt, weil das Lied auch die Besoffensten wieder auf ihr Begehren zurückwirft. Sie weiß nicht, wer jetzt auf die Idee gekommen ist, dieses Lied der Sommerhitze entgegenzuhalten, Dalidas schöne Stimme füllt den leeren Kneipenraum, als läge eine Absicht dahinter, die auf Ev zielt, als traumgleiche Erlösung in jedem Satz, so fließen die Worte hinaus auf die Straße. Sie kann den Strophen nicht entfliehen, bewundert die Ernsthaftigkeit, mit der Dalida Am Tag, als der Regen kam singt, lang er-

sehnt, heiß erfleht, auf die glühenden Felder. Verflucht den alten Kitsch, und doch trifft er sie in ihrer Schwäche. Das Lied öffnet etwas in ihr, während sie mitsummt, versetzt etwas in ihr ins Schwingen, ruft seltsamerweise genau dieses Drängen hervor, das sie in der vergangenen Nacht spürte. Sie kann es abrufen. Fast wird sie heiter in diesem Moment. Das kitschige, verklemmte Lied trifft genau zwischen ihre Beine. Wenn auch der Schmelz in Melodie und Stimme nicht sexy ist, steigt doch das Ziehen der letzten Nacht in ihrem Körper auf, in ihrem Unterleib, der so gar nichts mit der braven Erfüllung aller Hoffnungen in diesem Lied zu tun hat. Die Bereitschaft der letzten Nacht, wie einfach das war, jetzt ist sie wieder zu spüren, verlangt nach mehr, verbindet sich mit dem Traum vom Fortsein. Beinahe staunend bleibt sie sitzen bis zur letzten Zeile, spürt zum Schluss abermals die Tränen aufsteigen, wohltuend jetzt, künstlich hervorgerufen durch die Musikbox, ein selbstmitleidiges, warmes Gefühl für weniger als dreißig Sekunden, das mit Frank nichts zu tun hat, sondern eine Beruhigung darstellt für die Überraschung, mit der sie eben noch ihr Verlangen spürte. Beinahe kindlich kommt sie sich vor mit diesen Tränen in ihren Augen, und sobald das Lied endet, versiegen sie.
Und auch heute ist das Lied eine Art Abschluss für die anderen, schon hört sie aus dem Hof die metallenen Kufen der Bierbänke über den Boden scharren, Jupp, der plötzlich allen mitteilt, sein Sohn wäre eigentlich ganz in Ordnung mit dieser Idee vom Markt auf dem Aussiedlerhof, Rudi, der ein Abschiedsfoto von allen zusammen schießen will, so laut hat er noch nie gesprochen. Gleich werden sie aus dem Hof kommen. Sie überlegt, ob sie sich mit der Kassette in der Hand von Frank erwischen lässt, ein

offensichtlicher Diebstahl aus Trotz, aus Angst, dass nichts mehr bleibt, oder ob sie sich auf ihr Fahrrad setzt und die Hauptstraße hinunterfährt, vorbei am Sunny, oder auch in die Richtung, in die er mit Gary fahren wird. Ihm voraus sein ein Stück, von ihm überholt werden, vielleicht schon auf der Höhe des Bushäuschens, eine allerletzte Gelegenheit für eine Veränderung. Sie steht auf, ein wenig schwankend klopft sie sich den Staub vom Po. Die Hoftore sind geschlossen. Die Verlassenheit eines Sonntagnachmittags im Sommer, wenn die Zeit stehengeblieben ist. Seltsam, wie die Trennung bereits mit diesem VW beginnt, denkt sie, diesem Auto, von dem alles abhing und vor dem sie jetzt steht. Silbergrau schimmert sein Dach, ein unschuldiger kleiner Wagen, der beinahe zwei Tage in der düsteren Scheune des letzten Hauses im Dorf stand.

Evi, sagt eine Stimme hinter ihr, und sie dreht sich um. Die Oma steht in der Eingangstür, mit einer Hand hält sie sich am Türrahmen. Sie hofft, sie hat sie nicht beobachtet, fühlt sich ertappt, weil sie in einem fremden Auto herumgeschnüffelt hat. Doch die Oma sagt nichts dazu. Nicht traurig sein, sagt sie nur und wendet sich schon wieder halb um. Zögert noch kurz. Kopf hoch und immer nach vorne schauen, hörst du. Niemals zurück.

Sie will schon aus der Haut fahren, geht die Treppe zum Eingang hoch, um der Oma hinterherzurufen, lasst mich doch einfach alle nur in Ruhe. Doch das Wort *traurig* hält sie davon ab, von der Oma noch nie benutzt, und im Gegenlicht, das durch den Hinterausgang in den Gastraum fällt, erscheinen Franks und Garys Silhouetten im Flur, und auch Manni kommt hinterher. Abrechnung. Vorsichtig weicht sie zurück, geht wieder in den Hof, auf dem sich

alles schon in Auflösung befindet, nimmt ihr Fahrrad, Rudi hat es neben die Regentonnen gestellt, und schiebt es nach hinten über die Wäschewiese hinaus zum Feldweg, die alte Strecke.
Unter ihren Baum, der einen Nachmittag zuvor seinen ersten Kuss erlebt hatte, ihren und Franks, setzt sie sich, ihr Fahrrad umgekippt zu ihren Füßen. Alles wie immer, auf dem Weg denselben Kuhfladen ausgewichen wie am Tag zuvor. Die Äpfel noch unreif, hängen hellgrün und hart an den Zweigen, erst im September könnte man die ersten pflücken. Sie lehnt sich an die Rinde des Stamms, es kratzt im Rücken, aber das ist ihr recht. Die Kirchturmuhr schlägt halb fünf, in der Ferne ist schon die schwache Mondsichel zu erahnen. Wie recht Sattler doch hatte mit seinem Geschwätz vom Astronauten, der aus seiner Flugbahn gerät, der schmierige Sattler, den niemand aus dem Dorf besuchen wird, wenn er alt und krank im Bett liegt. Mit diesem Gedanken reibt sie sich das Salzige aus dem Gesicht, nimmt die Kassette aus ihrer Satteltasche, zieht das Band gewaltsam bis zum Ende heraus, reißt es an beiden Enden ab, es dauert länger als gedacht, bis ein Haufen feiner brauner Schlingen zu ihren Füßen liegt. An den Rändern gekräuselt, bewegen sie sich durch einen Lufthauch, der kaum zu spüren ist. Sie hebt den Bandwust auf, zerknäult ihn in ihren Händen, zieht ihn wieder auseinander und wickelt ihn in feierlicher Wut um den Baumstamm, legt das Band über untere Äste, geht damit gebückt unter ihnen um den Stamm herum, bis er eingewoben ist, sie dem hilflosen Baum ein künstliches braunes Gespinst aufgezwungen hat. Eine sinnlose, eine lächerliche Geste, sie weiß es. Vielleicht ist es gar keine von Franks Kassetten, vielleicht gehört sie Gary. Es ist egal. Ein Trotz,

sie kann sich nicht helfen, ein Halt auch, eine stumme Erinnerung, und trotzdem löst es nichts. Sie schiebt ihren Daumennagel in den Rückenspalt des Kassettengehäuses, schafft es, ihn zu vergrößern, hebelt ihn auf, bricht die Kassette in zwei Hälften, eine Zerstörungswut im Kleinen, mit der sie eine der Kassettenhälften auf dem Handgriff des Fahrradlenkers kaputt schlägt, beinahe verletzt sie sich dabei, als ein spitzes Plastikteil sie unterm Auge trifft. Die andere Kassettenhälfte wirft sie ins Feld, schleudert sie mit aller Kraft, doch das graue Ding fliegt nicht weit, selbst ihre Rache will nicht gelingen. Open your head, stand auf seinem orangefarbenen T-Shirt. Die neuen Tränen fließen aus Wut, sie sieht sein Lächeln vor sich, und jetzt fällt ihr auch ein, was ihr so fremd an ihm erscheint. Er gibt sich keine Mühe, zu gefallen. Damit setzt sie sich mitten auf den Feldweg. Im Schneidersitz sitzt sie auf dem erhabenen Mittelstreifen, dem Dorf den Rücken zugekehrt. Thank you for having been so close. Alles stimmt, was er gesagt hat.

Sie alle sind auf der Wanderschaft, ruhelose Geister, in Hoffnungen verstrickt, in den Tagen gefangen. Lesen abends die Zeitung, schauen die Nachrichten. Denken daran, was war, was hätte sein können, was werden wird, was wahr ist, was falsch, oder schließen einfach die Augen, in der Hoffnung, etwas Schönes zu träumen. Träum was Schönes, sagt man zur guten Nacht, wenn man sich liebt und vielleicht auch später noch. Mit diesen Gedanken hört sie den Käfermotor über die Landstraße die Anhöhe entlangfahren, die Hitze steht über den Feldern, es ist der 13. Juli in Deutschland, in Hessen, der Wetterau, am Feldrand von Randstetten, zuerst schaltet sie nicht, nimmt den VW erst wahr, als das Getriebe kracht. Blickt ihm nach, dem kleinen silbernen Auto, dessen Dach einmal kurz aufblitzt, als es unter der Sonne hindurchfährt, und sie ist sich nicht sicher, was sie da sieht, einen Traum von einer Straße, einer Ferne vielleicht, der jetzt erst beginnt.